SCIENCE FICTION

Herausgegeben
von Wolfgang Jeschke

Von **David Wingrove** erschien in der Reihe
HEYNE SCIENCE FICTION & FANTASY:

DIE CHRONIK DES CHUNG KUO:

1. *Das Reich der Mitte* · 0605251
2. *Die Domäne* · 0605252
3. *Die Kunst des Krieges* · 060253
4. *Schutt und Asche* · 0605254 (in Vorb.)

Weitere Bände in Vorbereitung

DAVID WINGROVE

CHUNG KUO
Eine Chronik in sechzehn Teilen

DRITTES BUCH

Die Kunst des Krieges

Roman

Übersetzt, kommentiert
und mit einem Nachwort und
Anmerkungen versehen von
MICHAEL K. IWOLEIT

Deutsche Erstausgabe

WILHELM HEYNE VERLAG
MÜNCHEN

HEYNE SCIENCE FICTION & FANTASY
Band 0605253

Titel der englischen Originalausgabe
THE BROKEN WHEEL
CHUNG KUO – BOOK TWO
(Erster Teil)
Deutsche Übersetzung von Michael K. Iwoleit
Das Umschlagbild ist eine Collage
von Jan Heinecke

Redaktion: Wolfgang Jeschke

Printed in Germany 1994
Umschlaggestaltung: Atelier Ingrid Schütz, München
Technische Betreuung: Manfred Spinola
Satz: Schaber Satz- und Datentechnik, Wels
Druck und Bindung: Presse-Druck, Augsburg

ISBN 3-453-07954-X

Für Rose und Ian

»Ein neuer Klang von den alten Tönen«

INHALT

EINLEITUNG

Chung Kuo. Diese Worte bedeuten ›Das Reich der Mitte‹, und seit 221 v. Chr., als der Erste Kaiser Ch'in Shih Hung Ti die sieben Streitenden Reiche vereinte, haben die ›Schwarzhaarigen‹, die Han oder Chinesen, so ihr großes Land genannt. Das Reich der Mitte – für sie war es eine ganze Welt, begrenzt von den Bergketten im Norden und Westen und dem Meer im Osten und Süden. Jenseits davon gab es nur Wüste und Barbarei. So blieb es über zwei Jahrtausende lang und durch sechzehn große Dynastien. Chung Kuo *war* das Reich der Mitte, das eigentliche Zentrum der von Menschen bewohnten Welt, und sein Kaiser galt als der ›Sohn des Himmels‹, der ›Eine Mann‹. Im achtzehnten Jahrhundert aber wurde diese Welt von den jungen und aggressiven Mächten des Westens mit ihren überlegenen Waffen und ihrem unerschütterlichen Glauben an den Fortschritt überfallen. Es war, zur Überraschung der Han, ein ungleicher Kampf, und Chinas Mythos überlegener Stärke und Unabhängigkeit wurde zerstört. Anfang des zwanzigsten Jahrhunderts war China – *Chung Kuo* – der kranke alte Mann der Erde, »eine sorgsam konservierte Mumie in einem hermetisch versiegelten Sarg«, wie es Karl Marx ausdrückte. Doch aus den katastrophalen Verheerungen dieses Jahrhunderts erwuchs ein Gigant von einer Nation, der sich aus einer Position unvergleichlicher Stärke durchaus mit dem Westen und seinen östlichen Rivalen, Japan und Korea, messen konnte.

An der Schwelle zum zweiundzwanzigsten Jahrhundert hatte Chung Kuo, das Reich der Mitte, eine neue Bedeutung gewonnen. Seit mehr als einem Jahrhundert umfaßte das Reich der Han die ganze Welt, und die gewaltig angewachsene Bevölkerung der Erde lebte in riesigen, bienenstockartigen Städten von dreihundert Ebenen, die sich über ganze Kontinente erstreckten. Der Rat der Sieben – die *T'ang,* Herrscher der Han, von denen jeder einzelne mächtiger war als die größten Kaiser ihrer Ahnen – beherrschte Chung Kuo mit eiserner Hand und rühmte sich, jede Veränderung beendet und das Große Rad angehalten zu haben. Aber Krieg, Hungersnöte und politische Instabilität, Dinge, die, wie man geglaubt hatte, der Vergangenheit angehörten, kehrten um so gewaltsamer nach Chung Kuo zurück.

Eine neue Generation mächtiger junger Kaufleute – die Dispersionisten, die sich hauptsächlich aus *Hung Mao,* also Westmenschen, zusammensetzten – stellten die Autorität der Sieben in Frage, forderten ein Ende für das Edikt der Technologischen Kontrolle – für die Han der Eckpfeiler der Stabilität – und eine Rückkehr zum westlichen Ideal ungehinderten Fortschritts. Angesichts von Attentaten und Gegenattentaten mußte etwas nachgegeben werden, und die Zerstörung des Raumschiffs *Die Neue Hoffnung,* das den Dispersionisten gehörte, bedeutete den Beginn des ›Krieges, der keiner war‹, eines blutschänderischen Machtkampfs, der auf den Ebenen der Stadt ausgefochten wurde. Die Sieben gewannen diesen Krieg, doch zu einem Preis, der ihnen nicht recht sein konnte. Plötzlich waren sie schwach – schwächer als je zuvor in ihrer ganzen Geschichte, denn vier ihrer erfahrensten Mitglieder waren in dem kurzen Zeitraum von nur sechs Jahren gestorben. An ihre Stelle waren neue, junge und unerfahrene T'ang getreten, während die älteren ihre Zuversicht und ihre Selbstgewißheit, die sie früher ausgezeichnet hatte, verloren hatten.

In den langen Jahren des Friedens vor dem Krieg wäre es undenkbar gewesen, die Sieben in Frage zu stellen. Doch jetzt …

Auch für die Dispersionisten war es ein verlustreicher Krieg. Nach fünf Jahren der Auseinandersetzung waren ihre wichtigsten Führer tot und mehr als zweitausend ihrer Mitglieder exekutiert. Einhundertachtzehn ihrer großen Konzerne hatten den Handel eingestellt – ihre Vermögenswerte und Besitztümer waren von den Sieben beschlagnahmt worden –, während viele andere, Hunderttausende an der Zahl, für ihre Solidarität mit ihren Zielen einige Ebenen nach unten versetzt worden waren.

Aber der Krieg war nur das erste unerhebliche Vorzeichen der großen Erschütterungen, die noch bevorstanden, denn tief unten auf den untersten Ebenen der Stadt, in den gesetzlosen Regionen ›unter dem Netz‹ und in den übervölkerten Decks unmittelbar darüber, hatte sich neue Unzufriedenheit angestaut – dunkler und tiefer als jene, die der Krieg ausgedrückt hatte. Eine Unzufriedenheit, die nun drohte, geschürt vom immer gewaltigeren Druck des Bevölkerungswachstums, Chung Kuo selbst auseinanderzureißen …

PERSONEN-VERZEICHNIS

中
國

HAUPTCHARAKTERE

ASCHER, EMILY – Ausgebildet als Volkswirtschaftlerin, schließt sie sich Anfang des Jahrhunderts der revolutionären *Ping Tiao*-Partei an und wird Mitglied des ›Rats der Fünf‹, der ihre Politik formuliert. Sie ist eine leidenschaftliche Kämpferin für soziale Gerechtigkeit und war früher die Geliebte von *Ping Tiaos* inoffiziellem Führer Bent Gesell.

DEVORE, HOWARD – Ehemals Major in den Sicherheitskräften des T'ang, ist er eine der führenden Gestalten im Kampf gegen die Sieben geworden. Als hochintelligenter Mann von kühler Logik, zieht er hinter den Kulissen die Fäden, als der ›Krieg der zwei Richtungen‹ eine neue Wende nimmt.

EBERT, HANS – Sohn von Klaus Ebert und Erbe des gewaltigen GenSyn-Konzerns, zum Major der Sicherheitskräfte befördert, genießt die Bewunderung und das Vertrauen seiner Vorgesetzten. Ebert ist ein komplizierter junger Mann: einerseits ein tapferer und intelligenter Offizier, weist er andererseits egoistische, zügellose und sogar grausame Charakterzüge auf.

FEI YEN – Tochter von Yin Tsu, einem der Köpfe der »Neunundzwanzig«, der untergeordneten aristokratischen Familien von Chung Kuo. Die klassisch schöne »Fliegende Schwalbe«, begehrt und heißblütig. Ihre Hochzeit mit dem ermordeten Prinzen Li Han Ch'in ist annulliert worden, und sie ist entschlossen, Hans Bruder, den jungen Prinzen Li Yuan, zu heiraten. Trotz ihrer zierlichen Erscheinung ist sie erstaunlich willensstark.

HAAVIKKO, AXEL – Von einem Mitoffizier zu unrecht angeklagt, wird Leutnant Haavikko den Großteil eines Jahrzehnts in Ausschweifung und Selbstverleugnung verbringen. Im Innersten ist er jedoch ein guter, ehrlicher Mann, und die Umstände werden ihm aus der Grube helfen, in die er gestürzt ist.

Kao Chen – Früher ein Attentäter aus dem Netz, der untersten Ebene der großen Stadt, hat Chen sich von seinen bescheidenen Anfängen emporgearbeitet und ist nun Hauptmann in den Sicherheitskräften des T'ang. Als Freund und Helfer von Karr ist er einer der Fußsoldaten im Krieg gegen DeVore.

Karr, Gregor – Major der Sicherheitskräfte, von General Tolonen aus dem Netz rekrutiert. In seiner Jugend war er ein »Blut« – ein dem Tode geweihter Kämpfer. Eine Riese von einem Mann, der »Falke«, den Li Shai Tung gegen seinen Widersacher DeVore fliegen lassen will.

Lehmann, Steffen – Albino, Sohn von Pietr Lehmann, dem ehemaligen Führer der Dispersionisten, jetzt Leutnant unter DeVore. Ein kalter, unnatürlich leidenschaftsloser Mann, geradezu der Archetyp eines Nihilisten, dessen einziges Ziel darin besteht, die Sieben und ihre große Stadt zu stürzen.

Li Shai Tung – T'ang von Europa und einer der Sieben, dem Rat, der Chung Kuo beherrscht. Li Shai Tung ist seit vielen Jahren Dreh- und Angelpunkt des Rats und inoffizieller Wortführer der Sieben, aber der Mord an seinem Erben Han Ch'in hat ihn geschwächt und seine einst so große Entschlossenheit aufgeweicht, Veränderung um jeden Preis zu verhindern.

Li Yuan – Zweiter Sohn von Li Shai Tung, nach der Ermordung seines Bruders Erbe der Stadt Europa. Gilt als frühreif. Seine kühle, nachdenkliche Art verbirgt ein leidenschaftliches Naturell, das in seinem Werben um und seiner Heirat mit Fei Yen, der Frau seines toten Bruders, seinen Ausdruck findet.

Shepherd, Ben – Sohn von Hal Shepherd, dem Hauptberater des T'ang, und Ururenkel des Architekten der Stadt Erde. Shepherd wurde in der Domäne geboren und aufgezogen, einem idyllischen Tal im Südwesten Englands, wo er den Entschluß faßte, nicht in die Fußstapfen seines Vaters zu treten und

Li Yuans Berater zu werden, sondern seiner Berufung zum Künstler nachzugeben, worauf er eine völlig neue Kunstform entwickelt, die Schale, die noch verheerende Auswirkungen auf die Gesellschaft von Chung Kuo haben soll.

TOLONEN, JELKA – Als Tochter von Marschall Tolonen ist Jelka in einem sehr männlichen Umfeld ohne Einfluß einer Mutter aufgewachsen. Dennoch verdeckt ihr aufrichtiges Interesse an Kriegskünsten, Bewaffnung und Strategie eine ganz andere Seite ihres Wesens; eine Seite, die durch gewaltsame Ereignisse offengelegt wird.

TOLONEN, KNUT – Marschall im Rat der Generäle und ehemals General von Li Shai Tung. Tolonen ist ein großer Mann mit kantigem Kinn und der treuste Anhänger der Werte und Ideale der Sieben. Von heißblütigem und furchtlosem Naturell, läßt er sich von nichts davon abhalten, seine Meister zu beschützen, doch nach langen Jahren des Krieges ist selbst sein Glaube an die Notwendigkeit des Stillstands erschüttert.

TSU MA – T'ang von Westasien und einer der Sieben, dem Rat, der Chung Kuo beherrscht. Nach dem Tod seines Vaters hat Tsu Ma seine frühere destruktive Art abgelegt und ist im Rat einer der größten Anhänger von Li Shai Tung geworden. Ein starker, gutaussehender Mann, der nur eine große Schwäche hat, eine Schwäche, der er fast zum Opfer fällt.

WANG SAU-LEYAN – Vierter und jüngster Sohn von Wang Hsien, dem T'ang von Afrika. Die Ermordung seiner beiden ältesten Brüder hat ihn näher an den Mittelpunkt der politischen Ereignisse gerückt. Gilt als unreif, ist tatsächlich aber ein scharfsinniger und höchst fähiger, politisch denkender Mensch, der entschlossen ist – aufgrund von Umständen, die er selbst herbeigeführt hat –, der Vorbote der Veränderung im Rat der Sieben zu werden.

WARD, KIM – Geboren im Lehm, dem dunklen Brachland unter den Fundamenten der großen Stadt. Kim verfügt über einen raschen und in ungewöhnlicher Hinsicht begabten Verstand. Seine Vision eines riesigen Netzes, die er im Dunkeln entwickelt hat, hat ihn nach oben ins Licht getrieben. Doch nach einem traumatischen Kampf und einem langwierigen Wiederaufbau seiner Persönlichkeit hat er sich den Dingen als eine andere Person als die, die er war, wieder zugewandt. So scheint es jedenfalls, denn tatsächlich hat Kim nichts von dem Scharfsinn eingebüßt, der ihn zu einem der vielversprechendsten Wissenschaftler in ganz Chung Kuo gemacht hat.

DIE SIEBEN UND DIE FAMILIEN

AN LIANG-CHOU – Prinz einer Untergeordneten Familie

AN SHENG – Oberhaupt der An-Familie (eine der ›Neunundzwanzig‹ Untergeordneten Familien)

CHI HSING – T'ang von Australien

CHUN WU-CHI – Oberhaupt der Chun-Familie (eine der ›Neunundzwanzig‹ Untergeordneten Familien)

FU TI CHANG – Prinzessin einer Untergeordneten Familie

HOU TUNG-PO – T'ang von Südamerika

HSIANG K'AI FAN – Prinz einer Untergeordneten Familie

HSIANG SHAO-ERH – Oberhaupt der Hsiang-Familie (eine der ›Neunundzwanzig‹ Untergeordneten Familien) und Vater von Hsiang K'ai Fan und Hsiang Wang

HSIANG WANG – Prinz einer Untergeordneten Familie

LAI SHI – Prinzessin einer Untergeordneten Familie

LI FENG CHIANG – Bruder und Berater von Li Shai Tung

LI SHAI TUNG – T'ang von Europa

LI YUAN – zweiter Sohn von Li Shai Tung und Erbe der Stadt Europa
MIEN SHAN – Prinzessin einer Untergeordneten Familie
PEI RO-HEN – Oberhaupt der Pei-Familie (eine der ›Neunundzwanzig‹ Untergeordneten Familien)
TSU MA – T'ang von West-Asien
WANG HSIEN – T'ang von Afrika
WANG SAU-LEYAN – vierter Sohn von Wang Hsien
WANG TA-HUNG – dritter Sohn von Wang Hsien und Erbe der Stadt Afrika
WEI CHAN YIN – ältester Sohn von Wei Feng und Erbe der Stadt Ost-Asien
WEI FENG – T'ang von Ost-Asien
WU SHIH – T'ang von Nordamerika
YI SHAN-CH'I – Prinz einer Untergeordneten Familie
YIN CHAN – Prinz einer Untergeordneten Familie; Sohn von Yin Tsu
YIN FEI YEN – ›Fliegende Schwalbe‹, Prinzessin einer Untergeordneten Familie; Tochter von Yin Tsu
YIN SUNG – Prinz einer Untergeordneten Familie; Sohn von Yin Tsu
YIN TSU – Oberhaupt der Yin-Familie (eine der ›Neunundzwanzig‹ Untergeordneten Familien)
YIN WU TSAI – Prinzessin einer Untergeordneten Familie und Cousine von Fei Yen

FREUNDE UND GEFOLGSLEUTE DER SIEBEN

AUDEN, WILLIAM – Hauptmann des Sicherheitsdienstes
CHANG LI – Chefchirurg von Li Shai Tung
CHANG SHIH-SEN – persönlicher Sekretär von Li Yuan
CH'IN TAO FAN – Kanzler von Ost-Asien
CHU TA YUN – Bildungsminister der Stadt Europa
CHUANG MING – Minister von Li Shai Tung
EBERT, BERTA – Frau von Klaus Ebert

Ebert, Hans – Major im Sicherheitsdienst und Erbe von GenSyn

Ebert, Klaus Stefan – Leiter von GenSyn (Genetic Synthetics) und Berater von Li Shai Tung

Erkki – Wache von Jelka Tolonen

Fan Liang-wei – Maler am Hof von Li Shai Tung

Fest, Edgar – Hauptmann des Sicherheitsdienstes

Fischer, Otto – Leiter des Persönlichen Sicherheitsdienstes in Wang Hsiens Palast in Alexandria

Haavikko, Axel – Leutnant des Sicherheitsdienstes

Haavikko, Vesa – Schwester von Axel Haavikko

Heng Yu – Transportminister der Stadt Europa

Hoffmann – Major des Sicherheitsdienstes

Honigregen – Magd von Wang Hsien

Hua – Leibchirurg von Li Shai Tung

Hung Feng-chan – Chefdiener in Tongjiang

Hung Mien-lo – Berater von Wang Ta-hung; Kanzler der Stadt Afrika

Kao Chen – Hauptmann im Sicherheitsdienst

Karr, Gregor – Major im Sicherheitsdienst

Lautner, Wolfgang – Hauptmann des Sicherheitspersonals in Bremen

Lung Mei Ho – Sekretär von Tsu Ma

Nan Ho – Li Yuans Meister der Inneren Kammern

Nocenzi, Vittorio – General des Sicherheitsdienstes, Stadt Europa

Panshin, Anton – Oberst des Sicherheitsdienstes

Perlenherz – Magd von Li Yuan

Rosenknospe – Magd von Li Yuan

Russ – Hauptmann des Sicherheitsdienstes

Sanders – Hauptmann des Sicherheitsdienstes im Zeughaus Helmstadt

Scott – Hauptmann des Sicherheitsdienstes

Shepherd, Ben – Sohn von Hal Shepherd

Shepherd, Beth – Frau von Hal Shepherd

Shepherd, Hal – Berater von Li Shai Tung und Oberhaupt der Familie Shepherd

SHEPHERD, MEG – Tochter von Hal Shepherd
SUN LI HUA – Wang Hsiens Meister der Inneren Kammern
TOLONEN, HELGA – Tante von Jelka Tolonen
TOLONEN, JELKA – Tochter von Knut Tolonen
TOLONEN, JON – Bruder von Knut Tolonen
TOLONEN, KNUT – Marschall des Rats der Generäle und Vater von Jelka Tolonen
WANG TA CHUAN – Li Shai Tungs Meister des Inneren Palastes
WEIDENBLATT – Magd von Wang Hsien
WU MING – Diener von Wang Ta-hung
YING CHAI – Assistent von Sun Li Hua
YING FU – Assistent von Sun Li Hua
YU – Chirurg von Li Yuan

DISPERSIONISTEN

BERDICHOW, SOREN – Chef von SimFic (Simulated Fictions) und Führer der Dispersionisten
CHERKASSKY, STEFAN – Attentäter, ehemals Angehöriger des Sicherheitsdienstes und Freund von DeVore
DEVORE, HOWARD – ehemaliger Major in Li Shai Tungs Sicherheitskräften
DOUGLAS, JOHN – Konzernchef
KUBINYI – Leutnant von DeVore
LEHMANN, STEFAN – Albino, Sohn von Pietr Lehmann, dem ehemaligen Führer der Dispersionisten, und Leutnant von DeVore
REID, THOMAS – Leutnant von DeVore
SCHWARZ – Leutnant von DeVore
WIEGAND, MAX – Leutnant von DeVore

PING TIAO

ASCHER, EMILY – Volkswirtschaftlerin und Mitglied im ›Rat der Fünf‹
GESELL, BENT – inoffizieller Führer der *Ping Tiao* und Mitglied im ›Rat der Fünf‹
MACH, JAN – Wartungsbeamter im Ministerium für Abfallverwertung und Mitglied im ›Rat der Fünf‹
MAO LIANG – Prinzessin einer Untergeordneten Familie und Mitglied im ›Rat der Fünf‹
SHEN LU CHUA – Computerexperte und Mitglied im »Rat der Fünf«
YUN CH'O – Leutnant von Shen Lu Cha

ANDERE CHARAKTERE

BAMBUSFLÖTE – *Mui tsai* von Madam Chuang Lian
BARYCZ, JIRI – Wissenschaftler im Verdrahtungsprojekt
BEATTIE, DOUGLAS – Deckname von DeVore
BODEN, MIKHAIL – Deckname von DeVore
CHAN WEN-FU – Freund von Heng Chian-ye
CHUANG LIAN – Frau von Minister Chuang
EBERT, LUTZ – Halbbruder von Klaus Ebert
ELLIS, MICHAEL – Assistent von Direktor Spatz
ENGE, MARIE – Serviererin im Teehaus Drachenwolke
GANZ, JOSEPH – Deckname von DeVore
GOLDHERZ – junge Prostituierte, die von Hans Ebert in seinen Haushalt aufgenommen wurde
HAMMOND, JOEL – Leitender Techniker im Verdrahtungsprojekt
HENG CHIAN-YE – Sohn von Heng Chi-po und Neffe von Heng Yu
HERRICK – ein illegaler Implantationsspezialist
KAO CH'IANG HSIN – neugeborene Tochter von Kao Chen
KAO WU – neugeborener Sohn von Kao Chen

KUNG WEN-FA – Senioranwalt vom Mars
LING HEN – Diener von Herrick
LIU CHANG – Bordellbesitzer / Zuhälter
LOEHR – Deckname von DeVore
LOTTE – Studentin in Oxford; Schwester von Wolf
LO WEN – persönlicher Diener von Hans Ebert
LU CAO – *Amah* (Dienermagd) von Jelka Tolonen
LU MING SHAO – ›der Bärtige Lu‹, Boß einer Triade
LU NAN JEN – der ›Ofenmann‹
LU WANG-PEI – Mordverdächtiger
MI FENG – ›Kleine Biene‹, Magd von Wang Hsien
MU CHAU – ›Madam‹ des Hauses der Neunten Ekstase, eines Bordells
NOVACEK, LUBOS – Händler; Vater von Sergej Novacek
NOVACEK, SERGEJ – Student in Oxford und Bildhauer
REYNOLD – Deckname von DeVore
SCHENK, HUNG-LI – Gouverneur der Marskolonie
SIANG CHE – Lehrer der Kriegskünste von Jelka Tolonen
SPATZ, GUSTAV – Direktor des Verdrahtungsprojekts
TAI CHO – Lehrer und ›Bewacher‹ von Kim Ward
TARRANT – Konzernchef
TISSAN, CATHERINE – Studentin in Oxford
TONG CHOU – Deckname von Kao Chen
TSANG YI – Freund von Heng Chian-ye
TUNG T'AN – Leitender Fachberater der Melfi-Klinik
TURNER – Deckname von DeVore
WANG TI – Frau von Kao Chen
WARD, KIM – im Lehm geborenes Waisenkind und Wissenschaftler
WOLF – Student in Oxford und Bruder von Lotte

PROLOG
SOMMER 2206:

Der Klang von Jade

»Bei Tagesanbruch opferten wir dem Windgott,
als dunkel, dunkel die Dämmerung am Himmel schimmerte.
Offiziere folgten, Reiter ritten voran;
Sie führten uns in die Einöde hinter der Stadt,
Wo Flußnebel schwerer als Regen niedersinkt,
Und die Feuer auf den Hügeln höher als die Sterne züngeln.
Plötzlich erinnerte ich mich an frühe Audienzen am Hof,
Als du und ich zum Purpurnen Platz galoppierten.
Wenn wir unsere Pferde den Drachenschwanzweg hinaufführten,
Drehten wir uns um und sahen auf das Grün der Südlichen Hügel.
Seit wir uns trennten, sind wir beide alt geworden;
Und viele bange Sorgen haben unseren Geist gequält;
Doch selbst jetzt noch klingen mir die Ohren
Vom Klang von Jade, die gegen unser Zaumzeug klirrt.«

– Po Chü-I: *Für Li Chien* (819 n. Chr.) [1]

Es war Nacht, und der Mond lag wie ein blindes Auge auf dem dunklen Satin des Nils. Von dort aus, wo er stand, auf dem Balkon hoch über dem Fluß, konnte Wang Hsien die langsame, warme Bewegung der Luft wie den Atem einer schlafenden Frau an seiner Wange spüren. Er seufzte und legte seine Hände auf den kühlen Stein der Balustrade, blickte zu seiner Rechten hinaus, nach Norden, wo von fern der große Leuchtturm mit seinem langen Lichtarm über das Delta strich. Für eine Weile beobachtete er ihn, fühlte sich so leer wie die Luft, durch die er sich bewegte, dann drehte er sich wieder um und blickte zum Mond auf. Die Nächte waren hier so klar. Und die Sterne. Er zitterte, und die Bitterkeit ließ von ihm ab. Die Sterne...

Eine Stimme unterbrach seine Träumerei. »*Chieh Hsia?* Seid Ihr bereit für uns?«

Es war Sun Li Hua, Meister der Inneren Kammer. Er stand mit gesenktem Kopf hinter der Tür, seine beiden Assistenten in derselben Haltung in respektvollem Abstand dahinter. Wang Hsien wandte sich um und vollführte eine kurze Geste, die ihnen bedeutete, daß sie beginnen sollten, dann drehte er sich wieder um und starrte zu den Sternen empor.

Er erinnerte sich an den Sommer, den er mit Chang Ye und Lieh Tsu, seinen beiden ältesten Söhnen, an der Küste von Mosambique verbracht hatte. An einen späten Sommerabend, als helle Sterne den Himmel über ihnen ausfüllten. Sie hatten dort um ein offenes Feuer gesessen, die Sterne und Sternbilder bei ihren Namen genannt, den Wagen auf seinem Weg über den schwarzen Samt des Himmels beobachtet, bis das Feuer zu Asche zusammengefallen war und der Tag anbrach. Es waren die letzten Tage gewesen, die er mit ihnen allein verbracht hatte. Ihre letzten gemeinsamen Ferien.

Und jetzt waren sie tot. Beide lagen still und kalt in ihren Särgen unter der Erde. Und wo waren ihre Seelen jetzt? Dort oben? Unter den ewigen Sternen? Oder gab es nur eine Seele, die *Hun,* die in der Erde gefangen war und verrottete? Er biß die Zähne aufeinander, um das Gefühl der Bitterkeit und des Verlustes niederzukämpfen, stählte sich dagegen. Aber die Bitterkeit blieb. War es so? fragte er sich. Erhob sich die Seele, die *P'o,* zum Himmel, wie man sagte, oder gab es nur dies? Diese Erde, diesen Himmel und den Menschen zwischen ihnen? Er schauderte. Stelle besser nicht solche Fragen. Unterdrücke solche Gedanken lieber, sonst antwortet dir die Dunkelheit.

Er zitterte, und seine Hände krallten sich an den Stein. Aber bei allen Göttern, er vermißte sie! Er vermißte sie mehr, als Worte es ausdrücken konnten. Er füllte seine Stunden aus, hielt seine Gedanken mit unzähligen Staatsangelegenheiten beschäftigt, dennoch konnte er nicht anders, als ständig an sie zu denken. Wo seid ihr? fragte er sich in seinen wachen Stunden immer wieder. Wo bist du, Chang Ye, dessen Lächeln so süß war? Und du, Lieh Tsu, mein *Ying tao,* mein junger Pfirsich, der mir immer am liebsten war? Wo bist du jetzt?

Ermordet, beharrte eine brutale Stimme in ihm. Und nur Asche und Bitterkeit bleibt.

Er fuhr heftig herum, wütend auf sich selbst. Jetzt würde er nicht mehr schlafen können. Todmüde, würde er doch schlaflos daliegen und machtlos gegen die tausend bittersüßen Bilder sein, die ihm durch den Kopf gingen.

»Sun Li Hua!« rief er ungeduldig und schob den transparenten Vorhang mit einer Hand beiseite. »Bring mir ein Schlafmittel! *Ho yeh* vielleicht, oder *Tou chi*.«

»Sofort, *Chieh Hsia*.«

Der Meister der Inneren Kammer verbeugte sich tief, dann tat er wie ihm geheißen. Wang Hsien sah ihm nach, ehe er sich dem großen, niederen Bett am anderen Ende der Kammer zuwandte. Die Diener waren fast fertig. Die Seidenlaken waren zurückgeschlagen, die Blumen am Bett ausgetauscht, und sein Nachtgewand lag für die Mägde bereit.

Das Kopfbrett schien die ganze Stirnseite des Raumes einzunehmen, der Kreis des *Ywe Lung*, des Monddrachen, das Symbol der Sieben, tief ins Holz geschnitzt. Die sieben Drachen bildeten ein großes Rad, ihre prächtigen Schnauzen trafen sich in der Nabe, ihre geschmeidigen, kraftvollen Körper bildeten die Speichen und ihre Schwänze den Kranz. Wang Hsien starrte sie eine Weile an, dann nickte er bei sich, als sei er zufrieden. Aber tief drin, auf einer dunklen, unartikulierten Ebene, war ihm unwohl zumute. Der Krieg, die Ermordung seiner Söhne – diese Dinge hatten ihm viel von seiner Gewißheit geraubt. Er konnte den *Ywe Lung* nicht mehr ansehen, ohne in Frage zu stellen, was er in den letzten fünf Jahren im Namen der Sieben getan hatte.

Er senkte ruckartig den Blick. Fünf Jahre. War das alles? Nur fünf kurze Jahre? Es war wirklich so. Doch er hatte das Gefühl, als sei ein ganzer Zyklus von sechzig Jahren vergangen, seit sie *Die Neue Hoffnung* vom Himmel geschossen und den Krieg erklärt hatten. Er seufzte, legte eine Hand an die Stirn und erinnerte sich. Es war ein schmutziger, gemeiner Krieg gewesen; ein Krieg, in dem man niemanden hatte trauen können – in dem Freund und Feind dasselbe lächelnde Gesicht gezeigt hatten. Sie hatten gewonnen, aber ihr Sieg hatte die Dinge nicht geklärt. Der Kampf hatte die

Natur – das innerste Wesen – von Chung Kuo verändert. Nichts würde je wieder so sein wie zuvor.

Er wartete, bis die Diener sich, tief gebeugt und den Blick vom Gesicht ihres Herrn abgewandt, zurückgezogen hatten, dann stellte er sich vor den wandhohen Spiegel.

»Du bist ein alter Mann, Wang Hsien«, sagte er sich leise, als er die tiefen Falten um Augen und Mund, das elfenbeinerne Gelb seiner Augen, die schlaffe Runzligkeit seiner Haut bemerkte. »Mondgesicht nennen sie dich. Vielleicht haben sie recht. Aber dieser Mond hat tausend Mal ab- und zugenommen, und noch immer sehe ich nicht klarer in seinem Licht. Wer bist du, Wang Hsien? Was für ein Mensch bist du?«

Er fuhr herum, spannte sich instinktiv an, als er draußen im Gang ein Geräusch hörte, dann entspannte er sich und lächelte.

Die drei Mädchen verbeugten sich tief, bevor sie ins Zimmer traten. Kleine Biene kam zu ihm, während Weidenblatt und Honigregen sich anderswo in der Kammer an die Arbeit machten.

Kleine Biene kniete vor ihm nieder, dann blickte sie zu ihm auf, und ihr süßes, ungekünsteltes Lächeln heiterte ihn auf, blies einen Hauch von Jugend und Fröhlichkeit in sein altes Herz.

»Wie geht es Euch heute abend, guter Vater?«

»Es geht mir gut«, log er, und bei ihrem Anblick wurde ihm warm ums Herz. »Und du, Mi Feng?«

»Besser, da ich Euch nun sehe, mein Herr.«

Er lachte leise, dann beugte er sich vor und streichelte sanft und liebevoll ihren Kopf. Kleine Biene war jetzt sechs Jahre bei ihm, seit ihrem zehnten Geburtstag. Sie war wie eine Tochter für ihn.

Er drehte sich um, hatte seine Freude am gewohnten Anblick seiner Mädchen, die durchs Zimmer gingen und alles für ihn vorbereiteten. Für eine Weile vertrieb dies seine düstere Stimmung, machte ihn die Dunkelheit vergessen, die er innerlich und äußerlich erblickt hatte. Er ließ sich von Kleine Biene seinen *Pau* ausziehen und nackt auf einen Stuhl setzen, dann schloß er die Augen und ließ den Kopf zurücksinken, während sie sich daran machte, seine Brust und seine Arme mit Öl einzureiben. Wie üblich belebte ihn der sanfte Druck ihrer Hände gegen seine Haut. Weidenblatt trat heran und hielt die Schale mit der Lavendelcreme hin, während Honigregen ihm Entspannung verschaffte, ihre weichen, feingliedrigen Finger sein Glied mit geübten Strichen liebkosten, bis er kam. Dann wusch Kleine Biene ihn und, indem sie ihn bat aufzustehen, wickelte ihn in ein einziges gelbes Seidentuch, bevor sie ihm ein frisches Schlafgewand brachte.

Er blickte auf ihre kleine, zierliche Gestalt hinunter, als sie vor ihm stand und seinen Mantel zuband, und spürte, wie ihn ein leichter Schauer durchlief. Kleine Biene blickte besorgt auf.

»Seid Ihr sicher, daß alles in Ordnung ist, Vater? Soll ich eine Eurer Frauen bitten, sich zu Euch zu legen?«

»Es ist nichts, Mi Feng. Und nein, ich schlafe heute nacht allein.«

Sie knöpfte den letzten der winzigen, schwierigen Knöpfe zu, dann sah sie noch einen Moment in sein Gesicht, ehe sie mit gerunzelter Stirn den Blick senkte. »Ich sorge mich um Euch, *Chieh Hsia*«, sagte sie und wandte sich ab, um eine Bürste von dem Tisch an ihrer Seite zu nehmen. »An manchen Tagen scheint Ihr das Leid der ganzen Welt auf Euren Schultern zu tragen.«

Er lächelte und ließ sich von ihr sanft in den Stuhl zurückdrücken. »Ich bin einer der Sieben, Mi Feng. Wer sonst sollte die Bürden von Chung Kuo tragen?«

Sie schwieg einen Moment lang, und ihre Finger waren damit beschäftigt, seinen eng geflochtenen Zopf aufzubinden. Dann beugte sie sich vor und flüsterte ihm etwas ins Ohr. »Euer Sohn«, sagte sie. »Warum macht Ihr nicht Ta-hung zu Eurem Regenten?«

Er lachte knapp, ohne Heiterkeit. »Und seinen Freund, diesen Gauner Mien-lo, zum T'ang, ohne ihn so zu nennen?« Er sah sie scharf an. »Hat er mit dir gesprochen?«

»Wer hat mit mir gesprochen, Vater? Ich habe nur an Eure Gesundheit gedacht. Ihr braucht mehr Zeit für Euch selbst.«

Er lachte, als er einsah, wie wenig Hintergedanken sie hatte. »Vergiß, was ich gesagt habe, Mi Feng. Abgesehen davon habe ich Freude daran, meine Pflicht zu tun.«

Sie bürstete jetzt sein Haar vom Scheitel bis zur Spitze, und ihr zarter, perfekt gebauter Körper schwang mit jedem Strich verführerisch hin und her. Er konnte sie im Spiegel am anderen Ende des Zimmers von der Seite sehen, ihre Nacktheit von der Seide kaum verhüllt.

Er seufzte und schloß wieder die Augen, überwältigt von einer seltsamen Mischung von Gefühlen. Die meisten Menschen würden mich beneiden, dachte er. Und doch komme ich mir an manchen Tagen wie verflucht vor. Diese Mädchen ... sie würden tun, was ich wünsche, ohne einen Moment zu zögern, und doch ist an diesem Gedanken nichts Verlockendes. Meine Söhne sind tot. Wie sollte es nach einem solchen Leid noch Freude geben?

Er erschauderte und stand ruckartig auf, überraschte Kleine Biene und veranlaßte die anderen, sich umzudrehen und ihn anzustarren. Sie sahen zu, wie er zum Spiegel stapfte, stehenblieb und mit scheinbar schmerzverzerrter Grimasse ins Glas starrte. Dann drehte er sich mit bitterer Miene um.

»Ta-hung!« stieß er verletzend hervor und ließ sich wieder in den Stuhl fallen. »Ich muß ein Narr gewesen sein, ihn zur Welt kommen zu lassen!«

Die drei Mädchen sogen schockiert Luft ein. Es sah Wang Hsien gar nicht ähnlich, solche Dinge zu sagen.

Kleine Biene sah die anderen an und nickte, dann wartete sie, bis sie gegangen waren, ehe sie wieder zu ihm sprach.

Sie ging in die Knie und blickte besorgt zu seinem Gesicht auf. »Was ist los, Wang Hsien? Was zehrt an Euch wie ein Gift?«

»Meine Söhne!« sagte er in plötzlicher Qual. »Meine Söhne sind tot!«

»Nicht all Eure Söhne«, antwortete sie sanft und faßte seine Hände. »Wang Ta-hung lebt noch. Und Wang Sau-leyan.«

»Ein Schwächling und ein Wüstling!« sagte er bitter ohne sie anzusehen, starrte an ihr vorbei ins Leere. »Ich hatte zwei gute, starke Söhne. Gute, aufrechte Männer mit all den besten Eigenschaften ihrer Mutter. Und jetzt...« Er zitterte heftig und sah sie an, seine Züge schmerzverzerrt, seine Hände um ihre gekrallt. »Dieser Krieg hat mir alles genommen, Mi Feng. Alles. An manchen Tagen glaube ich, er hat mich ausgehöhlt, alles aus mir herausgesaugt, was ich war.«

»Nein...«, sagte sie und teilte seinen Schmerz. »Nein, mein Herr. Nicht alles.«

Er ließ ihre Hände aus seinen gleiten und stand wieder auf, wandte sich von ihr ab und starrte auf die Tür, die auf den Balkon hinausführte.

Kleine Biene schluckte und senkte den Blick. Sie hatte ihren Meister in vielen Stimmungen erlebt, aber noch nie in dieser.

Sie drehte sich um und sah, daß außer ihnen noch jemand in der Kammer war. Es war Sun Li Hua. Er stand mit gesenktem Kopf in der Tür. In den Händen hielt er die Schale mit der Lavendelcreme, die Weidenblatt ihm erst vor ein paar Minuten hinausgebracht hatte.

»Chieh Hsia?«

Wang Hsien fuhr herum, sah den Neuankömmling an und war sichtlich über die Störung verärgert. Dann schien er sich zusammenzureißen und ließ den Kopf sinken. Er warf Kleine Biene einen Blick zu und entließ sie mit einem gezwungenen Lächeln.

»Gute Nacht, *Chieh Hsia*«, sagte sie leise und zog sich zurück. »Möge Kuan Yin Euch Frieden bringen.«

* * *

Sun Li Hua stand noch eine Weile reglos da, nachdem die Magd gegangen war, und wartete auf die Befehle seines Meisters.

»Kommen Sie rein, Meister Sun«, sagte Wang Hsien nach einem Moment. Er wandte sich ab und ging langsam durch das Zimmer, um sich schwer aufs Bett zu setzen.

»Seid Ihr in Ordnung, *Chieh Hsia?*« fragte Sun Li Hua. Er stellte die Schale auf den kleinen Tisch neben dem Bett, dann blickte er zu seinem Meister auf. »Hat eine der Mägde Euch verärgert?«

Wang Hsien warf seinem Meister der Inneren Kammer einen Blick zu, als erkenne er ihn nicht wieder, dann schüttelte er nervös den Kopf. »Was ist das?« fragte er und deutete auf die Schale.

»Es ist Euer Schlafmittel, *Chieh Hsia*. Lotussamen, gemischt mit Eurem eigenen Lebenselixier. Es dürfte Euch helfen einzuschlafen.«

Wang Hsien sog tief und zitternd Luft ein, dann nahm er die Schale in die Hand und kostete. Das *Ho yeh* schmeckte leicht bitter – eine Bitterkeit, die durch die Salzigkeit seiner eigenen Yang-Essenz[2], seines Samens, noch gesteigert wurde –, aber nicht unangenehm. Er kippte den Inhalt der Schale hinunter, dann sah er Sun Li Hua an und hielt ihm die leere Schale hin. »Du weckst mich um fünf, verstanden?«

Sun Li Hua nahm die Schale und zog sich mit einer Verbeugung zurück. »Natürlich, *Chieh Hsia*.«

Er sah zu, wie der alte T'ang sich umdrehte, mit den

Beinen unters Laken schlüpfte und den Kopf aufs Kissen sinken ließ, um die Decke bis zu den Schultern hinaufzuziehen. Zwei Minuten, dachte er; länger wird es nicht dauern, hat der gute Doktor Yueh gesagt.

Sun Li Hua trat zurück unter die Kamera, und wartete in der Tür, bis er hörte, wie sich der Atem des T'ang änderte. Dann stellte er die Schale ab, zog einen Schlüssel aus seinem Seidengewand und langte nach oben, um ein Fach im Türrahmen zu öffnen. Es sprang mit einem Klicken auf und legte eine Tastatur und ein Chronometer frei. Mit flinken Finger tippte er die Kombination ein. Das Chronometer erstarrte und zwei bernsteinfarbene Lichter erschienen über dem Fach.

Er zählte bis zehn, dann betätigte er die Auswurftaste. Sofort fiel eine dünne, transparente Karte auf das Tablett unter der Tastatur. Er schob sie in seine Tasche, dann steckte er ihr Gegenstück in den Schlitz an der Seite und drückte SET.

»Gut«, sagte er leise, schloß das Fach und steckte den Schlüssel wieder in sein Gewand. Dann nahm er ein Paar Handschuhe aus seiner Tasche und ging in die Schlafkammer zurück.

* * *

Sechs Stockwerke tiefer, am anderen Ende des Palastes, saßen zwei Soldaten in einem engen Wachzimmer und unterhielten sich.

Der jüngere, ein Leutnant, wandte sich einen Moment lang von der Monitorwand ab und warf seinem Hauptmann einen Blick zu. »Was, meinen Sie, wird passieren, Otto? Werden sie alle Konzerne schließen?«

Hauptmann Fischer, Leiter des persönlichen Sicherheitsdienstes des T'ang, blickte hinter seinem Schreibtisch auf und lächelte. »Da bin ich so klug wie Sie, Wolf. Aber ich sage Ihnen eins, was immer sie tun, es wird Ärger geben.«

»Meinen Sie?«

»Nun, denken Sie mal drüber nach. Der Umfang der beschlagnahmten Vermögenswerte ist so gewaltig, daß sie – angenommen die Sieben frieren sie ein – dem Markt mit Sicherheit enormen Schaden zufügen werden. Wie auch immer, wenn sie den ganzen Reichtum in Form von Belohnungen neu verteilen, stellt sich die Frage, wer was bekommt. Eine Menge Leute werden eifersüchtig und unzufrieden sein. Andererseits können sie's nicht einfach zurückgeben. Es muß eine Art Bestrafung geben.«

Der Leutnant wandte sich wieder seinen Bildschirmen zu und betrachtete sie gewissenhaft. »Das denke ich auch. Aber wo sollen sie die Grenze ziehen? Wie sollen sie zwischen denen unterscheiden, die aktiv gegen sie waren, und jenen, die bloß nicht hilfreich waren?«

Fischer zuckte die Achseln. »Ich weiß es nicht, Wolf. Ich weiß es wirklich nicht.«

Sie diskutierten über die jüngste Welle von Beschlagnahmungen und Degradierungen, ein Thema, über das in diesen Tagen beinahe ständig geredet wurde. In den letzten achtzehn Monaten waren mehr als hundertachtzigtausend Familien von der ersten Ebene ›hinuntergeschickt‹ und ihre Besitztümer von den Sieben als Bestrafung für sogenannte ›subversive Aktivitäten‹ konfisziert worden. Weitere fünftausend Familien waren wegen aktiven Verrats an den Sieben einfach von Chung Kuo verschwunden – bis zur dritten Generation, wie es das Gesetz verlangte. Aber jetzt, da der Krieg sich in seiner letzten Phase befand und der Glanz des Friedens von Tag zu Tag heller wurde, waren Beschlagnahmungen eine delikate Angelegenheit geworden und der wichtigste Zankapfel zwischen denen, die Vergeltung verlangten, und jenen, die die Feuer des Ressentiments und der Bitterkeit dämpfen wollten, welche eine solche Vergeltung nach sich zog.

Der Leutnant drehte sich um und sah seinen Hauptmann nachdenklich an. »Wie ich gehört habe, wird sogar darüber geredet, das Haus wieder zu eröffnen.«

Fischer erwiderte den Blick seines Offiziers mit strenger Miene, und seine Stimme klang plötzlich hart. »Behalten Sie solche Sachen lieber für sich, Leutnant.«

»Sir.« Der Leutnant nickte knapp, dann wandte er sich wieder den Bildschirmen zu.

Fischer betrachtete Rahns Rücken, dann lehnte er sich zurück und gähnte. Es war kurz nach zwei, die Stunde des Ochsen.[3] Der Palast war still, auf den Bildschirmen regte sich nichts. In einer Stunde würde die Schicht vorbei sein, und dann konnte er schlafen. Er lächelte. Das heißt, wenn Lotte ihn schlafen lassen würde.

Er rieb sich den Hals, dann beugte er sich vor und machte sich an den Papierkram. Er hatte gerade angefangen, als die Tür zu seiner Rechten aufgestoßen wurde. Er fuhr aus seinem Stuhl hoch, zog seine Waffe und richtete sie auf die Tür.

»Sun Li Hua! Was, in Teufels Namen...?«

Der Meister der Inneren Kammer sah schrecklich aus. Sein Seidengewand war zerrissen, sein Haar zerzaust. Er stützte sich an den Türrahmen, die Augen vor Entsetzen weit aufgerissen, die Wangen feucht von Tränen. Er streckte die Arme aus, seine Hände zitterten heftig, dann schüttelte er den Kopf, und seine Lippen bewegten sich tonlos. Als er seine Stimme wiederfand, klang sie rauh und unnatürlich hoch.

»Der T'ang...«

Fischer warf einen Blick auf den Bildschirm, der Wang Hsiens Schlafkammer zeigte, dann sah er Sun Li Hua wieder an. »Was ist los, Meister Sun? Was ist passiert?«

Für einen Moment schien Sun Li Hua unfähig zum Reden zu sein, dann fiel er auf die Knie. Ein großer, qualvoller Seufzer durchfuhr seinen Leib, dann sah er auf, der Blick wild und verwirrt. »Unser Meister, der T'ang. Er ist … tot.«

Fischer hatte es in dem Moment gewußt, als er Sun Li Hua gesehen hatte; hatte gespürt, wie sich sein Magen vor Furcht zusammenkrampfte; aber er hatte es nicht wissen wollen – nicht mit Sicherheit.

»Wie?« hörte er sich fragen. Dann, als er erkannte, was das bedeutete, warf er seinem Leutnant einen Blick zu und kam ihm damit zuvor, hielt ihn davon ab, den Hauptalarmknopf zu drücken, der den ganzen Palast wecken würde.

»Fassen Sie nichts an, Wolf. Nicht, bevor ich Ihnen den Befehl dazu gebe! Holen Sie sofort Kurt und Alan her!«

Er wandte sich wieder Sun zu. »Wer weiß es noch, Meister Sun? Wem haben Sie's noch gesagt?«

»Niemandem«, antwortete Sun, und seine Stimme war kaum hörbar. »Ich bin sofort hergekommen. Ich habe nicht gewußt, was ich tun soll. Sie haben ihn umgebracht. Während er schlief.«

»Wer? Wer hat ihn umgebracht? Was meinen Sie?«

»Fu und Chai. Da bin ich mir ganz sicher. Fus Stilett …«

Fischer schluckte entsetzt. »Sie haben ihn erstochen? Ihre beiden Assistenten haben ihn erstochen?« Er wandte sich seinem Leutnant zu. »Wolf, machen Sie zwei Kopien der Speicherfolie aus den Überwachungskameras. Schicken Sie eine an Marschall Tolonen in Bremen. Die andere an General Helm in Rio.«

»Sir!«

Er dachte rasch nach. Niemand wußte etwas. Noch nicht. Nur er, Wolf und Sun Li Hua. Und die Mörder natürlich, aber sie würden es niemandem sagen. Er wandte sich wieder seinem Leutnant zu. »Behalten Sie Meister Sun hier. Und wenn Kurt und Alan kommen, sollen sie hier warten, bis ich wieder da bin. Und Wolf …«

»Sir?«

»Sagen Sie niemandem etwas. Noch nicht. Haben Sie mich verstanden?«

Wang Hsien lag auf dem Rücken, mit entspanntem Gesicht, als schliefe er noch, doch blaß – fast so blaß wie ein *Hung Mao*. Fischer beugte sich über ihn und fühlte am Hals nach dem Puls. Er war nicht mehr zu spüren. Die Haut war kalt. Der T'ang war seit mindestens einer Stunde tot.

Fischer erschauderte, trat zurück und betrachtete den Leichnam noch einmal. Die Seidenlaken waren dunkel, klebrig vom Blut des alten Mannes. Das Stilett mit dem Silbergriff ragte aus der nackten Brust des T'ang, die Klinge war bis zum Heft hineingerammt worden. Er kniff die Augen zusammen und überlegte. Diese Tat hatte einige Kraft erfordert, selbst wenn es um einen schlafenden Mann ging. Und nicht bloß Kraft. Es war nicht einfach für einen Menschen, einen anderen zu töten. Man brauchte den entsprechenden Willen für diese Tat.

Konnte Fu das getan haben? Oder Chai? Fischer schüttelte den Kopf. Er konnte sich nicht vorstellen, daß es einer von den beiden gewesen war. Aber wenn nicht sie, wer dann?

Er sah in die Runde und prägte sich ein, wie die Gegenstände umherlagen. Dann, als er einen Entschluß gefaßt hatte, drehte er sich um und verließ das Zimmer, weil er wußte, daß ihm nur Minuten zum Handeln blieben.

* * *

Das Brett lag vor DeVore auf dem Schreibtisch, sein Gitter aus neunzehn mal neunzehn Linien teilweise mit einem Muster aus schwarzen und weißen Steinen bedeckt. Der Großteil des Bretts war leer, nur in der oberen rechten Ecke, im *Ch'u*, dem Westen, konzentrierten sich die Steine. Dort war die erste Phase der Schlacht ausgefochten worden, dort hatte Schwarz die weißen Steine in die Ecke gedrängt, ihnen langsam die Luft abgedreht, ihre Augen geblendet, bis die Gruppe schließlich tot war und die zehn Steine vom Brett genommen wurden.

Es war ein uraltes Spiel – eines der zehn Spiele des West Lake, mit dem zwei große Meister von Hai-nin, Fan Si-pin und Su Tiang-an, damals 1763 gespielt hatten. Er spielte es oft aus dem Gedächtnis, hielt inne, so wie jetzt beim neunundfünfzigsten Zug, um sich zu erkundigen, wozu Fan, der Weiß spielte, sich entschlossen hatte. Es war ein elegantes, fesselndes Spiel, die beiden Meister in ihren Fähigkeiten so ausgeglichen, ihre Züge so wohldurchdacht, daß ihn ein Schauer des Entzückens durchfuhr, als er daran dachte, was noch kommen würde. Dennoch konnte er nicht anders, als im Spiel beider Kontrahenten nach jenen kleinen Möglichkeiten der Verbesserung zu suchen.

DeVore blickte vom Brett auf und warf dem jungen Mann einen Blick zu, der mit dem Rücken zu ihm am anderen Ende des Zimmers stand. Dann zog er ein hauchdünnes Blatt Eispapier aus seiner Jackentasche, faltete es auf und hielt es ihm hin.

»Haben Sie von dieser neuen Gruppe gehört, Stefan – den *Ping Tiao?*«

Lehmann drehte sich mit ausdrucksloser Miene um, dann kam er herüber, nahm das Blatt und überflog es. Einen Moment später sah er DeVore wieder an, und seine kalten, rosa Augen verrieten nichts. »Ja, ich habe von ihnen gehört. Das sind Typen von den unteren Ebenen, richtig? Warum interessieren Sie sich für sie?«

»Ein Mann muß sich für viele Dinge interessieren«, antwortete DeVore kryptisch und beugte sich vor, um einen weißen Stein aus der Schale zu nehmen, den er in der Hand wog. »Die *Ping Tiao* wollen dasselbe wie wir, die Sieben vernichten.«

»Ja, aber sie würden uns genauso bereitwillig töten. Sie sind Terroristen. Sie wollen *nur* zerstören.«

»Ich weiß. Sie könnten trotzdem nützlich sein. Wir könnten einen Teil des Weges gemeinsam gehen, meinen Sie nicht?«

»Und dann?«

DeVore lächelte gepreßt. Lehmann wußte es so gut wie er. Dann würde es Krieg zwischen ihnen geben. Einen Krieg, den er gewinnen würde. Er sah wieder auf das Brett. Der neunundfünfzigste Zug. Wie hätte *er* an Fans Stelle gespielt? Sein Lächeln wurde breiter, natürlicher. Wie oft hatte er darüber nachgedacht? Hundert Mal? Tausend Mal? Und immer wieder hatte er sich unvermeidlich zu Fans Zug entschlossen, den schwarzen Stein auf 4/1 entfernt, um sich kurzfristig Luft zu verschaffen. Die Dinge standen an diesem Punkt so auf der Kippe, daß er bei einem anderen Zug – einem von einem Dutzend anderer verlockender Züge – alles verloren hätte.

Ein weiser Mann, Fan Si-pin. Er kannte den Wert eines Opfers, er wußte, wie wichtig es war, seinen Gegner hart für seine kleinen Siege arbeiten zu lassen – er wußte, daß der Krieg im *Shang, P'ing* und *Tsu* weiterging, wenn die Schlacht im *Ch'u* verloren war.

So verhielt es sich jetzt in Chung Kuo. Die Dinge befanden sich in einem empfindlichen Gleichgewicht. Und ein falscher Zug ... Er blickte wieder zu Lehmann auf und musterte den großen, jungen Albino.

»Sie fragen, was geschehen würde, sollten wir Erfolg haben, aber es gibt andere, dringlichere Fragen. Sind die *Ping Tiao* wichtig genug? Sie wissen, wie die Medien diese Dinge übertreiben. Und würde eine Allianz mit ihnen uns schaden oder nützen?«

Lehmann begegnete seinem Blick. »Wie ich schon sagte, die *Ping Tiao* sind eine Organisation der unteren Ebenen. Schlimmer noch, es sind Idealisten. Es wäre schwierig, mit solchen Männern zu arbeiten. Sie dürften weniger Schwächen haben als jene, mit denen wir sonst zu tun haben.«

»Und doch sind es auch nur Menschen. Sie haben Bedürfnisse, Sehnsüchte.«

»Vielleicht. Aber sie würden uns von Anfang an mißtrauen. In ihren Augen sind wir Menschen von der Ersten Ebene, ihre natürlichen Feinde. Warum sollten sie mit uns zusammenarbeiten?«

DeVore lächelte, stand auf und ging um den Schreibtisch. »Es ist keine Frage der Wahl, Stefan, sondern der Notwendigkeit. Sie brauchen Leute wie uns. Denken Sie an die Verluste, die sie erlitten haben.«

Er wollte noch etwas sagen – seinen Plan umreißen –, als jemand heftig an der Tür klopfte.

DeVore sah Lehmann in die Augen. Er hatte seinem Leutnant Wiegand befohlen, ihn nicht zu stören, wenn es nichts Lebenswichtiges war.

»Kommen Sie rein!«

Wiegand trat zwei Schritte ins Zimmer, dann ging er ruckartig in Habachtstellung und senkte den Kopf. »Ich habe einen Anruf auf dem codierten Kanal, Sir. Dreifach verschlüsselt.«

DeVore kniff die Augen zusammen und merkte, wie aufmerksam Lehmann ihn beobachtete. »Wer ist dran?«

»Stifel, Sir. Er sagt, er habe wenig Zeit.«

›Stifel‹ war der Code-Name für Otto Fischer in Alexandria. DeVore zögerte, ging in Gedanken alle Möglichkeiten durch, dann nickte er.

»Gut. Schalten Sie durch.«

Es war eine nicht-visuelle Mitteilung, und Fischers Stimme war technisch so stark verfremdet, daß sie beim besten Willen nicht wiederzuerkennen war.

»Nun, Stifel? Was ist los?«

»Der Mond ist untergegangen, Sir. Gerade vor einer Stunde.«

DeVore hielt den Atem an. »Wie?«

»Verfinstert.«

DeVore warf Lehmann einen verblüfften Blick zu. Er überlegte, dann fragte er: »Wie viele wissen davon?«

»Drei, vielleicht vier.«

»Gut. Belassen wir's dabei.« Er dachte rasch nach. »Wer bewacht unseren gesunkenen Mond?«

»Niemand. Eine Kamera ...«

»Jetzt hören Sie mir zu ...«

Er erklärte kurz, was er wollte, dann unterbrach er den Kontakt und wußte, daß Fischer genau das tun würde, was er verlangt hatte.

»Wer ist tot?«

DeVore drehte sich um und sah Lehmann an. Seinem Gesichtsausdruck, ebenso wie dem Klang seiner Stimme, schien es völlig an Neugier zu fehlen, als sei die Frage bloß eine höfliche Floskel, die Antwort unbedeutend für ihn.

»Wang Hsien«, antwortete er. »Es sieht so aus, als sei er in seinem Bett ermordet worden.«

Wenn er damit gerechnet hätte, daß der Albino eine Spur von Überraschung zeigte, wäre er jetzt enttäuscht gewesen, aber er kannte den jungen Mann besser.

»Ich verstehe«, sagte Lehmann. »Und Sie wissen, wer's getan hat?«

»Ich kenne den Agenten, ja, aber nicht, für wen er gearbeitet hat.« DeVore lehnte sich wieder hinter seinem Schreibtisch zurück, dann blickte er zu Lehmann auf. »Es war Sun Li Hua.«

»Wissen Sie das mit Sicherheit?«

»Nicht mit Sicherheit, nein. Aber ich würde eine Million *Yuan* darauf wetten.«

Lehmann trat an den Schreibtisch. »Und was jetzt?«

DeVore sah ihm kurz in die Augen, dann blickte er wieder aufs Brett. »Wir warten ab. Bis wir wieder von Stifel hören. Dann wird's lustig.«

»Lustig?«

»Ja, lustig. Sie werden schon sehen. Aber gehen Sie

jetzt, Stefan. Ruhen Sie sich etwas aus. Ich werde Sie anrufen, wenn ich Sie brauche.«

Er merkte, daß er immer noch den weißen Stein in der Hand hielt. Er lag wie ein winziger Mond in seiner Handfläche, kühl und feucht von seinem Schweiß. Er öffnete die Finger und starrte ihn an, dann hob er ihn und wischte ihn ab. Der neunundfünfzigste Stein.

Das Spiel hatte sich dramatisch geändert, das Gleichgewicht zu seinen Gunsten verändert. *Der Mond war untergegangen. Verdunkelt.*

DeVore lächelte, dann nickte er, weil er von einem zum anderen Moment wußte, wohin er den Stein setzen mußte.

* * *

Der tote T'ang lag da, wie er ihn zurückgelassen hatte, unberührt, das lange graue Haar über dem Kissen ausgebreitet, die Arme an den Seiten, die Handflächen nach oben. Fischer stand da und betrachtete den Leichnam, atmete dabei tief durch und machte sich bereit. Dann, als er wußte, daß er es nicht länger hinausschieben konnte, beugte er sich hinunter, legte eine Hand hinter den kalten, steifen Nacken und hob den Kopf, um das Haar vom Ohr zurückzustreichen.

Es war physisch nicht schwierig – die Klinge drang ohne Widerstand ins Fleisch; das Blut hörte fast im selben Moment zu fließen auf, als es angefangen hatte – doch er spürte einen tiefen, fast überwältigenden Widerstand in sich. Das hier war ein T'ang! Ein Sohn des Himmels! Er zitterte, ließ die durchtrennte Haut zurücksinken, dann drehte er den Kopf und tat dasselbe mit der anderen Seite.

Er ließ den Kopf ins Kissen zurücksinken und trat entsetzt zurück. Äußerlich wirkte er ruhig, fast kalt in seiner Beherrschtheit, doch innerlich bebte er vor einer unerklärlichen, fast religiösen Furcht vor dem, was er da tat. Sein Puls raste, sein Magen bäumte sich auf, und die ganze Zeit sagte ein Teil von ihm: *Was machst du da, Otto? Was machst du?*

Er starrte entsetzt auf die beiden dicken Fragezeichen aus Fleisch, die jetzt auf dem Kissen lagen, vom Kopf ihres Besitzers geschnitten, dann straffte er sich und nahm sie in die Hand. Er zog den kleinen Beutel aus seiner Jacke und ließ sie hineinfallen, dann versiegelte er den Beutel und steckte ihn in die Tasche.

Wang Hsien lag da, selbst im Tod noch königlich, gleichgültig gegenüber allem, was man ihm angetan hatte. Fischer starrte ihn eine Weile wie hypnotisiert an, voller Ehrfurcht vor der Macht der schweigenden Gestalt. Als ihm dann klar wurde, daß er seine Zeit verschwendete, beugte er sich nochmals über den Leichnam und strich das Haar wieder glatt, um die Entstellung zu verbergen.

Er lachte heiser vor Nervosität – ein Lachen, das er rasch unterdrückte. Er schauderte und sah sich noch einmal um, dann ging er zur Tür. Dort hielt er inne, griff nach oben, um die Kamera zurückzustellen, verglich die verstrichene Zeit mit der Anzeige auf seinem Handgelenk-Timer, dann stellte er die Uhr der Kamera vor, bis beide synchronisiert waren. Als er damit fertig war, tippte er rasch die Kombination ein. Die Lichter oben wechselten von bernsteinfarben nach grün und zeigten damit an, daß die Kamera wieder arbeitete.

Er warf noch einen letzten prüfenden Blick in das Zimmer, zufrieden darüber, daß er nichts durcheinandergebracht hatte, dann ging er hinaus und zog die Tür vorsichtig hinter sich zu. Sein Herz pochte und sein Mund war trocken vor Furcht, und der versiegelte Beutel schien an der Stelle zu brennen, wo er ihn an seinen Körper drückte.

* * *

Ein Flüstern in seinem Zimmer weckte Wang Ta-hung; er setzte sich auf und zog das Laken bis an die Brust, seine Gedanken von Furcht verfinstert.

»Wer ist da?« rief er, und seine Stimme zitterte. »Kuan Yin beschütze mich, wer ist da?«

Ein Gestalt trat auf das riesige Bett zu und verneigte sich. »Ich bin's nur, Exzellenz. Euer Diener Wu Ming.«

Wang Ta-hung, der älteste überlebende Sohn des T'ang, raffte die Decke fester an sich und starrte mit weit aufgerissenen Augen am Meister seiner Schlafkammer vorbei in die Dunkelheit dahinter.

»Wer ist da, Wu Ming? Mit wem haben Sie da geflüstert?«

Eine zweite Gestalt trat aus dem Dunkel und stellte sich mit gesenktem Kopf neben die erste. Es war ein hochgewachsener, kräftig gebauter Han in schwarzer Seide, sein Bart zu drei winzigen Zöpfen geflochten, sein Gesicht, als er es endlich hob, fest und undeutbar. Ein hübsches, doch ausdrucksloses Gesicht.

»Exzellenz.«

»Hung Mien-lo!«

Wang Ta-hung drehte sich um und warf einen Blick auf das verzierte Chronometer neben dem Bett, dann wandte er sich wieder den beiden Männer zu, sein Gesicht vor Schreck verzerrt.

»Es ist fast halb zwei! Was machen Sie hier? Was ist passiert?«

Hung Mien-lo setzte sich neben den erschrockenen Zwanzigjährigen aufs Bett und faßte sanft, aber fest seine Oberarme.

»Es ist alles in Ordnung, Ta-hung. Bitte beruhigt Euch. Ich habe ein paar Neuigkeiten, das ist alles.«

Der junge Prinz nickte, aber es war, als stünde er immer noch im Bann eines schrecklichen Traums; seine Augen starrten noch immer ins Leere, und ein Muskel in seiner linken Wange zuckte heftig. Er war schon seit achtzehn Monaten so, seit dem Tag, da er seine beiden Brüder tot in einem der Gästeschlafzimmer des Sommerpalastes gefunden hatte, ihre nackten Körper graublau von dem Gift, die beiden Mägde, mit denen sie sich amüsiert hatten, daneben auf dem Boden hingestreckt, die bleichen Glieder mit Blut befleckt.

Manche sagten, daß der bleiche, farblos wirkende Junge verrückt sei, andere meinten, daß es für jemanden mit einer so kränklichen Anlage nur natürlich sei, nach einer solchen Entdeckung zu leiden. Er war nie ein besonders starker Junge gewesen, aber jetzt …

Hung Mien-lo legte dem jungen Mann eine Hand auf die Schulter, um ihn zu beruhigen, denn er wußte, wie heikel das war, was vor ihm lag – daß das, was gesagt werden mußte, ihn nur noch weiter in den Wahn treiben würde. Er sprach leise und beruhigend. »Es geht um Euren Vater, Ta-hung. Ich fürchte, er ist tot.«

Für einen Moment nahm er es nicht wahr. Er blinzelte einmal ungläubig und unsicher. Dann riß sich der Prinz auf einmal los und kroch zurück, bis er mit dem Rücken am Kopfbrett kauerte, die Augen weit aufgerissen, den Mund geöffnet.

»Wie?« fragte er, und seine Worte waren ein kaum hörbares, erschrockenes Winseln. »*Wie* ist er gestorben?«

Hung Mien-lo ignorierte die Frage. Er sprach ruhig, schlug denselben besänftigenden Ton an wie vorher. »Ihr müßt Euch anziehen, Ta-hung. Ihr müßt kommen und bestätigen, was passiert ist.«

Wang Ta-hung lachte schrill, barg den Kopf in den Armen und schüttelte ihn wild. »Nei-ein!« schrie er mit erstickter Stimme. »Nei-ein! Bei allen Göttern nein, nicht schon wieder!«

Hung Mien-lo drehte sich um und schnippte mit den Fingern. Wu Ming lief sofort los, um die Dinge zu richten. Ja, dachte Hung, wenigstens er hat verstanden. Jetzt, da der alte T'ang tot ist, wird Ta-hung an seine Stelle treten, ob er verrückt ist oder nicht. Je verrückter, desto besser, wenn's nach mir ginge, denn je mehr Ta-hung sich auf mich verläßt, um so mehr Macht liegt in meinen Händen.

Er lächelte, stand auf und sah, wie der junge Mann sich vor ihm versteckte, doch wie sein Blick ihn um Hilfe anflehte. Ja wirklich, dachte Hung Mien-lo; jetzt ist wirklich meine Stunde gekommen; die Stunde, auf die ich als Gefährte dieses jungen Narren so lang gewartet habe. Und nun bin ich der eigentliche erste Mann in der Stadt Afrika. Der Former. Der Ordner. Derjenige, der Gefälligkeiten leistet.

Er triumphierte innerlich, empfand eine erhabene Freude, die in ihm in dem Moment erstrahlt war, als er es erfahren hatte; doch dies, mehr als jeder andere Moment, war eine Zeit für Masken. Er setzte jetzt eine auf, zwang sein Gesicht in den starren Ausdruck tiefster Trauer. Zufrieden ging er zu dem jungen Prinzen und hob ihn aus dem Bett, um ihn auf die Füße zu stellen.

»Es war so kalt«, murmelte der Junge und blickte in sein Gesicht auf. »Als ich Chang Yes Schulter berührte, fühlte sie sich an, als sei sie mit Eis bedeckt. Die Kälte schien meine Hand zu verbrennen. Ich ...« Er zögerte, dann senkte er den Blick und drehte die Hand, hob die Handfläche, um sie anzustarren.

»Das ist vorbei, Ta-hung. Ihr müßt Euch jetzt anziehen und Euren Vater sehen. Ihr seid jetzt der Älteste, das Oberhaupt Eurer Familie. Ihr müßt jetzt die Verantwortung übernehmen.«

Ta-hung starrte ihn verständnislos an. »Verantwortung?«

»Macht Euch keine Sorgen«, sagte Hung, öffnete den Knoten und zog dem Prinzen das Nachtgewand über die Schultern, unter dem er nackt war. »Ich werde an

Eurer Seite sein, Ta-hung. Ich werde Euch sagen, was zu tun ist.«

Wu Ming kam zurück und machte sich sofort daran, den Prinzen anzuziehen und herzurichten. Er war längst nicht fertig, als Ta-hung sich von ihm losriß und sich Hung Mien-lo schluchzend vor die Füße warf.

»Ich habe Angst, Mien-lo. Ich habe solche Angst!«

Hung warf Wu Ming einen Blick zu, dann griff er nach unten und riß den Prinzen grob auf die Füße. »Hört auf! Ihr müßt sofort damit aufhören!«

Es herrschte einen Moment schockierte Stille, dann senkte der junge Prinz den Kopf. »Es tut mir leid. Ich...«

»Nein!« stieß Hung hervor. »Keine Entschuldigungen. Versteht Ihr nicht, Ta-hung? Ihr seid jetzt T'ang. Einer der *Sieben*. Ich muß mich entschuldigen, nicht Ihr, *Chieh Hsia*.«

Chieh Hsia. Es war das erste Mal, daß der junge Mann wie ein T'ang angesprochen wurde, und Hung Mien-lo sah sofort, welche Wirkung das auf ihn hatte. Obwohl Ta-hung noch immer zitterte und noch immer Tränen seine Wangen hinunterströmten, stand er aufrechter da, wirkte größer, weil er zum erstenmal merkte, was er geworden war.

»Ihr versteht mich also? Gut. Dann denkt daran. Laßt Euch von niemandem außer einem anderen T'ang ohne Erlaubnis berühren. Und laßt Euch von niemandem, nicht einmal von einem T'ang, so anreden, wie ich es früher getan habe. Ihr seid jetzt T'ang. Ihr steht über uns. Versteht Ihr, *Chieh Hsia?*«

Ta-hungs Stimme, als er antwortete, klang anders, ruhiger. »Ich verstehe Sie, Mien-lo. Mein Vater ist tot, und jetzt bin ich T'ang.«

»Gut. Dann wollen wir mit Eurer Erlaubnis zu Eurem Vater gehen und ihm unseren Respekt erweisen, gut?«

Ein unmerklicher Schauer durchfuhr die schmächtige Gestalt des Jungen, eine leichte Aufwallung von Schmerz überflog sein Gesicht, dann nickte er. »Wie Sie meinen, Mien-lo. Wie Sie meinen.«

* * *

Wang Sau-leyan hörte ihre Stimmen näher kommen – das Rascheln von Seide und ihre leisen Schritte auf dem gefliesten Boden – und stieß die Tür auf, um in den gedämpft beleuchteten Korridor hinauszuschlüpfen. Er zog die Tür leise zu, dann drehte er sich um und sah sie an. Sie näherten sich rasch, redeten die ganze Zeit und bemerkten ihn erst, als sie fast an ihm vorbei waren. Er sah den überraschten Ausdruck in Hung Mien-los Gesicht und hörte seinen Bruder erschrocken keuchen.

Er lächelte und verneigte sich andeutungsweise. »Ich habe Geräusche gehört, Ta-hung. Stimmen, die leise, aber drängend durch die Dunkelheit gerufen haben. Was ist passiert, Bruder? Warum gehst du zu dieser frühen Stunde durch die Korridore?«

Er sah, wie Ta-hung seinen Freund verlegen ansah, sein Gesicht ein Schlachtfeld widerstreitender Gefühle, und lächelte innerlich, amüsierte sich über die Machtlosigkeit seines Bruders.

»Ich fürchte, es gibt schlechte Nachrichten, Wang Sau-leyan«, antwortete Hung Mien-lo und verneigte sich tief mit ernstem Gesicht. »Euer Vater ist tot.«

»Tot? Aber wieso?«

Er sah, wie Hung Mien-lo seinem Bruder einen Blick zuwarf und wußte sofort, daß man Ta-hung nicht alles gesagt hatte.

»Es wäre das beste, wenn Ihr selbst kommt, Exzellenz. Ich werde dann alles erklären. Aber jetzt entschuldigt uns bitte. Wir müssen dem verstorbenen T'ang unseren Respekt erweisen.«

Ihm fiel auf, wie bestimmt Hung Mien-lo die letzten beiden Worte betont hatte; wie in seiner Stimme, obwohl vordergründig freundlich, seine Ansicht über das mitschwang, was sich geändert hatte. Wang Sauleyan lächelte Hung gepreßt an, dann verneigte er sich vor seinem älteren Bruder.

»Ich ziehe mich sofort an.«

Er sah sie gehen; dann schob er zufrieden die Tür wieder auf und ging in seine Zimmer zurück.

Von seinem Bett rief eine leise Stimme nach ihm, jung und unverkennbar weiblich. »Was war los, mein Liebling?«

Er ging zu ihr, streifte sein Nachtgewand ab und legte sich nackt zu ihr unter die Decke.

»Es war nichts«, sagte er und lächelte die dritte Frau seines Vaters an. »Überhaupt nichts.«

* * *

Wang Ta-hung stand an der Tür zum Zimmer seines Vaters und starrte hinein. Angst schnürte ihm die Kehle zu. Er drehte sich um und sah Hung Mien-lo flehentlich an. »Ich kann nicht ...«

»Ihr seid T'ang«, antwortete Hung bestimmt. »Ihr könnt.«

Der junge Mann schluckte, dann drehte er sich um und stemmte die Fäuste in die Seiten. »Ich bin T'ang«, wiederholte er. »T'ang der Stadt Afrika.«

Hung Mien-lo sah zu, wie er die ersten zögernden Schritte in das Zimmer tat, und wußte, wie wichtig die nächsten paar Minuten waren. Ta-hung hatte sich inzwischen mit dem Tod seines Vaters abgefunden. Jetzt mußte er feststellen, wie der alte Mann gestorben war, mußte aus erster Hand das Schicksal der Könige kennenlernen.

Und wenn er dabei den Verstand verlor?

Hung Mien-lo lächelte insgeheim, dann ging er ins

Zimmer. Er wäre nicht der erste König, der den Verstand verlor. Was war ein König letztlich mehr als ein Symbol – das sichtbare Zeichen eines Regierungssystems? Solang die Stadt regiert wurde, was machte es da aus, wer die Befehle gab?

Er blieb neben dem Stuhl des alten Mannes stehen und sah zu, wie der Junge sich dem Bett näherte. Hat er's schon gesehen? fragte er sich. Doch Ta-hung war zu ruhig, zu gefaßt. Dann drehte sich der junge T'ang um und sah ihn an.

»Ich wußte es«, sagte er leise. »Als Sie es mir gesagt haben, habe ich sofort gewußt, daß er umgebracht worden ist.«

Hung Mien-lo ließ Atem ab. »Das wußtet Ihr?« Er senkte den Blick. Dort, auf dem Kissen unter ihm, lag die Haarbürste des T'ang. Er bückte sich und hob sie auf, betrachtete sie und bewunderte die schlanke Eleganz ihres Ebenholzgriffs, die Zartheit ihres Designs. Er wollte sie gerade wieder hinlegen, als ihm einige Strähnen des alten T'angs auffielen, die sich in den dunklen Borsten verfangen hatten; lange, weiße Strähnen, fast durchsichtig weiß, wie die feinsten Eisfäden. Er runzelte die Stirn, dann sah er Wang Ta-hung wieder an. »Wie fühlt Ihr Euch, *Chieh Hsia?* Fühlt Ihr Euch gut genug, um andere zu sehen, oder soll ich das verschieben?«

Wang Ta-hung sah in die Runde, dann drehte er sich um und starrte auf seinen Vater hinunter. Er schwieg, war unnatürlich ruhig.

Vielleicht ist es das, dachte Hung. Vielleicht ist etwas in ihm zerbrochen, und diese Ruhe ist das erste Anzeichen davon. Aber dieses eine Mal wirkte Tahung kein bißchen verrückt, verbreitete nur eine seltsame Würde und Distanziertheit, die so überraschend war, weil sie so unerwartet kam.

»Lassen Sie die anderen kommen«, sagte er, und in seiner Stimme klang keine Spur Furcht mit, seine

Augen saugten den Anblick seines ermordeten Vaters auf. »Ein Aufschub hat keinen Sinn.«

Hung Mien-lo zögerte, war plötzlich unsicher, dann drehte er sich um und ging zur Tür, um dem Wachmann zu sagen, er solle Fischer und Sun Li Hua herbringen. Dann ging er wieder hinein.

Wang Ta-hung stand neben dem Bett. Er hatte etwas aufgehoben und schnüffelte daran. Hung Mien-lo trat an seine Seite.

»Was ist das?« fragte Ta-hung und gab ihm eine Schale.

Es war ein makelloses Stück Porzellan. Seine Rundheit und seine perfekte lavendelfarbene Glasur machte es zu einem Vergnügen, es anzuschauen. Hung drehte es in der Hand, ein schwaches Lächeln auf den Lippen. Es war überdies ein altes Stück, *K'ang Hsi* vielleicht … vielleicht auch nicht, denn die Farbe stimmte nicht. Aber das hatte Ta-hung nicht gemeint. Er hatte nach dem Rückstand darin gefragt.

Hung roch daran und fand den schweren, moschusartigen Geruch seltsam vertraut, dann drehte er sich um, weil er Stimmen an der Tür hörte. Es waren Sun Li Hua und der Hauptmann.

»Meister Sun«, rief er, »was war in der Schale?«

Sun verbeugte sich tief und trat ins Zimmer. »Es war ein Schlafmittel, *Chieh Hsia*«, sagte er und hielt den Kopf gesenkt, als er den neuen T'ang ansprach. »Doktor Yueh hat es bereitet.«

»Und woraus bestand es?« fragte Hung, irritiert über Suns Unwilligkeit, ihm direkt zu antworten.

Sun Li Hua zögerte. »Es war *Ho Yeh,* gegen Schlaflosigkeit, *Chieh Hsia.*«

»*Ho Yeh* und was noch?« hakte Hung nach, weil er den typischen Geruch von Lotossamen kannte.

Sun sah den jungen T'ang kurz an, als bitte er um Verzeihung, dann senkte er den Kopf. »Es war mit der eigenen Yang-Essenz des T'ang vermischt, *Chieh Hsia.*«

Er stellte die Schale hin, dann wandte er sich ab und sah die frischen Blumen am Bett, die Kleider des T'ang über dem Toilettentisch, vorbereitet für den Morgen.

Er sah zu Fischer hinüber. »Hat jemand etwas angefaßt?«

»Nein … Exzellenz.«

Er bemerkte sein Zögern und ihm fiel auf, daß seine Leute, obwohl sie wußten, wie wichtig er plötzlich geworden war, noch unsicher waren, wie sie ihn anreden sollten. Ich brauche einen Titel, dachte er. Kanzler vielleicht. Einen Haken, an dem sie ihren Respekt aufhängen können.

Er drehte sich um und sah zur offenen Tür, die auf den Balkon hinausführte. »Ist der Mörder dort entlang geflohen?«

Fischer antwortete sofort. »Nein, Exzellenz.«

»Sind Sie sicher?«

»Ganz sicher, Exzellenz?«

Hung Mien-lo drehte sich überrascht um. »Wieso?«

Fischer blickte zur Kamera auf, dann trat er vor. »Es ist alles auf Folie gespeichert, Exzellenz. Sun Li Huas Assistenten, die Brüder Ying Fu und Ying Chai, sind die Mörder. Sie haben das Zimmer betreten, kurz nachdem Meister Sun dem T'ang sein Schlafmittel gegeben hat.«

»Bei allen Göttern! Und haben Sie sie gefaßt?«

»Noch nicht, Exzellenz. Aber da seit dem Mord niemand den Palast verlassen hat, müssen sie hier irgendwo sein. Meine Männer durchsuchen zur Zeit den Palast, um sie zu finden.«

Ta-hung sah allem erstaunt zu, die Lippen geöffnet, die Augen weit aufgerissen und der Blick starr. Hung Mien-lo sah kurz zu ihm hinüber, dann wandte er sich wieder Fischer zu und nickte knapp. »Gut. Aber wir wollen sie lebend. Es ist möglich, daß sie im Auftrag anderer gehandelt haben.«

Hung Mien-lo drehte sich um und ging zur offenen

Tür, zog den dünnen, durchsichtigen Seidenvorhang zurück und trat auf den Balkon hinaus. Es war kühl draußen, der Mond stand tief zu seiner Linken. Zu seiner Rechten durchschnitt der Strahl des fernen Leuchtturms die Dunkelheit, blitzte über das dunkle Wasser des Nildeltas und tastete sich weiter über die umgebende Wüste. Er stand da, die Hände auf der Balustrade, und starrte auf den dunklen Fluß tief unter sich hinunter.

So, es waren also Fu und Chai. Sie waren die Hände. Aber wer stand hinter ihnen? Wer außer ihm selbst hatte dem alten Mann den Tod gewünscht? Sun Li Hua? Vielleicht. Schließlich hatte Wang Hsien ihn vor seinen Söhnen gedemütigt, als Sun um die Beförderung seiner Brüder gebeten und der T'ang es ausgeschlagen hatte. Aber das war lange her. Inzwischen fast drei Jahre. Wenn Sun, warum jetzt? Und außerdem hatte Fischer gesagt, Sun habe sich wie ein Verrückter aufgeführt, als er zu ihm gekommen war, fiebrig vor Entsetzen.

Wer sonst? *Wer?* Er zermarterte sein Hirn, aber ihm fiel keine Antwort ein. Wang Sau-leyan? Er schüttelte den Kopf. Warum sollte dieser Nichtsnutz Macht haben wollen? Und was würde er, wenn er sie einmal hatte, anderes damit anfangen, als sie zu vergeuden? Nein, Ta-hungs kleiner Bruder konnte allenfalls mit Huren ins Bett steigen, aber keine Intrigen spinnen. Doch wenn er nicht, wer dann?

Aus dem Zimmer ertönte ein Schmerzensschrei. Er erkannte ihn sofort. Es war Ta-hung! Er drehte sich und lief hinein.

Ta-hung blickte zu ihm auf, als er eintrat, sein Gesicht ein Fenster, das einen Blick in sein inneres Entsetzen gestattete. Er war über seinen Vater gebeugt und barg den Kopf des alten Mannes in seinen Armen.

»Schauen Sie doch!« rief er erschüttert. »Schauen

Sie, was sie ihm angetan haben, diese Ratten! Seine Ohren! Sie haben seine Ohren abgeschnitten!«

Hung Mien-lo starrte ihn entsetzt an, dann drehte er sich um und sah Sun Li Hua an.

Alle Zweifel, die er im Hinblick auf den Meister der Inneren Kammer gehegt hatte, verflogen augenblicklich. Sun stand mit offenem Mund da und hatte die Augen vor Entsetzen weit aufgerissen.

Hung drehte sich um, und seine Gedanken befanden sich jetzt in Aufruhr. Seine Ohren! Warum sollte jemand ihm die Ohren abschneiden? Dann, bevor er zugreifen und ihn auffangen konnte, sah er Ta-hung vom Bett rutschen und besinnungslos zu Boden stürzen.

* * *

»Prinz Yuan! Wacht auf, Euer Vater ist hier!«

Li Yuan rollte herum und setzte sich auf. Nan Ho stand mit gesenktem Kopf in der Tür, eine Laterne in der Hand.

»Mein Vater?«

Hinter Nan Ho erschien eine zweite Gestalt in der Tür. »Ja, Yuan. Ich weiß, es ist spät, aber ich muß sofort mit dir reden.«

Nan Ho trat zur Seite und verneigte sich tief, um den T'ang vorbeizulassen, dann zog er sich zurück und schloß leise hinter sich die Tür.

Li Shai Tung setzte sich neben seinen Sohn aufs Bett, dann griff er nach dem Schalter der Nachttischlampe. Im grellen Licht war sein Gesicht aschfarben und seine Augen rotgerändert.

Li Yuan runzelte die Stirn. »Was ist los, Vater?«

»Schlechte Neuigkeiten. Wang Hsien ist tot. In seinem Bett ermordet. Schlimmer noch, die Sache ist irgendwie nach draußen gedrungen. Auf den unteren Ebenen toben Krawalle. Die *Ping Tiao* stacheln die Massen zur Rebellion an.«

»O nein ...« Li Yuan spürte, wie sich sein Magen zusammenzog. Das hatte er insgeheim schon befürchtet. Der Krieg hatte sie schwach gemacht. Die Dispersionisten waren zerschlagen und besiegt worden, aber heute gab es andere Feinde; andere, die sie herunterreißen und sich selbst auf das Rad des Staates setzen wollten.

Er sah seinem Vater in die Augen. »Was muß jetzt getan werden?«

Li Shai Tung seufzte und wandte den Blick ab. »Ich habe schon mit Tsu Ma und Wu Shih gesprochen. Sie meinen, wir sollten nichts tun. Wir sollten die Flammen ausbrennen lassen.« Er machte eine Pause und zuckte die Achseln. »Die Spannungen sind in letzter Zeit sehr hoch gewesen. Vielleicht wäre es gut, dieses eine Mal die Dinge laufen zu lassen.«

»Vielleicht.«

Li Yuan betrachtete seinen Vater und schloß aus seiner Unsicherheit, daß dies eine Haltung war, zu der man ihn überredet hatte, keine, mit der er selbst glücklich war.

Der T'ang starrte nachdenklich in die andere Ecke des Zimmers, dann drehte er sich um und sah seinen Sohn wieder an.

»Wang Hsien war ein guter Mann, Yuan. Ein starker Mann. Ich habe mich auf ihn verlassen. Er war ein standhafter Bundesgenosse, ein kluger Ratgeber. Er war wie ein Bruder für mich. Der Tod seiner Söhne ... das hat uns sehr nahe gebracht.«

Er schüttelte den Kopf, dann wandte er sich ab, plötzlich wütend, und eine Träne rann seine Wange hinunter. »Und jetzt ist Wang Ta-hung ein T'ang! Unter allen Geschöpfen der Götter ausgerechnet Ta-hung! So ein schwacher und törichter junger Mann!« Er drehte sich wieder um und sah Li Yuan an. Sein Blick glühte vor Zorn und Bitterkeit. »Kuan Yin beschütze uns alle! Dies ist ein schlimmer Tag für die Sieben.«

»Und für Chung Kuo.«

Als sein Vater gegangen war, stand Li Yuan auf, zog seinen Morgenmantel an und ging zum Fenster, um in den mondbeschienenen Garten hinauszublicken. Es war so, wie sein Vater es gesagt hatte, die Sieben waren durch seinen Tod sehr geschwächt. Doch Wang Hsien war ein alter Mann gewesen. Ein sehr alter Mann. Sie hätten früher oder später ohnehin den Konsequenzen seines Todes ins Auge sehen müssen, warum also nicht jetzt? Wang Ta-hung war schwach und töricht, das stimmte – aber es gab sechs weitere T'ang, die ihn führen und beraten konnten. War das nicht die Stärke der Sieben? Wo einer fiel, würden die Sieben stehen. So verhielt es sich. So würde es immer sein.

Er drehte sich um und senkte den Blick. Dort, auf dem niederen Tisch am Fenster, lag sein Bogen, dessen eleganter Halbkreis im Mondlicht silbrig schimmerte. Er beugte sich hinunter und hob ihn hoch, spürte die kühle, glatte Oberfläche des Holzes in seiner Hand. Dann fuhr er plötzlich herum, wie er es gelernt hatte, hatte den Bogen an der Hüfte und spannte die Sehne, als wollte er einen Pfeil abschießen.

Er zitterte, dann spürte er, wie er ruhig wurde, und blickte zurück.

Er hatte lange nicht darüber nachgedacht, aber jetzt hatte er es wieder deutlich vor Augen, und die Erinnerung flog ihm wie ein Pfeil über die Jahre zu. Er sah sich selbst als Achtjährigen an der Seite von Fei Yen auf der Lichtung am See. Er nahm den schwachen, süßen Duft von Jasmin wahr; sah ihren hellen, cremefarbenen Ärmel – spürte noch einmal den Schauer, der ihn durchlaufen hatte, als er leicht an seinen Knien vorbeistrich. Ihm gegenüber saß sein Bruder Han Ch'in, seine gestiefelten Beine wie zwei junge Bäume in der Erde verwurzelt, die Hände fest auf den Knien.

Wang Sau-leyan … Ja, er erinnerte sich jetzt daran. Fei Yen hatte über Wang Sau-leyan geredet und wie er im Bett seines Vaters erwischt worden war. Zehn Jahre alt war er gewesen. Erst zehn, und schon hatte man ihn mit einem Mädchen im Bett seines Vaters erwischt!

Li Yuan runzelte die Stirn, dann schluckte er, den Mund plötzlich trocken, und erinnerte sich, wie Fei Yen gelacht hatte, nicht schockiert, sondern amüsiert über die Geschichte. Er sah sie vor sich, wie sie sich langsam Luft zugefächert hatte; wie sie kurz den Blick nach innen gelenkt hatte, bevor sie vielsagend die Augenbrauen hob und Han in Lachen ausbrechen ließ. Fei Yen. Die Frau seines Bruders. Und jetzt seine Verlobte. Die Frau, die er heiraten würde, in ein paar Wochen schon.

Und Wang Sau-leyan? Ja, das paßte zusammen. Er erinnerte sich, wie Wang Hsien seinen jüngsten Sohn verbannt, ihn in Ungnade in seinen schwebenden Palast geschickt hatte, hunderttausend *li* über Chung Kuo. Und dort war der Junge ein ganzes Jahr geblieben, in seiner Gesellschaft nur die eigenen Wachen des T'ang. Ein Jahr. Das war eine lange Zeit für ein so lebhaftes Kind. Es mußte ihm wie eine Ewigkeit vorgekommen sein. Lange genug vielleicht, um die letzten dünnen Bande von Liebe und Respekt zu seinen Eltern zu zerreißen. Welche Bitterkeit dies in dem Jungen hervorgerufen haben mußte – welchen Haß auf die, die ihn gefangen hielten.

Li Yuan betrachtete den Bogen in seiner Hand und zitterte heftig. Dieser Tag mit Fei Yen. Es war der Tag des Bogenwettkampfs gewesen – der Tag, an dem sie sich von seinem Bruder hatte besiegen lassen. Und doch war Han Ch'in schon zwei Tage später tot und sie eine Witwe gewesen.

Er zitterte, dann sah er sie lächeln und den Kopf neigen, ihre kleinen makellosen Zähne zeigen. Und wußte nicht mehr weiter.

* * *

Sun Li Hua, der Meister der Inneren Kammer, stand an der Tür und sah zu, wie die Ärzte die Leiche untersuchten. Er hatte im gleißenden Licht der Überwachungskameras bereits seine Aussage gemacht, während Kontrollgeräte seine Körperfunktionen auf Anomalitäten untersuchten. Er hatte den Test überstanden und jetzt stand nur noch eins zwischen ihm und seinem Erfolg.

Er hörte sie miteinander tuscheln, dann drehte sich Fischer um und kam auf ihn zu.

»Es ist überprüft, Meister Sun«, sagte er und verneigte sich kurz. »Das *Yo heh* war sauber.«

»Das bezweifle ich nicht«, antwortete Sun und ließ es zu, daß eine Spur von Entrüstung seine Stimme färbte. »Doktor Yueh ist ein verläßlicher Diener. Er hat dem T'ang seit mehr als vierzig Jahren gedient.«

»Aha, ich verstehe. Und Männer kann man kaufen, nicht?« Fischer lächelte gepreßt, dann verbeugte er sich wieder und ging weiter, verließ für einen Moment das Zimmer.

Sun sah ihm nach. *Wen interessiert schon, was er vermutet?* dachte er. *Er kann nichts beweisen.*

Er drehte sich um, dann ging er zu den Ärzten, die noch eifrig beschäftigt waren. Einer hob den Kopf des T'ang, während ein zweiter vorsichtig den Bereich untersuchte, wo das Ohr abgeschnitten worden war. Sie würden aus dem eigenen Genmaterial des T'ang neue Ohren herstellen – denn ein T'ang mußte als Ganzes beerdigt werden. Aber es gab keinen Hinweis darauf, wohin die echten verschwunden waren, ebensowenig wie es eine Spur von Fu oder Chai gab.

Rätselhaft...

Sun Li Hua starrte in das leblose Gesicht des Alten, holte tief Luft und war plötzlich von einer grimmigen Befriedigung erfüllt. *Ja, Alter,* dachte er, *du hast mich einmal vor deinen Söhnen gedemütigt, hast dich geweigert, meine Brüder zu befördern, hast meine Familie niedergehal-*

ten. Aber jetzt bist du tot, und an deiner Stelle werden wir uns erheben. Denn ein anderer hat versprochen, die Familie Sun nach oben zu bringen, sie zur zweitwichtigsten Familie in der ganzen Stadt Afrika zu machen.

Er wandte sich ab und lächelte unter der Maske seines Kummers. Es war so einfach gewesen. Fu und Chai – was für Einfaltspinsel sie gewesen waren. Er dachte zurück und erinnerte sich, wie er sie unter Drogen gesetzt und ihren Mord an der Kopie des T'ang auf Folie aufgezeichnet hatte. Aber davon wußten sie nichts, nur daß sie wegen eines Verbrechens gesucht wurden, an das sie sich nicht erinnern konnten, es je begangen zu haben.

Vertrauen. Was für ein empfindliches Gut. Breche es und die Welt bricht gleich mit zusammen. Und Wang Hsien hatte sein Vertrauen zu ihm vor einigen Jahren gebrochen.

Er warf einen Blick zur Seite und sah sich selbst in dem wandlangen Spiegel gegenüber. *Sehe ich irgendwie anders aus?* fragte er sich. *Verrät mein Gesicht die Veränderung, die in mir stattgefunden hat? Nein. Denn ich habe mich an jenem Tag verändert, als er mich zurückwies. Es geschah damals, daß ich zum erstenmal das Messer in seinen Leib stieß. Damals. Denn der Rest war nur der Vollzug jener ersten Vorstellung.*

Er drehte sich um und sah Fischer, der ihn vor der Tür beobachtete.

»Nun, Hauptmann, haben Sie die Mörder gefunden?«

»Noch nicht, Meister Sun, aber wir werden es noch, das verspreche ich Ihnen.«

Fischer ließ den Blick noch einen Moment auf Sun ruhen, dann sah er weg. Es verhielt sich so, wie De-Vore es behauptete: Sun Li Hua war der Mörder. Als Sun in seinem Büro gewesen war, hatte Fischer ihm von seinem Leutnant unter dem Vorwand eine Blutprobe abnehmen lassen, ihm ein Beruhigungsmittel zu verabreichen. Diese Probe hatte nachgewiesen, was DeVore vorhergesagt hatte, Spuren von CT-7, einer Droge, die die Symptome akuter Belastung hervorrief.

Sein Schock, seine überwältigende Trauer – beide waren durch chemische Manipulation herbeigeführt. Und warum sollte er dergleichen vortäuschen, wenn es dafür keinen Grund gab? Und dann war da die Kamera. Es gab keine Möglichkeit zu beweisen, daß jemand daran herumgefummelt hatte, aber es ergab einen Sinn. Abgesehen von ihm selbst, kannte nur Sun Li Hua die Kombination; nur Sun hatte die Gelegenheit gehabt. Es war natürlich möglich, daß sie Fu und Chai einfach nicht hatten ins Zimmer gehen sehen, aber sein Leutnant war ein guter Mann – wachsam und aufmerksam. Etwas so Augenfälliges wäre ihm nicht entgangen. Und das bedeutete, daß die Folie mit der Aufnahme des Mordes hineingeschmuggelt worden war.

Aber wer zog dabei die Fäden? Hung Mien-lo? Es war möglich. Schließlich hatte er am meisten von Wang Hsiens Tod profitiert. Doch er hatte mit eigenen Augen gesehen, wie fair und gewissenhaft Hung in dieser Sache zu Werke gegangen war. Er hatte nichts übereilt oder übersehen – als sei er selbst begierig zu erfahren, wer den Tod des T'ang befohlen hatte.

Und das mußte er wissen. Denn ihm mußte klar sein, daß derjenige, der einen T'ang getötet hatte, wieder töten könnte.

Nein. Wieder töten *würde.*

»Hauptmann Fischer ...«

Er drehte sich um. Es war Wang Ta-hung. Fischer verbeugte sich tief und fragte sich im selben Moment, wohin Hung Mien-lo verschwunden war.

»Ja, *Chieh Hsia?*«

»Haben Sie sie schon gefunden?«

Er zögerte. Sie hatten vor fast dreißig Minuten mit

der Suche nach Suns beiden Assistenten begonnen, und noch immer gab es keine Spur von ihnen.

»Nein, *Chieh Hsia.* Ich fürchte ...«

Er brach erstaunt ab. Ein Mann war hinter Wang Tahung in der Tür erschienen, das Haar zerwühlt, die Kleidung zerrissen. In der Hand hielt er ein blutbeflecktes Messer.

»Wang Sau-leyan!«

Ta-hung fuhr herum und schrie auf, dann stolperte er zwei Schritte zurück, als befürchte er einen Angriff. Aber Wang Sau-leyan lachte bloß und warf das Messer zu Boden.

»Die Dreckskerle haben sich in meinem Zimmer versteckt. Einer hat mich geschnitten, hier.« Er zog den Kragen seines *Pau* zurück und enthüllte eine dünne rote Linie. »Dafür habe ich ihn erstochen. Der andere versuchte mir das Messer abzunehmen, aber das hat er bald gelassen.«

»Bei allen Göttern!« sagte Fischer und stürzte los. »Wo sind sie?«

Wang Sau-leyan richtete sich auf und berührte behutsam die Wunde. »Wo ich sie zurückgelassen habe. Ich glaube nicht, daß sie weit kommen.«

Fischer drehte sich um und warf den Ärzten einen Blick zu. »Los jetzt! Folgen Sie mir, *Ch'un Tzu!* Ich muß diese Männer retten.«

Wang Sau-leyan lachte und schüttelte den Kopf. Er starrte seinen Bruder seltsam an. »Tun Sie, was Sie tun müssen, Hauptmann. Sie finden sie dort, wo ich sie zurückgelassen habe.«

Fischer drehte sich um und sah den neuen T'ang an. »*Chieh Hsia,* kommt Ihr mit?«

Wang Ta-hung schluckte, dann nickte er. »Natürlich.«

Sie trafen Hung Mien-lo draußen im Korridor.

»Sie haben sie also gefunden?«

Fischer verneigte sich, dann warf er Wang Sau-leyen

einen flüchtigen Blick zu. »Der Prinz hat sie in seinem Quartier gefunden. Es sieht so aus, als habe er sie außer Gefecht gesetzt.«

Hung Mien-lo sah Wang Sau-leyan finster an, dann wandte er sich wütend ab. »Also kommen Sie. Schauen wir uns an, was der Prinz uns übriggelassen hat, ja?«

* * *

Wang Sau-leyan saß auf einem Schemel in seinem Schlafzimmer und ließ sich vom Doktor die Wunde an seinem Hals verbinden. Ihm gegenüber ging Fischer in der Badezimmerflucht umher und untersuchte die beiden Leichen.

»Warum?« fragte Hung Mien-lo ihn erneut und stand fast drohend über ihm. »Warum habt Ihr sie umgebracht?«

Er blickte auf, ignorierte Hung Mien-lo und drang mit Blicken in seinen älteren Bruder. »Es waren gefährliche Männer. Sie haben unseren Vater umgebracht. Was hätte sie davon abgehalten, auch mich umzubringen?«

Er lächelte gepreßt, dann sah er wieder ins Schlafzimmer. Fischer richtete sich gerade auf, drehte sich um und kam zur Tür. Er hatte die Kleidung der beiden Toten durchsucht, als erwarte er etwas zu finden, das sie gestohlen hatten.

»Wo sind sie?« fragte Fischer und sah ihn direkt an.

Wang Sau-leyan erwiderte seinen Blick und war irritiert über seine Überheblichkeit. »Wo ist was?« fragte er erbost und zuckte zusammen, als der Arzt den Verband um seine Schulter zog.

»Die Ohren«, erklärte Fischer und trat ins Zimmer.

»Ohren?« Wang Sau-leyan lachte kurz auf.

»Ja«, bestätigte Fischer und sah dem Prinzen in die Augen. »Die Ohren, Herr. Wo sind die Ohren des großen T'ang?«

Der Prinz fuhr von seinem Stuhl auf, stieß Hung Mien-lo zur Seite, und ein ungläubiger Ausdruck trat in sein breites, volles Gesicht. Er schritt hinüber und blieb stehen, stierte Fischer finster an, das Gesicht nur eine Handbreit vor seinem.

»Was wollen Sie damit sagen, Hauptmann?«

Fischer ging in die Knie und senkte den Kopf. »Verzeiht mir, Herr. Ich wollte nichts damit sagen. Aber die Mörder haben Eurem Vater die Ohren abgeschnitten, und jetzt sind sie verschwunden.«

Wang Sau-leyan blieb noch einen Moment sichtlich verwirrt stehen, dann wirbelte er herum und sah seinen Bruder direkt an.

»Ist das wahr, Ta-hung?«

»Chieh Hsia ...«, wurde er von Hung Mien-lo erinnert, aber er ignorierte es.

»Also, Bruder? Ist das wahr?«

Wang Ta-hung ließ vor dem grimmigen Blick seines jüngeren Bruders des Kopf sinken. Er nickte. »Ja, es stimmt.«

Wang Sau-leyan holte zitternd Luft, dann sah er sich wieder um, und plötzlich zeugte seine ganze Haltung von Trotz, forderte sein Blick jeden in diesem Zimmer heraus, ihm zu widersprechen.

»Dann bin ich froh, daß ich sie umgebracht habe.«

Hung Mien-lo starrte den Prinzen an, verblüfft von seinem Ausbruch, dann drehte er sich um und sah zu Wang Ta-hung hinüber. Der Gegensatz war bemerkenswert. Sie waren wie Tiger und Lamm. Und dann begriff er. Wang Sau-leyan hatte es gewagt, seinen Vater umbringen zu lassen. Ja! Als er ihn ansah, wußte er es mit Sicherheit. Sun hatte Zugriff auf den T'ang und ein entsprechendes Motiv gehabt, aber nur Wang Sau-leyan hatte über den Willen – die schiere Verwegenheit – verfügt, eine solche Tat auszuführen.

Es verschlug ihm den Atem. Er sah den Prinzen mit anderen Augen. Dann, fast ohne nachzudenken, trat er vor und wandte sich, den Kopf respektvoll gesenkt, an ihn.

»Bitte, mein Prinz, setzt Euch und ruht Euch aus. Euch trifft keine Schuld. Ihr habt getan, was Ihr tun mußtet. Die Mörder sind tot. Wir brauchen keine weiteren Untersuchungen anzustellen.«

Wang Sau-leyan drehte sich um und sah ihn an, und ein Lächeln trat auf seine Lippen. Dann wandte er sich ab, sah Fischer an, und seine Gesichtszüge versteinerten wieder.

»Gut. Dann schafft dieses Ungeziefer hier raus und laßt mich allein. Ich muß etwas schlafen.«

ERSTER TEIL
SOMMER 2206:

Die Kunst des Krieges

»Auch wenn der Feind der Anzahl nach stärker ist, können wir ihn vom Kämpfen abhalten. Mach dich daran, seine Pläne aufzudecken und die Wahrscheinlichkeit ihres Gelingens einzuschätzen. Rüttle ihn auf und lerne die Prinzipien seiner Aktivität oder Inaktivität. Zwinge ihn, sich selbst zu entlarven, um seine verwundbaren Stellen zu enthüllen. Vergleiche die gegnerische Armee sorgfältig mit deiner eigenen, damit du dir klar wirst, wo Stärke übertrieben und wo sie unzulänglich ist.«

– SUN TZU: *Die Kunst des Krieges*
(Fünftes Jahrhundert v. Chr.)

KAPITEL · 1

Der neunundfünfzigste Stein

Es dämmerte auf dem Mars. In der tiefgelegenen Wüste der Goldenen Ebenen herrschte eine Temperatur von minus hundertvierzehn Grad, die allmählich anstieg. Tiefe Schatten lagen wie die Oberfläche eines unergründlichen Meeres im Osten, zeichneten die Felszungen riesiger Steilhänge nach, während im Norden und Westen erste Sonnenstrahlen die gefrorenen Hänge und windzerfurchten Ränder uralter Krater hervorhoben. Von Norden nach Süden wurde diese Landschaft von dem Strang einer mächtigen Pipeline zerschnitten; eine glattpolierte weiße Ader vor dem braunroten Grund.

Eine Zeitlang herrschte in der Ebene Ruhe und Stille. Dann näherte sich aus dem Süden das Geräusch eines Kopters, das dumpfe Röhren seiner Turbinen, das leise durch die dünne Atmosphäre getragen wurde. Etwas später kam er in Sichtweite und folgte dem Verlauf der Pipeline. Die Pumpstation Feng Shou lag weiter voraus, weit entfernt – eine kleine Oase in der Milliarden Jahre alten Sterilität der Marswüste –, aus dieser Entfernung nur erkennbar an der blassen spiraligen Rauchwolke, die einen blauweißen Schmierfleck auf das makellose Rosa des Himmels setzte.

Der Bericht war vor weniger als einer Stunde eingetroffen; eine unbestätigte Mitteilung, nach der ein unbefugter Kopter aufgespürt und über dem Meer der Göttlichen Könige, achtzig *li* nordwestlich der Station Feng Shou, zur Landung gezwungen worden sei.

Mehr war nicht zu erfahren gewesen, aber Karr, der seinen Instinkten vertraute, hatte vom Sicherheitsdienst sofort eine Maschine bestellt, die jetzt nördlich von Tian Men K'ou City dahinraste, um der Sache nachzugehen.

Karr starrte durch den dunklen Filter des Cockpitmonitors auf das zerklüftete Terrain hinunter und war sich bewußt, daß er nach acht Monaten, in denen er diesen winzigen Planeten nach irgendeiner Spur des Mannes abgesucht hatte, nun dem Ende seiner Suche nahe sein konnte.

Zuerst hatte er sich hier sehr unwohl gefühlt. Die bittere Kälte, die unnatürlich dünne Atmosphäre, die Enge des Horizonts, das allgegenwärtige Rot. In diesen ersten paar Wochen hatte er sich wirklich krank gefühlt, ungeachtet des angenehmen Gefühls, durch die sehr viel geringere Oberflächenschwerkraft des Mars mehr als sechzig Prozent seines Körpergewichts losgeworden zu sein. Der Sicherheitsoffizier, ein Han, der sein Gastgeber gewesen war, hatte ihm erklärt, daß es ganz natürlich sei, es so zu empfinden; es dauere eine Zeit, sich an die Verhältnisse auf dem Mars zu gewöhnen. Aber er hatte sich kurz gefragt, ob dieser kalte, ungastliche Planet nicht seine letzte Ruhestätte sein könnte. Inzwischen allerdings war er traurig, daß es bald vorbei sein würde. Er hatte die karge Erhabenheit des Mars allmählich liebgewonnen. Acht Monate. Es war wenig mehr als eine Jahreszeit.

Als der Kopter näher kam, befahl er dem Piloten, die Station in einem Radius von zwei *li* zu umkreisen.

Die winzige Siedlung wurde von den fünf großen Schornsteinen des Atmosphärengenerators dominiert, die riesige Wolken sauerstoffreicher Luft in die dünne, frostige Atmosphäre bliesen. Unter ihnen breiteten sich die grünumhüllten Gebäude der Siedlung aus – bedeckt mit Moosen, die widerstandsfähig genug waren, um die extremen Temperaturen der Marsnacht zu überleben. In etwas weiterem Abstand bildete auf dem roten Sand ein Eiskranz einen weiten, ungleichmäßigen weißen Ring um die Station. Der Generator selbst war tief unter der Oberfläche vergraben, und seine Kabelbündel reichten bis ins Planeteninnere, von wo er seine Energie bezog. Wie jeder andere dieser Generatoren, die über die Planetenoberfläche verstreut waren, pumpte er jetzt seit über hundertfünfzig Jahren Sauerstoff in den Himmel des Mars. Dennoch würde es Jahrhunderte dauern, bis der Mars wieder eine atembare Atmosphäre hätte.

Karr umflog einmal ganz die Siedlung und betrachtete die Szenerie. In einem freien Raum zwischen einigen niederen Gebäuden östlich der Pipeline waren vier Transportmaschinen geparkt. Im Dämmerlicht hatten sie zuerst wie ein einziges, verschwommenes Gebilde ausgesehen – ein Gefüge von Schatten –, aber die Auflösung des Feldstechers erlaubte es ihm, individuelle Markierungen auszumachen. Bei einem handelte es sich um einen Kopter, der zur Siedlung gehörte, bei zwei anderen um Maschinen des Sicherheitsdienstes aus Kang Kua im Norden. Das vierte trug keine Kennzeichnung. Es war ein kleiner, viersitziger Flieger mit einem ganz anderen Design als die, die er bisher auf dem Mars gesehen hatte.

Er beugte sich vor und tippte den Sicherheitscode des Tages ein, dann lehnte er sich zurück und wartete. Einen Moment später kam, entsprechend verbessert, die Antwort, gefolgt von einer Aktualisierung.

Karr nahm sich etwas Zeit, die Information zu durchdenken, dann nickte er. »Gut. Ziehen Sie die Kiste einen halben *li* südlich von diesen Maschinen runter. Dann machen Sie sich bereit. Ich will auf alle Schwierigkeiten vorbereitet sein.«

Der junge Pilot nickte knapp und setzte die Maschine weich am südlichen Rand der Siedlung auf. Während der Pilot sich bereit machte, saß Karr da, starrte zu der Siedlung hinaus und hielt nach Anzeichen Ausschau, ob man ihnen vielleicht eine Falle gestellt hatte.

»Fertig?«

Der junge Mann nickte.

»Gut. Warten Sie hier. Ich brauche nicht lang.«

Karr atmete ein, dann öffnete er die Luke. Als er hinauskletterte, reagierten die Systeme in seinem Anzug sofort auf die plötzlichen Temperatur- und Druckveränderungen. Es war kalt hier draußen. Kalt genug, um einen Mann innerhalb von Minuten umzubringen, sollte sein Anzug versagen.

Der Kopter war von fünf Gebäuden umgeben: drei Kuppeln und zwei langen Bauwerken mit flachen Dächern. Die Pumpstation selbst nahm die größte Kuppel ein und wölbte sich wie eine riesige Schwellung um die Pipeline, eine von acht ähnlichen – in Abständen von zweihundert *li* entlang der Pipeline angebrachten – Stationen, die aus dem ausgedehnten Erzeugungskomplex Tsu Li Keng Seng im Süden Wasser in die drei großen nördlichen Städte Hong Hai, Kang Kua und Chi Shan pumpten.

Karr ging auf das große Halbrund der Station zu, und der winzige Wärmegenerator in seinem Anzug klickte, als er in den Schatten der riesigen Pipeline trat. Als er näher kam, ging zischend eine Tür auf und faltete sich zum Boden hin zusammen, um Stufen zu bilden. Ohne Zögern erstieg er sie und schritt hinein, worauf sich hinter ihm die Tür wieder schloß.

Er ging energisch durch die Luftschleuse und hinein ins druckregulierte und beheizte Herz der Station. Zwei Männer vom Sicherheitsdienst warteten in Habachtstellung auf ihn, sichtlich verwundert, daß er noch immer einen Anzug trug. Sie sahen ihn erwartungsvoll an, aber er ging wortlos an ihnen vorbei und überließ es ihrem Ermessen, ihm zu folgen oder nicht.

An der ersten Ecke ging er nach links in einen Korridor, der die Pipeline überbrückte. Als er das tat, eilte durch den Korridor ein Offizier, ein Han mit jugendlichem Gesicht, auf ihn zu.

»Major Karr. Willkommen in Feng Shou. Hauptmann Wen würde gerne ...«

Karr ignorierte ihn, schob sich vorbei und bog nach links ab, um über eine schmale Treppe ins Kellergeschoß zu steigen. Wachmänner blickten überrascht auf, als er durch den Korridor auf sie zukam, und gingen hastig in Habachtstellung, als sie das Leoparden-Abzeichen eines drittrangigen Offiziers bemerkten, das die Brust seines Anzugs zierte.

»Verzeihen Sie mir, Major Karr, aber der Hauptmann sagt, Sie müssen ...«

Karr drehte sich um und brachte den Unteroffizier, der ihm gefolgt war, mit einem finsteren Blick zum Schweigen.

»Bitte sagen Sie Ihrem Hauptmann, daß ich als ranghöchster Offizier in dieser Angelegenheit das Kommando übernehme. Und bevor Sie mich fragen, nein, ich will ihn nicht sehen. Haben Sie mich verstanden?«

Der junge Soldat verbeugte sich tief und trat einen Schritt zurück. »Natürlich, Major. Wie Sie wünschen.«

Karr wandte sich ab und vergaß den Mann sofort. Diese Stationen waren alle gleich. Es gab nur einen Ort, wo man einen Gefangenen sicher unterbringen konnte. Er marschierte durch den schmalen, schwach beleuchteten Durchgang und hielt inne, als er vor einer schweren, getäfelten Tür stand. Er wartete, bis einer der Wachmänner nachgekommen war und einen altmodischen Schlüsselbund aus einem dicken Beutel geholt hatte, und schob sich ungeduldig an dem Mann vorbei, als die Tür nach innen aufschwang.

Hastige Improvisation hatte den kleinen Lagerraum in eine Zelle verwandelt. Der Boden bestand aus nacktem Fels, die Wände aus schmucklosem Eis, durchscheinend und milchig weiß, wie ein blindes Auge.

Die vier Männer waren um Hand- und Fußgelenke gefesselt.

Berdichow kauerte an der Wand. Seine graue Uniform war staubig und verschlissen, am Hals fehlten Knöpfe, und sein Gesicht war schmaler und hagerer als sein beim Sicherheitsdienst gespeichertes Profil. Er hatte sich seit mehr als einer Woche nicht rasiert, und er erwiderte Karrs Blick aus vor Müdigkeit rotgeränderten Augen. Karr betrachtete ihn nachdenklich. Die Hornbrille, sein Markenzeichen, hing an einer dünnen Silberkette um seinen Hals, und die Gläser waren mit rotem Staub bedeckt.

Er war sich nicht sicher gewesen. Nicht bis zu diesem Moment. Aber jetzt gab es keinen Zweifel mehr. Berdichow war in seiner Hand. Nach einer fast fünfjährigen Verfolgungsjagd hatte er den Führer der Dispersionisten endlich aufgespürt.

Karr sah sich noch einmal in der Zelle um und war sich dabei bewußt, daß die anderen drei ihn aufmerksam beobachteten, dann nickte er zufrieden. Er wußte, wie er für sie aussah, wie der Anzug seine Größe übertrieb, ihm eine unnatürliche monströse Statur verlieh. Vielleicht rätselten sie sogar, ob er ein Mensch oder eine Maschine sei. Wenn dies der Fall war, sollten sie Bescheid wissen. Er hob sein Visier und bemerkte, wie die Augen der anderen sich vor Überraschung weiteten. Aber nicht die von Berdichow. Er beobachtete Karr aufmerksam.

Karr drehte sich um und schlug die Tür hinter sich zu, dann wandte er sich zurück und sah sie wieder an.

Er wußte, was sie erwarteten. Sie kannten die Gesetze, die für Inhaftierte galten. Aber hier lagen die Dinge anders. Man hatte ihnen in Abwesenheit den Prozeß gemacht und sie für schuldig befunden. Er war nicht hier, um sie festzunehmen.

»Nun, Major Karr, also treffen wir uns am Ende doch wieder, was?« Berdichow hob das Kinn, als er redete, aber seine Augen schienen auf den Riesen herabzusehen. »Meinen Sie wirklich, Sie könnten mich vor Gericht bringen? Meinen Sie etwa, Sie würden den Mars überhaupt lebend verlassen?«

Wenn es vorher noch einen Zweifel gegeben hatte, jetzt gab es keinen mehr. Es war eine Falle. Berdichow hatte mit Wen, dem Hauptmann, eine Vereinbarung getroffen. Oder vielleicht wurde Wen von jemand anderem bezahlt – einem Freund von Berdichow. Wie auch immer, das spielte jetzt keine Rolle. Er ging zu Berdichow hinüber und trat ihm vor die Füße.

»Steh auf«, sagte er ausdruckslos. Seine Stimme klang durch das Mikrophon des Anzugs körperlos und inhuman.

Berdichow stand unbeholfen auf. Er war sichtlich krank. Dennoch ertrug er die Anstrengung mit einer gewissen Würde, einer überlegenen Haltung, die beeindruckte. Selbst wenn er der Unterlegene war, hielt er sich für den besseren Menschen. In diesem Geiste hatte man ihn aufgezogen.

Karr trat näher, sah in Berdichows Gesicht hinab und musterte ein letztes Mal die falkenartigen Züge. Berdichow sah einen Moment zur Seite, dann, als spüre er, daß dies eine letzte Herausforderung sei, begegnete er ungerührt dem starren Blick des großen Mannes, und seine Züge waren entschlossen und trotzig.

Wußte er, wessen Blick ihn über die Weite des Weltraums traf? Hatte er davon in diesem letzten Augenblick eine Ahnung?

Karr hob ihn hoch, brach ihm den Hals und das Rückgrat und ließ ihn fallen. Es ging so schnell, daß die anderen keine Gelegenheit hatten, etwas zu tun, nicht einmal zu schreien.

Er trat bis zur Tür zurück und sah zu, was geschah.

Sie versammelten sich um den Sterbenden, gingen in die Knie, warfen ihm Blicke zu, und hatten keine

Möglichkeit mehr, ihm zu helfen. Einer von ihnen richtete sich halb auf und ballte die Fäuste, wich aber zurück, als ihm klar wurde, daß er nichts tun konnte.

Karr spannte sich an, als er draußen im Korridor die Stimmen hörte. Hauptmann Wen und sein Kommando.

Er zog ein kleines Gerät aus seinem Gürtel, zerbrach seine Hülle wie ein Ei und warf das klebrige Innere an die gegenüberliegende Wand, wo es hoch oben, außerhalb der Reichweite, haften blieb. Er zog die Tür auf und trat hinaus, dann stieß er sie zu und versperrte sie. Sein Visier noch immer geöffnet, lächelte er die Soldaten an, die durch den Korridor auf ihn zuliefen, als wollte er sie begrüßen, dann schoß Wen zweimal, bevor er ein Wort sagen konnte.

Die übrigen vier Soldaten zögerten, und sahen den Unteroffizier um eine Anweisung heischend an. Karr sah von Gesicht zu Gesicht, forderte sie heraus, ihre Waffen zu ziehen, und hielt seine eigene fest vor sich hin. Dann, als er bis fünfzehn gezählt hatte, ließ er sich fallen.

Die Wand neben ihm blitzte auf, und einen Sekundenbruchteil später wurde die Tür herausgesprengt.

Karr stand auf, ging rasch durch die zerschmetterte Tür und ignorierte die gestürzten Männer hinter sich. Die Zelle war verwüstet, die Außenwand verschwunden. Überall lagen blutige Fleischfetzen und Knochensplitter, kaum noch als Teile menschlicher Körper zu erkennen.

Er blieb kurz stehen und blickte auf das Thermometer am Ärmel seines Anzugs. Die Temperatur in dem Raum war schlagartig gefallen. Sie würden die Ursache des Problems schnell ausfindig machen müssen oder die Generatoren, die die Pumpen antrieben, würden ausfallen. Aber nicht nur das, sie würden auch etwas gegen den Rückgang des Luftdrucks in der Station unternehmen müssen.

Karr durchmaß den Raum und trat hinaus auf den Sand. Überall lagen Trümmerteile. Er drehte sich um und blickte auf die Verwüstung im Innern zurück. War das genug? fragte er in Gedanken. Hat das Eure Sehnsucht nach Rache befriedigt, Li Shai Tung? Denn der T'ang beobachtete alles. Alles, was Karr sah, sah er auch. Das Signal wurde über mehr als vierhundert Millionen *li* durch den Weltraum gesendet.

Er zuckte die Achseln, dann betätigte er die Tastatur an seinem Handgelenk und nahm mit dem Piloten Kontakt auf.

»Ich bin auf dem Sand südlich der Pipeline, in unmittelbarer Nähe des Explosionsherdes. Holen Sie mich sofort ab.«

»Sofort, Major.«

Er wandte sich um und feuerte zwei Warnschüsse in die leere Tür, dann trabte er über den Sand und ging schließlich mit dem Gesicht zur Station in die Knie.

Ein Teil von ihm sah, wie der Kopter über der massigen Pipeline emporstieg und in seiner Richtung abfiel, während ein anderer darauf achtete, ob sich hinter der Tür etwas regte. Dann war er an Bord, die Maschine stieg wieder auf, und er hatte an andere Dinge zu denken. Auf einer Seite der Station war ein Geschützturm errichtet. Nichts besonders Raffiniertes, aber sein Geschütz konnte einen leichten Zweisitzer wie ihren ohne Schwierigkeiten vom Himmel holen. Als sie aufstiegen, sah er, wie sich der Turm zu drehen begann, und beugte sich über den Piloten, um die Geschosse des Schiffs scharfzumachen, dann schoß er zwei Seidenraupen in die Seite der Kuppel ab.

Ein gewaltiger Feuerball stieg in den Himmel auf und waberte wie eine Qualle. Einen Moment später erschütterte die Druckwelle die kleine Maschine.

»*Kuan Yin!*« schrie der Pilot. »Was, in Teufels Namen, tun Sie da?«

Karr bedachte den jungen Han mit einem finsteren Blick. »Sie sollen nur fliegen!«

»Aber die Station ...«

Die große Kuppel war in sich zusammengesunken. Die beiden nächsten Kuppeln standen in Flammen. Menschen strömten aus den umstehenden Gebäuden, geschockt und entsetzt über das, was sie sahen. Während Karr aufstieg und sich von der Siedlung entfernte, sah er, wie sich das Ende der zerrissenen Pipeline krümmte und wie ein riesiger Wurm langsam in die Luft hob, und aus einem Dutzend geplatzter Leitungen Wasser spritzte und in der eisigen Luft augenblicklich erstarrte.

»Ai ya!« sagte der junge Pilot mit schmerzerfüllter, ängstlicher Stimme. »Das ist ja eine Katastrophe! Was haben Sie getan, Major Karr? Was haben Sie getan?«

»Ich habe einen Schlußstrich gezogen«, antwortete Karr, wütend darüber, daß der Junge sich über das bißchen Wasser so aufregte. »Ich habe den Krieg beendet.«

* * *

Vierhundert Millionen *li* entfernt, daheim auf Chung Kuo, trat DeVore in ein Zimmer und sah sich um. Das Zimmer war spärlich möbliert und schmucklos bis auf eine Flagge an der Wand hinter dem Tisch, die in Weiß den Umriß eines stilisierten Fisches vor einem blauen Hintergrund zeigte. An dem Tisch saßen fünf Personen: drei Männer und zwei Frauen. Sie trugen schlichte hellblaue Uniformen ohne Rang- oder Verdienstabzeichen. Zwei von ihnen – ein Mann, eine Frau – waren Han. Letzteres überraschte DeVore. Er hatte Gerüchte gehört, daß die *Ping Tiao* die Han haßten. Wie auch immer. Sie haßten Autoritäten, und das genügte schon. Sie konnten ihm nützlich sein, ob sie DeVore in ihren Reihen hatten oder nicht.

»Was wollen Sie?«

Der Mann in der Mitte der fünf hatte sich zu Wort gemeldet: ein kleiner, stämmiger Mann mit dunklen, eindringlichen Augen, fleischigen Lippen und einer langen Nase. Er hatte lange Brauen, und sein dünnes graues Haar lichtete sich. DeVore kannte ihn aus dem Bericht. Gesell hieß er. Bent Gesell. Er war ihr Anführer, oder zumindest der Mann, an dem sich diese seltsame Organisation sogenannter ›gleicher‹ Individuen orientierte.

DeVore lächelte, dann nickte er dem Tisch zu und deutete auf das durchsichtige Gitter, das vor Gesell ausgebreitet lag. »Sie haben also die Karte, wie ich sehe.«

Gesell kniff die Augen zusammen und musterte ihn prüfend. »Jedenfalls die Hälfte davon. Aber das meinten Sie doch, nicht wahr, *Shih* Turner? Oder irre ich mich?«

DeVore nickte, sah von Gesicht zu Gesicht und bemerkte sofort, wie sehr sie ihm mißtrauten. Sie waren in der Stimmung, seinen Vorschlag abzulehnen, worin er auch bestehen mochte. Aber damit hatte er gerechnet. Er hatte sich das nie leicht vorgestellt.

»Ich möchte ein Geschäft mit Ihnen machen. Die andere Hälfte dieser Karte – und mehr dergleichen – für Ihre Mitarbeit bei einigen meiner Pläne.«

Gesell blähte die Nasenflügel, und sein Blick wurde strenger. »Wir sind keine Kriminellen, *Shih* Turner, was immer die Medien auch über uns behaupten. Wir sind *Ko Ming*. Revolutionäre.«

DeVore sah Gesell herausfordernd an. »Habe ich etwas anderes behauptet?«

»Dann frage ich noch mal. Was wollen Sie?«

DeVore lächelte. »Dasselbe wie Sie. Die Sieben vernichten, alles zum Zusammenbruch bringen und von vorn anfangen.«

Gesell zeigte ein häßliches Lächeln. »Nette Rhetorik. Aber haben Sie etwas, das Ihre Worte untermauert?«

DeVores Lächeln wurde breiter. »Das Päckchen, das Ihre Männer mir abgenommen haben. Bitten Sie einen, es reinzubringen.«

Gesell zögerte, dann bedeutete er dem Wachmann, der hinter DeVore stand, seine Bitte zu erfüllen. Er kam etwas später mit einem kleinen, versiegelten Päckchen zurück, das er Gesell gab.

»Wenn das eine Art Gerät ist ...«, fing Gesell an.

Aber DeVore schüttelte den Kopf. »Sie haben gefragt, welchen Beweis ich für meine Absichten habe. Nun, in diesem Päckchen finden Sie ein menschliches Ohr. Das Ohr des verstorbenen T'ang von Afrika, Wang Hsien.«

Die andern am Tisch keuchten, aber Gesell blieb kühl. Er faßte das Päckchen nicht an. »Eine halbe Karte und ein Ohr. Haben Sie keine anderen Empfehlungen, *Shih* Turner? Die Karte könnte irgendeine sein, die Ohr von irgendwem.«

Er spielt jetzt bloß, dachte DeVore, beeindruckt die anderen damit, wie klug, wie vorsichtig er ist. Denn er will wenigstens die Karte überprüft haben und sicher sein, daß sie zum Arsenal des Sicherheitsdienstes im Kanton Helmstadt gehört. Dasselbe gilt für das Ohr. Er weiß, wie einfach es ist, die Authentizität des genetischen Materials zu überprüfen.

Er entschloß sich, ihn zu provozieren. »Könnte sein. Aber das denken Sie doch nicht. Es interessiert Sie doch sicher, wie ich an diese Dinge gekommen bin.«

Gesell lachte. »Vielleicht sind Sie ein Dieb, *Shih* Turner.«

DeVore ignorierte die Beleidigung, aber behielt sie im Gedächtnis. Dafür würde er sich rächen.

»Das mit dem Ohr ist einfach zu erklären. Ich habe Wang Hsien umbringen lassen.«

Gesells Lachen klang jetzt härter; es verriet seinen Unglauben. »Warum kommen Sie dann zu uns? Wenn Sie so einfach einen T'ang umbringen lassen können, wozu brauchen Sie dann solche« – er sah sich grinsend um – »kleinen Fische wie uns *Ping Tiao?*«

DeVore lächelte. »Ich bin hergekommen, weil der Krieg in eine neue Phase eingetreten ist. Und weil ich glaube, daß ich Ihnen vertrauen kann.«

»Uns *vertrauen?*« Gesell musterte ihn aufmerksam und suchte nach einer Spur von Ironie in seinen Worten. »Ja. Vielleicht können Sie das. Aber können wir *Ihnen* vertrauen, *Shih* Turner? Sollten wir überhaupt in Betracht ziehen, Ihnen zu vertrauen? Ich meine, was sind die wirklichen Gründe, daß Sie heute hierher gekommen sind? Ist es wirklich so, wie Sie behaupten – daß Sie mit uns paktieren wollen, um die Sieben zu stürzen? Oder wollen Sie uns bloß benutzen?«

»Ich möchte mein Wissen mit Ihnen teilen. Ich möchte an Ihrer Seite kämpfen. Wenn das bedeutet, daß ich Sie benutze, dann ja, dann will ich Sie benutzen, *Shih* Gesell.«

Gesells Überraschung war nicht zu übersehen. »Woher wissen Sie meinen Namen?«

DeVore sah ihm unverwandt in die Augen. »Ich mache meine Hausaufgaben.«

»Dann werden Sie wissen, daß wir mit niemandem zusammenarbeiten.«

»Bisher nicht. Aber diese Tage gehören der Vergangenheit an. Sie haben schwerwiegende Verluste erlitten. Sie brauchen mich. So sehr, wie ich Sie brauche.«

Gesell zuckte die Achseln. »Und wozu brauchen Sie uns? Haben Ihre Förderer von oben Sie inzwischen fallengelassen, *Shih* Turner?«

Er gab sich überrascht, aber er hatte gewußt, daß Gesell darauf zu sprechen kommen würde. Er hatte es gewußt, weil er selbst die Information an seinen Kontaktmann in den Reihen der *Ping Tiao* weitergegeben hatte.

Gesell lachte. »Nun kommen Sie auf den Teppich,

Shih Turner. Nennen Sie uns die wirklichen Gründe, warum Sie hier sind.«

DeVore trat vor, um sich nun an alle gemeinsam zu wenden, nicht bloß an Gesell, weil er wußte, daß er sie damit für sich gewinnen konnte.

»Es stimmt. Der Krieg hat mir viele genommen, deren Gelder meine Aktivitäten unterstützt haben. Aber das ist nicht der einzige Grund. Die Dinge haben sich geändert. Es gibt oben keinen Kampf mehr zwischen denen an der Macht und jenen, die es sein wollen. Der Konflikt hat sich ausgeweitet. Das wissen Sie ja. Es ist nicht mehr die Frage, *wer* regieren, sondern ob überhaupt jemand regieren sollte.«

Gesell lehnte sich zurück. »Das ist richtig. Aber welche Rolle spielen Sie dabei? Sie behaupten, einen T'ang umgebracht zu haben.«

»Und einige Minister, und den Sohn eines T'ang ...«

Gesell lachte knapp. »Nun, wie auch immer. Aber ich frage Sie noch einmal: Warum sollten wir Ihnen vertrauen?«

DeVore beugte sich vor und legte die Hände auf die Tischkante. »Weil Ihnen nichts anderes übrig bleibt. Die *Ping Tiao* werden in die Obskurität versinken oder sich bestenfalls eine Fußnote in einigen historischen Dokumenten als eine weitere kleine, fanatische Sekte verdienen. Und die Sieben ...« Er entließ einen schweren Seufzer und richtete sich auf. »Die Sieben werden Chung Kuo für immer regieren.«

Er hatte ihnen nichts preisgegeben. Zumindest nichts von wirklichem Wert. Wie Gesell schon richtig bemerkt hatte, konnte er nicht mehr als eine halbe Karte und ein Ohr vorweisen. Dies und seine eigene kaltblütige Verwegenheit, überhaupt an ihre Tür zu klopfen, in dem Wissen, daß sie rücksichtslose Killer waren. Doch er sah ihren Gesichtern an, daß er sie schon mehr als halb überzeugt hatte.

»Packen Sie das Päckchen aus, *Shih* Gesell. Sie werden feststellen, daß es noch etwas anderes als ein Ohr enthält.«

Gesell zögerte, dann tat er, worum DeVore ihn gebeten hatte. Er legte das Ohr beiseite, faltete das transparente Blatt auf und legte es neben seine eigene Hälfte.

»Ich habe dreihundertfünfzig ausgebildete Männer«, sagte DeVore ruhig. »Wenn Sie über eine ähnliche Streitmacht verfügen, können wir das Zeughaus von Helmstadt in zwei Tagen einnehmen.«

Gesell starrte ihn an. »Sie scheinen sich sehr sicher zu sein, *Shih* Turner. Helmstadt ist schwer bewaffnet. Es verfügt über komplizierte elektronische Verteidigungsanlagen. Wie, meinen Sie, können wir es einnehmen?«

»Weil es keine Verteidigung geben wird. Nicht wenn wir angreifen.«

Mit knappen und überzeugenden Worten skizzierte er seinen Plan und verschwieg nur, wie er all das arrangiert hatte. Als er fertig war, sah Gesell seine Kollegen an. Er hatte zur Kenntnis genommen, was DeVore gesagt hatte; insbesondere den Teil über die enorme Aufmerksamkeit, die die *Ping Tiao* durch diesen Angriff in den Medien erregen würden – eine Aufmerksamkeit, die ihre Reihen mit Sicherheit mit neuen Rekruten füllen würde. Das und die Aussicht, einen nennenswerten Lagerbestand an hochentwickelten Waffen zu erbeuten, schien die Entscheidung maßgeblich beeinflußt zu haben.

Gesell wandte sich ihm zu. »Bitte geben Sie uns einen Moment Zeit, darüber zu beraten, *Shih* Turner. Wir sind eine demokratische Bewegung. Wir müssen darüber abstimmen.«

DeVore lächelte innerlich. Demokratie, was für ein Unsinn. Das willst *du*, Gesell. Und ich glaube, du bist klug genug, um zu wissen, daß du gar keine andere Wahl hast, als mit mir zusammenzuarbeiten.

Mit einer angedeuteten Verbeugung ging er hinaus und setzte sich. Er mußte nur ein paar Minuten warten, bis sich die Tür wieder öffnete und Gesell herauskam. Er stand auf und sah dem Führer der *Ping Tiao* ins Gesicht.

»Also?«

Gesell starrte ihn an und versuchte ihn kühl einzuschätzen. Dann trat er mit einer leichten Verbeugung zurück und streckte den Arm aus. »Treten Sie ein, *Shih* Turner. Wir haben Pläne, über die wir uns unterhalten müssen.«

* * *

Das Mädchen war tot. Haavikko saß fassungslos da und starrte sie an, das Blut, das seine Hände, seine Brust und seine Oberschenkel bedeckte, und wußte, daß er sie umgebracht hatte.

Er drehte den Kopf und sah das Messer auf dem Boden, wo er es, wie er sich erinnerte, fallengelassen hatte, dann erschauderte er, und eine Welle von Übelkeit, von reinstem Ekel vor sich selbst durchfuhr ihn. Welche Abgründe, welche Erniedrigungen lagen noch vor ihm? Nichts. Er hatte alles getan. Und jetzt das.

Es gab nichts mehr. Dies war das Ende des Weges, auf den er sich vor zehn Jahren gemacht hatte.

Er drehte sich wieder um und sah sie an. Das Gesicht des Mädchens war bleich und blutleer. Es war ein so hübsches Gesicht gewesen, als sie noch gelebt hatte: lachend und lächelnd, ihr Blick ungetrübt von Erfahrungen. Er biß die Zähne gegen den plötzlichen Schmerz aufeinander, den er empfand, und senkte erschüttert den Kopf. Sie konnte nicht älter als vierzehn gewesen sein.

Er sah sich in dem Zimmer um. Dort, über die Lehne des Stuhls, hatte er achtlos seine Uniform gehängt. Und dort, auf dem Boden daneben, stand das

Tablett mit den leeren Flaschen und den Gläsern, aus denen sie getrunken hatten, bevor es geschehen war.

Er schloß die Augen, dann zitterte er heftig und sah alles wieder vor sich – die Bilder entstanden mit einer fast halluzinatorischen Klarheit, die ihm den Atem verschlug. Ihm entfuhr ein kurzes, schmerzerfülltes Stöhnen, als er sah, wie er sie mit einer Hand niederhielt, während er wie irr mit dem Messer auf sie einhieb, einmal, zweimal, ein drittes Mal, ihre Brüste aufschlitzte und ihren Bauch, während sie jämmerlich schrie und immer wieder aufzustehen versuchte und sich in ihren Eingeweiden verhedderte.

Er sprang auf, wandte sich ab und hob die Hände vors Gesicht. »Kuan Yin beschützte dich, Axel Haavikko, für das, was du getan hast!«

Ja, er sah das alles jetzt ganz deutlich. Es hatte alles dazu geführt. Das Trinken und die Ausschweifungen, die Unbotmäßigkeit und das Spielen. Das war die unausweichliche Folge. Diese Unanständigkeit. Er hatte seinem eigenen Untergang zugesehen, von diesem Moment in General Tolonens Büro an bis hierhin... diese Endgültigkeit. Mehr gab es nicht. Ihm blieb nichts, als das Messer zu nehmen und seinem Leben ein Ende zu machen.

Er starrte das Messer an, starrte es lang und fest an, sah das geronnene Blut an seinem Schaft und Griff, erinnerte sich an das Gefühl, es in der Hand zu halten. Sein Messer.

Langsam ging er hinüber, dann ging er neben ihm in die Knie und stützte rechts und links davon die Hände auf. Mach jetzt ein Ende, sagte er sich. Schnell und sauber, mit mehr Würde, als du in diesen letzten zehn Jahren je gezeigt hast!

Er hob das Messer auf, nahm den Griff in beide Hände und richtete die Klinge auf seinen Bauch. Seine Hände zitterten, und für einen Sekundenbruchteil fragte er sich, ob er noch genug Courage hatte, die Sache zu Ende zu bringen. Dann schloß er entschlossen die Augen.

»Leutnant Haavikko, ich bin gekommen, um zu sehen ...«

Haavikko fuhr herum und ließ das Messer fallen. Liu Chang, der Zuhälter, war drei Schritte ins Zimmer gekommen, stehengeblieben und hatte die Szene in sich aufgenommen.

»Bei allen Göttern!« rief der Han, und sein Gesicht war eine Maske des Schreckens. Er warf Haavikko einen entsetzten Blick zu und wich zurück, dann drehte er sich um und rannte aus dem Zimmer.

Haavikko zitterte, dann drehte er sich um und betrachtete das Messer. Er konnte nicht aufstehen. Alle Kraft war aus seinen Beinen gewichen. Er konnte nicht einmal den Arm ausstrecken und das Messer noch einmal in die Hand nehmen. Sein Mut war aufgebraucht. Er war nichts zurückgeblieben als seine Scham. Er ließ den Kopf nach vorne sinken, und Tränen traten ihm in die Augen.

»Verzeih mir, Vesa, das wollte ich nicht ...«

Vesa. Das war der Name seiner geliebten Schwester. Aber das tote Mädchen hatte keinen Namen. Zumindest keinen, den er kannte.

Er hörte die Tür noch mal aufschwingen und Schritte ins Zimmer kommen, aber er hob nicht den Kopf. Sie können mich jetzt ruhig umbringen, dachte er. Sie sollen ruhig Rache an mir nehmen. Ich habe nichts Besseres verdient.

Er wartete resigniert, aber nichts geschah. Er hörte, wie sie das Mädchen hochhoben und hinaustrugen, dann spürte er, daß jemand über ihm stand.

Haavikko hob langsam den Kopf und blickte auf. Es war Liu Chang.

»Sie ekeln mich an.« Er spuckte die Worte wie Gift aus, und sein Blick bohrte sich in Haavikko. »Sie war ein gutes Mädchen. Ein hübsches Mädchen. Sie war wie eine Tochter für mich.«

»Es tut mir leid...«, begann Haavikko, aber es schnürte ihm die Kehle zu. Er ließ den Kopf sinken und fing an zu schluchzen. »Machen Sie mit mir, was Sie wollen. Ich bin jetzt fertig. Ich habe nicht einmal das Geld, um Sie für die letzte Nacht zu bezahlen.«

Der Zuhälter lachte, und sein Ekel war nicht zu überhören. »Das habe ich gemerkt, kleiner Soldat. Aber schließlich haben Sie ihre Zeche noch nie bezahlt, seit Sie das erste Mal hergekommen sind.«

Haavikko blickte überrascht auf.

»Nein. Es ist sehr nützlich, wenn man gute Freunde hat, nicht wahr? Gute Freunde, die für einen bürgen, wenn's Schwierigkeiten gibt. Das ekelt mich an Leuten wie Ihnen am meisten an. Sie müssen nie bezahlen. Für Sie wird alles geregelt, stimmt's?«

»Ich weiß nicht, was Sie meinen. Ich...«

Aber das wütende Gebell von Liu Changs Lachen brachte ihn zum Schweigen. »Das hier. Es ist alles für Sie bezahlt. Verstehen Sie das nicht? Ihre Freunde haben alles für Sie geregelt.«

Haavikkos Stimme war ein verwirrtes Flüstern. »Alles...?«

»Alles.« Liu Chang starrte ihn an, der Ekel wich nicht aus seinem Blick, dann beugte er sich vor und spuckte Haavikko ins Gesicht.

Haavikko kniete noch lange da, nachdem Liu Chang gegangen war, der Fleck auf seiner Wange ein Mal der Schande, das sich bis auf seine Knochen durchzubrennen schien. Es war weniger, als er verdient hatte. Aber er dachte über das nach, was Liu Chang gesagt hatte. Freunde... Welche Freunde? Er hatte keine Freunde, nur Partner für seine Ausschweifungen, und die hätten nichts für ihn geregelt.

Er zog sich an, ging hinaus und suchte nach Liu Chang.

»Liu Chang. Wo ist er?«

Das Mädchen am Empfangstisch starrte ihn an, als sei er etwas Faules und Unsauberes, das aus dem Netz gekrochen war, dann gab sie ihm einen Umschlag.

Haavikko wandte dem Mädchen den Rücken zu, öffnete den Umschlag und nahm das eine Blatt Papier heraus. Es war eine Mitteilung von Liu Chang.

Leutnant Haavikko,

ich kann den Ekel, den ich empfinde, nicht in Worten ausdrücken. Wenn es nach mir ginge, würden Sie für Ihre Tat ohne Einschränkung bezahlen. So wie die Situation ist, muß ich Sie bitten, mein Haus nie wieder aufzusuchen. Wenn Sie auch nur in die Nähe kommen, werde ich meinen Bericht der Ereignisse den Autoritäten übergeben, ohne Rücksicht auf Ihre ›Freunde‹. Seien Sie gewarnt.

Liu Chang

Er stopfte das Blatt in die Tasche seines Uniformrocks, dann taumelte er hinaus, so verwirrt wie nie zuvor. Draußen im Korridor sah er sich um, dann torkelte er zum öffentlichen Trinkbrunnen hinüber, der in die Mauer an der Kreuzung eingelassen war. Er benetzte sein Gesicht und richtete sich wieder auf.

Freunde. Welche Freunde? Waren es überhaupt Freunde?

Liu Chung wußte es, aber er konnte sich nicht in seine Nähe wagen. Wer also?

Haavikko zitterte, dann sah er sich um. Jemand wußte es. Jemand hatte es zu seiner Aufgabe gemacht, es zu wissen. Aber wer?

Er dachte wieder an das Mädchen und stöhnte. »Ich habe diese Chance nicht verdient«, sagte er leise zu sich selbst. Und doch war er hier und frei, waren alle Umstände geregelt. Warum? Er biß die Zähne aufeinander und hob die Hand, um den Fleck zu berühren, der an seiner Wange getrocknet war. Freunde. Das war ein Grund für ihn weiterzumachen. Um herauszufinden, wer es war. Und warum sie es getan hatten.

* * *

DeVore zog seine Handschuhe aus und warf sie auf den Schreibtisch, drehte er sich um und sah seinen Leutnant Wiegand an, dann senkte er den Kopf, um die Linsen aus seinen Augen zu entfernen.

»Hier.« Er gab die Linsen Wiegand, der sie vorsichtig in einen winzigen Plastikbehälter legte, den er bereithielt. »Lassen Sie die bearbeiten. Ich will wissen, wer die anderen vier sind.«

Wiegand verneigte sich und ging.

DeVore drehte sich um und sah dem anderen Mann in die Augen, der sich in dem Zimmer aufhielt. »Es ist perfekt gelaufen. Wir werden Helmstadt in zwei Tagen angreifen.«

Der Albino nickte schweigend.

»Was ist los, Stefan?«

»Schlechte Neuigkeiten. Soren Berdichow ist tot.«

DeVore sah den jungen Mann an, dann setzte er sich hinter den Schreibtisch und machte sich an die Berichte, die sich während seiner Abwesenheit angesammelt hatten. Er sprach ohne aufzublicken.

»Ich weiß. Ich habe es gehört, bevor ich reingekommen bin. Eine üble Sache, in jeder Hinsicht, aber nützlich. Es könnte die Marssiedler aufgebracht haben. Nach der Zerstörung der Pipeline empfinden sie jetzt nur noch wenig Zuneigung für die Sieben.«

»Vielleicht...« Lehmann trat schweigend an den Rand des Schreibtischs und sah auf DeVore hinab. »Ich habe ihn gemocht, wissen Sie. Sogar bewundert.«

DeVore blickte auf und verhehlte seine Überraschung. Er konnte kaum glauben, daß Stefan Lehmann imstande war, jemanden zu mögen. »Nun«, sagte er. »Jetzt ist er tot. Und das Leben geht weiter.

Wir haben Pläne für die Zukunft. Für das nächste Stadium des Krieges.«

»Ist das der Grund, weshalb Sie diesen Abschaum sehen wollten?«

DeVore starrte an Lehmann vorbei und betrachtete die Karte an der Wand hinter ihm. Dann sah er ihm wieder in die Augen.

»Ich habe Neuigkeiten für Sie, Stefan.«

Die rosa Augen wurden starr, der Mund zusammengepreßt. »Ich weiß es schon.«

»Ich verstehe.« DeVore überlegte. »Wer hat es Ihnen gesagt?«

»Wiegand.«

DeVore kniff die Augen zusammen. Wiegand. Er war natürlich in alle eintreffenden Mitteilungen eingeweiht, aber er hatte strikte Anweisungen, nichts von seinem Wissen weiterzugeben, bis DeVore es nicht genehmigt hatte. Es war ein schweres Vergehen.

»Es tut mir leid, Stefan. Das macht es für uns alle noch schwerer.«

Die Nachricht über die Beschlagnahmung war eine Stunde eingetroffen, bevor er sich zu seinem Treffen mit den *Ping Tiao* aufgemacht hatte, noch ganz aufgeregt von der Nachricht über Berdichows Tod. Theoretisch verlor Lehmann damit alles, was er von seinem Vater geerbt hatte, und es machte ihn zu einem Hungerleider, aber DeVore war der Anordnung um Jahre zuvorgekommen, indem er Berdichow veranlaßt hatte, enorme Summen des Erbes in Form von Anleihen an fiktive Empfänger zu überweisen. Diese ›Anleihen‹ waren schon längst ausgegeben – und weitere daneben –, um weitere Festungen zu bauen, aber Lehmann wußte nichts davon. Soweit es ihn anging, war die ganze Summe verloren.

Lehmann musterte ihn eindringlich. »Wie wird das die Dinge verändern?«

DeVore legte das Papier hin und lehnte sich zurück.

»Soweit ich betroffen bin, ändert es nichts, Stefan. Unser aller Leben ist ohnehin verwirkt. Welchen Unterschied macht da schon ein Stück Papier mit dem Siegel der Sieben?«

Das eisbleiche Gesicht des jungen Mannes bewegte sich unmerklich. »Ich kann nützlich sein. Das wissen Sie.«

»Ich weiß.« *Gut,* dachte DeVore. *Er begreift. Er hat seine Lektionen gut gelernt. Bei dem, was wir hier machen, gibt es keinen Platz für Sentimentalitäten. Vergangen ist vergangen. Ich schulde ihm nichts dafür, daß ich sein Geld benutzt habe.*

»Keine Sorge«, sagte er, beugte sich vor und hob das Papier noch einmal auf. »Sie stehen inzwischen auf der Gehaltsliste, Stefan. Ich ernenne Sie hiermit zum Leutnant. Damit stehen Sie auf einer Stufe mit Wiegand.«

Ja, dachte er. *Da wird Wiegand das Grinsen vergehen.*

Als Lehmann gegangen war, stand er auf und ging noch mal zu der Karte. Das karpfenförmige Gebiet in der linken unteren Ecke, das für die Schweizer Wildnis stand, war kreuz und quer schraffiert, einige Striche unterbrochen, andere durchgezogen. Wo sie sich kreuzten oder endeten, befanden sich winzige Vierecke, die für die Festungen standen. Insgesamt waren es zweiundzwanzig, aber nur vierzehn davon – eingezwängt zwischen Zagreb im Südosten und Zürich im Nordwesten – waren ausgefüllt. Nur diese waren fertiggestellt. Die acht Festungen des westlichen Arms blieben unvollständig. In vier Fällen mußte mit dem Bau erst begonnen werden.

Geld. Das war sein größtes Problem. Geld für Löhne, Verpflegung und Waffen. Geld für Reparaturen, Bestechungen und alle möglichen kleineren Ausgaben. Vor allem Geld um das Bauprogramm abzuschließen: um das Netzwerk von Tunneln und Festungen fertigzustellen, das allein einen erfolgreichen Feldzug gegen die Sieben garantieren konnte. Die Beschlagnahmungen hatten sie vieler ihrer großen Investoren beraubt. In weniger als drei Stunden würden die übrigen sich mit ihm treffen, vorgeblich um ihre Verpflichtungen zu erneuern, doch in Wirklichkeit, wie er wußte, um ihm zu sagen, daß sie genug hatten. Das war der Grund, weshalb Helmstadt jetzt so wichtig war.

Helmstadt. Er hatte die *Ping Tiao* mit Versprechungen von Waffen und Publicity umworben, aber in Wahrheit verhielt es sich anders. Sie würden Waffen bekommen, und genug öffentliches Aufsehen, um die egoistischsten Anführer der Terroristen zufriedenzustellen, aber die wirklichen Früchte des Überfalls auf das Waffenlager von Helmstadt würden die zwei Milliarden *Yuan* sein, die DeVore aus dem Panzerraum entwenden wollte. Geld, das zugeteilt worden war, um die Kosten für eine Truppe von mehr als hundertvierzigtausend Mann in den acht Garnisonen in der Umgebung der Wildnis zu begleichen.

Aber die *Ping Tiao* würden nichts davon erfahren.

Er wandte sich von der Karte ab und sah noch einmal zu seinem Schreibtisch hinüber. Die Mitteilung über die Beschlagnahmung lag noch dort, wo er sie liegengelassen hatte. Er ging hinüber, hob sie auf und studierte sie noch einmal. Auf den ersten Blick wirkte sie einfach: ein offenes Eingeständnis einer Situation, die in Wirklichkeit schon lange bestanden hatte – denn Lehmanns Gelder waren in dem Moment eingefroren worden, als Berdichow zum Mars geflohen war, vor drei Jahren. Aber das Dokument wies verborgene Tiefen auf. Es bedeutete, die Sieben hatten Hinweise darauf entdeckt, daß Stefans Vater etwas mit dem Tod von Minister Lwo Kang zu tun hatte, und das wiederum würde Tolonens Vorgehen im Haus rechtfertigen, nämlich die Ermordung von Lehmann senior.

Es war ein Einblick in die Art, wie die Sieben dachten. Für sie war der Krieg vorbei. Sie hatten gewonnen.

Aber DeVore wußte es besser. Der Krieg hatte noch nicht einmal angefangen. Nicht wirklich. Ungeachtet der Beschlagnahmung und dem Tod des T'ang war es bis jetzt nur ein Spiel gewesen; eine Ablenkung für die Reichen und Gelangweilten; ein unterhaltsames Intermezzo, um ihre müßigen Stunden auszufüllen. Aber das würde sich jetzt ändern. Er würde die Kräfte einspannen, die sich in den unteren Ebenen rührten, würde sich ihrer annehmen und sie formen. Und dann?

Er lachte und knäulte die Kopie der Mitteilung in der Hand zusammen. Dann würde Veränderung eintreten. Wie ein Orkan, der durch die Ebenen blies und die Stadt bis zu den Grundfesten niederreißen sollte.

* * *

Major Hans Ebert stellte die Drinks vorsichtig auf das Tablett und bahnte sich durch die Menge, die den großen Saal ausfüllte, seinen Weg zu der verhangenen Tür, die in den Raum dahinter führte.

Hinter ihm war der Empfang in vollem Gang, aber hier, im Privatquartier des T'ang, war es ruhig. Li Shai Tung saß in dem großen Stuhl zur Linken, und seine Füße ruhten auf einem Hocker, der wie ein riesiger Schildkrötenpanzer[4] geschnitzt war. Er wirkte in diesen Tagen älter und verhärmter, sein früher graues Haar war jetzt ganz weiß, wie aus feinen Eisfäden, hinter dem Kopf zu einem festen Zopf gebunden. Der gelbe Herrschermantel hing lose an seiner dürren, gebrechlichen Gestalt herunter, und die zarte Perfektion der Goldkette um seinen Hals betonte noch die zerbrechliche Unvollkommenheit seines Fleisches. Dennoch hatte er immer noch soviel Kraft im Blick, soviel Macht in seinen Worten und Gesten, um jeden Gedanken daran zu vertreiben, daß er als Mensch verbraucht war. War auch sein Fleisch schwach geworden, sein Geist schien sich nicht verändert zu haben.

Ihm gegenüber, rechts vom zeremoniellen *Kang*, saß Tsu Ma, der T'ang von West-Asien. Er lehnte sich in seinem Stuhl zurück und hielt zerstreut eine lange, bleistiftdünne Zigarre in der Hand. Seine Bekannten nannten ihn ›Das Pferd‹, und der Name paßte zu ihm. Er war ein Hengst, ein Vollblüter Ende dreißig mit breitem Brustkasten und schweren Muskeln, das dunkle, gekräuselte Haar mit Silber und Perlen zu langen, eleganten Pferdeschwänzen geflochten. Seine Feinde betrachteten ihn immer noch als einen Dandy, aber darin irrten sie sich. Er war trotz seines auffälligen Äußeren ein fähiger, intelligenter Mann, und seit dem Tod seines Vaters hatte er sich als guter Administrator erwiesen; eine Zierde für den Rat der Sieben.

Der dritte und letzte Mann in dem Hinterraum war Hal Shepherd. Er saß rechts von Tsu Ma. Ein Stapel Kissen hielt ihn aufrecht in seinem Stuhl, und sein Gesicht war bleich und ausgemergelt von der Krankheit. Er war jetzt seit zwei Wochen krank. Die Ärzte hatten die Ursache noch nicht diagnostiziert. Seine sonst so strahlenden und lebendigen Augen schienen aus ihren Höhlen treten zu wollen, als blickten sie aus einer tiefen inneren Dunkelheit hervor. Neben ihm stand mit gesenktem Kopf und in völlig demütiger Haltung eine Krankenschwester, eine junge Han aus dem Haushalt des T'ang, um dem Kranken jeden Wunsch von den Lippen abzulesen.

Ebert verneigte sich, dann trat er vor den T'ang und hielt ihm das Tablett hin. Li Shai Tung nahm einen Drink, ohne seinen Vortrag zu unterbrechen, und schien den jungen Major nicht zu bemerken, als er zu Tsu Ma weiterging.

»Aber die Frage ist immer noch die, was wir mit den Konzernen anfangen sollen. Sollen wir sie ausnahmslos schließen? Sie auflösen und ihre Konkursmasse unter unseren Freunden verteilen? Sollen wir Angebote für sie zulassen? Sie auf dem Index anbieten, als wollten wir sie freisetzen? Oder sollten wir sie selbst betreiben und Verwalter einsetzen, bis wir das Gefühl haben, daß die Dinge sich gebessert haben?«

Tsu Ma nahm seinen Pflaumenschnaps und lächelte Ebert kurz an, dann wandte er sich wieder seinem T'ang-Kollegen zu.

»Ihr wißt, was ich darüber denke, Shai Tung. Die Dinge sind immer noch unsicher. Wir haben unsere Freunde schon großzügig belohnt. Würden wir die einhundertachtzehn Konzerne auflösen und ihnen als Beute anbieten, könnte das einigen Unwillen bei denen auslösen, die bei der Verteilung leer ausgehen. Das würde einfach eine neue Generation von Unzufriedenen schaffen. Nein. Ich werde dafür stimmen, Verwalter einzusetzen, die Konzerne noch zehn-, vielleicht fünfzehn Jahre zu betreiben und sie dann auf dem Markt für das höchste Gebot abzustoßen. Auf diese Weise beugen wir Unzufriedenheit vor und haben gleichzeitig immerhin fünfzig Prozent des Markts fest in der Hand, womit wir helfen, das Edikt der Technologischen Kontrolle auf solide Beine zu stellen.«

Ebert, der Hal Shepherd gerade das Tablett hinhielt, versuchte so zu tun, als sei ihm die Sache gleichgültig, die diskutiert wurde, aber als Erbe von GenSyn, dem zweitgrößten Konzern auf dem Hang-Seng-Index, war es schwierig, sich von der Frage der beschlagnahmten Konzerne nicht betroffen zu fühlen.

»Was ist das?«

Ebert hob den Kopf und sah Shepherd an. »Es ist Yang Sens Frühlingswein-Tonic, *Shih* Shepherd. Li Shai Tung hat mich gebeten, Ihnen ein Glas davon zu bringen. Es hat eine sehr heilsame Wirkung.«

Shepherd schnüffelte an dem Glas, dann sah er an Ebert vorbei den alten T'ang an. »Das hat einen kräftigen Geruch, Shai Tung. Was ist da drin?«

»Branntwein, *Kao Liang*, Wodka, Honig, Ginseng, Japonica-Samen, oh, und viele andere Dinge, die gut für Sie sind, Hal.«

»Zum Beispiel?«

Tsu Ma lachte und drehte sich zu Shepherd um. »Zum Beispiel rotgefleckte Eidechsen und Seepferdchen und getrocknete menschliche Plazenta. Alles schrecklich gut für Sie, mein Freund.«

Shepherd sah Tsu Ma an, dann wandte er sich Li Shai Tung zu. »Stimmt das, Shai Tung?«

Der alte T'ang nickte. »Das stimmt. Warum, ekeln Sie sich davor, Hal?«

Shepherd lachte, und die Lachfalten gruben sich tief in sein blasses Gesicht. »Überhaupt nicht.« Er setzte das Glas an die Lippen und trank in großen Schlucken, dann erschauderte er und gab der Krankenschwester das halbleere Glas.

Tsu Ma lachte überrascht. »Man sollte Yang Sen schluckweise trinken, Hal. Es ist ein starkes Mittel. Es muß achtzehn Monate reifen, bevor man's überhaupt trinken kann. Und das ist Shai Tungs bestes. Ein zwölf Jahre altes Gebräu.«

»Ja ...«, sagte Shepherd heiser und lachte. Seine runden Augen tränten. »Das merke ich jetzt auch.«

Tsu Ma betrachtete den Kranken noch einen Moment, dann drehte er sich um und sah Ebert an. »Nun, Major, und wie geht's Ihrem Vater?«

Ebert verneigte sich tief. »Meinem Vater geht's gut, *Chieh Hsia*.«

Li Shai Tung beugte sich vor. »Ich muß ihm für alles danken, was er in den letzten Monaten getan hat. Und für das großzügige Hochzeitsgeschenk, das er heute meinem Sohn überreicht hat.«

Ebert drehte sich um und verneigte sich nochmals. »Es wäre ihm eine Ehre, *Chieh Hsia*.«

»Gut. Sagen Sie mir noch eins, bevor Sie uns verlassen. Und diesmal ehrlich. Was sollten wir Ihrer

Ansicht nach mit den beschlagnahmten Konzernen tun?«

Ebert hielt den Kopf gesenkt und wagte es nicht, dem T'ang in die Augen zu sehen, selbst wenn er eine so direkte Frage stellte. Noch ließ er sich von seiner Bitte um Aufrichtigkeit täuschen. Er gab die Antwort, die, wie er wußte, der T'ang von ihm erwartete.

»Ich glaube, seine Exzellenz Tsu Ma hat recht, *Chieh Hsia*. Es ist unumgänglich, die Oberen zu beschwichtigen. Damit die Wunden heilen und die Bitterkeit verfliegt. Wenn Verwalter ernannt werden, bleiben die Märkte stabil. Die Dinge werden so wie üblich weitergehen, und es wird nicht die hektischen Bewegungen auf dem Index geben, die ein Ausverkauf solch gewaltigen Inventars zweifellos bewirken würde. Und was Belohnungen angeht, ist die Gesundheit und Sicherheit der Sieben nicht Belohnung genug? Einen Mann müßten niedere Beweggründe treiben, würde er mehr verlangen.«

Die Augen des alten T'ang lächelten. »Danke, Hans. Ich bin Ihnen dankbar für Ihre Worte.«

Ebert verneigte sich und trat zurück. Er wußte, daß er damit entlassen war.

»Ein netter junger Mann«, sagte Li Shai Tung, als Ebert gegangen war. »Er erinnert mich jeden Tag mehr an seinen Vater. Dieselbe gespielte Ehrlichkeit. Tolonen hat recht. Er sollte General werden, wenn er alt genug ist. Er würde meinem Sohn ein glänzender General sein, meinen Sie nicht?«

»Ein hervorragender General«, antwortete Tsu Ma ohne die Bedenken zu erwähnen, die er im Hinblick auf Major Hans Ebert hegte. Seine eigenen Sicherheitsberichte über Ebert zeichneten ein etwas anderes Bild.

»Da wir jetzt allein sind«, fuhr Li Shai Tung fort, »habe ich noch ein paar Neuigkeiten.«

Sowohl Tsu Ma wie Shepherd waren plötzlich ganz

aufmerksam. »Und welche?« fragte Tsu Ma und drückte seine Zigarre in dem Porzellantablett auf dem *Kang* neben sich aus.

»Ich hab's von Karr gehört. Berdichow ist tot.«

Tsu Ma lachte, die Augen weit aufgerissen. »Seid Ihr sicher?«

»Ich hab's mit eigenen Augen gesehen. Karr hat über die Leitung alles durchgegeben, was er gesehen und gehört hat.«

»Dann ist es vorbei.«

Li Shai Tung sah schweigend zu Boden. Als er wieder aufblickte, wirkte er beunruhigt. »Das glaube ich nicht.« Er warf Shepherd einen Blick zu. »Ben hat doch recht gehabt, Hal. Wir haben die Männer getötet, doch die Symptome bleiben.«

Shepherd lächelte düster. »Nicht alle. DeVore ist immer noch da.«

Der alte T'ang senkte den Kopf. »Ja. Aber Karr wird ihn finden. So wie er Berdichow gefunden hat.«

Tsu Ma beugte sich vor. »Ein nützlicher Mann, dieser Karr. Vielleicht sollten wir den Burschen in die Massenproduktion aufnehmen. Gebt dem alten Ebert ein Patent dafür.«

Li Shai Tung lachte und hob einen Fuß nach dem anderen von dem Schildkrötenhocker. »Vielleicht ...« Er stemmte sich hoch und streckte sich. »Vorläufig habe ich allerdings noch eine andere Idee, die wir uns alle durch den Kopf gehen lassen sollten. Li Yuan hat die letzten Monate daran gearbeitet. Ich werde die Sache morgen dem Rat vorlegen, aber erst möchte ich wissen, was Sie davon halten.«

Tsu Ma nickte und machte es sich mit einem Drink in der Hand gemütlich. Er beobachtete den alten T'ang, während er im Zimmer auf und ab ging.

»Li Yuan hatte die Idee vor vielen Jahren, als er acht war. Er war mit Han Ch'in beim Falknern, als einer der Falken hoch in einen Baum flog und nicht mehr zum

Federspiel herunterkommen wollte. Han Ch'in verlor die Geduld mit dem Vogel, nahm dem Diener die Steuerung ab und zerstörte den Vogel.«

»Hat er dabei den Rückholdraht im Kopf des Vogels benutzt?«

»Genau.«

Tsu Ma nahm einen Schluck, dann senkte er leicht den Kopf. »Ich selbst habe das nie tun müssen.«

»Ich auch nicht«, bestätigte Li Shai Tung. »Und es war der erste Fall, von dem ich je gehört hatte, als Li Yuan mir vor sechs Monaten davon erzählte. Jedenfalls hatte Li Yuan bis dahin nicht gewußt, daß die Vögel auf diese Weise verdrahtet sind. Er hat sich gewundert, warum wir so etwas nicht für Menschen haben.«

Tsu Ma lachte. »Menschen sind keine Falken. Sie würden sich nicht so leicht fesseln lassen.«

»Nein. Das gleiche hat sich Li Yuan auch gesagt. Dennoch war es eine gute Idee. Er hat so argumentiert: Wenn jemand ein guter Mann ist, braucht er keine Angst zu haben, sich einen solchen Draht in den Kopf einpflanzen zu lassen. Es würde keinen Unterschied machen. Und wenn es kein guter Mann ist, sollte er *auf jeden Fall* einen solchen Draht eingepflanzt bekommen.«

»Das gefällt mir. Trotzdem läßt sich nicht abstreiten, daß Menschen keine Falken sind. Ihnen gefällt die Illusion der Freiheit.«

Li Shai Tung blieb vor Hal Shepherd stehen und beugte sich vor, legte seinem alten Freund mit einem traurigen Lächeln auf den Lippen eine Hand auf die Schulter, dann wandte er sich wieder Tsu Ma zu.

»Und wenn wir ihnen diese Illusion geben? Wenn wir sie soweit bringen, daß sie sich *wünschen*, diesen Draht in ihrem Kopf zu haben?«

»Leichter gesagt als getan.«

»Aber nicht unmöglich. Und Li Yuan hat einen Plan

entwickelt, wie man den Großteil der Menschheit genau dazu bringen kann.«

Tsu Ma lehnte sich zurück und überlegte. »Und wie soll das technisch funktionieren?«

Li Shai Tung lächelte. »Ihr kommt mir wie immer zuvor, Tsu Ma. Es gibt tatsächlich Probleme, ein solches Kontrollsystem zu entwickeln. Menschliche Gehirne sind sehr viel komplexer als die von Falken, und die Logistik, vierzig Milliarden einzelner Individuen durch die dreihundert Ebenen der Stadt zu verfolgen, ist ungleich schwieriger als die Probleme, die damit verbunden sind, ein paar Falken auf einem Grundstück aufzuspüren. Es läßt sich nicht leugnen, daß Li Yuan in dieser Hinsicht wenig Fortschritte gemacht hat. Das macht es erforderlich, Zeit und Geld in die Forschung zu investieren.«

»Ich verstehe. Und das erwartet Ihr morgen vom Rat? Die Erlaubnis, in dieser Richtung weiterzuarbeiten?«

Li Shai Tung senkte den Kopf. »Es käme einem T'ang nicht zustatten, gegen das Edikt zu verstoßen.«

Tsu Ma lächelte. »Ganz richtig. Aber macht Euch keine Gedanken, Shai Tung, in dieser wie in anderen Angelegenheiten habt Ihr im Rat meine volle Unterstützung.« Er trank sein Glas aus und stellte es ab. »Und der Rest Eures Plans?«

Li Shai Tung lächelte. »Das genügt für heute. Aber wenn Ihr mir die Ehre erweisen würdet, diesen Herbst in Tongjiang mein Gast zu sein, können wir uns weiter darüber unterhalten. Bis dahin werden sich die Dinge entwickelt haben, und ich bin mir sicher, daß Li Yuan sich freuen wird, Euch von seinem Plan zu berichten.«

Tsu Ma lächelte. »Es wäre mir eine große Ehre und Freude. Aber kommt, reden wir über Li Yuan, wir haben Ihrem Sohn und seiner neuen Frau viel zu wenig Aufmerksamkeit gewidmet. Ich muß ihm noch zu seiner Wahl gratulieren.«

Beide Männer taten so, als übersähen sie das unsichere Flackern, das das Gesicht des alten T'ang überflog.

»Und Sie, Hal?« Li Shai Tung wandte sich seinem alten Freund zu. »Kommen Sie mit nach vorn?«

Shepherd lächelte. »Später vielleicht. Im Moment bin ich etwas müde. Zuviel Yang Sen, schätze ich.«

»Aha. Kann sein.« Und indem er sich traurig abwandte, nahm Li Shai Tung Tsu Ma am Arm und führte ihn in das Gedränge in der großen Halle hinaus.

* * *

Karr beugte sich über den Schreibtisch und zog den Mann mit einer Hand aus seinem Sitz hoch, die Faust fest in die kobaltblaue Seide seines Uniformrocks gekrallt.

»Was soll das heißen, *das geht nicht?* Ich fliege heute ab. Mit der ersten erreichbaren Maschine. Und ich nehme diese Akten mit.«

Für einen Moment versuchte der Mann mit der Linken den Rufknopf auf seinem Schreibtisch zu erreichen, dann ging er auf Abstand. Er hatte gehört, welch ein Verrückter Karr war, aber er hatte nie für möglich gehalten, daß der Mann in sein Büro stürmte und ihn physisch angriff.

»Wissen Sie denn nicht, wer ich bin?« kreischte er mit halb erstickter Stimme. »Ich bin der Gouverneur des Mars. Das können Sie nicht mit mir machen!«

Karr zerrte den Mann über den Schreibtisch, bis er ihn direkt vor Augen hatte. »Sie sind gerade der Richtige, um mich darüber zu belehren, was ich tun kann und was nicht, Gouverneur Schenck. Man hat Ihnen befohlen, mir volle Unterstützung zu gewährleisten, aber sie haben mir nur Steine in den Weg gelegt, seit ich nach Tian-Men-K'ou-City zurückgekommen bin.«

Der Gouverneur schluckte schmerzlich. »Aber … die

Untersuchung ... die Station Feng Shou ist zerstört worden und die Pipeline schwer beschädigt.«

»Das ist Ihre Sache. Ich dagegen muß meinem T'ang bei nächster Gelegenheit Bericht erstatten und alle relevanten Informationen mit zurücknehmen. Das wußten Sie. Sie hatten Ihre Befehle.«

»Aber ...«

Karr beugte sich über den Schreibtisch und warf Schenck in seinen Stuhl zurück, dann hämmerte er mit der Faust auf den Rufknopf.

»Wollen Sie Krieg mit den Sieben?«

»*Was?*« Schenck wurde blaß.

»Dazu wird es nämlich kommen, wenn Sie weitere Maßnahmen ergreifen, um mich hier festzuhalten. Durch ein besonderes Edikt der Sieben bin ich ermächtigt worden, alles zu tun, was ich für nötig halte, um den Verräter Berdichow der Gerichtsbarkeit zu übergeben und alle Akten oder Dokumente herauszuverlangen, die mit seiner Person in Zusammenhang stehen. Das habe ich getan. Und jetzt erklären Sie mir, *Shih* Schenck, was haben Ihre Untersuchungen mit *mir* zu tun?«

»Ich ...«, fing er an, dann sah er, daß sich hinter Karr die Tür öffnete.

Karr drehte sich sofort um. »Bringen Sie die Akten über Berdichow. Sofort!«

Der Untergebene sah an Karr vorbei Gouverneur Schenck an. »Exzellenz?«

Karr wandte sich zu Schenck um. »Also? Wollen Sie sich den Sieben widersetzen und damit Ihr eigenes Todesurteil unterschreiben, oder werden Sie meiner Forderung nachkommen?«

Schenck schluckte noch einmal, dann senkte er den Kopf. »Tun Sie, was er sagt. Und solang das dauert, bereiten Sie Major Karrs Freigabe für die *Tientsin* vor. Er verläßt uns diesen Nachmittag.«

»Sofort, Exzellenz.«

»Gut«, sagte Karr, ließ seinen mächtigen Körper auf den viel zu kleinen Stuhl sacken und sah Schenck an. »Jetzt verraten Sie mir eins, Gouverneur, wer hat Ihnen befohlen, mich hier festzuhalten?«

* * *

Daheim auf Chung Kuo blickte DeVore von seinen Akten auf und sah seinen Leutnant streng an. »Ist das alles?«

Wiegand senkte den Kopf. »Bis jetzt, Exzellenz. Aber unsere Kontaktleute haben mehr versprochen. Sie werden alles erfahren, was Sie über diesen Abschaum wissen müssen, bevor Sie wieder mit Ihnen zusammentreffen.«

»Gut. Ich muß nämlich wissen, wer worin gut und wer für was verantwortlich ist. Ich will wissen, woher sie kommen und was sie letztendlich wollen. Und ich will keine Vermutungen hören. Ich brauche Fakten.«

»Natürlich, Exzellenz. Ich werde mich sofort darum kümmern.«

Wiegand verbeugte sich tief, dann drehte er sich um und ging. Ein guter Mann, dachte DeVore, und sah ihm nach. Intelligent und verläßlich, trotz dieser Sache mit Lehmann und der Mitteilung.

Er stand auf und ging um den Tisch, dann blieb er stehen und betrachtete die riesige, vergrößerte Photographie der fünf *Ping Tiao*-Führer, die Wiegand an die Wand geheftet hatte.

Das einfache Schwarzweißbild war klar und scharf, die lebensgroßen Gesichter der fünf Terroristen, Gesell in ihrer Mitte, deutlich zu erkennen. Die Aufnahme war zehn oder fünfzehn Sekunden nach Beginn des Treffens gemacht worden, die winzigen Linsenkameras waren ausgelöst worden, als er genickt hatte, um auf die halbe Karte auf dem Tisch vor Gesell zu deuten. Er hatte lediglich beabsichtigt, Bilder von den übrigen vier Anführern der *Ping Tiao* zu bekommen, damit seine Kontaktleute im Sicherheitsdienst sie aufspüren konnten, doch was das Bild am deutlichsten einfing, war das enorme, beinahe wahnsinnige Mißtrauen. DeVore lächelte. Er hatte während seines Besuchs schon etwas davon gespürt, war aber zu sehr mit seinem eigenen Plan beschäftigt gewesen, um sich Gedanken darüber zu machen. Jetzt, da er ihren Ausdruck so lebhaft, so handfest vor Augen hatte, wurde ihm bewußt, daß er etwas wirklich Wichtiges übersehen hatte.

Sie hatten Angst, das stimmte, aber es war mehr als das. Sie waren auf der Flucht. Ihre Eingebildetheit war nicht mehr als eine Fassade. Gesells Polterei versuchte nur über die allgemeine Furcht hinwegzutäuschen, daß jemand käme und sie einfach auslöschte. Sie und alles, wofür sie standen. Sie hatten zu viele Rückschläge erlitten, zuviel Verrat in ihren eigenen Reihen erlebt. Sie waren paranoid, fürchteten sich vor ihren eigenen Schatten.

Aber das war gut so. Das konnte er ausnutzen. Damit würde er in zwei Tagen, wenn sie sich trafen, die Oberhand gewinnen.

Er ging in Gedanken durch, was er wußte. Der Han, der auf dem Bild links außen zu sehen war, war Shen Lu Chua, ein Experte für Computersysteme und ausgebildeter Mathematiker. Er war Mitte dreißig und hatte ein langes und schiefes, glattrasiertes Gesicht. Neben ihm war eine ziemlich hübsche Frau mit feingeschnittenen Zügen abgebildet – eine *Hung Mao,* auch wenn ihr dünnes schwarzes Haar wir bei einer Han geschnitten war. Sie hieß Emily Ascher und war Volkswirtschaftlerin, auch wenn DeVore mehr die Tatsache interessierte, daß sie Gesells Geliebte war. Auf der anderen Seite von Gesell – auf dem Photo die zweite von rechts – befand sich eine Han namens Mao Liang, eine interessante Frau. Als Tochter einer recht bekannten

Untergeordneten Familie war sie auf der Ersten Ebene aufgezogen und ausgebildet worden, hatte aber mit fast zwanzig gegen ihre Erziehung rebelliert und war nach einem Jahr Streit zu Hause in die unteren Ebenen verschwunden und erst jetzt, nach fünf Jahren, als Mitglied der *Ping Tiao* wieder aufgetaucht.

Der letzte der fünf – auf dem Photo ganz rechts – war Jan Mach, ein hochgewachsener, breitschultriger Mann von dreiunddreißig Jahren mit dunklem, schulterlangem, geflochtenem Haar und einem dicht wuchernden Bart. Er arbeitete für das Ministerium für Abfallrecycling als Wartungsbeamter. Es war ein idealer Job für ein *Ping Tiao*-Mitglied, denn er erlaubte ihm einen raschen und problemlosen Verkehr zwischen den Ebenen, doch Mach hatte darüber hinaus den Vorteil, ein Freiwilliger in den Reserveeinheiten des Sicherheitsdienstes und damit berechtigt zu sein, eine Schußwaffe zu tragen. In den Kreisen, in denen er tätig war, gewährleistete das eine perfekte Tarnung für seine *Ko Ming*-Aktivitäten.

Mach war auf dem Bild der einzige, der den Blick von DeVore abgewandt hatte. Er sah auf einen Schreibblock, der vor ihm auf dem Schreibtisch lag. Auf dem Block stand in sorgfältig geschriebenen Piktogrammen, die ohne Mühe zu lesen waren: *»Jen to chiu lung to chiu han.« Zuviele Menschen bringen Chaos; zuviele Drachen bringen Dürre.*

Das Detail war interessant. Wenn Gesell der Anführer war, dann war Mach die Macht hinter dem Thron. Er war derjenige, den es zu beobachten und zu beeinflussen galt, der Ideologe der Gruppe.

Jemand klopfte laut an der Tür.

»Kommen Sie rein.«

Lehmann stand in der Tür. »Unsere Gäste sind da, Sir.«

DeVore zögerte und bemerkte, wie gut der Albino in der Uniform aussah, dann nickte er. »Gut. Ich komme gleich runter. Bringen Sie sie ins Speisezimmer und sorgen Sie dafür, daß es ihnen an nichts fehlt.«

Lehmann verbeugte sich und ging.

DeVore drehte sich um und warf einen letzten Blick auf die lebensgroßen Bilder der fünf Terroristen. »Wenn eine Tür sich schließt, öffnet sich eine andere.«

Er lachte leise, dann ging er zu seinem Schreibtisch und tippte den Code ein, der ihn mit der Landekuppel verband. Kubinyi, sein dortiger Mann, antwortete sofort.

»Ist alles vorbereitet?«

»Wie Sie befohlen haben, Exzellenz.«

»Gut. Ich will, daß nichts schiefgeht. Haben Sie mich verstanden?«

Er unterbrach die Verbindung, bevor Kubinyi antworten konnte, dann streckte er die Hand aus und zog die Akte aus dem Ordner. Er sah sich in seinem Büro um und machte sich bewußt, wie wichtig dieser Augenblick war. Dann schlug er mit einem lauten freudigen Lachen den Ordner zu und ging hinaus.

Neue Richtungen, sagte er sich, als er energisch durch den Korridor auf den Lift zumarschierte. *Der weise Mann wendet sich immer in neue Richtungen.*

Sie drehten sich um, als er den Raum betrat. Es waren sieben. Geschäftsleute von der Ersten Ebene in hellen, bunt gefärbten Seiden-*Pau.*

»Meine Herren«, sagte er und vermied absichtlich – aus Ironie – den unter Han üblichen Begriff *Ch'un tzu.* »Wie gut es tut, Sie alle wiederzusehen.«

Er bemerkte sofort, wie angespannt sie waren; wie sie einander um Unterstützung heischend ansahen. Sie fürchteten sich vor ihm. Sie wußten nicht, wie er auf die Neuigkeiten reagieren würde, die sie ihm brachten. Sie glaubten zumindest, es seien für ihn Neuigkeiten. Aber er sah auch, wie resigniert sie waren. Eine erschöpfte Macht. Die Sieben hatten sie wie Tiere gejagt. Die Beschlagnahmungen, die Inhaftierungen und Exekutionen – all das hatte sie schwer erschüttert. Sie sahen jetzt, was ihre Beteiligung wirklich kostete.

So ist es, dachte er. *Und jetzt ist eure Zeit vorbei.*

Er ging zwischen ihnen umher, schüttelte Hände, führte kurze Gespräche, und sein Stil und sein Auftreten machte sie lockerer. Er ließ Douglas bis zuletzt warten, nahm die Hand des alten Mannes fest und herzlich in die seine und faßte einen Moment seine Schulter, als begrüße er seinen besten Freund. Douglas war seit dem Tod Berdichows neuer Anführer der Dispersionisten, Anführer einer zusammengebrochenen Partei, die in der Öffentlichkeit nicht einmal ihren eigenen Namen zu flüstern bereit war.

Die Nachricht von Berdichows Tod war erst vor zwei Stunden an die Öffentlichkeit gedrungen. Sie hatten zu diesem Zeitpunkt sicher zusammengesessen und besprochen, was sie ihm an diesem Nachmittag sagen würden. Auch der Schock darüber steckte ihnen in den Knochen. Er sah es in Douglas' Augen.

»Eine traurige Angelegenheit«, kam er Douglas zuvor. »Ich hatte vor Soren Berdichow höchsten Respekt. Er war ein großer Mann.«

Douglas ließ den Kopf sinken. Die Nachricht hatte ihn sehr erschüttert. Seine Stimme klang bitter und wütend. »Sie haben ihn umgebracht«, sagte er. »Wie einen gewöhnlichen Kriminellen. Einer ihrer Tiermenschen – irgendein Scheusal von GenSyn – hat's getan, hat man mir gesagt, sein Rückgrat gebrochen wie einen Zweig. Kein Prozeß. Nichts.« Er hob den Blick und sah DeVore in die Augen. »Ich hätte nie gedacht...«

»Ich auch nicht«, sagte DeVore mitfühlend und legte ihm einen Arm um die Schulter. »Wie auch immer... Kommen Sie. Essen wir etwas. Ich bin sicher, daß Sie nach Ihrem Flug hierher alle hungrig sind. Danach setzen wir uns hin und reden.«

Douglas senkte den Kopf, und ein wehmütiges

Lächeln milderte den Schmerz und Zorn in seinen Augen. »Sie sind ein guter Mann, Howard.«

Während des Essens wurde wenig geredet, aber hinterher, als die Teller abgeräumt und ringsum Getränke nachgeschenkt worden waren, kam Douglas auf den Punkt.

»Der Krieg ist vorüber, Howard. Die Sieben haben gewonnen. Wir müssen uns auf einen langen Frieden einrichten.«

Die äußeren Einschlagjalousien waren zurückgezogen worden, und durch das dicke, klare Glas des wandlangen Fensters konnten sie das sonnenbeschienene Tal und die wolkenverhangenen Berge dahinter sehen. Das Licht des späten Nachmittags verlieh dem Raum eine seltsam melancholische Atmosphäre. DeVore saß an der Stirnseite des Tisches mit dem Rücken zum Fenster und sah sie an, das Gesicht halb im Schatten.

»Ai mo ta yu hsin ssu.«

Douglas stimmte mit einem knappen Kopfnicken zu. »So ist es. Es ist wirklich nichts beklagenswerter als der Tod des Herzens. So fühlen wir uns, Howard, erschöpft und mit gebrochenem Herzen, um so mehr, als Soren jetzt nicht mehr bei uns ist.«

»Und?« DeVore sah von einem zum anderen und bemerkte, wie schwer es ihnen fiel, ihn in diesem Moment der Kapitulation anzusehen. Sie empfanden Scham, tiefe, bittere Scham. Aber wofür? Für ihren gescheiterten Versuch, die Sieben zu vertreiben? Oder für ihren Verrat an ihm? Nur Douglas begegnete seinem Blick.

Weil niemand etwas sagte, stand DeVore auf, drehte sich um und starrte auf die Berge hinaus. »Ich bin enttäuscht«, sagte er. »Ich kann mir nicht helfen, aber ich bin enttäuscht. Ich habe mehr von Ihnen erwartet. Ich habe mir vorgestellt, Sie hätten mehr ...« – er wandte sich ihnen zu – »... mehr Courage.«

»Wir haben verloren«, sagte Douglas und lehnte sich zurück, plötzlich in der Defensive. »Es ist unangenehm, sich das einzugestehen, aber es ist wahr. Die Dinge haben sich radikal geändert, selbst in den letzten Monaten noch. Es wäre Selbstmord, jetzt weiterzumachen.«

»Ich verstehe.« DeVore wirkte überrascht. Er wandte sich ein Stück ab, als dächte er über etwas Unerwartetes nach.

»Sie haben doch sicher darüber nachgedacht, Howard. Sie müssen doch begreifen, wie die Lage ist. Die Inhaftierungen. Die Beschlagnahmungen. Die Sieben sind schonungslos. Wer auch nur das leiseste Anzeichen einer Opposition gegen sie zeigt, wird zermalmt. Sie machen keine halben Sachen.« Er sah sich um und hoffte auf Zustimmung. »So ist die Lage. Ich kann nichts daran ändern, Howard. Keiner von uns kann das. Wir sind gescheitert. Jetzt wird's Zeit, erst einmal Schluß zu machen.«

»Und der Ansicht sind alle hier?«

Rings um den Tisch erhob sich zustimmendes Murmeln.

DeVore seufzte schwer. »Ich dachte, wo wir schon soweit gekommen sind …«

Sie beobachteten ihn jetzt, fragten sich, was er tun würde.

DeVore tippte auf die Akte, plötzlich viel lebhafter, und in seiner Stimme klang eine Spur Zorn mit. »Ich hatte Pläne. Schlachtpläne für neue Kampagnen, neue Möglichkeiten, das zu Ende zu bringen, was wir so erfolgreich angefangen haben.«

»Erfolgreich?« Douglas lachte sarkastisch. »Entschuldigen Sie, Howard, aber darin irren Sie sich. Wir haben verloren. Wir haben eine schwere Niederlage eingesteckt. Berdichow, Lehmann und Wyatt. Duchek, Weis und Barrow. Sie alle sind tot. Und mit ihnen mehr als zweitausend weitere, weniger bedeutende

Anhänger unserer Revolution. Einhundertachtzehn Konzerne haben den Handel eingestellt – und ihr Vermögen und Besitz ist von den Sieben beschlagnahmt worden. Und die Sieben sind immer noch da, stärker denn je, so dominant wie nie zuvor.«

»Nein. Sie irren sich. Die Sieben sind jetzt schwach. Schwächer als in ihrer ganzen bisherigen Geschichte. Der Rat hat in den letzten sechs Jahren vier seiner erfahrensten Mitglieder verloren. Die neuen T'ang sind jung und unerfahren. Nicht nur das, die älteren T'ang haben das Selbstbewußtsein und die Sicherheit verloren, die ihnen einst zu eigen war. Früher galt es als unvorstellbar, die Sieben herauszufordern. Doch jetzt ...«

»Jetzt verstehen wir warum.«

DeVore schüttelte den Kopf, dann nahm er resigniert wieder Platz.

Douglas betrachtete ihn, dann senkte er den Blick. »Es tut mir leid, Howard. Ich kann mir vorstellen, wie Ihnen zumute ist. Sie waren all dem näher als wir. Die Festungen. Die Kampagnen. Das waren Ihre Projekte – Ihre Kinder, wenn Sie so wollen. Es muß hart sein, sie aufzugeben. Aber es ist vorbei. Wir würden nur Geld zum Fenster hinauswerfen, wenn wir sie weiter unterstützen.«

DeVore hob den Kopf, dann lächelte er und zuckte die Achseln. Seine Stimme klang jetzt weicher, versöhnlicher. »Nun, wenn Sie meinen, alter Freund. Aber Sie sind trotzdem im Irrtum. Wir haben den Baum geschüttelt. Verstehen Sie das nicht? Er ist fast umgestürzt.«

Douglas sah weg, und seine Geste gab deutlich zu erkennen, daß er anderer Ansicht war. »Was werden Sie tun?«

DeVore starrte auf die beiden Akten, als sei er unschlüssig. »Ich weiß nicht. Vielleicht werde ich hier alles abbrechen.«

»Und danach?«

DeVore starrte immer noch auf die Ordner. Seine hängenden Schultern und sein gesenkter Kopf verrieten seine Enttäuschung. »Vielleicht gehe ich zum Mars.«

»Zum Mars?«

Er blickte auf. »Da liegt die Zukunft, heißt es. Die Sieben haben dort draußen weniger Einfluß.«

»Aha ...« Douglas zögerte, dann sah er sich noch einmal um. »Nun, Howard, ich glaube, wir haben alles gesagt, weswegen wir hergekommen sind. Wir machen uns jetzt besser auf den Rückweg.«

DeVore stand auf. »Natürlich. Es hat gut getan, Sie alle ein letztes Mal zu sehen. Ich wünsche Ihnen für alle künftigen Geschäfte viel Glück. Und danke, meine Herren. Für alles, was Sie getan haben. Es war gut von Ihnen.«

Er umarmte jeden einzelnen, als sie gingen, dann ging er ans Fenster und starrte auf die zerklüftete Fels-, Eis- und Schneelandschaft hinaus. Er stand still da und schaute nur, als sich ihr Kopter zehn Minuten später aus dem Hangar erhob und in einer langsamen Rechtskurve davonflog. Für einen Moment huschte sein Schatten über die Böschung gegenüber, dann explodierte er in einem plötzlichen Aufglosen grellen Lichts. Die Druckwelle der Explosion erfaßte das Gebäude erst nach einigen Sekunden und ließ die leeren Gläser auf dem Tisch klirren.

Er sah den Feuerball in den Himmel hinaufsteigen und sich immer wieder überschlagen, hörte das Tosen der Explosion wie einen gewaltigen Donnerschlag durchs Tal grollen und einen Moment später als Echo widerhallen. Eine Million winziger weißglühender Splitter rieselten auf den Berg, schmolzen den Schnee, wo sie auftrafen, zischten und warfen Blasen auf dem Glas, nur eine Handbreit vor seinem Gesicht. Dann herrschte Stille.

DeVore drehte sich um. Lehmann stand in der Tür.

»Was ist, Stefan?«

Lehmann blickte an ihm vorbei, als spiele sich vor seinem geistigen Auge noch einmal ab, was er gerade gesehen hatte. Dann trat er vor und reichte DeVore eine Notiz. Sie stammte von Douglas und war handgeschrieben. DeVore klappte das Blatt auf und las.

Lieber Howard,

es tut mir leid, daß es nicht gelungen ist. Wir haben's versucht. Wir haben's wirklich versucht, nicht wahr? Aber das Leben geht weiter. Ich schreibe dies nur, um Ihnen zu versichern, daß Sie mir, wann immer Sie etwas brauchen – was es auch sein mag –, nur Bescheid sagen brauchen.

Mit Hochachtung
John Douglas

DeVore starrte das Blatt an, dann knüllte er es zusammen und warf es weg. *Was es auch sein mag …* Diese Worte waren bedeutungslos. Der Mann hatte aufgegeben. Er und mit ihm der ganze Rest. Nun, es war jetzt an der Zeit, tiefer zu gehen, weiter hinabzusteigen, eine andere Klasse von Rebellen zu kultivieren. Um den Baum des Staates erneut zu schütteln. Und immer wieder zu schütteln. Bis er umstürzte.

* * *

Der Offiziersclub in Bremen war ein geräumiges, üppig geschmücktes Lokal. Han in dunklen Anzügen mit ständig gesenkten, kahlgeschorenen Köpfen gingen schweigend zwischen den großen, runden Tischen umher, die wie Inseln in einem grünblauen Teppichmeer lagen, und bedienten. Hohe Pfeiler umgaben das große zentrale Sechseck und bildeten einen Durchgang um die Tische, wie ein Kreuzgang in einem alten Kloster, während fünfzig *ch'i* über den Köpfen die aus sechseckigen Elementen bestehende Deckentäfelung ein Mosaik berühmter Schlachten bildete, in denen allein die Han Sieger waren.

Es war später Nachmittag, und die meisten Tische waren leer, doch ganz rechts, auf halbem Wege zwischen der großen Doppeltür und der Bar, hatte sich eine Gruppe von acht Offizieren, die laut redeten, um einen Tisch versammelt. Ihrem Gerede und dem Klirren leerer Flaschen auf dem Tisch war anzumerken, daß sie ziemlich betrunken waren. Doch weil keiner von ihnen einen geringeren Dienstgrad als Hauptmann aufwies, lächelte der diensthabende Offizier bloß, wandte sich ab und sah ihnen ein Benehmen nach, das er bei niedrigeren Diensträngen nie geduldet hätte.

Im Mittelpunkt der Gruppe stand der junge Major Hans Ebert, der ›Held von Hammerfest‹, der sie mit Geschichten über den Empfang unterhielt, an dem er am Nachmittag teilgenommen hatte. Inzwischen hatte sich das Gespräch allerdings in eine andere Richtung bewegt, und in dem tiefen, anerkennenden Lachen schwang eine Spur düsteren Vergnügens mit.

Auden, dem klar war, wohin das Ganze führte, lenkte das Gespräch auf seinen Vorgesetzten zurück. Das war seine Rolle – seinen Meister ständig im Mittelpunkt zu halten. Anders als seine Kollegen hatte er seinen Drink im Laufe des Nachmittags kaum angerührt, doch es fiel niemandem auf, denn er schien das Glas ebenso oft an die Lippen zu heben und aus der Flasche nachzuschenken wie alle anderen. Aber seine Stimme war, anders als die der übrigen Männer, klar und deutlich.

»Und Sie, Hans? Was ist mit dieser Dame, die Sie getroffen haben?«

Ebert sah zur Seite und lächelte keck. »Welche von meinen Damen meinen Sie, Will?«

Auden beugte sich vor, um auf dem Tablett die Asche von seiner Zigarette zu streifen, und lehnte sich in seinen Stuhl zurück. »Sie wissen schon welche. Die Frau des Ministers.«

Den andern entfuhr ein überraschter und bewundernder Laut. Die Frau eines Ministers! Das roch nach Gefahr. Und Gefahr war ein Aphrodisiakum, das sie alle verstanden.

»Ja, erzählen Sie uns was davon, Hans«, sagte Scott, und seine Augen strahlten vor Neugier.

Ebert nippte entspannt an seinem Glas, dann sah er in die Runde wißbegieriger, aufmerksamer Gesichter.

»Sie ist meine Sklavin«, erklärte er ruhig. »Sie tut für mich alles, was ich will. Was es auch ist. Heute zum Beispiel. Ich habe sie von ihren beiden Mägden ausziehen und festhalten lassen, während ich sie mit meinem Spazierstock schlug. Danach ließ ich sie zusehen, wie ich ihre Mägde nahm. Danach bettelte sie selbst darum. Aber ich habe den Kopf geschüttelt. ›Das mußt du dir erst verdienen‹, sagte ich. ›Ich will, daß du mir zeigst, wie sehr du deine Mägde liebst.‹«

»Nein!« sagte Panshin, ein recht beleibter Oberst. »Und hat sie's gemacht?«

Ebert nahm noch einen Schluck. »Habe ich nicht gesagt, sie ist meine Sklavin?« Er lächelte. »Vor meinen Augen hat sich sich mit ihnen mehr als zwanzig Minuten auf den Boden gewälzt, bis alle drei wie verrückt waren und mich anbettelten mitzumachen.«

Fest traten fast die Augen aus den Höhlen. »Und dann haben Sie's ihr besorgt?«

Ebert stellte sein Glas ab und schüttelte den Kopf. »So einfach nicht. Sehen Sie, ich pflege dieses Ritual.«

»Ritual?« Scott kippte mit einer raschen Kopfbewegung seinen Brandy hinunter, dann knallte er das Glas auf den Tisch. »Was für ein Ritual?«

»Ich habe alle drei nackt und mit gesenkten Köpfen vor mir knien lassen. Dann habe ich einer nach der anderen befohlen, vor dem Gott zu knien und dem Gott den Kopf zu küssen. Und dabei mußte jede eine paar

Worte wiederholen. Ihr wißt schon. ›Ich verspreche, meinem Gott treu und gehorsam zu sein und alles zu tun, was er wünscht.‹ Etwas in der Art.«

»Kuan Yin!« sagte ein anderer Hauptmann, ein Mann namens Russ. »Sagen Sie's nicht, und dann hatten Sie alle auf einmal.«

Ebert lachte und trank aus. »Ich fürchte nicht. Das alte Mädchen war gerade an der Reihe, als mir auffiel, wie spät es war. ›Tut mir leid‹, sagte ich ihr. ›Ich habe nicht auf die Uhrzeit geachtet. Ich muß gehen. Der T'ang wartet auf mich.‹«

»Bei allen Göttern!« entfuhr es Scott, dann schüttelte er den Kopf. »Sie machen Witze, Hans. Ist das wirklich passiert?«

»Vor nicht einmal sechs Stunden.«

»Und was hat sie gesagt?«

Ebert lachte. »Was sollte sie sagen? Man läßt einen T'ang nicht warten.«

»Und Ihr Versprechen?« fragte Russ. »Sie haben versprochen, sie zu vögeln, wenn sie zeigt, wie sie ihre Mägde liebt.«

Ebert griff nach dem Krug und goß Wein in sein Glas. »Ich bin ein Mann, der zu seinem Wort steht, Hauptmann Russ, wie Sie alle wissen. Wenn wir hier fertig sind, gehe ich zurück, um mein Versprechen einzulösen.«

»Und ihr Mann?« fragte Scott. »Wo war er, während all das passierte?«

»In seinem Studierzimmer. Dort hat er die *Analekten* gelesen.«

Die anderen brachen so lautstark in Gelächter aus, daß die Leute an den Nachbartischen die Köpfe wandten.

»Macht. Eigentlich dreht es sich nur darum«, erklärte Ebert mit halb geschlossenen Augen, ein genießerisches Lächeln auf den Lippen. »Das ist der Schlüssel zum Sex. Macht. Das ist etwas, das der junge

Li Yuan noch heute nacht lernen wird. Beherrsche deine Sexualität und die Welt gehört dir. Gebe ihr nach und ...« Er zuckte die Achseln. »Nun ... schaut euch Fest hier an.«

Noch einmal erhob sich vielsagendes Gelächter.

In diesem Moment erschien auf der Schwelle der großen Tür zum Club ein ziemlich grimmig wirkender, fast häßlicher Han. Er blieb stehen, sah hinein, und sein Blick wurde von dem Gelächter am Tisch zu seiner Rechten angezogen. Er unterschied sich von den anderen Han im Club dadurch, daß er die kobaltblaue Uniform eines Sicherheitsoffiziers trug. Das Brustabzeichen wies ihn als Hauptmann aus. Aber er war dennoch ein Han, und als er einen Schritt über diese Schwelle tat, trat einer der diensthabenden Offiziere vor und verstellte ihm den Weg.

»Entschuldigen Sie, Sir, aber darf ich Ihren Ausweis sehen?«

Kao Chen blieb stehen, dann drehte er sich um und sah den Mann an und hielt dabei seine Gefühle eng im Zaum. Schließlich blieb der Mann im Rahmen seiner Befugnisse. Er verbeugte sich knapp, zog die Zulassungskarte aus der Brusttasche seines Uniformrocks und reichte sie dem Offizier. Während der Mann die Karte eingehend untersuchte, beobachtete Chen, wie Nicht-Han-Offiziere ungehindert durchgingen, selbst Gäste aus anderen Sicherheitseinheiten. Aber das kam für ihn nicht ganz unerwartet. Seine Hautfarbe, die Falten um seine Augen – beides war hier fehl am Platze. Die Offiziersklasse des Sicherheitsdienstes bestand nahezu vollständig aus *Hung Mao,* Nachkommen der Söldnerarmeen, die für die Sieben gegen den Tyrannen Tsao Ch'un gekämpft hatten. Hier spielten Han nur eine untergeordnete Rolle, als Diener, nicht als Herrscher. Aber er war Offizier und hatte Durst. Er hatte das Recht, hier zu sitzen und ein Bier zu trinken. Und das würde er auch tun.

Der Offizier gab ihm seinen Ausweis zurück, bevor er einen knappen, fast nachlässigen Gruß vollführte. Rangmäßig war Chen sein Vorgesetzter, aber er war kein *Hung Mao*, deshalb bedeutete sein Rang wenig.

»Danke, Leutnant«, sagte er gezwungen, dann ging er weiter über die mit dickem Teppich belegten Stufen in den Hauptraum des Clubs.

Er hatte den Saal halb durchquert, als er merkte, auf wen er zuging. Er sah, wie Ebert die Augen aufriß, als er ihn erkannte, und beschloß, rasch vorbeizugehen, doch er hatte kein Glück. Er war gerade drei Schritte an dem Tisch vorbei, als er zurückgerufen wurde.

»He, du! Han! Komm her!«

Chen drehte sich um, dann kam er zurück und blieb mit gesenktem Kopf vor Ebert stehen. »Major Ebert.«

Ebert lehnte sich arrogant in seinen Stuhl zurück, ein höhnisches Grinsen auf den Lippen. »Was meinst du eigentlich, was du hier treibst, Han?«

Chen spürte, daß er vor Wut fröstelte, dann erinnerte er sich daran, daß er ein *Kwai* war. Dies waren nur Worte. Und Worte konnten ihn nicht verletzen. Nur ein Messer konnte einen *Kwai* verletzen. Er antwortete ruhig und zivilisiert.

»Ich komme gerade vom Dienst. Mir ist heiß, und ich habe Durst. Ich dachte mir, ich trinke an der Bar ein Bier.«

»Dann denk mal etwas schärfer nach. Es gibt hier Vorschriften. Keine Frauen und keine Han.«

»Keine Han?«

Im selben Moment, als er das sagte, wurde ihm klar, daß er einen Fehler gemacht hatte. Er hätte sich verneigen, umdrehen und gehen sollen. Nun war es eine Frage des Gesichts. Seine Worte, für sich genommen völlig richtig und harmlos, hatten Ebert zu seiner Bemerkung herausgefordert. Es kam nicht darauf an, daß Kao Chen das Recht hatte, den Club zu benutzen. Darum ging es schon nicht mehr.

Ebert beugte sich ein Stück vor, und seine Stimme klang härter. »Hast du mich verstanden, *Han?*«

Chen zögerte, dann senkte er leicht den Kopf, weil er fürchtete, man könne ihm seine Wut ansehen. »Verzeihen Sie, Major, aber ich bin ein Offizier im Dienste des T'ang. Sicher ...«

Ebert beugte sich vor und schüttete Chen seinen Drink ins Gesicht. »Bist du blöd? Hast du mich nicht verstanden?«

Chen verbeugte sich nochmals. »Es tut mir leid, Major. Es war meine Schuld. Darf ich Ihnen einen neuen Drink kaufen, bevor ich gehe?«

Ebert sah ihn angewidert an. »Verschwinde hier! Sofort! Bevor ich dich besinnungslos schlage.«

Chen machte eine tiefe Verbeugung und zog sich zurück, verbiß sich den Schmerz, das scharfe Brennen in seinen Augen, hielt sein Gesicht völlig unter Kontrolle. Innerlich aber kochte er, und an der Tür blickte er zurück und hörte das Lachen der Männer am Tisch.

Lach nur, dachte er; lache gut und lang, Hans Ebert, denn ich werde keine Ruhe geben, bis diese Beleidigung vergolten ist und du vor mir zu Kreuze kriechst.

An allen Tischen richteten sich die Blicke wieder auf Ebert.

»Was manche von denen für Nerven haben«, sagte er und füllte erneut sein Glas. »Wie auch immer. Wo waren wir stehengeblieben? Ach ja ...« Er stand auf und hob sein Glas. »Auf Li Yuan und seine Braut! Möge dieser Abend ihnen Wolken und Regen bringen! [5]«

Das Gebrüll, mit dem die anderen antworteten, war ohrenbetäubend. »Auf Li Yuan!« riefen sie. »Wolken und Regen!«

* * *

Die Zeremonie war vorüber, die letzten Gäste gegangen, die Türen zum inneren Palast verschlossen und bewacht. Nur sie beide waren dageblieben.

Li Yuan wandte sich von der Tür ab und sah zu ihr hinüber. Fei Yen saß in dem hochlehnigen Stuhl auf dem Podest am anderen Ende des Zimmers, als sei es ein Thron. Ein hellroter *Chi Pao* war über ihre schlanke, zierliche Figur ausgebreitet; ihr dunkles Haar war mit feinen Juwelenschnüren durchflochten. Ein dünnes rotes und goldenes Tuch verhüllte ihre Züge, ein *Kai t'ou,* wie es seit fast drei Jahrhunderten von den Bräuten der Ching-Kaiser getragen wurde. Nun, da sie allein waren, hob sie den Schleier und ließ ihn ihr Gesicht sehen.

Sie war schön. Schöner denn je. Er hielt den Atem an, während er sie ansah und sich klar machte, daß sie ihm gehörte. Er wußte jetzt, wie sein Bruder Han Ch'in sich in seinen letzten Momenten gefühlt haben mußte, und empfand weniger Kummer deswegen. Es wäre schön, jetzt mit diesem Wissen als letztem Gedanken zu sterben.

Er ging zögernd zu ihr hinüber und spürte ihren prüfenden Blick auf sich.

Er hielt am Fuß der Treppe inne und sah sie an. Vor dem riesigen Thron wirkte sie winzig wie ein Kind, das auf dem Stuhl seines Vaters sitzt. Drei Stufen führten auf das Podest hinauf, aber als er davor stand, befanden sich seine Augen auf derselben Höhe mit ihren. Er betrachtete sie genau und merkte, daß sie in den Jahren, seit er sie das erste Mal gesehen hatte, zu einer Frau herangewachsen war.

Er kniff vor Schmerz die Augen zusammen, als er bemerkte, welch dunkle Augen sie hatte, wie tief und schön sie waren, wie fein die Wimpern, wie zart geschwungen die Linien ihrer Haut um die feuchte Mitte, so dunkle, so große Augen, daß er meinte, er könne sich in ihren Tiefen verlieren.

»Nun?« Fei Yen beugte sich vor. Sie lächelte ihn an und streckte die Hand aus. »Was befiehlt mein Mann?«

Er spürte einen frischen Schauer von Freude in seinem Blut, zugleich heiß und kalt, köstlich und schmerzhaft. Ihre Augen hielten ihn fest, daß er die Hand ausstreckte und ihre faßte.

Er betrachtete ihre Hand. Wie klein und zart sie war. Ihre Wärme schien ihrer porzellanartigen Beschaffenheit zu widersprechen, ihre Kraft ihrer scheinbaren Zerbrechlichkeit zuwiderzulaufen. Ihre Hand schloß sich um seine und zog ihn die Stufen zu seinem Platz hinauf. Er ging in die Knie und legte den Kopf in ihren Schoß, und ihre Hände streichelten seinen Nacken. Für einen Moment genügte das. Dann hob sie seinen Kopf mit beiden Händen und schob ihn von sich.

Sie standen auf und sahen einander an.

Seine Hand bewegte sich zu der rubinbesetzten Schnalle an ihrer rechten Schulter und öffnete sie. Langsam, mit einem leisen, seidenen Rascheln, fiel das Kleidungsstück herab und enthüllte ihren Körper.

Sie stand da, nackt bis auf die Juwelen in ihrem Haar, die Goldbänder um ihre Knöchel und ihren Hals. Ihre Haut war so weiß wie Schwanenfedern, ihre Brüste klein und perfekt geformt, und die dunklen Brustwarzen standen hervor. Wie verzaubert betrachtete er die Linien ihrer Haut, das kleine, dunkle Dreieck ihres Geschlechts, und spürte, wie ihn das Begehren mit solcher Heftigkeit übermannte, daß er am liebsten aufgeschrien hätte.

Zaghaft streckte er die Hand aus, streichelte ihre Seite und dann ihre Brust, berührte zärtlich die dunkelbraune Brustwarze, als sei sie das Zerbrechlichste, was er je angefaßt hatte. Sie beobachtete ihn mit einem zarten, nun fast schmerzhaften Lächeln. Dann legte sie vorsichtig seine Hände auf ihre Hüften und schob ihr Gesicht vor.

Er trat mit geschlossenen Augen näher und hatte das Gefühl, als schmelze sein Körper. Seine Hände liebkosten ihre Schultern, fanden sie so glatt und so warm, daß sie fast unwirklich erschienen, während sich ihre Lippen so weich, feucht und heiß wie das Begehren selbst anfühlten. Ihre Süße machte ihn blind.

Sie griff nach unten und befreite sein Glied, dann zog sie ihn zu sich herab. Er vergoß seinen Samen in dem Moment, als er in sie eindrang. Er schrie auf und spürte sie unter sich erschauern. Und als er sie wieder ansah, bemerkte er, wie sich ihre Augen geändert hatten, wie anders ihr Mund plötzlich war – ein gieriger Schlund des Verlangens, nun da er in ihr war.

Dieser Blick setzte ihn in Flammen, ließ ihn erneut zusammenzucken, dann lag er still auf ihr.

Sie lagen eine ganze Weile wie eins da, bis sie sich wieder rührten, und bemerkten dann erst, wie unbequem sie auf den Stufen ausgebreitet lagen.

Er stand auf, bedeckte seine Blöße und merkte im selben Moment, wie unpassend das wirkte, dann griff er nach unten, um ihr aufzuhelfen, nicht imstande, den Blick von ihrem nackten Körper abzuwenden.

Ohne etwas zu sagen, führte sie ihn ins Brautzimmer. Dort zog sie ihn aus, brachte ihn ins Bad und wusch ihn, ignorierte seine Erregung und wies ihn ab, bis sie bereit für ihn war. Dann lagen sie endlich auf dem niederen, breiten Bett und sahen sich an. Ihre Lippen trafen sich zu kurzen, feuchten Küssen und ihre Hände streichelten einander.

»Wann hast du es gewußt?« fragte sie und ließ den Blick keinen Moment von ihm ab.

»Als ich acht war«, sagte er und lachte leise, als hielte er es selbst für verrückt. Mehr als die Hälfte seines kurzen Lebens hatte er sie geliebt. Und hier war sie, seine Frau, seine Geliebte. Acht, fast neun Jahre älter als er. Ein halbes Leben älter als er.

Eine Zeitlang schwieg sie und sah ihn aus zusammengekniffenen Augen an. Dann sagte sie: »Wie seltsam. Vielleicht hätte ich es merken müssen.« Sie lächelte, rückte näher an ihn heran und küßte ihn.

Ja, dachte er, und spürte sie, dann sah er sie wieder an und bemerkte die kleinen Bewegungen ihrer Wimpern und der Haut um ihre Augen, die Linien ihres Mundes. Wolken schienen sich durch ihre Augen zu bewegen, und ihre Gesichtsknochen schienen ständig neu geformt zu werden. Er war fasziniert von ihr. Verzaubert. Er spürte, daß er für immer dort liegen und dieses Zimmer, diese Intimität nie verlassen konnte.

Sie liebten sich noch einmal, doch diesmal langsamer und unter Führung von Fei Yen, die ihn zu einem raffinierteren Höhepunkt brachte, schmerzhaft in seiner Intensität.

Danach lag er da und betrachtete die Dunkelheit in ihrem Gesicht, die plötzliche Rötung ihrer Wangen und ihres Halses und wußte, daß er sie immer begehren würde. »Ich liebe dich«, sagte er und schüttelte den Kopf, als könne er es nicht glauben. Er hatte diese drei Worte so oft in Gedanken ausgesprochen, hatte sich vorgestellt, es zu ihr zu sagen. Und jetzt …

»Ich weiß«, sagte sie und küßte ihn wieder. Dann entspannte sie sich und machte es sich an seiner Seite bequem, barg den Kopf in seinem Arm und drückte ihre weiche, warme Wange an seine Brust.

KAPITEL · 2

Stimmen im Widerstreit

Li Yuan wurde früh wach, und um sie nicht zu stören, ging er zu seinem Schreibtisch am anderen Ende des Zimmers, setzte sich in den kleinen Lichtkreis der Lampe und sah zu Fei Yen hinüber. Eine Zeitlang tat er nichts, ganz gebannt vom Anblick ihrer schlafenden Gestalt, dann löste er sich aus seiner Starre, nahm ein Blatt Papier aus der Schublade und begann, nachdem er Wasser und Tinte aus dem Tintenblock gemischt hatte, in ordentlicher Handschrift und ohne zu stocken folgende Worte von rechts nach links aufs Papier zu schreiben:

Heiße Schwingen, wie mit Zimt parfümiert
schlagen um mich, schwarz wie die mondlose Nacht
Ich hörte deinen herrlichen Schrei in der Stille
Und wußte, daß der Phönix sich von meinem Herzen
nährte.

Er tauchte den Pinsel noch einmal ein, dann warf er ihr einen Blick zu und bemerkte, daß sie ihn beobachtete.

»Was tust du da, mein Geliebter?«

Er spürte, daß ihn ein leichtes Schaudern, ein Schauer reiner Freude durchfuhr, als sie das sagte. *Mein Geliebter …* Wie oft hatte er davon geträumt, sie das sagen zu hören. Er lächelte und legte den Pinsel hin.

»Nichts, mein Liebling. Schlaf ruhig. Ich werde dich wecken, wenn es soweit ist.«

Er nahm den kleinen, drachenköpfigen Topf und

schüttete Sand über das Papier, um die Tinte zu trocknen, dann hob er das Blatt, um den Sand wegzublasen.

»Etwas Geschäftliches?«

Er blickte wieder auf und lächelte. Sie hatte sich auf einen Ellbogen aufgerichtet und sah zu ihm herüber. Ihr schwarzes Haar fiel locker über ihre seidenglatte Schulter.

Li Yuan faltete das Blatt in der Mitte und noch einmal in der Mitte zusammen, dann steckte er es in die Tasche seines Morgenmantels. Er sah weg, in den Garten. Es war dunkel draußen; so schwarz, als brandete ein Meer aus Tinte gegen das Fenster.

Er wandte den Blick zurück und lächelte. »Nein.«

»Dann komm ins Bett, mein Geliebter. Es ist warm hier.«

Er lachte leise. »Ja, aber ich muß mich fertig machen.«

An diesem Nachmittag fand eine Zusammenkunft des Rats statt, und bis dahin gab es noch viel zu tun. Er sollte eigentlich damit anfangen. Dennoch zögerte er, als er Fei Yen so sah. Es war schließlich sein erster Morgen mit ihr. Dieses eine Mal würde sein Vater sicher Verständnis haben.

Sie beobachtete ihn schweigend, lockte ihn mit der Dunkelheit ihrer Augen und der seidenen Perfektion ihrer nackten Schultern. Er stand auf, ging zu ihr und setzte sich neben sie aufs Bett.

Sie beugte sich zu ihm hinüber, um ihn zu begrüßen, und schob ihre linke Hand zwischen die Falten seines Morgenmantels, um seine Brust zu berühren und zu streicheln. Als sie das tat, glitt das Laken zurück und enthüllte ihren Hals, die glatte Perfektion ihres Oberkörpers, die Pracht ihrer Brüste. Er sah auf sie hinab, dann wieder in ihr Gesicht.

»Fei Yen ...«

Ihre Lippen öffneten sich leicht, ihre Augen weiteten sich, und sie lächelte. »Mein Mann?«

Er lachte wieder, ein kurzer Laut der Freude. »Mein Mann... das hört sich aus deinem Mund so anders an.«

»Anders?«

Er zitterte, dann beugte er sich vor, um ihr sanft und zärtlich auf den Mund zu küssen und sie einen Moment an sich zu drücken. Dann ließ er sie zurücksinken, richtete sich auf und sah sie wieder an. »Ja ... als hätte ich das gar nicht verdient.«

Sie bewegte unmerklich den Mund, dann lachte sie. »Ich habe ein Geschenk für dich.«

»Ein Geschenk?«

»Ja. Bleib hier ...«

Li Yuan streckte die Hand aus und faßte sie am Arm, um sie aufzuhalten. »Warte, mein Liebling. Sieh dich doch an!« Er tastete mit Blicken ihren Körper ab. »Wofür brauche ich Geschenke?«

»Aber das ist etwas anderes, Yuan. Ich habe es selbst für dich ausgesucht.«

»Aha ...«, sagte er, ließ sie los und beobachtete sie. Sein Herz pochte heftig, als sie sich von ihm abwandte, das Laken zurückwarf und die sanfte Rundung ihres Rückens enthüllte. Sie krabbelte über das riesige Bett und kam mit einem flachen Päckchen in der Hand zurück.

»Hier ...«

Er nahm es, aber seine Blicke waren woanders, verloren sich in ihrer Schönheit.

»Nun?« fragte sie, lachte ihn zärtlich an und amüsierte sich über die Art, wie er sie ansah. »Mach's auf.«

Er zögerte, dann senkte er den Blick, zupfte an der Schleife, um das Band zu lösen, und zog die Verpackung weg. Es war ein Buch. Er schlug es auf, dann wurde er rot und blickte auf.

»Was ist das?« fragte er leise.

»Ein *Chun hua*«, erklärte sie, kroch an seine Seite und drückte ihren warmen Körper an seine Seite und seine Schulter. »Ein Buch fürs Kopfkissen. Etwas Anregendes, wenn wir hier allein sind.«

Er blätterte widerwillig um und tat so, als habe er nie dergleichen gesehen, seltsam erschrocken über die graphische Natur der sexuellen Bilder. »Fei Yen … so etwas brauchen wir doch nicht. Ich muß dich doch nur ansehen …«

»Ich weiß«, sagte sie, drehte vorsichtig mit den Fingern seinen Kopf und küßte ihn sanft auf die Wange. »Aber dies wird unsere Liebe frisch und mächtig halten, wird uns zu neuen Höhen erheben.«

Er erschauerte, schloß die Augen, überwältigt von dem Gefühl ihrer Wärme an seinem Körper, ihrer weichen Küsse auf seinem Fleisch. Er nahm den Geruch ihres Liebesaktes auf ihrer Haut wahr, konnte ihn mit der Zunge schmecken.

»Ich muß mich fertigmachen«, sagte er fast unhörbar. »Der Rat …«

Statt zu antworten zog sie ihn wieder hinunter, raubte ihm mit ihren Küssen den Verstand, setzte ihn noch einmal in Flammen.

* * *

Prinz Wang Sau-leyan stand auf dem Balkon, der zum Zimmer seines toten Vaters gehörte, seine Hände ruhten leicht auf der Balustrade und sein Rücken war dem Kanzler seines Bruders zugewandt. Unter ihm wand sich der breite Strom des Nils dahin und zerteilte die karge Landschaft. Seine Oberfläche glitzerte im Morgenlicht. Sau-leyan trug einen langen, mit Schmetterlingsmotiven verzierten Morgenmantel aus lavendelfarbener Seide, den er um die Hüfte locker zugebunden hatte. Er hatte einige Zeit geschwiegen und das langsame Dahinschweben der Vögel hoch über sich beobachtet, doch nun senkte er den Kopf und nahm den Mann, der auf ihn wartete, endlich zur Kenntnis.

»Ich grüße Sie, Hung Mien-lo. Und wie geht es meinem Bruder an diesem schönen Morgen?«

Hung Mien-lo senkte den Kopf. Er war förmlich angezogen, die drei winzigen Zöpfe seines Barts eng mit Silberdraht geflochten, und das dunkle Seidengewand, das er trug, bildete einen Gegensatz zur zinnoberroten Schärpe, die ihn als Amtsträger auswies.

»Dem T'ang geht es schlecht, Exzellenz. Seine Nerven waren angegriffen, und er hat nicht geschlafen. Er bittet Euch, ihn heute als Vorsitzender der Ratssitzung zu vertreten. Ich habe die Ermächtigung bei mir, unterschrieben und versiegelt.«

Der Prinz griff in eine Schale, die neben ihm auf der Balustrade stand, und verstreute eine Handvoll Fleisch auf den Wüstenboden, dann sah er zu, wie die Geier über die unauffällig vergifteten Köder herfielen.

»Gut. Und unsere Spione? Was haben sie berichtet?«

Hung Mien-lo hob den Kopf und betrachtete den Rücken des Prinzen.

»Daß Li Shai Tung einen Plan hat. Etwas, das sein Sohn Yuan vorgeschlagen hat. Ich habe mich bei einigen unserer Freunde erkundigt.«

»Und?«

Diese Freunde waren teils Geschäftsleute und Abgeordnete von der Ersten Ebene, teils Regierungsbeamte und ausgewählte Mitglieder der Untergeordneten Familien – alles Männer, die außerhalb des engen Zirkels der Sieben einigen Einfluß hatten.

»Sie halten es für das beste, gegen einen solchen Plan vorzugehen.«

»Ich verstehe.« Er drehte sich um und sah den Kanzler zum erstenmal an. »Dieser Plan … worum dreht er sich?«

»Sie wollen jedem Bürger ein Gerät in den Kopf implantieren – eine Art Leitstrahlsystem. Sie meinen, es würde in Chung Kuo eine wirksamere Polizeiarbeit ermöglichen.«

Wang Sau-leyan wandte sich ab. Es war keine schlechte Idee, aber darum ging es nicht. Seine Absicht war es, Li Shai Tungs Autorität im Rat zu schwächen, und welche bessere Möglichkeit gab es dafür, als seinen Sohn anzugreifen? Wenn er gleichzeitig die Unterstützung einiger einflußreicher Mitglieder der Oberen Gesellschaft gewinnen konnte, dann um so besser. Wenn seine eigenen Pläne Früchte trugen, würden sie sich an seinen Widerstand gegen den Plan erinnern.

Er drehte sich um und sah Hung Mien-lo finster an. »Das ist ja widerwärtig. Menschen etwas in die Köpfe zu pflanzen. Dann wären sie nur noch wenig mehr als Maschinen.«

»Allerdings, Exzellenz. Und man sollte aus Menschen keine Maschinen machen, die sich manipulieren lassen – nicht wahr?«

Beide Männer lachten.

»Sie verstehen mich sehr gut, Kanzler Hung. Vielleicht zu gut. Aber ich kann Sie gebrauchen.«

Hung Mien-lo verbeugte sich tief. »Wie Euer Exzellenz wünscht.«

»Gut.« Wang Sau-leyan lächelte, drehte sich um und starrte über das Delta zur fernen Spitze des Leuchtturms. »Dann kennen Sie den letzten Schritt, den wir gehen müssen, Sie und ich?«

Hung verblieb in seiner Verbeugung, doch seine Worte klangen kein bißchen unterwürfig, sondern fast arrogant. »Ich verstehe ... *Chieh Hsia*.«

* * *

Nachdem der Kanzler gegangen war, stand Wang Sauleyan da und beobachtete die Vögel. Zuerst schien das Gift nicht auf sie zu wirken, doch dann begann erst einer und bald weitere unsicher zu taumeln. Einer flatterte heftig mit den Flügeln und versuchte zu fliegen, hob sich zehn, vielleicht fünfzehn *ch'i* in die Luft, bevor er schwer auf den Boden zurückfiel. Sau-leyan lächelte. Sechs Vögel hatten das Gift gefressen. Er sah sie eine Zeitlang umherstolpern, bevor sie umfielen und still dalagen. Über ihnen versammelten sich weitere Vögel, zogen Kreise durch den wolkenlosen Himmel. Nach einer Weile würden sie auch herabstoßen. Und dann …

Er wandte sich ab, war des Spiels schon müde – weil er das Ergebnis kannte – und ging wieder hinein.

»Sun!« rief er ungeduldig. »Sun! Wo sind Sie?«

Sun Li Hua, Meister der Inneren Kammer, erschien sofort mit tief geneigtem Kopf in der Tür.

»Ja, Exzellenz?«

»Schicken Sie mir die Mägde. Sofort! Ich möchte mich anziehen.«

Sun verneigte sich und wollte wegtreten, doch Wang Sau-leyan rief ihn zurück.

»Nein … Schicken Sie mir nur die eine. Sie wissen schon … Mi Feng.«

»Wie Sie wünschen, Exzellenz.«

Er rümpfte lautstark die Nase, dann trat er vor den mannshohen Drachenspiegel und betrachtete sich darin. Seinem Bruder ging es also schlecht. Er würde sich bis Tagesende noch viel schlechter fühlen.

Wang Sau-leyan lächelte und fuhr sich mit den Fingern durchs Haar, um es aus der Stirn zu streichen. Dann wandte er launisch den Kopf und entblößte ein Ohr. Dieses Geheimnis – das Geheimnis, wer seinem Vater die Ohren abgeschnitten hatte – blieb ungelöst. Er hatte Hung Mien-lo beauftragt, die Angelegenheit zu untersuchen, aber es war ohne Ergebnis geblieben. Sie waren verschwunden, als hätte es sie nie gegeben.

Bei dem Gedanken verzog ein Lächeln seine Lippen. Er drehte sich um und sah das Mädchen.

Mi Feng kniete unmittelbar vor der Tür, den Kopf bis fast in den Schoß gesenkt, und war bereit, ihm zu Diensten zu sein.

»Komm her!« sagte er brüsk, wandte sich von ihr ab und ging zu dem großen Kleiderschrank hinüber, der eine Seite des Zimmers einnahm. »Ich will, daß du mich anziehst, Mädchen.«

Sie war die Magd seines Bruders, geerbt von ihrem Vater. Im Spiegel des Kleiderschranks sah er sie zögern und seinen Rücken hinaufblicken.

»Nun, Mädchen? Worauf wartest du? Du hast mich doch gehört?«

Er bemerkte ihre Verwirrung; sah die Art, wie sich ihr Gesicht einen Moment lang verfinsterte, bevor sie den Kopf senkte und auf ihn zutrat.

Er wandte sich abrupt um. Sie zuckte nervös zusammen.

»Was macht dein Stachel, Kleine Biene? Hast du meinem Vater gut gedient?«

Er beobachtete die Regungen in ihrem Gesicht; die Unsicherheit, vielleicht sogar eine Andeutung von Abscheu. Nun, was glaubte sie, wer sie war? Sie war eine Dienerin, die seine Wünsche zu erfüllen hatte, nicht die Tochter eines T'ang.

Sie befeuchtete ihre Lippen und redete, den Kopf tief gebeugt, den Blick abgewandt. »Was wünscht Ihr zu tragen, mein Herr?«

Weiß, antwortete er ihr fast. *Weiß für die Trauer.*

»Was schlägst du vor?« fragte er und beobachtete sie noch aufmerksamer und bemerkte, wie reizvoll sie gebaut war, welch eine zierliche Figur sie hatte. »Was hätte mein Vater im Rat getragen?«

Sie blickte zu ihm auf, dann sah sie rasch weg, sichtlich verwirrt über das, was geschah. »Verzeiht mir, Prinz Sau-leyan, aber ich bin die Magd des T'ang. Sicher …«

Er schrie sie an, und sie sprang vor Schreck zurück. »Halt den Mund, Mädchen! Du tust, was man dir sagt, sonst wirst du gar nichts mehr tun, hast du mich verstanden?«

Sie schluckte, dann nickte sie.

»Gut. Dann antworte mir. Was hätte mein Vater im Rat getragen?«

Sie verneigte sich und ging mit gesenktem Kopf an ihm vorbei. Einen Moment später drehte sie sich wieder um und hielt eine lange Robe über dem Arm.

»Leg sie übers Bett, damit ich sie mir ansehen kann.«

Er sah zu, wie sie seiner Aufforderung nachkam, und lächelte. Ja, der Alte hatte eine gute Wahl mit ihr getroffen. Er konnte sich vorstellen, wie das Mädchen sich die Zuneigung des alten Knaben erschlichen hatte. Sie hatte viele Nächte sein Bett warmgehalten, daran zweifelte er nicht.

Sie hatte sich von ihm abgewandt und die schwere, förmliche Robe ausgebreitet. Er trat von hinten an sie heran, dann beugte er sich hinunter, hob vom Saum aus ihr Kleid und entblößte ihr Hinterteil und ihren unteren Rücken. Sie erstarrte …

»Du hast mir eben nicht geantwortet«, sagte er. »Ich habe dich gefragt …«

»Ich habe es gehört, Exzellenz.«

Ihr Ton war schärfer, als ihr erlaubt war. Unverschämt. Er spürte, wie ihn ein plötzlicher Schauer von Ärger durchfuhr.

»Streck deine Hände aus«, sagte er mit plötzlich kalter Stimme. »Beug dich vor und strecke sie vor dir aus.«

Langsam tat sie wie geheißen.

»Gut«, sagte er. »Jetzt bleibe stehen.«

Er trat einen Moment auf den Balkon hinaus, dann kam er zurück und hielt einen Stock in der Hand, den er von einer Bambuspflanze abgebrochen hatte. Er war lang wie sein Arm und dick wie sein Mittelfinger. Er peitschte ihn einmal, dann ein zweites Mal durch die Luft, zufrieden mit dem Geräusch, das er machte, dann drehte er sich um und sah zu ihr hinüber.

»Ich bin nicht mein Vater, Mi Feng. Und mein Bruder auch nicht, was das angeht. Sie waren schwache Männer. Sie hatten schwache Ideen. Aber ich bin anders. Ich bin stärker als sie. Viel stärker. Und ich dulde von meinen Untergebenen keine Unverschämtheiten.«

Er trat näher, schätzte die Entfernung zwischen sich und dem Mädchen ab, dann ließ er den Stock auf ihren Hintern niederfahren.

Sie schrie auf; ihr ganzer Körper zuckte unter dem Hieb zusammen.

»Nun?« fragte er, als müßte sie jetzt etwas sagen; eine Entschuldigung oder ein milderndes Wort. Aber sie schwieg, und ihr Körper krampfte sich in trotziger Erwartung unter ihm zusammen. Er schauderte, in Rage gebracht durch ihr Schweigen, und holte immer wieder aus, schlug mit dem Stock wild und ungeduldig zu, bis er ihn mit einem Schaudern wegwarf.

»Steh auf«, sagte er tonlos. »Steh auf! Ich möchte angezogen werden.«

* * *

Fei Yen lag da, Yuans Kopf zwischen ihren Brüsten. Ihre Hände ruhten leicht auf seinem Rücken, und ihre Fingerspitzen berührten kaum seine Haut. Er schlief, erschöpft von ihrem letzten, wilden Liebesakt, und der sanfte Hauch seines Atems strich warm über ihre Haut. Es war fast Mittag, und das Schlafzimmer erstrahlte im hellen Licht aus dem Garten. Wenn sie den Kopf wandte, konnte sie den Ahornbaum an dem Weg sehen, auf dem sie vor so langer Zeit spaziert waren.

Sie seufzte, wandte den Kopf zurück und betrachtete die schöne Form seines Kopfes. Es war eine süße Nacht gewesen; viel aufregender, als sie sich das vorgestellt hatte. Wenn sie daran dachte, was sie miteinander angestellt hatten, geriet ihr Blut in Wallung. Sie hatte sich vorgestellt, die berühmte Konkubine Yang Kuei Fei zu sein, die in den Armen des großen T'ang-Kaisers Ming Huang lag[6], und in dem Moment von

Wolken und Regen war sie vor Verzückung außer sich geraten. *Ein Sohn,* hatte sie zum Himmel gebetet; *laßt seinen Samen in mir wachsen und einen Sohn entstehen!* Und in der Freude über diese Möglichkeit hatte sie überwältigt unter ihm vor Lust aufgeschrien.

Ein Sohn! Ein zukünftiger T'ang! Aus diesen Lenden würde sie ihn gebären. Und er würde ein Kaiser sein. Ein Sohn des Himmels.

Sie zitterte, aufgeregt bei diesem Gedanken, dann spürte sie, wie Li Yuan sich wieder rührte.

»Was ist?« fragte er schläfrig.

Ihre Hände strichen über seinen Rücken, streichelten seinen Hals. »Ich habe daran gedacht, wie schwer es bis gestern nacht war. Wie schwierig es war, allein zu sein.«

Er hob den Kopf, dann ließ er ihn wieder sinken.

»Ja«, sagte er, weniger benommen als vorher. »Das kann ich verstehen.«

Er schwieg, sein Körper entspannt an sie geschmiegt, dann stemmte er sich hoch und sah mit ernster Miene in ihr Gesicht. »Wie war es? All diese Jahre bis gestern nacht. Wie schwer war das?«

Sie sah weg. »Es war wie der Tod. Als sei nicht Han, sondern ich an diesem Tag gestorben.« Sie sah grimmig, beinahe trotzig zu ihm auf. »Ich bin eine Frau, Yuan, mit den Sehnsüchten einer Frau.« Sie schluckte. »Oh, du weißt einfach nicht ...« Ihr Gesicht blieb von der Bitterkeit früherer Tage verfinstert, dann lichtete es sich, und ein Lächeln trat auf ihre Lippen und in ihre Augen. »Aber jetzt lebe ich wieder. Und du bist es, der mich ins Leben zurückgeholt hat. Mein Prinz. Mein Geliebter ...«

Sie wollte ihn wieder zu sich herunterziehen, aber er wich zurück und kniete mit gesenktem Kopf zwischen ihren Beinen. »Verzeih mir, mein Liebling, aber ich bin ausgelaugt. Wirklich.« Er lachte, wie um sich zu entschuldigen, dann sah er ihr wieder in die Augen.

»Heute nacht, verspreche ich dir, werde ich wieder ein Tiger sein. Aber jetzt muß ich mich anziehen. Der Rat...«

Er drehte sich zu dem Chronometer neben seinem Bett um, dann setzte er sich pfeilgrade auf.

»Bei allen Göttern! Und du läßt mich schlafen!« Er zog sich von ihr zurück, stand nackt auf dem blanken Boden und sah sich gehetzt um. »Ich werde mich verspäten! Wo ist Nan Ho? Warum hat er mich nicht geweckt?«

Sie lachte und streckte sich, dann griff sie nach unten und zog sich die Decke bis zum Hals.

»Ich habe ihn weggeschickt. Dieses eine Mal werden sie dir nachsehen, wenn du zu spät kommst. Abgesehen davon hast du Schlaf gebraucht.«

»Aber Fei Yen...« Dann lachte er, nicht imstande, auf sie wütend zu sein. Sie war schön, und es stimmte, er hatte Schlaf gebraucht. Was machte es schon, dieses eine Mal würden sie es ihm nachsehen. Dennoch...

Er wandte sich von ihr ab. »Na gut. Aber jetzt muß ich mich anziehen.«

Er war auf halbem Wege zur Tür, als sie ihn zurückrief. »Li Yuan! Bitte! Du verstehst nicht. *Ich* werde dich anziehen.«

Er drehte sich um. Sie war aus dem Bett gestiegen und kam auf ihn zu.

»Du?« Er schüttelte den Kopf. »Nein, mein Liebling. Eine solche Aufgabe ist unter deiner Würde. Laß mich die Mädge rufen.«

Sie lachte, dann legte sie ihm die Arme um den Hals. »Aber ich...« Ihr Kuß brachte ihn zum Schweigen. Er senkte leicht den Kopf. »Wenn du möchtest.«

Sie lächelte. »Gut. Aber erst muß ich dich baden. Schließlich kannst du nicht zum Rat gehen, wenn du riechst, als kämst du gerade aus einem Freudenhaus.«

Er lachte unbehaglich, und als er bemerkte, wie sie ihn ansah, spürte er, wie das Unbehagen von ihm abfiel.

Es war unmöglich, wütend auf sie zu sein, selbst wenn ihre Worte schlecht gewählt waren, denn das war Teil ihres Charmes, ihrer ganzen Fröhlichkeit. Sie sah aus wie Porzellan, doch im Dunkeln war sie wie Feuer gewesen; schwarze Schwingen aus Feuer, die wild um ihn schlugen.

* * *

Als er gegangen war, sah sie in dem Zimmer umher.

Es war ein Raum von einem seltsam weiblichen Ambiente, anders als die Zimmer ihrer Brüder. Es waren weder Sättel noch Kriegswaffen zur Schau gestellt. An ihrer Stelle standen wundervolle Keramiktöpfe, in denen erlesene Minaturbäume und -büsche wuchsen. Und an Stelle schwerer maskuliner Farben herrschten weiche Töne vor, sorgfältig ausgewählt, um die Farben draußen im Garten zu ergänzen. Sie sah sich um, erfreut über das, was sie sah, dann ging sie zum Schreibtisch und nahm dort Platz.

Sie legte ihre Hand auf die breite Tischplatte, dann hob sie sie überrascht. Sie leckte die winzigen Körner ab, die an ihrer Handfläche klebten, dann begriff sie. Natürlich. Er hatte geschrieben.

Sie stand auf, ging zum Bett zurück und hob sein Schlafgewand auf. Aus einer Laune probierte sie es an, steckte ihre Arme in die Ärmel und band die schmale Schärpe um ihre Hüfte. Es war zu groß für sie, doch irgendwie hielt sie es für ihr Recht, es zu tragen. Sie lachte, dann setzte sie sich aufs Bett und griff in ihre Tasche, um das gefaltete Blatt Papier herauszuziehen.

Sie las es. Zweimal, dann ein drittes Mal.

Ein Gedicht. Für sie? Es konnte nicht anders sein. Sie zitterte, dann fuhr sie mit der Zungenspitze nachdenklich über ihre Oberzähne.

Ja. Sie verstand es jetzt; sie würde alles für ihn sein. Unentbehrlich. Seine Frau. In jeder Hinsicht seine Frau.

Es stimmte, was sie gesagt hatte. Oder zumindest

fast. Er hatte sie tatsächlich ins Leben zurückgeholt. Aus dem Tod all ihrer Hoffnungen und Träume, hatte ihr zurückgegeben, was sie immer gewollt hatte.

Und ihre Gegenleistung?

Sie zog das Gewand enger um sich. Als Gegenleistung würde sie seine Frau sein. Vor allem das. Seine Helferin und Beraterin. Seine Streiterin und seine wichtigste Verteidigerin. Seine Geliebte und, wenn er es brauchte, auch seine Mutter.

Ja, und das war der Schlüssel zu Li Yuan. Sie hatte es gemerkt, als er seinen Kopf zwischen ihre Brüste gelegt hatte; hatte gewußt, daß er eine Mutter brauchte. Oder zumindest jemanden, der ihm die Mutter ersetzen würde, die er nie gehabt hatte. Nun, sie würde auch das für ihn sein. Und mit der Zeit...

Sie zitterte und schob das Gedicht wieder in die Tasche.

Mit der Zeit würde sie eigene Söhne haben. Sieben Söhne. Jeder von ihnen ein T'ang. Sie lachte, stand auf und warf das Gewand ab, bis sie nackt dastand, und hob trotzig einen Arm. Genau das! Das war ihr Traum. Ein Traum, den sie mit niemandem geteilt hatte.

Es schien unmöglich zu sein, und doch sah sie es ganz deutlich vor sich. Es würde wirklich so sein. Ja, aber erst mußte sie praktisch denken. Erst mußte sie alles für ihn werden. Sie würde ihn diesen Abend fragen, nachdem sie sich geliebt hatten. Sie würde ihn baden und sein Haar waschen, und dann, wenn er am weichsten wäre, würde sie vor ihm auf die Knie sinken und ihn bitten, immer seine Dienerin sein zu dürfen.

Er würde zustimmen. Ganz sicher. Und dann würde sie ihn noch etwas fragen. Die Mägde, würde sie sagen; du mußt sie wegschicken. Und das würde er tun. Und dann würde er ihr gehören. Vollkommen und unwiderruflich ihr.

* * *

Weidenblatt und Honigregen unterhielten sich und lachten mit zusammengesteckten Köpfen, als sie ins Zimmer traten, aber als sie Kleine Biene mit dem Gesicht nach unten auf dem Bett ausgestreckt sahen, verfielen sie in Schweigen.

»Was ist?« fragte Honigregen und ging näher. »Was ist passiert?«

Mi Feng blickte auf, die Augen gerötet, die Wangen feucht vor Tränen, und schüttelte den Kopf.

»Was hat er getan?« fragte Weidenblatt und trat neben ihre Schwester.

Mi Feng schluckte, dann ließ sie den Kopf wieder sinken, und ein heftiges Schluchzen erschütterte ihren Körper.

Die beiden Mädchen setzten sich zu beiden Seiten von ihr aufs Bett, legten die Arme um sie und trösteten sie. Aber als Weidenblatt sich zurücklehnte und zufällig an ihrem Gesäß vorbeistrich, zuckte Mi Feng zusammen und stöhnte leise.

Die beide Mädchen wechselten Blicke, dann nickten sie. Vorsichtig hoben sie Mi Fengs Gewand und nahmen dabei Rücksicht darauf, wie angespannt sie war.

»Kuan Yin ...«, sagte Honigregen leise, mit schmerzerfüllter Stimme. »Was hat er da gemacht?«

»Ein Stock«, flüsterte sie. »Ein Bambusstock.«

Weidenblatt starrte entsetzt die Schnitte an, dann erschauderte sie. »Wie kann er das wagen?« sagte sie entrüstet. »Was glaubt er, wer er ist? Du bist die Magd des T'ang, nicht seine. Es kann ihm nicht erlaubt sein, sich so zu benehmen.«

Mi Feng schüttelte den Kopf. Ein schwerer, zittriger Seufzer durchfuhr sie, dann redete sie wieder; ruhiger und deutlicher als vorher. »Du irrst dich, Schwester. Er kann tun, was er will. Schließlich ist er ein Prinz. Und was bin ich? Nur eine Magd. Ein Ding, das er benutzt oder wegwirft. Das habe ich heute gelernt, Weidenblatt. Er hat's mir reingeprügelt. Und der T'ang ...« –

sie lachte kalt, dann schluckte sie, und ein weiterer Schauer durchfuhr sie – »... der T'ang wird nichts tun.«

Weidenblatt begegnete ihrem Blick, dann sah sie weg und fühlte sich elend. Vielleicht stimmte es. Der T'ang würde wirklich nichts tun. Aber das war zuviel. Diesmal war der Prinz zu weit gegangen. Magd oder nicht, *Ding* oder nicht, sie würde nicht zulassen, daß ihrer Schwester so etwas zustieß.

»Ich habe Cremes«, sagte sie und streckte die Hand aus, um ihrer Schwester über die Stirn zu streicheln. »Salben, um die Schnitte zu behandeln und die Heilung zu fördern. Bleib ruhig liegen, Kleine Biene, und ich hol sie dir. Und mach dir keine Sorgen. Alles wird gut werden.«

* * *

Der Diener machte eine tiefe Verbeugung und zog sich zurück, als er seine Botschaft abgeliefert hatte. Tsu Ma erlaubte sich die Andeutung eines Lächelns, dann fuhr er herum und begrüßte den Neuankömmling.

»Ihr kommt spät, Li Yuan!« sagte er streng und laut genug, daß die anderen es hören konnten, dann ließ er die harten Linien seines Gesichts zu einem breiten Grinsen verschwimmen. Er legte dem jungen Mann eine Hand auf die Schulter. »War es schwer, heute morgen aufzustehen?«

»Nein ...«, begann Li Yuan arglos, dann lief er puterrot an, als er die Anspielung begriff und den Rest der Männer auf dem großen, breiten Balkon in Lachen ausbrechen hörte. Er sah in die Runde und bemerkte in jedem Gesicht – selbst in dem seines Vaters – denselben toleranten, gutmütig amüsierten Ausdruck. In allen bis auf einem. Ein junger, mondgesichtiger Mann stand allein an der verzierten Brüstung hinter den beiden kleinen Gruppen von Männern. Er starrte Li Yuan kühl an, als irritierte ihn seine Ankunft. Zuerst erkannte Li Yuan ihn nicht. Dann merkte er, wer es war, und blickte mit gerunzelter Stirn zu Boden. Wang Sau-leyan…

Tsu Ma drückte sanft seine Schulter, dann senkte er die Stimme. »Wie auch immer, Yuan, komm. Die zweite Sitzung wird erst in einer halben Stunde anfangen. Bis dahin ist noch Zeit, sich zu erfrischen und zu unterhalten.«

Er drehte sich um und zog Li Yuan aus dem Schatten in die warme Nachmittagssonne, dann machte er sich daran, ihn förmlich dem T'ang und jenen seiner Söhne vorzustellen, die anwesend waren.

Li Yuan kannte sie alle persönlich. Alle bis auf den letzten.

»Ich bin überrascht, Euch hier zu treffen, Wang Sauleyan«, sagte er und hob den Kopf.

»Überrascht?« Wang Sau-leyans Augen sahen an Li Yuans Schulter vorbei, einen Ausdruck der Geringschätzung auf dem blassen, runden Gesicht. »Vor fünf Jahren vielleicht. Aber wie die Dinge stehen…« Er lachte, ohne Wärme in seinem Lachen. »Nun, mein Bruder ist unpäßlich. Seine Nerven…«

Er sah Li Yuan kurz an, dann schien er ihn zu entlassen und wandte seine Aufmerksamkeit Tsu Ma zu.

»Habt Ihr die anderen T'ang über meinen Vorschlag ausgehorcht, Tsu Ma?«

Tsu Ma lächelte freundlich und gab nicht zu erkennen, was er gerade dachte. »Ich habe die Sache angeschnitten.«

»Und?«

Tsu Ma lachte gütig. »Nun, es ist schwierig, Vetter. Wenn Ihr ihr ihnen mehr Warnungen hättet zukommen lassen. Wenn sie nur ein bißchen mehr Zeit gehabt hätten, alle denkbaren indirekten Folgen Eures Vorschlags zu erwägen…«

Wang Sau-leyan unterbrach ihn barsch. »Ihr meint also, sie wollen nicht darüber debattieren.«

Tsu Ma zuckte kaum merklich die Achseln, und das Lächeln blieb auf seinen Lippen. »Man hatte das Gefühl, es könnte ... – wie soll ich sagen? – es könnte voreilig sein, die Sache ohne gründliche Überlegung durchzudrücken. Aber wenn der Regent des T'ang etwas für die nächste Zusammenkunft vorbereiten möchte.«

Wang Sau-leyan beugte sich Tsu Ma wütend entgegen, und die Worte entfuhren zischend seinen Lippen. »In vier Monaten! Das ist viel zu lang! Warum nicht heute? Warum haben sie solche Angst, sich neue Ideen anzuhören?«

Köpfe hatten sich gedreht, aber Tsu Ma wirkte völlig unbeeindruckt. Er lächelte, und seine ganze Haltung blieb ruhig und freundlich. »Ich verstehe Eure Ungeduld, Wang Sau ...«

»*Ungeduld?* Ihr beleidigt mich, Tsu Ma! Drei Stunden habe ich geduldig den Worten der anderen zugehört, habe ihre Pläne unterstützt. Doch jetzt, da ich darum bitte, das Wort zu erhalten, weisen sie mich zurück. Ist das Ungeduld?«

Li Yuan hatte die Bewegungen von Tsu Mas Wangenmuskeln gesehen. Er wußte, daß Tsu Ma, wäre er nicht ein T'ang gewesen, den jungen Prinzen hinausgerufen und zu einem Duell herausgefordert hätte. Doch seine Beherrschung angesichts einer solchen Provokation war bewundernswert.

Tsu Ma lächelte. »Verzeiht mir, Wang Sau-leyan. Meine Worte waren schlecht gewählt. Dennoch, es sind weder der Wert Eurer Ansichten, noch das ... das *Neue* an Euren Ideen, die hier zur Debatte stehen. Es ist nur Eure Art. Alles, was wir hier sagen, alles, worüber wir entscheiden, hat grundlegende Auswirkungen auf jene, die wir regieren. Es hätte keinen Sinn, solchen Angelegenheiten weniger als die größte Aufmerksamkeit zu widmen. Unüberlegte Veränderungen nützen niemandem.«

»Wollt Ihr mich belehren, Tsu Ma?«

»Keineswegs. Ich möchte Euch lediglich den Standpunkt der übrigen T'ang erklären. Diese Dinge sind Angelegenheiten langer Vorausplanung. So erfüllen wir unsere Aufgabe.«

»Dann sollte sich das vielleicht ändern.«

Tsu Ma lachte. »Möglicherweise. Vielleicht möchte der Prinzregent diese Idee in der nächsten Ratssitzung vorbringen?«

Wang Sau-leyan hob leicht das Kinn. »Vielleicht ...« Er ließ den Blick für einen Moment auf Li Yuan ruhen, dann sah er Tsu Ma wieder an und senkte den Kopf. »Ich danke Euch für Eure Bemühungen, Tsu Ma. Wenn mein Benehmen zu schroff war, dann verzeiht mir. Das ist *meine* Art. Aber mißversteht mich nicht. Ich habe für Chung Kuo auch nur das Beste im Sinn.«

Li Yuan sah zu, wie Wang Sau-leyan hinüberging, um Hou Tung-po, den jungen T'ang von Südamerika zu begrüßen, dann wandte er sich wieder Tsu Ma zu. »Nun gut! Wie war denn sein Angebot?«

Tsu Ma lächelte. »Nicht hier«, sagte er ruhig. Dann zog er Li Yuan, indem er ihn wieder an der Schulter faßte, zur Seite, und sein Lächeln wurde breiter und natürlicher.

»Also ... nun sagt mal, Vetter. Wie ist denn Eure schöne Braut?«

* * *

Das Zeughaus von Helmstadt war ein massiver, sechseckiger Block von dreihundert Ebenen, den ein fünfzig *ch'i* breiter Spalt von den umgebenden Stöcken isolierte. Dieser zwei *li* tiefe Abgrund wurde auf vier verschiedenen Ebenen von drei breiten Verbindungsbrücken überspannt, die jede vor einem riesigen, gegen Eindringlinge versperrten Doppeltor endeten. Zu beiden Seiten bewachte jeweils eine ganze Batterie von Waffen – Geräte auf dem neusten Stand der Technik, die aus einem Wachraum im Innern bedient wurden – diese Eintrittspunkte in den Komplex.

Helmstadt wurde von seinen Erbauern als uneinnehmbar betrachtet: eine Festung, die allenfalls hinter dem großen Nervenzentrum von Bremen zurückstand. Aber in weniger als dreißig Sekunden, wenn alles nach Plan lief, würden drei seiner Tore offen stehen und die Zugänge unbewacht sein.

DeVore kauerte unter seinen Männern in einem Seitenkorridor des stadtseitigen Endes der Brücke, sah auf sein Handset und durch die eigenen Überwachungskameras des Komplexes seinen Mann auf das Tor zugehen. Der Mann war Leutnant in der Nachschubtruppe des Zeughauses und durch einen Notbefehl einberufen worden, nachdem die Hälfte der regulären Garnison ausgerückt war, um bei der Niederschlagung eines Aufruhrs im dreißig *li* entfernten Braunschweig zu helfen.

Der Leutnant marschierte auf das Tor zu, dann ging er in Habachtstellung und hielt seinen Paß zur Inspektion hin. Zwei der über seinem Kopf angebrachten Kanonen waren herumgeschwenkt und hielten ihn im Visier, aber jetzt, als das Erkennungssignal des Computers ertönte, schwangen sie zurück und richteten sich wieder auf die Öffnung des Korridors gegenüber.

Er trat vor, hielt ein Auge an eine kleine Vertiefung in der Tür und trat zurück. Drei Sekunden vergingen, dann leuchtete wie zur Antwort in Brusthöhe eine Tafel auf und enthüllte eine Tastatur. Der Leutnant schob seine Karte in den Schlitz, dann tippte er das codierte Signal ein.

Die Tore öffneten sich.

Anderswo, an einem Tor auf der anderen Seite des Stocks und an einem weiteren, fünfzig Ebenen tiefer, geschah dasselbe. Jetzt kam viel aufs Timing an. Wenn nur eines der Tore ungesichert blieb, würde das Pendel gegen sie ausschwingen.

DeVore wartete angespannt und zählte. Bei dreißig wurde der Bildschirm seines Handsets dunkel, und er gab das Signal. Sofort strömten seine Männer aus dem Korridor und machten sich auf den Weg über die Brücke. Wenn sein Mann drinnen gescheitert war, würde man sie gleich niederschießen. Aber die Kanonen schwiegen. Vor ihnen, am anderen Ende der Brücke, standen die großen Türen weiterhin offen.

DeVore schaltete rasch zwischen den Kanälen des Handsets hin und her, um sicherzugehen. Alle drei waren tot, die Übertragungssignale verstummt. Er lächelte, steckte das Set in seinen Einteiler und folgte seinen Männern hinaus auf die Brücke.

Drinnen traf er alles gut vorbereitet an. Die Ebene war abgesperrt und alle vier großen Transitaufzüge gesichert worden. Auf einer Seite lagen, an Händen und Füßen gefesselt, eine Reihe von Gefangenen mit dem Gesicht nach unten auf dem Boden. Die meisten waren nur teilweise bekleidet, zwei von ihnen sogar völlig nackt. Nur der fünf Mann starke diensthabende Trupp war ganz angezogen, doch auch sie waren zu überrascht gewesen, um einen Kampf anzufangen. Tief unter ihm würden seine Männer sich durch die Ebenen arbeiten, alle wichtigen Zugänge zum Arsenal selbst sichern und alle verbliebenen Verteidiger isolieren, die über diese obersten Ebenen verstreut waren.

Viel hing jetzt davon ab, wie die *Ping Tiao* fünfzig Ebenen tiefer zurechtkamen. Wenn sie die Baracken absperren und ihre Tore halten konnten, würde alles gut gehen. Doch selbst wenn sie es nicht schafften, würde es mehr ihr als sein Verlust sein. Er brauchte die Waffen, das stimmte, aber es gab hier etwas viel Wichtigeres. Etwas, das er sich in der Einsatzbesprechung zu erwähnen gespart hatte.

Er drehte sich um und rief den Leutnant zu sich.

»Wer von denen ist der diensthabende Hauptmann?«

Der Leutnant schritt die Reihe ab, dann hielt er inne und beugte sich hinunter, um einen der halbnackten Männer am Rücken zu berühren.

»Gut. Bringt ihn in den Wachraum.«

Während zwei seiner Männer den Hauptmann unter den Achselhöhlen packten und wegschleiften, wandte DeVore sich Lehmann zu. Von allen Anwesenden sah er in den schlichten *Ping Tiao*-Kleidern, die sie trugen, am entspanntesten aus.

»Stefan… kommen Sie her!«

Lehmann trat heran und folgte ihm in den Wachraum.

Der Hauptmann war mit dem Rücken zu ihnen in einen Stuhl gesetzt worden. Einer der Männer war damit beschäftigt, ihn um Brust und Beine zu fesseln.

»Wer sind Sie?« verlangte er zu wissen, als DeVore eintrat. »Sie sind keine *Ping Tiao*. Das sehe ich, trotz Ihrer Kleider und dieser Fischsymbole um Ihren Hals. Sie sind zu gerissen, zu gut organisiert. Dieses Gesindel wäre nicht mal in der Lage, in ein Lebensmittellager einzubrechen.«

»Da haben Sie ganz recht, Hauptmann«, sagte DeVore, ging um den Stuhl und setzte sich ihm gegenüber auf die Tischkante.

Der Mann riß die Augen auf. »DeVore!«

DeVore lachte leise, dann bedeutete er den beiden Männern, zu gehen. Als sie gegangen waren, sah er an dem Mann vorbei Lehmann an, der nickte und sich umdrehte, um die Tür abzuschließen.

»Gut«, lächelte DeVore. »Nun zum Geschäftlichen.«

Der Hauptmann starrte ihn trotzig an. »Geschäftliches? Ich habe nichts Geschäftliches mit Ihnen zu besprechen, DeVore.«

»Nein?« DeVore griff in die Brusttasche seines Einteilers und zog etwas Kleines, Flaches und Rundes hervor, dessen weiße Hülle wie die Puderdose einer Dame aussah. Mit einem Blick hinüber zum Hauptmann lächelte er. »Sie haben eine nette Familie, Hauptmann Sanders. Eine schöne Frau, zwei prächtige Söhne, und das kleine Mädchen. Nun, sie ist heilig. Ein hübsches kleines Ding.«

Sanders sah entsetzt zu, wie DeVore die Hülle öffnete und das Hologramm darin aktivierte.

»Sie haben sie?« Sanders blickte zu DeVore auf und schluckte trocken, dann sah er wieder auf das winzige Holo seiner Familie und bemerkte den gequälten Ausdruck im Gesicht seiner Frau und die Art, wie die Jungen sich an sie drängten.

DeVore lächelte. »Geschäftliches. Wie gesagt.«

»Was verlangen Sie?«

»Sechs Zahlen und fünf Buchstaben.«

Sanders begriff sofort. »Der Aufzug ...«

»Ja.«

Es gab einen geheimen Einmann-Schacht, der von dieser Ebene bis ins Erdgeschoß des Stocks hinabführte. Er hatte ihn einmal gesehen, als er Helmstadt inspiziert hatte, vor elf Jahren: war hinuntergefahren und hatte aus erster Hand erfahren, wie er verteidigt wurde. Nun würde er sein Wissen einsetzen.

Sanders zögerte und starrte das Hologramm an. »Und wenn ich's tue ... sind sie dann frei?«

»Natürlich.« DeVore ließ das Etui zuschnappen und schob es in die Tasche seines Einteilers zurück. »Sie mögen mich für einen Verräter halten, Hauptmann Sanders, aber ich bin immer noch ein Mann, der zu seinem Wort steht.«

Sanders betrachtete DeVore; in seinen Augen stritten Zweifel und Furcht miteinander, dann nickte er. »In Ordnung. Aber es wird Ihnen nichts nützen.«

»Nein?« DeVore lehnte sich ein Stück zurück. »Nun, das werden wir sehen, hm? Geben Sie mir nur den Code. Ich mache den Rest.«

* * *

Fünftausend *li* östlich, im großen Palast von Astrachan[7] am Ufer des großen Binnenmeeres, hielten die Sieben eine Ratssitzung ab. Wie es ihre Art war, saßen sie nicht an einem großen Tisch, sondern in tiefen, bequemen Sesseln, die an einem Ende des Raums zu einem Kreis zusammengestellt waren. Ihr Auftreten wirkte leger, als seien sie Freunde, die sich zu einem Umtrunk getroffen hatten und um über alte Zeiten zu plaudern, doch hier, bei solchen Gelegenheiten wurden alle wichtigen politischen Entscheidungen getroffen. Hinter den T'ang saßen auf einfachen Stühlen jene Söhne, die mitgekommen waren – insgesamt vier, einschließlich Li Shai Tungs Sohn Li Yuan –, während an einem Schreibtisch hinter Tsu Ma zwei Schreiber hockten. In dieser, der zweiten Sitzung des Tages, waren sie endlich zum zentralen Punkt gekommen: der Frage der Beschlagnahmungen. Tsu Ma näherte sich gerade dem Ende seiner Rede, saß nach vorn gebeugt in seinem Stuhl, und in seinen Worten fanden die Bemerkungen Li Shai Tungs ein deutliches Echo.

»... aber das wäre Idiotie. Es gibt keinen besseren Weg, um all dieser Bitterkeit und Rivalität ein Ende zu setzen. Mit einem Schlag können wir den Markt stabilisieren und jene versöhnlich stimmen, die sich andernfalls, wie irrtümlich auch immer, von unserer Großzügigkeit gegenüber jenen, die auf unserer Seite standen, schlecht gedient fühlen würden.«

Tsu Ma machte eine Pause und sah sich in der Runde der übrigen T'ang um, selbstsicher, ein Lächeln in den Augen und auf den Lippen.

»Das ist der Grund, warum ich nicht zögere, Li Shai Tungs Vorschlag zu unterstützen. Das Aufseher-System wird die Resultate haben, die wir wünschen.«

Von den älteren T'ang kam zustimmendes Gemurmel, aber in dem Moment, als Tsu Ma in die Rückenlehne zurücksank, beugte sich Wang Sau-leyan vor, sein rundes Gesicht angespannt vor Ärger, die Augen starr. Er sprach in bitterem Ton, sah wütend und herausfordernd in die Runde.

»Kann ich glauben, was ich hier gehört habe? Haben wir nicht gerade einen Krieg ausgefochten? Einen Krieg, den wir durch die Macht des Himmels gewonnen haben? Wenn dies so ist, warum sollten wir die Bitterkeit unserer Feinde fürchten? Warum sollten wir sie zu besänftigen versuchen? Hätten sie dasselbe getan? Nein! Sie hätten uns vernichtet. Und was dann? Was hätten sie uns angeboten? Nichts! Nicht einmal die Würde einer standesgerechten Beisetzung. Und doch sitzt Ihr hier und sorgt Euch um unsere Feinde und ihre Gefühle. Nun, ich sage, kümmert Euch nicht um sie! Wir müssen unsere Freunde belohnen! Öffentlich, damit alle es sehen können. Welche bessere Möglichkeit gäbe es, zur Unterstützung der Sieben zu ermuntern?«

Wei Feng beugte sich in seinem Stuhl nach vorn, das Gesicht grimmig, die Hände in einer Geste ausgebreitet, die seine Verzweiflung über Wangs Worte andeutete.

»Das ist dummes Gerede, Wang Sau-leyan! Loyalität kann man nicht kaufen. Sie ist wie ein Baum. Er braucht zum Entstehen viele Jahre. Euer Plan verlangt von uns, unsere Freunde zu *kaufen*.« Er lachte verächtlich. »Das würde unsere Freundschaft auf bloße Transaktionen reduzieren, unsere Abmachungen auf das Niveau einer Marktplatzfeilscherei.«

Wang Sau-leyan starrte Wei Feng mit zusammengekniffenen Augen an.

»Und was ist an diesem Marktplatz auszusetzen? Ist es nicht eben dieser Markt, der uns unsere Macht verleiht? Seid doch mal ehrlich – was ist die Wahrheit? Erhält uns die Liebe unserer Untergebenen, oder ist es die Macht, die wir ausüben? Gibt es hier jemanden, der nicht das Messer des Attentäters fürchtet? Gibt es einen einzigen unter uns, der ungeschützt durch die unteren Ebenen gehen könnte?« Wang lachte spöttisch und sah in die Runde. »Nun, dann frage ich noch einmal – was ist an dem Markt auszusetzen? Wei Feng sagt, ich gäbe dummes Zeug von mir. Bei allem Respekt, Vetter Wei, meine Äußerungen sind keine müßigen Gedanken. Ihr habt recht, wenn Ihr von der Loyalität als von einem Baum redet. So ist es gewesen. Aber der Krieg hat die Wälder gerodet. Müssen wir ein Dutzend, vielleicht fünfzehn Jahre warten, bis neue Sämlinge gewachsen sind?« Er schüttelte den Kopf. »Wir alle hier sind Realisten. Wir wissen, wie die Dinge stehen. Es ist keine Zeit, solche Loyalität erneut wachsen zu lassen. Die Zeiten haben sich geändert. Es ist bedauerlich, aber ...«

Er machte eine Pause und breitete die Hände aus.

»Also. Laßt mich noch einmal fragen. Was ist falsch daran, unsere Freunde zu belohnen? Wenn diese Maßnahme unseren Zwecken dient – wenn sie eine Art von Loyalität hervorbringt –, warum sollten wir fragen, was es ist, das die Loyalität eines Mannes sichert? Liebe, Furcht, Geld ... letztendlich regieren wir doch nur durch Gewalt.«

Es herrschte einen Moment lang Stille, nachdem er geendet hatte. Li Shai Tung hatte seine Hände betrachtet, während Wang redete. Nun sah er wieder auf und wandte sich mit einem Seitenblick auf Tsu Ma und Wu Shi an den Rat.

»Ich habe zur Kenntnis genommen, was mein Vetter Wang sagt. Dennoch müssen wir in dieser Angelegenheit eine Entscheidung treffen. Wir müssen unsere Politik hier und jetzt formulieren. Ich schlage vor, die Sache zur Abstimmung zu stellen.«

Wang Sau-leyan starrte ihn an, dann senkte er den Blick. Es würde also keine Verzögerung geben? Keine weitere Debatte? Sie würden seine Stimme jetzt haben? Also gut, er würde ihnen seine Stimme geben.

Tsu Ma beugte sich vor und nahm eine kleine Zigarre aus dem Silber- und Elfenbeinkästchen auf seiner Stuhllehne. Er blickte flüchtig auf. »Sind wir uns dann einig, Vettern?«

Wang Sau-leyan sah in die Runde und erlebte, wie die übrigen T'ang die Hände hoben und wieder sinken ließen.

»Gut«, sagte Tsu Ma, »dann wollen wir unverzüglich fortfahren …«

Wang erhob das Wort und unterbrach Tsu Ma. »Verzeiht mir, Vetter, aber habt Ihr nicht etwas vergessen?«

Tsu Ma sah ihm in die Augen und war sichtlich verwirrt. »Entschuldigung?«

»Die Abstimmung. Ihr habt nicht gefragt, wer gegen …«

Tsu Ma lachte peinlich berührt. »Wie bitte …?«

»Sechs Hände sind gehoben worden. Doch wir sind sieben hier, nicht?«

Wang Sau-leyan sah sich um und bemerkte, welche Wirkung seine Worte auf die übrigen T'ang hatten. Wie mit vielem anderen hatten sie damit nicht gerechnet. Im Rat wurden alle Entschlüsse einstimmig gefällt. So war es zumindest bisher gewesen. Seit hundertsechsundzwanzig Jahren. Bis heute.

Es war Li Shai Tung, der das Schweigen brach. »Ihr meint, Ihr wollt dagegen stimmen? Nach allem, was wir gesagt haben?«

Wei Feng, der neben ihm saß, schüttelte den Kopf. »Das hat's noch nie gegeben«, sagte er ruhig. »Es ist einfach nicht unsere Art …«

»Warum nicht?« fragte Wang und starrte ihn trotzig an. »Wir sind Sieben, nicht einer, richtig? Warum müssen wir mit einer Stimme sprechen?«

»Ihr mißversteht das …«, sagte Tsu Ma, aber Wang fuhr ihm dazwischen.

»Ich mißverstehe nichts. Ist es nicht mein Recht, dagegen zu stimmen? Und meine Opposition in diesem Politikum zu Protokoll zu geben?«

Tsu Ma zögerte, dann stimmte er mit einem knappen Nicken zu.

»Gut. Mehr als das will ich gar nicht. Mein Unbehagen über den von Euch gewählten Kurs soll festgehalten werden.«

An dem Schreibtisch hinter Tsu Ma hatte der Sekretär Lung Mei Ho mit einer rasch übers Papier huschenden Feder alles aufgezeichnet, was für das offizielle Protokoll bestimmt war. Sein Assistent neben ihm hatte dasselbe getan, um mit einem Duplikat sicherzustellen, daß der Bericht akkurat war. Jetzt hatten beide innegehalten und blickten erstaunt auf.

»Aber das ist schon geschehen, Vetter Wang. Jedes Wort, das hier gesprochen wird, geht ins Protokoll ein. Euer Unbehagen...« Tsu Ma runzelte die Stirn und versuchte zu begreifen. »Ihr meint, Ihr wollt wirklich dagegen stimmen?«

»Ist das so schwer zu begreifen, Tsu Ma?« Wang sah an dem T'ang vorbei den Schreiber an, und seine Stimme klang plötzlich hart. »Warum schreiben Sie nicht, *Shih* Lung? Hat irgendwer diese Unterredung für beendet erklärt?«

Lung warf einen Blick auf den Rücken seines Meisters, dann senkte er den Kopf und brachte eilig Wangs Worte zu Papier. Sein Assistent neben ihm tat dasselbe.

Zufrieden lehnte sich Wang Sau-leyan zurück und bemerkte, daß die übrigen T'ang ihn jetzt finster ansahen oder untereinander Blicke tauschten, noch unsicher, was zu tun sei. Seine Geste, so unwirksam sie für sich genommen war, hatte sie dennoch zutiefst erschüttert. Wie Wei Feng gesagt hatte, das hatte es noch nie gegeben. Nicht in der Vergangenheit. Doch die Vergangenheit war tot. Dies war eine neue Welt mit neuen Regeln. Das hatten sie noch nicht begriffen. Letztendlich hatten sie aus dem Krieg nichts gelernt. Nun, das würde er ändern. Er würde ihre Nasen in die faule Wirklichkeit drücken.

»Noch eins«, sagte er ruhig.

Tsu Ma blickte auf und sah ihm in die Augen. »Worum geht's, Vetter Wang?«

Die Schärfe in Tsu Mas Stimme belustigte ihn innerlich. Er hatte sie aus der Fassung gebracht – selbst den gewöhnlich so unerschütterlichen Tsu Ma. Nun, jetzt würde er ihre Nerven zum Flattern bringen.

»Nur eine Kleinigkeit. Was die Geschäftsordnung angeht.«

»Fahrt fort...«

»Nur dies eine. Die Prinzen müssen gehen. Sofort. Bevor wir weitere Angelegenheiten besprechen.«

Er sah den konsternierten Ausdruck in Tsu Mas Gesicht; sah ihn in jedem Gesicht in diesem losen Kreis gespiegelt. Dann explodierte der Raum in einem Aufruhr wütender, widerstreitender Stimmen.

* * *

DeVore wurde starr, als der Lift hinunterraste, packte mit einer Hand den Leder- und Messinggriff über seinem Kopf und barg mit der anderen den abgetrennten Kopf an seiner Hüfte. Sie hatten den Hals rasch eingefroren, um zu verhindern, daß weiter Blut auf seine Uniform tropfte, und die Augenlider entfernt. Mit der Zeit würden die Retinamuster verblassen, doch zur Zeit reichte es noch, um die Kameras zu täuschen.

Als der Lift langsamer wurde, machte er sich bereit und hielt den Kopf vor sein Gesicht. Als er stoppte, hielt er das rechte Auge vor die Vertiefung in der Wand, dann zog er es weg und tippte den Code ein. Drei Sekunden, dann würde sich zischend die Tür öffnen. Er klemmte den Kopf unter seinen Arm und zog seine Waffe.

»Was ist denn oben los?«

Der Wachmann am Schreibtisch wandte sich ihm zu

und lächelte, rechnete mit Sanders, aber er hatte die Worte kaum ausgesprochen, als DeVore das Feuer eröffnete, das ihn von seinem Sitz fegte. Der zweite Wachmann kam gerade aus einem Nebenraum und balancierte mit beiden Händen ein Tablett mit drei Schalen *Ch'a*. Er warf das Tablett weg und wollte nach seiner Seitenwaffe greifen, doch DeVore war schneller. Der Mann stolperte zurück, stürzte hin und blieb bewegungslos liegen.

DeVore ging an den Schreibtisch, legte den Kopf ab und sah sich um. Nichts hatte sich geändert. Es war alles so, wie er es in Erinnerung hatte. In elf Jahren hatten sie nicht einmal in Erwägung gezogen, ihre Verfahren zu ändern. Gewohnheitstiere, ja, das waren sie – Männer der Tradition. DeVore lachte verächtlich. Das war ihre größte Schwäche und der Grund dafür, warum er gewinnen würde.

Er ging zum Safe. Es war eine Hochsicherheits-Ausführung mit einer besonders verdichteten Form von Eis für die Wände und einer glatten Vorderseite, die nur durch eine korrekte Folge von Lichtimpulsen auf den dafür vorgesehenen lichtempfindlichen Feldern geöffnet werden konnte. Das hatte sich auch nicht geändert. *Es wird euch nichts nützen* – das hatte Sanders gesagt. Nun, Sanders und seinesgleichen dachten nicht so, wie er dachte. Sie gingen die Dinge mit dem Kopf an. Er aber …

DeVore lachte, dann zog er die vier winzigen Päckchen aus seinem Uniformrock und befestigte eins an jeder Seite der rechteckigen Eisfront des Safes. Sie sahen wie kleine Armreifen aus, wie Schlangen, die sich in den eigenen Schwanz bissen. Mit vier ähnlichen Reifen – viel größer und an Vernichtungskraft tausendmal stärker als diese winzigen, ringartigen Versionen – hatte vor zehn Jahren alles begonnen, als sie das Kaiserliche Solarium in Schutt und Asche gelegt und Lwo Kang, den Minister des T'ang, und seine Berater umgebracht hatten. Nun würden ihre kleineren Brüder es ihm erlauben, diesen Krieg fortzuführen.

Er lächelte, dann ging er in einen der Nebenräume und legte sich auf den Boden. Einen Moment später erschütterte die Explosion das Bauwerk. Er wartete ein paar Sekunden, ehe er aufstand und wieder hineinging. In dem Wachraum herrschte ein völliges Durcheinander. Staub schwebte in der Luft; Geräteteile, Fetzen von menschlichem Fleisch und Knochensplitter bedeckten die Wände und den Boden. Wo der Safe gestanden hatte, war die Wand eingerissen, während der Safe selbst, unbeschadet von der Explosion, nach vorn gekippt war und jetzt, mit Schutt bedeckt, mitten im Zimmer lag.

DeVore zog seinen Uniformrock aus und wickelte ihn um den Safe, dann schleifte er ihn über den Boden in den Lift. Er warf noch einen Blick ins Zimmer, ehe er die Hand ausstreckte und den Lift in Bewegung setzte. Diesmal hatte er für den Kopf keine Verwendung – es wurden keine Kontrollen vorgenommen, wenn jemand den Raum verließ oder mit dem Lift nach oben fuhr. Auch das war einer ihrer Denkfehler. Er hätte es andersherum eingerichtet: es jemandem einfacher gemacht einzubrechen, aber schwerer, wieder hinauszukommen. Auf diese Weise ließ man seine Gegner in die Falle tappen – kreiste sie ein. Wie bei *Wei Chi.*

Oben wartete Lehmann auf ihn, einen frischen Einteiler über dem Arm.

»Wie sieht's aus?« fragte DeVore, während er sich schnell auszog und in den dunkelgrünen Wartungsoverall schlüpfte.

Lehmann starrte den Safe an. »Die *Ping Tiao* haben ihre Stellungen verteidigt. Wir schaffen den Lagerbestand durch das obere östliche Tor hinaus. Wiegand berichtet, daß man auf den Kanälen des Sicherheitsdienstes nichts mehr anderes als Neuigkeiten von dem

Überfall hört. Wir müssen jetzt jederzeit mit einem Gegenangriff rechnen.«

DeVore blickte zu Boden. »Dann machen wir am besten, daß wir schnell rauskommen, was?«

»Ich habe vier Männer draußen warten lassen, und zwei weitere bewachen den westlichen Transitlift. Ich habe den *Ping Tiao* gesagt, er sei außer Betrieb.«

»Hervorragend. Sonst noch was?«

»Gute Nachrichten. Die Krawalle in Braunschweig haben auf die benachbarten *Hsien* übergegriffen. Es sieht so aus, als hätten unsere Freunde recht. Es ist das reinste Pulverfaß da unten.«

»Vielleicht ...« DeVore blickte nachdenklich ins Leere, dann nickte er. »Also gut. Holen Sie diese Männer rein. Ich will hier raus sein, bevor die *Ping Tiao* merken, was wir gemacht haben. Dann werden wir die Brücken sprengen.«

* * *

Li Yuan ging sofort, ohne darauf zu warten, daß der T'ang ihren Streit schlichtete. Er ging auf den Balkon, blieb an der Balustrade stehen und blickte über die blaue Weite des Kaspischen Meeres auf die ferne Küstenlinie. Wei Fengs Sohn Wei Chan Yin schloß sich ihm etwas später an, angespannt vor Ärger.

Eine Zeitlang sagte keiner von beiden etwas, dann hob Wei Chan Yin das Kinn. Seine Stimme klang kühl und klar – die Stimme der Vernunft selbst.

»Das Problem ist, daß Wang Sau-leyan recht hat. Wir haben uns nicht an die Zeiten angepaßt.«

Li Yuan wandte den Kopf und betrachtete das Profil des älteren Mannes. »Möglicherweise. Aber es kommt auch darauf an, wie man so etwas sagt.«

Wei Chan Yin wurde etwas lockerer und lachte kurz auf. »Sein Benehmen ist wirklich schauderhaft, nicht? Vielleicht hat es etwas mit seinem Exil als Kind zu tun.«

Ihre Blicke trafen sich, und sie lachten beide.

Li Yuan drehte sich um und sah Wei Chan Yin ins Gesicht. Wei Fengs ältester Sohn war sechsundvierzig; ein großer, gut gebauter Mann mit hoher Stirn und schönen Gesichtszügen. Seine Augen lächelten, doch gelegentlich konnten sie einen bohrenden, in seiner Intensität fast erschreckenden Blick annehmen. Li Yuan kannte ihn seit seiner Geburt und hatte immer zu ihm aufgesehen, doch jetzt waren sie gleich mächtig. Altersunterschiede waren für ihre Rolle als zukünftige T'ang bedeutungslos.

»Was meint Ihr, was er will?«

Wei Chan Yins Züge formten eine Art mimisches Achselzucken. Er starrte an Li Yuan vorbei und überlegte, dann sah er ihn wieder an.

»Mein Vater hält ihn für einen Unruhestifter.«

»Aber Ihr denkt anders über ihn.«

»Ich glaube, er ist ein cleverer junger Mann. Kühler und sehr viel beherrschter, als es scheint. Diese Schau da drin – ich glaube, da hat er uns bloß etwas vorgemacht.«

Li Yuan lächelte. Er hatte dasselbe vermutet. Doch es war eine vorzügliche Finte. Er hatte die Empörung in den Gesichtern seines Vaters und der älteren T'ang gesehen. Wenn Wang Sau-leyan lediglich vorgehabt hatte, sie aufzuregen, dann war es ihm hervorragend gelungen. Aber warum? Was konnte ihm eine solche Taktik einbringen?

»Das denke ich auch. Aber das beantwortet meine Frage nicht. Was will er?«

»Veränderung.«

Li Yuan zögerte und wartete, daß Wei Chan Yin noch mehr sagte. Doch Chan Yin war bereits fertig.

»Veränderung?« Li Yuans Lachen gab seinen Unglauben zu erkennen. Dann, mit einem leichten, widerwilligen Schaudern, erkannte er, was aus den Worten seines Vettern hervorging. »Ihr meint ...«

Es blieb unausgesprochen, doch Wei Chan Yin nickte. Sie redeten vom Mord an Wang Hsien. Chan Yins Stimme verebbte zu einem Flüstern. »Jeder weiß, daß er seinen Vater gehaßt hat. Es gäbe durchaus einen Sinn, wenn sein Haß sich auf alles erstreckte, was seinem Vater lieb war.«

»Die Sieben?«

»Und Chung Kuo selbst.«

Li Yuan schüttelte bedächtig den Kopf. War das möglich? Wenn das der Fall war ... Er schluckte, dann sah er entsetzt weg. »Dann darf er niemals T'ang werden.«

Wei Chan Yin lachte säuerlich. »Schön, wenn's so einfach wäre, Vetter. Aber paßt auf, was Ihr sagt. Der junge Wang hat seine Ohren an den unmöglichsten Orten. Zwischen uns gibt es keine Geheimnisse, aber es gibt manche, selbst unter unseresgleichen, die nicht wissen, wann man redet und wann man den Mund hält.«

Auch diesmal war es unnötig, noch mehr zu sagen. Li Yuan begriff sofort, von wem Chan Yin redete. Hou Tung-po, der junge T'ang von Südamerika, hatte in den letzten Monaten viel Zeit mit Wang Sau-leyan auf dessen Grundstücken verbracht.

Er schauderte erneut, als habe das Sonnenlicht plötzlich keine Kraft mehr, ihn zu wärmen, dann legte er Wei Chan Yin eine Hand auf den Arm.

»Mein Vater hatte recht. Dies sind böse Zeiten. Doch wir sind nun einmal die Sieben. Selbst wenn einige sich als schwach erweisen, wenn der Großteil stark bleibt ...«

Wei bedeckte Li Yuans Hand mit seiner eigenen. »Wie Ihr sagt, guter Vetter. Aber ich muß gehen. Es gibt viel zu tun.«

Li Yuan lächelte. »Geschäftliches für Euren Vater?«

»Natürlich. Wir sind alle die Hände unserer Väter, nicht wahr?«

Li Yuan sah ihm nach, dann drehte er sich um, beugte sich über die Balustrade und blickte hinaus. Aber diesmal gingen seine Gedanken zu dem Tag zurück, als sein Vater ihn herbeizitiert und Ssu Lu Shan, dem Beamten mit den scharfen Gesichtszügen, vorgestellt hatte. Dieser Nachmittag hatte sein Leben verändert, denn dabei hatte er von der Großen Täuschung erfahren und von dem Ministerium, das aufgebaut worden war, um sie zu arrangieren.

Der Geschichtsschreibung nach war Pan Chaos große Flotte AD 98 hier an der Küste von Astrachan gelandet. Er hatte die *Ta Ts'in*-Garnison zwischen seinen Seestreitkräften und einer zweiten großen, landgestützten Armee eingeschlossen und nach einer dreitägigen Schlacht das gelbe Drachenbanner des Kaisers über den Mauern der alten Stadt aufgezogen. Doch die Geschichtsschreibung log. Tatsächlich hatte Pan Chao das Kaspische Meer überquert, um Abgesandte der *Ta Ts'in* zu treffen – Konsule von Trajans mächtigem Römischem Imperium. Aber keine gewaltige Han-Armee war je an dieser kargen Küste gelandet, keine Han hatten je den großen Wall des Ural überquert und Europa als Eroberer betreten. Nicht bis vor etwas weniger als einem Jahrhundert der große Diktator Tsao Ch'un gekommen war.

Li Yuan zitterte, dann wandte er sich ab und war wütend auf sich selbst. Lügen oder nicht, es war die Welt, die sie geerbt hatten; es brachte nichts ein, sich über Alternativen den Kopf zu zerbrechen. Er hatte es eine Zeitlang getan, und es hatte ihn fast zerstört. Jetzt war er damit übereingekommen: hatte seinen Frieden mit der Welt des Scheins geschlossen. Und doch rutschte manchmal – so wie jetzt – der Schleier herunter, und er ertappte sich bei dem Wunsch, alles möge auffliegen und er könne nur einmal sagen: *Dies ist die Wahrheit*. Aber das war unmöglich. Der Himmel selbst würde herabstürzen, bevor die Worte über seine Lippen gekommen wären. Er starrte zur Tür, und wieder einmal entzündete sich sein Ärger an dem Emporkömmling Wang Sau-leyan.

Veränderung... Hatte Prinz Wei recht? War es das, was Wang Sau-leyan wollte? Gierte er danach, das Große Rad wieder in Gang zu setzen – was immer es kostete? Wenn das zutraf, mußten sie alles tun, um ihn aufzuhalten. Denn Veränderung war unmöglich. Unvorstellbar.

Oder etwa nicht?

Li Yuan zögerte. Nein, dachte er, nicht unvorstellbar. Nicht mehr. Dennoch, es durfte nicht sein. Sie konnten es nicht zulassen. Sein Vater hatte recht: Veränderung war der große Zerstörer: das Rad, das sich drehte, zermalmte ohne Unterschied alles unter sich. So war es immer gewesen. Wenn es nur einen Grund für die Existenz der Sieben gab, dann diesen – zu verhindern, daß das Rad sich drehte.

Mit einem Schaudern drehte er sich wieder um und ging hinein, hatte seine eigene Rolle plötzlich klar vor Augen. Ja, er würde die Bremse sein; der Klotz, der das Rad festhielt.

* * *

An der Biegung hielt DeVore inne, drückte sich an die Wand des Korridors und lauschte. Die vier Männer hinter ihm blieben stehen und holten Luft, und der Safe war in dem Netz zwischen ihnen sicher aufgehoben. Vor ihnen waren Geräusche zu hören – Schritte und unterdrückte Stimmen. Aber wessen? Diese Ebenen sollten eigentlich leer sein und der Zugang zur Brücke frei.

DeVore drehte sich um und deutete auf eine Tür zu seiner Rechten. Ohne daß man es ihnen erklären mußte, gingen sie die wenigen Schritte und traten ein. DeVore wandte sich zufrieden nach links und lief lautlos den Korridor hinunter. Ihm entging nicht, daß die Stimmen um so lauter wurde, je näher er der Kreuzung kam. Vor der Ecke hielt er inne und schlüpfte in einen Nebenraum, dann wartete er, ein Ohr an die Tür gepreßt. Als sie vorbeigegangen waren, schlich er hinaus, wandte sich nach rechts und folgte ihnen.

Ping Tiao. Daran zweifelte er nicht. Aber warum waren sie hier? Und was machten sie?

Zehn Männer. Vielleicht noch mehr. Es sei denn …

Es gab keinen Grund für seine Ahnung, doch in dem Moment, als sie ihm in den Sinn kam, wußte er schon, daß er recht hatte. Es waren *Ping Tiao*. Aber nicht alle. Sie hatten Gefangene gemacht. Hochrangige Sicherheitsoffiziere vielleicht. Aber warum? Wegen ihres Wertes als Geiseln? Oder gab es einen anderen Grund?

Er runzelte die Stirn und lief leise weiter, weil er wußte, daß er ihnen näher kommen mußte, um sicherzugehen, daß er recht hatte, denn wenn sie tatsächlich Gefangene gemacht hatten, dann mußte er das wissen, weil es ihm nützlich sein konnte. Er hatte sich mit Gesell vorher darauf geeinigt, daß sie keine Gefangenen nehmen würden, aber Gesell war nicht zu trauen.

Die Brücke lag vor ihm, und der Korridor am anderen Ende war von seinen Männern geräumt worden. Aber wie hatten sie das herausgefunden? Er hatte Gesell nichts gesagt. Und das bedeutete, daß sie einen Mann in seiner Organisation hatten; oder daß sie jemanden in seinem Umfeld für die Information bezahlt hatten. Dennoch wußten sie nichts über den Safe. Nur er wußte davon.

Sie waren jetzt viel näher. Er konnte sie deutlich hören. Drei, nein, vier Stimmen. Sie waren langsamer geworden, als sie sich der Brücke näherten, waren jetzt auf der Hut, rechneten mit einer Falle. Die nächste

Ecke lag nur zwanzig *ch'i* vor ihm. Von dort würde er sie deutlich sehen können. Aber es war riskant. Wenn sie ihn sahen...

DeVore wurde langsamer, hielt unmittelbar vor der Kreuzung inne, hockte sich hin und lauschte. Sie hatten eine Pause gemacht, vielleicht um einen von ihnen über die Brücke vorzuschicken. Er wartete, und als er den Ruf von der anderen Seite hörte, schob er den Kopf um die Ecke und hielt sich unten, wo sie niemanden zu sehen erwarten würden.

Er nahm alles mit einem Blick in sich auf, dann wich er ruckartig zurück. Fünf *Ping Tiao* und acht gefesselte Gefangene. Wie er vermutet hatte. Sie trugen keine Uniformen, aber er erkannte an ihren Schnurrbärten und der Art, wie sie ihr Haar gebunden hatten, daß es Offiziere waren. Solche Zeichen waren ein ebenso unübersehbarer Hinweis auf ihren Rang wie die Abzeichen auf der Brust ihrer Uniformen.

Aha. Gesell nahm Gefangene. Er würde herausfinden, warum, bevor er den Mann mit dieser Tatsache konfrontierte. Es wäre amüsant zu hören, mit welcher Entschuldigung er herausrückte. Bis dahin konnte sein Mann auf der anderen Seite der Brücke ihnen folgen und herausfinden, wohin sie ihre Gefangenen brachten.

Er lächelte und wollte sich abwenden, als er Schritte auf sich zukommen hörte.

»Geht schon rüber!« rief eine Stimme, näher als vorher. »Macht schnell jetzt! Ich komme später nach.«

DeVore holte tief Luft, dann zog er seine Waffe. Er sah sie an, dann ließ er sie wieder in das Holster gleiten. Nein. Er würde es in aller Stille tun. Ein Messer leistete dieselben Dienste, wenn es darum ging, jemanden zu töten.

Er sah sich rasch um und fragte sich, ob er sich verstecken und den Mann vorbeigehen lassen sollte, dann entschied er sich dagegen. Er war sich fast sicher, daß man ihn nicht gesehen hatte, deshalb würde er das Überraschungsmoment auf seiner Seite haben.

Als die Schritte näher kamen, drückte er sich an die Wand.

Dann, als der Mann um die Ecke kam, packte er zu, riß ihn an sich, wirbelte ihn herum und preßte ihn an seine Brust, die Rechte an seiner Kehle, die Klinge des Messers fest an der Haut.

»Ein Laut und du bist tot«, flüsterte er ihm ins Ohr.

»Turner!« Es klang überrascht.

»Shen Lu Chua«, antwortete er ruhig und lockerte seinen Griff an dem Han. »Was für eine Überraschung, ausgerechnet Sie hier zu treffen.«

Der *Ping Tiao*-Anführer schluckte schmerzhaft, hielt den Kopf aber stolz erhoben und zeigte keine Spur von Furcht. »Was tun Sie hier?«

DeVore lachte leise. »Sie vergessen, wer das Messer in der Hand hat, Shen Lu Chua. Weshalb macht Gesell Gefangene?«

»Haben Sie das gesehen? – Natürlich.«

»Also?«

»Sie glauben, das würde ich Ihnen sagen?« Shen rümpfte die Nase.

»Das ist nicht wichtig. Ich weiß, was Gesell vorhat.«

Shens spöttisches Lachen bestätigte es. Dies war *seine* Idee gewesen. Und Gesell wußte nichts davon. Das war für sich genommen schon interessant. Es bedeutete, daß ihre Ränge uneins waren – es gab Uneinigkeit, aus dem er Kapital schlagen konnten. Aber was war daran schon überraschend? Schließlich waren sie auch nur Menschen.

»Sie wissen nichts ...«

Aber DeVore hörte schon nicht mehr zu. Indem er Shen näher an sich zog, stieß er dem Han die Messerspitze durch den Hals in die Mundhöhle, dann ließ er ihn fallen. Er sah zu, wie der Mann sich auf dem Boden wälzte und verzweifelt bemühte, die Klinge herauszuziehen, während leise, krächzende Laute aus seinem zerstörten Kehlkopf drangen, dann kniete DeVore sich über ihn, riß ihm heftig den Kopf zurück und brach ihm das Genick.

* * *

Hung Mien-lo saß in seinem Büro am Schreibtisch, und der kleine Desktop-Monitor wurde von Zahlenkolonnen erhellt. Vor ihm stand mit gesenktem Kopf der Meister der Inneren Kammer, Sun Li Hua.

»Sie haben mich rufen lassen, Kanzler Hung?«

Hung Mien-lo sah ihn kurz an, dann fuhr er fort, Zahlen einzutippen.

»Sie haben sich Zeit gelassen, Meister Sun.«

Sun hielt den Kopf gesenkt. »Ich bin ein vielbeschäftigter Mann. Es gab für meinen Meister eine Menge zu organisieren.«

Hung rümpfte die Nase. »Und welcher Meister ist das, Sun?«

Sun lächelte schwach. »Derselbe Meister, dem wir beide dienen.«

Hung Mien-lo hob den Kopf und starrte Sun an, dann lachte er und streckte die Hand aus, um den Bildschirm seinem Besucher zuzudrehen.

»Erkennen Sie diese Zahlen, Meister Sun?«

Sun hob zum erstenmal den Kopf und betrachtete den Bildschirm. Dann sah er Hung wieder an, und sein Gesichtsausdruck blieb unverändert. »Das sieht aus wie die Haushaltsrechnungen, Kanzler.«

»Das sind sie auch. Aber sie sind falsch. Jemand hat daran herumgepfuscht. Und nicht bloß einmal, sondern ständig, soweit ich sehen kann.« Er berührte die Schaltfläche und löschte den Bildschirm, lehnte sich zurück und lächelte. »Jemand hat auf diese Weise in den letzten vier Jahren ganz beträchtliche Summen abgezweigt.«

Sun begegnete seinem Blick ganz offen. »Und?«

Hung nickte und bewunderte die kühle Beherrschtheit seines Gegenübers. »Und es gibt nur drei Männer, die es getan haben könnten. Ich habe die beiden anderen befragt, und es gibt keinen Zweifel, daß sie unschuldig sind. Bleiben nur Sie, Meister Sun. Ihre Familie ist in den letzten vier Jahren weit nach oben gekommen.«

»Sie bezichtigen mich der Unterschlagung, Kanzler Hung?«

Hung Mien-lo lächelte. »Allerdings.«

Sun starrte ihn an, dann lachte er. »Ist das alles? Nun, wenn man jeden Beamten, der seine Rechnungen frisiert hat, einsperren wollte, würden den Sieben bald die Diener ausgehen.«

»Mag sein. Aber *Sie* haben sich erwischen lassen, Meister Sun. Ich habe genug Beweise, um Sie ins Netz zu degradieren.«

Sun sah ihn unbeeindruckt an, und sein Lächeln nahm keinen Schaden. Er wußte sofort, wenn ihn jemand unter Druck setzen wollte. »Was wollen Sie, Kanzler? Was ist der wirkliche Grund für dieses Treffen?«

»Sie meinen, ich hätte Hintergedanken, Meister Sun?«

In Suns flachem Gesicht zuckte es, dann nahm er unaufgefordert Platz und setzte eine etwas ernstere Miene auf. »Sie und ich, wir sind Realisten. Wir wissen, von wo der Wind bläst.«

»Was soll das heißen?«

Sun lehnte sich zurück, entspannte sich, und sein Gesichtsausdruck war plötzlich ganz berechnend. »Wir haben Glück gehabt, Sie und ich. Die Dinge haben sich im letzten Jahr sehr zu unseren Gunsten entwickelt. Wir sind aufgestiegen, während andere abstürzten. Unsere Familien sind stark, unsere Sippen mächtig.«

»Also?«

Suns Lippen lächelten jetzt, doch sein Blick war immer noch kühl und scharf. »Ich meine folgendes: wir sollten Verbündete sein, Hung Mien-lo. Verbündete, nicht Feinde.«

Hung Mien-lo beugte sich ihm entgegen, und sein Gesichtsausdruck war plötzlich hart und kompromißlos. »Und wenn ich nein sage?«

Zum erstenmal überflog ein unsicheres Flackern Sun Li Huas Gesicht. Dann faßte er sich wieder und lachte. »Sie würden nicht mit mir reden, wenn Sie sich schon entschieden hätten. Sie hätten mich eingesperrt. Aber das ist nicht Ihre Absicht, stimmt's? Sie wollen etwas von mir.«

Aber Hung sah ihn finster an, war jetzt wütend. »Haben Sie keine Ohren, Mann? Begreifen Sie nicht, in welchen Schwierigkeiten Sie stecken?« Er schüttelte verdattert den Kopf. »Sie haben das Unvorstellbare gewagt, Sun Li Hua. Sie haben einen T'ang umgebracht. Und wenn jemand auch nur gerüchteweise erfährt, daß Sie damit zu tun hatten, würde das Ihren sicheren Tod bedeuten.«

»Sie haben keinen Beweis ...«, begann Sung, dann erkannte er, daß Hung recht hatte. Derartiges erforderte keinen Beweis: es reichte schon, wenn der Verdacht auftauchte. Und dann begriff er, worauf Hung Mien-lo abzielte – warum er die Sache mit den abgezweigten Geldern angesprochen hatte. Eine Degradierung ins Netz würde ihn verwundbar machen, würde ihn dem Schutz des Gesetzes und der Sippe entziehen. Er starrte ernüchtert seine Hände an. Er konnte nichts tun. Hung Mien-lo hielt wirklich alle Karten in den Händen.

Er senkte den Kopf. »Was wollen Sie?«

Hung Mien-lo betrachtete Sun Li Hua und kostete

seinen Sieg aus. Eine Zeitlang hatte er den Mann demütigen, ihn von seinem hohen Roß herunterholen wollen. Heute, von dem Prinzen zum Handeln gezwungen, hatte er etwas riskiert: hatte auf die Waagschale gelegt, was er in Zusammenhang mit Sun und dem alten T'ang vermutete. Und er hatte gewonnen. Aber das war erst der Anfang. Der nächste Schritt erforderte einen erheblich höheren Einsatz. Diesmal riskierte er sein Leben.

Bisher waren seine Hände sauber gewesen. Bisher hatten andere zu seinen Gunsten alles ausgeführt, was er sich wünschte. Aber jetzt ...

Er holte tief Luft, musterte den Mann und machte sich ganz klar, ob er dies auch wollte. Dann antwortete er Sun mit ruhiger und beherrschter Stimme.

»Ich sage Ihnen, was ich will. Ich will, daß Sie wieder töten. Ich will, daß Sie den neuen T'ang umbringen. Wang Ta-hung.«

* * *

Emily Aschers Gesicht war dunkel vor Wut, ihre Nasenflügel bebten, und sie starrte Gesell mit weit aufgerissenen Augen an. Sie stand ihm direkt gegenüber, die Hände in die Hüften gestemmt und das Kinn herausfordernd gehoben.

»Na los! Konfrontieren Sie ihn damit! Ich wette, der Scheißkerl streitet es ab!«

Gesells Brust hob und senkte sich heftig. Die Nachricht von Shens Tod hatte ihn schwer erschüttert. Die Dinge waren so gut gelaufen ...

»Sind Sie sicher?«

Sie gab einen scharfen, bitteren Laut des Ekels von sich. »Es war sein Messer. Die Klinge mit dem perlenbesetzten Griff, die wir ihm abgenommen haben, als er dieses eine Mal hier war.«

»Ich verstehe ...«

Sie beugte sich näher, und ihre Stimme verebbte zu einem Flüstern. »Dann bringen Sie ihn um, ja? Das haben Sie doch versprochen für den Fall, daß er uns hintergeht.«

Gesell erschauderte unwillkürlich, dann nickte er. »Das stimmt«, sagte er leise. »Aber er bestreitet es.«

»Dann wissen Sie also, daß es stimmt.«

»Ja ...« Er drehte sich um und sah zu dem Albino hinüber, beobachtete ihren Austausch. »Wo ist er?« verlangte er zu wissen und erhob zum erstenmal, seit sie im Lift heraufgekommen waren, die Stimme.

»Er kommt noch«, antwortete Lehmann kühl.

»Und wenn nicht?« fragte Ascher an seiner Seite leise.

»Dann sterben wir hier«, sagte Gesell, ohne sie anzusehen, und wandte sich wieder dem kalten Starrblick des Albinos zu.

Von fern war das Stottern von Kleinfeuerwaffen zu hören, dann eine gedämpfte Explosion, die den Boden unter ihren Füßen erzittern ließ. Die gelagerten Waffen waren vor mehr als fünfzehn Minuten hinausgeschafft worden. Es wurde Zeit, zu verschwinden. Aber das konnten sie nicht. Nicht bevor Turner hier war.

Gesell spuckte aus, dann wandte er sich ab, ging langsam auf und ab und sah in die Runde der Männer und Frauen, die sich in den benachbarten Korridoren versammelt hatten. »Was hält ihn auf?« brummte er ungehalten. Er spürte, wie angespannt seine Leute waren; wie rasch seine Stimmung auf sie übergegriffen hatte. Er verfluchte Turner mit gedämpfter Stimme. Emily hatte recht. Sie hätten niemals in diese Lage kommen dürfen.

Dann, als er sich wieder umdrehte, sah er ihn.

»Aha«, sagte er ruhig und warf Ascher einen Blick zu. »Da ist er endlich.«

DeVore redete kurz mit dem Albino, dann kam er herüber. »Sind Sie fertig?«

Gesell schüttelte den Kopf. »Noch nicht. Erst brauche ich ein paar Antworten.«

»Über Shen Lu Chua?«

Gesell lachte kurz, überrascht von seiner Kühnheit. »Sie sind eine cooler Bursche, Turner. Was ist passiert?«

DeVore begegnete seinem Blick, und seine ganze Haltung war aufrichtig und offen. »Ich habe ihn getötet. Mir blieb nichts anderes übrig. Er hat mich angegriffen.«

»Warum?«

»Das weiß ich nicht. Ich habe zu erklären versucht, warum ich dort war, aber er hat mir keine Chance gegeben.«

»Nein …« Gesell sah Ascher an, dann wieder DeVore. »Ich habe Shen gekannt. Er würde so etwas nicht tun.«

»Sie kannten ihn?« DeVore lachte. »Dann haben Sie wohl gewußt, daß er acht Gefangene hinausgeschmuggelt hat? Offiziere des Sicherheitsdienstes.«

Gesell spürte, wie Ascher ihn am Ellbogen berührte. »Er lügt …«

DeVore schüttelte den Kopf. »Nein. Bitten Sie Ihren Mitarbeiter Mach, es zu überprüfen. Shens Kumpan Yun Ch'o hat sie in ein Apartment in Ottersleben gebracht. Ebene vierunddreißig. Ich glaube, Sie kennen den Ort.«

Gesell spannte sich an. Vielleicht bluffte Turner bloß und versuchte Zeit zu gewinnen. Aber das ergab keinen Sinn. Wie er sagte, war es leicht für Mach, es zu überprüfen. Auf jeden Fall bereitete ihm etwas anderes Kopfzerbrechen. Etwas, das Turner nicht erklärt hatte.

»Man hat mir gesagt, Sie hätten die Leiche unten auf einundzwanzig gefunden. Selbst wenn es so ist, wie sie behauptet haben, und Shen uns hinterging, warum waren Sie überhaupt da unten?«

Er wich ruckartig einen Schritt zurück, als DeVore in seine Uniformjacke griff. Aber es war keine Waffe, die DeVore aus der Innentasche zog, sondern eine Karte. Noch eine Karte. DeVore reichte sie ihm.

»Es war einfach eine zu gute Gelegenheit, um sie auszulassen. Ich wußte, sie war dort unten. Ich hab sie gesehen, wissen Sie. Vor Jahren.«

Gesell blickte wieder zu ihm auf, und sein Mund stand vor Staunen offen. »Bremen ... Bei allen Göttern! Das ist eine Grafik von Bremen, wie sie der Sicherheitsdienst verwendet.«

»Ein Teil davon. Den Rest habe ich weitergeschickt.«

»Weitergeschickt?« Er wollte Turner fragen, was er damit meinte, als einer seiner Boten sich durch das Gedränge im Korridor hinter ihm zwängte und fast atemlos zu ihm kam. Er ließ den Mann die Botschaft wiederholen, dann wirbelte er herum und sah Turner an.

»Es gibt ein Problem.«

»Ein Problem?« DeVore hob die Augenbrauen.

»Es sieht so aus, als säßen wir in der Falle. Die letzte Brücke ist gesprengt worden.«

»Ich weiß. Das habe ich befohlen.«

»Sie haben *was*?«

»Sie haben mich schon verstanden. Wir gehen nicht auf diesem Wege raus. Darauf warten sie doch nur, verstehen Sie das nicht? Sie haben rekonstruiert, was wir gemacht haben, und sie werden dort sitzen und darauf warten, uns in den Seitenkorridoren auf der anderen Seite der Brücke zu erledigen. Aber diese Gelegenheit werde ich ihnen nicht geben. Ich habe auf dem Dach einen Kopter.« DeVore warf einen Blick auf den in sein Handgelenk eingelassenen Timer. »Wir haben allerdings nicht einmal mehr fünf Minuten, deshalb machen wir uns jetzt besser auf den Weg.«

Gesell warf einen Blick auf die Karte, dann sah er

DeVore erstaunt an und hatte die Sache mit Shen schon vergessen. »Sie haben Transporter?«

»Das sagte ich doch. Aber jetzt los. Bevor sie herausfinden, was wir vorhaben.«

»Aber wohin? Wohin fliegen wir?«

DeVore lächelte. »Nach Süden. In die Berge.«

KAPITEL · 3

Verbindungen

Wang Sau-leyan stand vor dem mannshohen Drachenspiegel im Zimmer seines toten Vaters, während die Mägde seines Bruders ihn ankleideten, und betrachtete sein eigenes Spiegelbild.

»Sie hätten sie sehen sollen! Sie würden nicht glauben, wie beleidigt sie waren!« Er lachte und bleckte die Zähne. »Es war fabelhaft! Was sind das für Heuchler! Was für Lügner und Intriganten! Und trotzdem bilden sie sich ein, sie seien sauber und unbescholten.« Er drehte sich um und warf dem Kanzler einen Blick zu, den Mund spöttisch verzogen. »Bei allen Göttern, aber sie machen mich krank!«

Hung Mien-lo stand mit gesenktem Kopf da. Er war ungewöhnlich ruhig, sein Auftreten unterkühlt, doch Wang Sau-leyan bemerkte ihn kaum; er war zu sehr von seinem Triumph im Rat an diesem Nachmittag eingenommen. Während er die Mägde entließ, ging er zum Tisch hinüber, hob sein Glas und prostete sich selbst zu.

»Ich weiß, wie sie denken. Sie sind wie Geister, sie reisen nur in geraden Linien. Aber ich bin anders als sie. Das nächste Mal werden sie vorbereitet sein und damit rechnen, daß ich wieder grob werde – um ihre kostbare Etikette einen Dreck gebe. Sie werden sich vorher treffen, um eine Strategie auszuarbeiten, wie sie meiner ›Direktheit‹ begegnen wollen. Man würde es merken, wenn sie's nicht tun. Aber ich werde sie wieder auf dem falschen Fuß erwischen. Ich werde so sanft, so scheißfreundlich und höflich sein, daß sie sich fragen werden, ob ich ein Double geschickt habe.«

Er lachte. »Ja, und die ganze Zeit werde ich ihr Spiel spielen. Ihnen den Boden unter den Füßen wegziehen. Kleine Veränderungen vorschlagen, die weitere Diskussionen auslösen werden. Verzögerungen und Ablenkungen. Rückfragen und Einschränkungen. Bis sie die Geduld verlieren. Und dann ...«

Er machte eine Pause und bemerkte zum erstenmal, wie Hung Mien-lo dastand.

»Was ist los, Kanzler Hung?«

Hung Mien-lo hielt den Kopf gesenkt. »Es geht um Euren Bruder, Exzellenz. Er ist tot.«

»Tot? Wie?«

»Er ... er hat Selbstmord begangen. Heute nachmittag. Eine Stunde, bevor Ihr zurückgekommen seid.«

Wang Sau-leyan stellte sein Glas auf den Tisch und setzte sich, den Kopf fast gleichgültig an die hohe Rücklehne gelehnt.

»Wie entgegenkommend von ihm.«

Hung Mien-lo blickte kurz auf, dann sah er wieder zu Boden. »Das ist noch nicht alles. Außerdem ist heute nachmittag Li Shai Tungs Waffenlager in Helmstadt angegriffen worden. Von den *Ping Tiao.* Sie haben eine beträchtliche Anzahl an Waffen erbeutet.«

Wang Sau-leyan musterte mit zusammengekniffenen Augen den gekrümmten Körper des Kanzlers. »Gut. Dann will ich ein Treffen mit ihnen.«

Der Kanzler blickte ruckartig auf. »Mit den *Ping Tiao?* Aber das ist unmöglich, *Chieh Hsia ...*«

Wang Sau-leyan starrte ihn kühl an. »Unmöglich?«

Als Hung wieder einen Ton herausbrachte, klang es noch zaghafter und unterwürfiger.

»Es wird ... schwierig. Aber ich werd's versuchen, *Chieh Hsia.*«

Wang Sau-leyan beugte sich vor und hob erneut sein Glas. »Geben Sie Ihr Bestes, Hung Mien-lo, denn es gibt andere, die genauso machtbesessen sind wie Sie. Vielleicht nicht so talentiert, aber was nützt schon Talent, wenn man tot ist?«

Hung Mien-lo blickte auf und sah dem neuen T'ang in die Augen, sah ihr hartes, kühles Glitzern der Befriedigung. Dann machte er eine tiefe Verbeugung und zog sich zurück.

* * *

Kao Chen stand im Korridor vor der provisorischen Leichenhalle, preßte die Stirn an die Wand und stützte sich mit der Linken ab. Er hatte nicht geglaubt, daß ihm noch etwas nahegehen könne – hatte sich selbst gegen das Schlimmste abgehärtet geglaubt, was Menschen ihren Mitgeschöpfen antun konnten –, doch der Anblick der verstümmelten Leichen hatte ihn schwer erschüttert. Vor allem der jüngeren.

»Diese verdammten Schweine...«, flüsterte er. Das war nicht nötig gewesen. Sie hätten sie fesseln und liegenlassen können. Hatten sie denn nicht bekommen, was sie wollten? Trotzdem hatten sie alle Gefangenen getötet. Er schauderte. Es war wie die andere Sache mit den Geiseln – Hauptmann Sanders' junger Familie. Ihr Tod war genauso überflüssig gewesen.

Er spürte eine zweite Welle der Übelkeit aus dem Dunkel in seinem Innern emporsteigen und biß die Zähne gegen den Schmerz und den Zorn aufeinander, die er empfand.

»Ist Ihnen nicht gut, Sir?«

Sein Sergeant, ein zehn Jahre älterer *Hung Mao*, stand ein paar Schritte entfernt, den Kopf leicht gesenkt und ebenso besorgt wie peinlich berührt von dem Benehmen seines Offiziers. Er war Kao Chen erst vor zehn Tagen zugewiesen worden, und dies war das erste Mal, daß sie gemeinsam zu einer Operation unterwegs waren.

»Haben Sie sie gesehen?«

Der Sergeant runzelte die Stirn. »Sir?«

»Die Toten. Die meisten waren noch Kadetten. Kaum aus dem Teenageralter raus. Ich denke die ganze Zeit an meinen Sohn.«

Der Mann nickte. »Die *Ping Tiao* sind der letzte Dreck, Sir. Der reinste Abschaum.«

»Ja ...« Chen holte Luft, dann richtete er sich auf. »Nun ... Gehen wir weiter. Ich möchte einen Blick auf ihre Toten werfen, bevor ich Bericht erstatte.«

»Sir.«

Chen ließ seinen Sergeant vorgehen, aber er hatte den Zweifel in den Augen des Mannes gesehen. Diese ganze Besichtigung der Toten war für ihn etwas völlig Fremdes – sicher hatten seine früheren Offiziere mit solchen Dingen keine Zeit verschwendet –, doch Chen kannte den Wert des Sehens um seiner selbst willen. Es war der Grund, warum Tolonen ihn und Karr rekrutiert hatte; weil sie solche Schmerzen auf sich nahmen. Ihnen fielen Dinge auf, die andere übersahen. Karr besonders. Und er hatte von Karr gelernt, hatte sich angewöhnt, auf das kleine, verräterische Detail zu achten – den einen winzigen Hinweis, der das ganze Bild der Ereignisse veränderte.

»Hier ist es, Sir.«

Der Sergeant ging vor der Tür in Habachtstellung und senkte den Kopf. Chen ging hinein. Hier waren die Dinge anders, geordneter, die Leichen lagen in vier sauberen Reihen auf Zeichentischen. Und anders als eben waren die Körper vollständig. Diese Männer waren handelnd gestorben: man hatte sie nicht gefesselt und abgeschlachtet.

Er ging die erste Reihe hinunter, hielt hier und da inne, um ein Laken anzuheben und ein Gesicht, eine Hand zu betrachten. Er runzelte die Stirn, und sein Gefühl, das etwas nicht stimmte, wuchs mit jeder Sekunde. Am Ende der Reihe blieb er schließlich stehen und blickte auf eine der Leichen hinab. Der Tote hatte etwas Seltsames an sich – etwas, das er nicht genau bestimmen konnte.

Er schüttelte den Kopf. Nein, das bildete er sich bloß ein. Dann aber, als er weitergehen wollte, fiel ihm auf, was es war. Das Haar. Er ging näher, hob den Kopf mit beiden Händen an und betrachtete ihn. Ja, es gab keinen Zweifel, das Haar des Toten war wie das eines Soldaten geschnitten. Er ging noch einmal die Reihe entlang und überprüfte die anderen Leichen. Die meisten von ihnen hatten normales kurzes Haar – im für die unteren Ebenen typischen Stil –, aber fünf weitere hatten denselben militärischen Schnitt, das Haar hinterm Ohr und im Nacken fast brutal gestutzt.

»Sergeant!«

Der Mann erschien sofort in der Tür.

»Bringen Sie mir ein Komset. Ein Gerät mit einer visuellen Verbindung.«

»Sir!«

Während er wartete, ging er noch mal die Reihe entlang und betrachtete den Mann, den er ausgewählt hatte. Nun, da er näher hinsah, fielen ihm weitere Unterschiede auf. Ihre Nägel waren manikürt, ihre Hände glatt und ohne Schwielen. Es handelte sich natürlich ausschließlich um *Hung Mao*, aber von einer besonderen Art. Sie alle hatten diese graublauen Augen und wie gemeißelten Züge, die typisch für die Männer waren, die vom Sicherheitsdienst rekrutiert wurden. Ja, je länger er sie ansah, desto besser konnte er sie sich in Uniform vorstellen. Aber hatte er recht? Und wenn ja, was bedeutete das? Hatten die *Ping Tiao* angefangen, solche Typen zu rekrutieren, oder steckte etwas noch Merkwürdigeres dahinter?

Der Sergeant kam zurück und gab ihm das Komset, dann stand er da und sah zu, wie Chen mit dem Daumen das Augenlid des Toten zurückschob und die Linse des Geräts über das Auge hielt, um eine ID-Anfrage ans Zentralregister durchzugeben.

Die Antwort folgte fast sofort. Es gab sechs ›Ähnliche‹, deren Netzhautabdruck dem Gesuchten nahekam, doch nur eine der Ganzkörperbeschreibungen paßte auf den Toten. Chens Vermutung traf zu: es war ein ehemaliger Angehöriger des Sicherheitsdienstes.

Chen ging erneut die Reihe entlang und führte Abfragen über die anderen durch, die er ausgewählt hatte. Bei allen dasselbe Ergebnis: alle hatten zu einem bestimmten Zeitpunkt in den Sicherheitskräften gedient. Und keiner von ihnen war in den letzten Jahren gesehen worden. Das hieß, daß sie sich entweder im Netz aufgehalten hatten oder draußen gewesen waren. Aber was bedeutete das? Chen drückte den Knopf, um die einzelnen Dateinummern zu speichern, dann legte er das Komset hin, lehnte sich gegen eines der Gestelle und überlegte.

»Was ist, Sir?«

Chen blickte auf. »Oh, unterm Strich nichts. Ich dachte, ich hätte den Mann erkannt, aber das war ein Irrtum. Jedenfalls sind wir hier fertig. Lassen Sie die Männer hier einpacken und erteilen Sie mir bis vier Bericht. Der General verlangt noch heute einen vollständigen Bericht.«

»Sir!«

Wieder allein, ging Chen langsam die Reihe entlang und warf einen letzten Blick auf die fünf Männer. Wie die anderen Toten trugen sie das *Ping Tiao*-Symbol – einen stilisierten Fisch – um den Hals und einfache *Ping Tiao*-Kleider. Aber dies waren keine gewöhnlichen Terroristen.

Das war auch der Grund, weshalb er den Sergeanten belogen hatte. Denn wenn er mit seiner Annahme recht hatte, konnte er niemandem trauen.

Nein. Er würde es vorläufig niemandem sagen, und bis dahin würde er über die Toten alles herausfinden, was er konnte; wo sie stationiert gewesen waren und unter wem sie gedient hatten.

Als wenn er das nicht schon wüßte. Als könne er sich nicht denken, welcher Name auftauchte, wenn er ihre Akten verglich.

* * *

Nan Ho, Li Yuans Meister der Inneren Kammer, stieg aus der Sänfte und erklomm, während er die Verbeugung des Großmeisters des Palastes erwiderte, die uralten Steinstufen, die zum Eingang des Sommerpalastes hinaufführten.

Oben hielt er inne, drehte sich um und sah über die Ruinen der Altstadt von Ch'ing Tao hinweg. Dahinter lagen das tiefe Kobaltblau der Bucht von Chiao Chou und der graugrüne, nebelverhangene Umriß des Lao Shan, der sich spektakulär aus dem Meer erhob und drei *li* in den Himmel hinaufragte. Tausend *li* östlich lag Korea und dahinter die unbewohnbaren Inseln von Japan.

Es war ein Jahr her, seit er hier zuletzt einen Besuch abgestattet hatte – ein Jahr und zwei Tage, um genau zu sein –, aber von dort, wo er stand, sah es so aus, als habe sich nichts geändert. Für seine Mädchen aber war dieses Jahr lang und schwierig gewesen: ein Jahr des Exils von Tongjiang und dem Prinzen, den sie liebten.

Er seufzte, drehte sich wieder um und folgte dem Großmeister ins Innere. Dies war der kleinste Sommerpalast des T'ang und seit den Tagen seines Urgroßvaters nicht benutzt worden. Er wurde nur aus einer langen Tradition instand gehalten, und das Personal aus sechsundfünfzig Dienern blieb unbehelligt von den Bedürfnissen ihrer Meister.

Was für eine Schande, dachte er, als er durch die angenehm schattigen Korridore in die Innenräume schritt. Doch er begriff warum. Hier lauerte Gefahr. Der Palast war zu leicht zugänglich, zu schwer gegen einen Angriff zu verteidigen. Wogegen Tongjiang …

Er lachte. Schon die Vorstellung, Tongjiang anzugreifen...!

Der Großmeister wurde langsamer, drehte sich um und machte eine tiefe Verbeugung. »Ist etwas nicht in Ordnung, Meister Nan?«

»Ah... nein«, antwortete Nan Ho und erwiderte die Verbeugung. »Ich dachte nur an das letzte Mal, als ich hier war. An die Grillen im Garten.«

»Ah...« Die Augen des Großmeisters glänzten, und er schloß die Lider, dann wandte er sich um und schlurfte langsam weiter.

Die beiden Mädchen warteten im Großen Wintergarten, wo sie mit gesenkten Köpfen auf den Kacheln neben dem Teich knieten.

Er entließ den Großmeister und wartete, bis er gegangen war, ehe er hinüberlief und die beiden Mädchen hochzog, um jede in den Arm zu nehmen und fest an sich zu drücken, ohne einen Gedanken an den gewaltigen Standesunterschied zwischen ihnen zu verschwenden.

»Meine Süßen!« sagte er atemlos und mit bebendem Herzen. »Meine Hübschen! Wie ist's euch ergangen?«

Perlenherz antwortete für beide.

»Oh, Meister Nan... es tut so gut, Sie zu sehen! Wir sind hier so einsam gewesen!«

Er seufzte schwer. »Pscht, meine Kätzchen. Pscht, hört auf zu weinen. Ich habe Neuigkeiten für euch. Gute Neuigkeiten. Wir gehen fort von hier. In zwei Wochen.«

Sie blickten zu ihm auf, Freude in ihren Gesichtern, dann wandten sie rasch wieder den Blick ab. Ja, sie hatten sich verändert, das sah er sofort. Was hatte der Großmeister ihnen angetan, daß sie diesen Eindruck machten? War er gewalttätig gewesen? Oder Schlimmeres? Nun, er würde es herausfinden. Und wenn der Alte sich danebenbenommen hatte, würde ihn das teuer zu stehen bekommen.

Rosenknospe blickte hoffnungsvoll zu ihm auf. »Li Yuan hat um unsere Rückkehr gebeten?«

Es brach ihm das Herz, daß er sie enttäuschen mußte.

»Nein, meine Kleine«, sagte er und streichelte ihren Arm. »Aber er möchte euch sehen.« *Zum letzten Mal,* vervollständigte er den Satz im Kopf. »Und er hat ein Geschenk für euch beide. Ein besonderes Geschenk ...« Er zitterte. »Aber er muß euch das selbst sagen. Ich bin nur als Bote gekommen, um euch bei der Vorbereitung zu helfen.«

Perlenherz sah wieder zu Boden. »Dann will sie uns nicht haben«, sagte sie ruhig.

Er drückte sie an sich. »Es wäre nicht richtig. Das wißt ihr. Darüber haben wir letztes Mal schon geredet, als wie hier zusammen waren.«

Er erinnerte sich sehr gut an die Szene. Wie er sie mitten in der Nacht hergebracht hatte, und wie sie geweint hatte, als er ihnen erklären mußte, warum sie ihren geliebten Prinzen nicht mehr wiedersehen durften. Er schluckte, als er daran dachte. Es war auch für Li Yuan schwer gewesen. Und auf eine seltsame Art bewundernswert. Denn es hatte kein Zwang bestanden, keine Pflicht war zu erfüllen gewesen. Er erinnerte sich an seine Auseinandersetzung mit Li Yuan – als er seine Worte bis zu einem Punkt in Frage gestellt hatte, wo der Prinz wütend auf ihn geworden war. Dann hatte er die Achseln gezuckt und war gegangen, um zu tun, wie ihm geheißen. Aber es war nicht normal. Davon war er immer noch zutiefst überzeugt. Ein Mann – vor allem ein Prinz – brauchte die Gesellschaft von Frauen. Und sich selbst ein ganzes Jahr zu verleugnen, bloß wegen einer bevorstehenden Heirat! Er schüttelte den Kopf. Nun, es war wie die Heirat mit der Frau seines toten Bruders: so etwas hatte es noch nicht gegeben.

Und doch hatte Li Yuan darauf bestanden. Er wollte

für Fei Yen ›rein‹ bleiben. Als ob ein Jahr Abstinenz einen Mann rein machen könne! Floß das Blut nicht immer noch, kamen die Säfte nicht immer wieder in Wallung? Er liebte seinen Meister von Herzen, aber er konnte sich nicht selbst belügen und so tun, als habe Li Yuan recht.

Er sah in die Gesichter der Mädchen hinunter und erkannte ihre Enttäuschung. *Sie* waren nicht in einem Jahr von ihrer Liebe geheilt worden. Nein, dazu würde ein ganzes Leben nicht ausreichen, wenn ihre Empfindungen aufrichtig waren. Nur ein Idiot würde mit etwas anderem rechnen. Doch Li Yuan war Prinz, und sein Wort war endgültig. Und obwohl er sich in dieser Hinsicht wie ein Idiot benahm, war er wenigstens nicht grausam. Das Geschenk, das er ihnen machen wollte – und von dem Nan Ho gesagt hatte, daß er nicht darüber reden konnte –, würde ihre Freiheit sein. Mehr noch, die beiden Schwestern würden eine Mitgift erhalten, eine beträchtliche Summe – genug, um sie gut zu verheiraten und ihnen den Luxus der Ersten Ebene zu sichern.

Nein, es war nicht grausam. Es war aber auch nicht freundlich.

Nan Ho schüttelte den Kopf und lächelte. »Wie auch immer … gehen wir rein. Wir lassen uns etwas Wein bringen und machen's uns bequem«, sagte er und drückte sie noch etwas fester an sich. »Und dann könnt ihr mir alles über diesen boshaften Großmeister erzählen und was er mit euch anstellen wollte.«

* * *

Chuang Lian, die Frau von Minister Chuang, lag unter den Seidenkissen in ihrem Bett, fächelte sich gelangweilt Luft zu und beobachtet aus zusammengekniffenen Augen den jungen Offizier, der durch ihr Zimmer ging und gelegentlich innehielt, um eine kleine Statue in die Hand zu nehmen und zu betrachten oder um in den Garten hinauszusehen. Das helle, cremefarbene Nachtgewand, das sie trug, war auseinandergerutscht und entblößte ihre winzigen Brüste, doch sie tat so, als bemerke sie es nicht, und hatte ihren Spaß daran, wie er sie immer wieder ansah.

Sie war fünfundvierzig – in etwas mehr als einem Jahr wurde sie sechsundvierzig – und stolz auf ihre Brüste. Sie hatte gehört, wie die Brüste anderer Frauen herabsackten, entweder weil sie vernachlässigt wurden oder durch die widerwärtige Pflicht des Kinderkriegens, aber sie hatte Glück gehabt. Ihr Mann war reich – ein mächtiger Mann – und hatte Ammen angestellt, um seinen Nachwuchs aufzuziehen. Und sie hatte auf ihre Gesundheit und ihre Figur geachtet. Jeden Morgen nach den Übungen betrachtete sie sich im Spiegel und dankte Kuan Yin für das einzige, was einer Frau in dieser Männerwelt Macht verlieh.

Sie war schön gewesen. In ihren Augen war sie immer noch schön. Aber ihr Gatte war inzwischen ein alter Mann, und sie immer noch eine Frau mit den Bedürfnissen einer Frau. Wer also konnte ihr einen Vorwurf machen, wenn sie sich einen Liebhaber nahm, um die müßigen Tage mit etwas Freude zu erfüllen? So war es bei einer Frau in ihrer Position, die mit einem dreißig Jahre älteren Mann verheiratet war; doch es war trotzdem notwendig, Diskretion zu wahren – den richtigen Mann für ihr Bett zu finden. Einen jungen, kräftigen Mann, gewiß, aber auch einen von edler Herkunft. Auf wen traf das eher zu, als auf diesen jungen Offizier?

Er drehte sich um, sah sie direkt an und lächelte. »Wo ist der Minister heute?«

Chuang Lian wandte den Blick ab, und ihr Fächer hielt kurz in seinem langsamen Rhythmus inne, dann bewegte er sich auf eine plötzlich unstete Weise weiter, als verriete er etwas von ihrer inneren Spannung. Es war ein altes Spiel, und sie hatte Spaß daran, so zu tun als ob; doch es war ein eindeutiges Zeichen, wie ihr Puls sich beschleunigte, wenn er sie so ansah. Was für ein räuberischer Blick! Und seine Augen – wie blau sie waren. Wenn er sie so ansah, war es, als blicke der Himmel selbst durch diese Augen auf sie herab. Sie zitterte. Er war so anders als ihr Mann. So lebendig. So stark. Nicht die kleinste Spur von Schwäche an sich.

Sie blickte zu ihm auf. »Chuang Ming ist in seinem Büro. Wo sollte er sonst um diese Stunde sein?«

»Ich dachte, er ist vielleicht hier. Wenn ich er wäre…«

Seine Augen beendeten den Satz für ihn. Sie sah, wie er ihre Brüste betrachtete, die bleiche Haut ihrer Schenkel, die durch die Falten der Seide schimmerte, und spürte, wie ihr ein leichter Schauer über den Rücken lief. Er wollte sie. Das wußte sie jetzt. Aber es hätte keinen Sinn, ihn jetzt gleich ranzulassen. Das Spiel mußte zu Ende gespielt werden – das war der halbe Spaß.

Sie richtete sich auf die Ellbogen auf und legte den Fächer beiseite, dann hob sie die Hand, um die Orchidee in ihrem Haar zu berühren. »Chuang Ming ist ein guter *Lao Kuan,* ein ›Großer Beamter‹. Aber im Bett…« Sie lachte leise und wandte ihm wieder den Blick zu. »Nun, sagen wir, er ist ein *Hsiao jen,* ja? Ein kleiner Mann.«

Als sie lachte, entblößte er die Zähne. Was für starke, weiße, perfekte Zähne. Aber ihr Blick wurde von etwas anderem als seinem Gesicht angezogen, das sie neugierig machte.

Er trat näher, setzte sich auf den Fuß des Bettes und legte sanft eine Hand auf ihren Knöchel. »Und haben Sie genug von kleinen Männern?«

Für einen Moment starrte sie auf die Stelle, wo seine

Hand auf ihrer Haut lag, wie gelähmt von seiner Berührung, dann blickte sie zu ihm auf, und unerwartet stockte ihr der Atem. So hatte sie das nicht geplant.

»Ich …« Aber sein warmes Lachen, die leichten Bewegungen seiner Finger über ihren Fuß, irritierten sie. Etwas später lachte sie selbst, dann beugte sie sich vor und bedeckte seine Hand mit ihrer. Sie wirkte so klein und zerbrechlich im Vergleich zu seiner, und der dunkle olivfarbene Ton seiner Haut war ein starker Kontrast zu ihrer Blässe.

Sie schloß ihre Finger um seine und sah ihm in die Augen. »Ich habe ein Geschenk für Sie.«

»Ein Geschenk?«

»Ein Geschenk zum Kennenlernen.«

Er lachte. »Aber wir haben uns schon oft gesehen, *Fu Jen* Chuang.«

»Lian …«, sagte sie leise, weil sie das förmliche ›Madam‹ nicht mochte, selbst wenn sein Blick erkennen ließ, daß er sie neckte. »Du mußt mich hier Lian nennen.«

Unerwartet zog er sie näher, legte seine Rechte sanft, aber fest in ihren Nacken, dann beugte er sich vor und küßte sie auf die Stirn und die Nase. »Wie du willst, meine kleine Lotosblüte …«

Ihre Augen blickten zu ihm auf, waren geweitet und verrieten für einen kurzen Moment Angst vor ihm – vor seiner Macht –, dann sah sie weg, lachte und überspielte ihren kleinen Lapsus; in der Hoffnung, er habe sie nicht durchschaut.

»Bambusflöte!« rief sie leise, und sah an ihm vorbei, dann sah sie ihn wieder an und lächelte erneut. »Bring das Geschenk für den *Ch'un tzu*.«

Sie legte leicht ihre Hand auf seine Brust, dann stand sie auf und bewegte sich an ihm vorbei, ließ aber ihre Hand über sein Haar hinwegstreichen und auf seiner Schulter ruhen, um den Kontakt zwischen ihnen aufrechtzuerhalten, und spürte ein leichtes inneres Beben, als er seine Hand auf ihren schmalen Rücken legte.

Bambusflöte war ihre *Mui tsai*, ein hübsches junges Mädchen von fünfzehn Jahren, das ihr Mann Chuang Lian zu ihrem letzten Geburtstag gekauft hatte. Sie trat jetzt demütig mit gesenktem Kopf auf sie zu und hielt ihr das Geschenk hin.

Sie spürte, wie der junge Offizier sich hinter ihr auf dem Bett herumwälzte, offensichtlich interessiert daran, was sie ihm hatte bringen lassen, dann entließ sie das Mädchen, wandte sich ihm zu und ging in die Knie, um ihm mit gesenktem Kopf das Geschenk anzubieten.

Sein Lächeln gab zu erkennen, wie sehr er ihre unterwürfige Haltung genoß. Dann machte er sich mit einer angedeuteten Verbeugung daran, das Geschenk auszupacken. Er ließ die hellrote Verpackung fallen und blickte zu ihr auf. »Was ist das?«

»Nun, es ist keiner der Fünf Klassiker ...«

Sie setzte sich neben ihn aufs Bett und schlug die erste Seite auf, dann sah sie in sein Gesicht und erkannte sofort, wie erfreut er war.

»Bei allen Göttern ...«, sagte er leise, dann lachte er. Ein weiches, aber verruchtes Lachen. »Was ist das denn?«

Sie lehnte sich an ihn, küßte ihm sanft den Hals und flüsterte ihm ins Ohr. »Es ist der Roman *Chin P'ing Mei*, die Pflaumenblüten in der Goldvase[8]. Ich dachte, er gefällt dir vielleicht.«

Sie sah, wie seine Finger die Umrisse der alten Illustration nachzogen und an der Stelle innehielten, wo die beiden Körper sich in der intimsten aller Umarmungen begegneten. Dann wandte er langsam den Kopf und sah sie an.

»Und ich habe dir nichts mitgebracht ...«

»Nein«, sagte sie, schlug das Buch zu und zog ihn

zu sich herunter. Ihr Nachtgewand war auseinandergerutscht. »Das stimmt nicht, Hans Ebert. Du hast dich mitgebracht.«

* * *

Die achte Glocke ertönte, als sie sich in Nocenzis Büro im obersten Geschoß der Bremer Festung versammelten. Neben Nocenzi waren dreizehn Mitglieder des Generalstabs anwesend, jeder vom Rang eines Hauptmanns oder darüber. Ebert war als einer der ersten eingetroffen und hatte von seinem Hauptmann Auden einen Tip bekommen, daß etwas im Gange war.

Nocenzi sah grimmig drein. Nachdem er die Versammlung offiziell eröffnet hatte, kam er rasch zur Hauptsache.

»*Ch'un tzu,* ich habe Sie kurzfristig hergebeten, weil heute abend, um oder gegen sechs, auf die Geschäftsführer einer Reihe von Konzernen – insgesamt sechsundzwanzig – Attentate verübt worden sind, ohne daß wir einen offenkundigen Grund dafür ausmachen können.«

Es erhob sich ein tiefes Murmeln der Überraschung. Nocenzi nickte düster, dann fuhr er fort.

»Ich habe für die nächsten achtundvierzig Stunden eine strikte Nachrichtensperre über die Medien verhängt, um hoffentlich ein wenig Zeit für uns zu gewinnen, aber wir alle wissen, daß es unmöglich ist, die Ausbreitung von Gerüchten einzudämmen, und der gewaltsame Tod einer solchen Anzahl prominenter und angesehener Mitglieder der Händlergemeinschaft kann einfach nicht unbemerkt bleiben. Hinzu kommt, daß die Attentate so kurz nach dem Angriff auf das Zeughaus in Helmstadt erfolgt sind und wir uns Sorgen machen müssen, daß die Neuigkeit eine ohnehin schon explosive Situation weiter destabilisiert. Ich muß Ihnen deshalb wohl nicht sagen, wie dringend es ist, daß wir sowohl den Grund für diese Morde als auch die Identität derjenigen herausfinden, die sie begangen haben.«

Einer der Männer, die vorne in der Nähe von Nocenzi saßen, hob die Hand.

»Ja, Hauptmann Scott?«

»Verzeihen Sie, Sir, aber woher wissen wir, daß diese Morde zusammenhängen?«

»Wir wissen es nicht. Einer der mysteriösen Umstände besteht sogar darin, daß sie alle ganz verschieden sind – daß ihre Opfer scheinbar in keiner Hinsicht etwas miteinander zu tun haben. Aber allein die Tatsache, daß sechsundzwanzig einzelne Attentate im Zeitraum von nur zehn Minuten verübt wurden, deutet ganz klar auf eine sorgfältige Inszenierung der Ereignisse hin, meinen Sie nicht?«

Eine weitere Hand erhob sich. Nocenzi wandte sich dem Fragesteller zu. »Ja, Major Hoffmann?«

»Könnte dies eine Operation der Triaden sein? Es hat seit einiger Zeit Gerüchte gegeben, daß einige der großen Bosse die Absicht haben, ihre Operationen in die höheren Ebenen auszuweiten.«

»Das ist richtig. Aber nein. Ich glaube es zumindest nicht. Den ersten Reaktionen nach sind die Bosse der großen Gangs ebenso überrascht wie wir. In zwei der Vorfälle sind kleine, triadenartige Banden verwickelt – Splittergruppen, die sich möglicherweise selbst einen Namen machen wollen –, doch wir müssen noch herausfinden, ob sie allein oder im Dienste anderer gearbeitet haben.«

Ebert hob die Hand. Ihn interessierte diese neue Entwicklung ungeachtet seiner eigenen Situation. Er hätte viel lieber immer noch zwischen den Beinen der Ministerfrau gelegen, aber wenn die Pflicht rief, was gab's Besseres zu tun?

»Ja, Major Ebert?«

»Gibt es irgendein erkennbares Muster bei diesen

Morden? Ich meine, waren es zum Beispiel alles *Hung Mao*, oder waren die Morde auf einen bestimmten Teil der Stadt beschränkt?«

Nocenzi lächelte gepreßt. »Das ist das Verwirrendste an der ganzen Sache. Sehen Sie, es waren gemischte Opfer. Han und *Hung Mao*. Junge und alte. Und die Tatorte: wie Sie sehen können ...« – er deutete auf die Karte, die hinter ihm auf dem Bildschirm erschienen war – »... sind regellos verstreut. Das hatte vielleicht den Sinn, oben die größtmögliche Wirkung hervorzurufen. Einfach um eine Atmosphäre der Furcht zu erzeugen.«

»Ping Tiao?« fragte Ebert und sprach damit aus, was alle dachten. Bis zum Angriff auf Helmstadt wäre es undenkbar gewesen – eine lachhafte Schlußfolgerung –, aber jetzt ...

»Nein.«

Nocenzis Gewißheit überraschte sie alle.

»Wenn es die *Ping Tiao* waren, lassen sie sich zumindest Zeit damit, es für sich zu beanspruchen. Und bei allen früheren *Ping Tiao*-Angriffen haben sie immer ihre Visitenkarten zurückgelassen.«

Das stimmte. Die *Ping Tiao* legten ziemlich großen Wert darauf, ihr Markenzeichen – das Zeichen des Fisches – auf all ihren Opfern zurückzulassen.

»Es gibt hierbei eine Anzahl von Möglichkeiten«, fuhr Nocenzi fort, »und ich möchte jeden von Ihnen damit beauftragen, einen bestimmten Aspekt dieser Angelegenheit zu untersuchen. Handelt es sich um eine Infiltration der Triaden? Ist es der Anfang einer Art blutigen Handelskrieges? Ist es, in irgendeiner Hinsicht, die Fortsetzung der dispersionistischen Aktivitäten? Ist es ein bloßer terroristischer Akt? Oder ist es – wie unwahrscheinlich das sein mag – bloßer Zufall?«

Hauptmann Russ lachte, aber Nocenzi schüttelte

den Kopf. »Nein, das ist nicht ganz unmöglich. Unglaubwürdig, ja, auch unwahrscheinlich, aber nicht unmöglich. Für einen Großteil der Morde gibt es denkbare Motive. Spielschulden, Firmenfehden, Ehebruch. Und wie unwahrscheinlich diese Möglichkeit auch sein mag, wir müssen sie in Betracht ziehen.«

Ebert hob erneut die Hand. »Wer wird diese Untersuchungen koordinieren, Sir?«

»Wollen Sie den Job, Hans?«

Es erhob sich eine Welle gutmütigen Lachens, darunter Eberts eigenes.

Nocenzi lächelte. »Dann haben Sie ihn.«

Ebert senkte den Kopf und freute sich, daß man ihm endlich die Chance gab, etwas so Großes in Angriff zu nehmen. »Danke, Sir.«

Nocenzi wollte noch etwas sagen, als die Tür am anderen Ende des Raums aufschwang und Marschall Tolonen eintrat. Die Offiziere standen sofort auf und gingen mit gesenkten Köpfen in Habachtstellung.

»Ch'un tzu!« sagte Tolonen, warf seine Uniformmütze auf den Schreibtisch und wandte sich ihnen zu, während er seine Handschuhe abstreifte. »Bitte, setzen Sie sich.«

Nocenzi trat zur Seite, als der Marschall nach vorn kam.

»Ich komme gerade vom T'ang. Er ist über die Situation in Kenntnis gesetzt worden und hat angeordnet, daß wir dieser Angelegenheit in den nächsten Tagen die höchste Priorität einräumen.« Er tippte auf sein Handgelenk und deutete auf den winzigen Monitor, der in seine Haut eingesetzt war. »Ich habe Ihre Unterredung mitgehört und bin erfreut festzustellen, daß Sie den Ernst der Lage begreifen. Dennoch, wenn wir damit fertigwerden wollen, müssen wir schnell handeln. Deshalb habe ich beschlossen, General Nocenzis Plan abzulehnen und jedem von Ihnen zwei der Mordopfer zuzuweisen.«

Hoffmann hob die Hand. »Warum die Änderung, Sir?«

»Weil für den Fall, daß hinter dem Ganzen ein Muster steckt, dieses erkennbar sein müßte, wenn man sich die Fakten zweier verschiedener Morde ansieht. Und wenn sich dreizehn Männer von Ihnen mit dieser Sache befassen, müßten wir ziemlich schnell *irgend etwas* herausbekommen, meinen Sie nicht?«

Hoffmann senkte den Kopf.

»Gut. Und Hans … Ich schätze Ihren Eifer. Ich habe nicht weniger von Ihnen erwartet. Aber ich fürchte, ich muß Ihnen diesmal etwas die Hände binden. Das soll nicht heißen, daß Sie nicht Koordinator sein werden, aber ich erwarte, daß Sie dabei eng mit mir zusammenarbeiten. Der T'ang verlangt nach Antworten, und ich habe versprochen, daß wir sie ihm bis Ende der Woche geben können. Also blamieren Sie mich nicht.«

Ebert sah dem Marschall in die Augen, senkte den Kopf und akzeptierte die Entscheidung des Alten, war innerlich aber tief enttäuscht. Also würde er wieder an seinem Gängelband hängen! Er holte tief Luft, um sich zu beruhigen, dann lächelte er, als er sich plötzlich daran erinnerte, wie Chuang Lian seinen Penis zwischen ihre kleinen, zarten Zähne genommen und liebkost hatte, als hielt sie ihn in den Händen. Was für ein hübscher kleiner Trick. Und dann war da noch ihre *Mui tsai* … wie war ihr Name? … Bambusflöte. O ja, wie er es genossen hatte, auf ihr zu spielen!

Er hob den Blick und sah zu Tolonen hinüber, als General Nocenzi die Akten über die einzelnen Fälle zu verteilen begann. Nun ja, vielleicht würde der Marschall offiziell das ›Kommando‹ innehaben, aber das bedeutete nicht, daß er die Fäden in der Hand hielt. Russ, Scott, Fest, Auden – das waren *seine* Männer. Er brauchte ihnen nur sagen …

Er lächelte bei dem Gedanken. Und Tolonen, der ihm in diesem Moment einen Blick zuwarf, bemerkte sein Lächeln und erwiderte es nachdrücklich.

* * *

Es war schon nach zehn, als Chen in das Apartment zurückkam. Wang Ti und die Kinder lagen im Bett und schliefen. Er sah zu ihnen hinein und lächelte, als er alle vier zusammengekuschelt in einem Bett liegen sah. Die zweijährige Ch'iang Hsin schmiegte sich an Wang Tis Brust, das runde kleine Gesicht mit Haar bedeckt, während die beiden Jungen zu ihrer Rechten lagen, und der kleine Wu sich eng an seinen älteren Bruder drückte.

Er stand einen Moment lang da, wie immer gerührt von ihrem Anblick, dann ging er in die Küche zurück und machte sich eine kleine *Chung* mit *Ch'a*.

Es war ein langer Tag gewesen, aber es gab immer noch viel zu tun, bevor er sich ausruhen konnte. Er trug die Porzellan-*Chung* ins Wohnzimmer und stellte sie auf den Tisch, dann rückte er die Lampe heran und richtete sie so aus, daß sie nur einen kleinen Lichtschein um die dampfende Schale warf. Er sah sich um und runzelte die Stirn, dann ging er zum Regal und suchte, bis er den alten, lackierten Kasten fand, in dem er seine Pinsel und den Tintenblock aufbewahrte.

Er stellte die Kiste neben die *Chung*, dann ging er in den Flur und nahm die Akten von dem schmalen Tisch neben der Tür, wo sie unter seinem Uniformrock lagen.

Er ließ einige Sekunden verstreichen, ehe er zurückging und seinen Uniformrock mit einem Lächeln an den Kleiderhaken hängte, weil er wußte, daß Wang Ti ihn am Morgen schelten würde, wenn er es vergaß.

Indem er die Deckenbeleuchtung ausschaltete, ging er an den Tisch zurück und zog einen Stuhl heran.

Er legte die Akten zu seiner Rechten ab, lehnte sich zurück, gähnte und streckte die Arme zu beiden Seiten aus, fühlte sich müde. Er gab ein leises Lachen von sich, dann beugte er sich wieder vor und griff nach der *Chung*. Er hob den Deckel und nahm einen großen Schluck heißen *Ch'a*.

»Hmmm... das tut gut«, sagte er leise und nickte. Es war eines von Karrs Päckchen. Ein Geschenk, das er zu seiner letzten Einladung zum Essen mitgebracht hatte. *Nun, mein Freund,* dachte er; *jetzt habe ich ein Geschenk für dich.*

Er griff nach der Kiste und zog sie näher, dann öffnete er die beiden winzigen Haken und klappte den Deckel auf.

»Verdammt...«, sagte er und wollte aufstehen, als ihm auffiel, daß er Wasser vergessen hatte, um die Tinte zu verdünnen, dann griff er wieder nach der *Chung,* tauchte seinen Finger ein und benutzte das heiße *Ch'a* als Ersatz. Er hatte gehört, daß der große Dichter Li Po[9] Wein benutzt hatte, um seine Tinte zu verdünnen, warum nicht auch *Ch'a?* Vor allem ein so guter.

Er lächelte, dann wischte er sich den Finger am Ärmel ab und zog die erste Akte heran.

Heute hatte er alle Gefälligkeiten eingefordert, die man ihm noch schuldig war; hatte Freunde und Bekannte gleichermaßen so lange belästigt, bis er bekommen hatte, was er wollte. Und hier lagen sie vor ihm. Persönliche Akten. Einkommenserklärungen. Ausbildungspapiere. Vollständige Akten über jeden der sechs Männer, die in Helmstadt gestorben waren. Die sogenannten *Ping Tiao,* die er überprüft hatte. Ihre Akten und zwei weitere.

Er war ins Zentralregister hinabgestiegen, das Nervenzentrum des Sicherheitspersonals in Bremen. Dort, in der Abteilung für Personenauskünfte, hatte er sich an seinen alten Freund Wolfgang Lautner gewandt. Lautner, einer der vier für die Abteilung verantwortlichen Leitenden Beamten, war ein alter Freund. Sie hatten gemeinsam die Offiziersausbildung durchgemacht und waren in weniger als einem Monat Abstand beide zum Hauptmann befördert worden. In der Vergangenheit hatte Chen Lautner einige Male aus der Klemme geholfen, vor allem wenn es um Spielschulden ging.

Lautner hatte Chen nur zu gern geholfen und vollen Zugriff auf alle Akten ermöglicht, die er sehen wollte – selbst auf einige, die genaugenommen ›außer Reichweite‹ waren. Alles war glatt gegangen, bis Chen bei der Überprüfung einer Personalnummer, die auf verschiedenen Akten aufgetaucht war, auf eine Sperre im Computer stieß.

Er sah die Worte jetzt noch vor sich auf dem schwarzen Bildschirm rot blinken.

INFORMATION VERWEIGERT. EBENE A CODE ERFORDERLICH.

Weil er nicht wußte, was er sonst tun sollte, hatte er sich mit seiner Anfrage direkt an Lautner gewendet und neben ihm in seinem Büro gesessen, als der den Ebene-A-Code eintippte. Er erinnerte sich, wie Lautner ihn angesehen und gelächelt hatte, die Augenbrauen neugierig gehoben, bevor er sich dem Bildschirm zuwandte.

»Scheiße ...« Lautner war vorgesprungen und hatte den Bildschirm gelöscht, ehe er herumfuhr und Chen wütend ansah, seine ganze Haltung plötzlich völlig verändert. »Was, zum Teufel, machst du da überhaupt, Kao Chen?«

»Ich habe nicht gewußt ...«, hatte Chen begonnen, ebenso überrascht wie sein Freund über das Gesicht, das auf dem Bildschirm erschienen war, aber Lautner hatte ihm das Wort abgeschnitten.

»Du hast das nicht gewußt? Erwartest du, daß ich das glaube? Kuan Yin beschütze uns! Er ist der

Letzte, bei dem ich aus Versehen in der Akte herumpfuschen will. Er wird uns die Eier abschneiden lassen!«

Chen schluckte, als er sich daran erinnerte. Ja, er spürte immer noch Eberts Spucke auf der Wange, die brannte wie ein Schandmal. Und da hatte er ihn plötzlich vor sich, ein Gesicht auf dem Bildschirm, ein Personalcode für die Akten dreier toter Ex-Mitarbeiter des Sicherheitsdienstes. Das war ein zu großer Zufall.

Chen zog die *Chung* näher, und die Wärme an seinen Händen beruhigte ihn. Er wußte noch, was Ebert ihm an jenem Tag gesagt hatte, als sie das Haus des Aufsehers angegriffen hatten – als der junge Pavel gestorben war. Er erinnerte sich lebhaft, wie Ebert dagestanden, nach Westen, wo die Garnison von Lodz brannte, geblickt und gesagt hatte, wie sehr er DeVore bewunderte.

Ja, es ergab jetzt alles einen Sinn. Aber das Wissen hatte ihm Lautners Freundschaft gekostet.

Er hob den Deckel von der *Chung* und trank in großen Schlucken, als wollte er den bitteren Geschmack wegspülen, der in seinem Mund aufgestiegen war.

Wenn er recht hatte, dann war Ebert DeVores Verbindungsmann im Innern. Das erklärte wohl auch, wie die *Ping Tiao* in das Zeughaus vom Helmstadt gelangt waren und Material im Wert von einer Milliarden *Yuan* entwendet hatten. Aber das mußte er beweisen, und zwar schlüssig. Bisher war es ein bloßer Verdacht.

Er arbeitete sich noch einmal durch die Akten, prüfte Seite um Seite bis zur Erschöpfung die Details, auf der Suche nach irgendeinem Hinweis – welcher Art auch immer –, der ihn auf die richtige Fährte bringen würde.

Er war fast fertig, als er am anderen Ende des Zimmers etwas hörte. Er blickte auf und sah den kleinen Wu im Dunkeln in der Tür stehen. Lächelnd stand er auf und ging zu ihm, nahm den Fünfjährigen auf den Arm und drückte ihn an die Brust.

»Kannst du nicht schlafen, Kao Wu?«

Er kuschelte sich an die Schulter seines Vaters. »Ich will was trinken«, sagte er schläfrig, die Augen geschlossen.

»Komm... Ich mach dir was...«

Er trug ihn in die Küche und dämpfte dort das Licht. Dann nahm er mit einer Hand einen Becher aus dem Regal und goß einige Fingerbreit Saft ein.

»Hier...«, sagte er und hielt ihn dem Kind an die Lippen.

Wu trank zwei Schluck, dann schmiegte er sich wieder an. Nach ein paar Sekunden schlief er wieder, und sein Atem ging entspannt und regelmäßig.

Chen stellte den Becher hin und lächelte. Die warme Last seines Sohnes an seiner Schulter war ein angenehmes, zutiefst beruhigendes Gefühl. Er ging in den Flur zurück und sah zu dem Tisch hinüber, an dem er gearbeitet hatte. Die Akten lagen mit der Schriftseite nach unten neben der leeren *Chung* am Rande des Lichtkreises.

Es nützte nichts; er würde zurückgehen müssen. Er hatte gehofft, es zu vermeiden, aber es gab keine andere Möglichkeit. Er würde riskieren müssen, direkte Erkundigungen über Eberts Akten anzustellen.

Er senkte den Blick und begann die Gefahr zu begreifen, in der er schwebte. Und nicht bloß er. Wenn Ebert tatsächlich DeVores Mann war, dann war keiner von ihnen sicher. Weder hier noch sonstwo. Nicht wenn Ebert entdeckte, was er tat. Und doch, welche Wahl hatte er? Nichts tun? Seine Demütigung und sein unausgesprochenes Rachegelübde vergessen? Nein. Dennoch, schon der Gedanke, auch der flüchtigste, all dies hier zu verlieren, machte ihn traurig. Er zitterte und drückte Kao Wu noch fester an sich, und strich mit einer Hand sanft über den Hals des schlafenden Jungen.

Und was war, wenn Lautner Maßnahmen ergriffen hatte, um sich selbst zu decken? Wenn er Ebert schon aufgesucht hatte?

Nein. Er kannte Lautner gut genug, um zu wissen, daß er nichts unternehmen würde. Und er würde davon ausgehen, daß Chen auch nichts unternähme, würde sich darauf verlassen, daß er keine weiteren Risiken einginge.

Hmhm, dachte Chen bitter, *du hast mich wirklich nicht gekannt, was?*

Er brachte Wu in sein Bett und packte ihn dick ein, dann ging er ins andere Schlafzimmer. Wang Ti war wach und sah ihn an, Ch'iang Hsins winzige Gestalt an ihrer Seite.

»Es ist schon spät, Chen«, sagte sie leise. »Du solltest etwas schlafen.«

Er lächelte sie an und nickte. »Das sollte ich, aber ich habe noch etwas zu tun.«

»Um diese Zeit?«

Er nickte noch mal. »Vertrau mir. Es wird schon alles gut.«

Etwas an der Art, wie er das sagte, veranlaßte sie, sich auf einen Ellbogen aufzurichten. »Was ist los, Chen? Was hast du vor?«

Er zögerte, dann schüttelte er den Kopf. »Es ist nichts. Wirklich, Wang Ti. Schlaf ruhig. Ich bin morgen früh wieder zurück.«

Sie kniff die Augen zusammen, dann gähnte sie und machte es sich wieder bequem. »In Ordnung, mein Mann. Aber paß auf, ja?«

Er lächelte und betrachtete sie, erfüllt von der Wärme seiner Liebe für sie, dann wandte er sich ab, plötzlich zu allem entschlossen.

Es wurde Zeit, die Verbindungen aufzudecken. Er mußte herausfinden, ob Ebert wirklich in DeVores Diensten stand.

* * *

Draußen war es dunkel, der Abend kühl, aber in den Ställen von Tongjiang war es warm im Schein der Laternen. Der Geruch von Heu und tierischem Schweiß hing in der Luft in der langen, hohen Scheune, und die Stille des Abends wurde nur vom Schnauben der Tiere in ihren Ställen unterbrochen. Li Yuan stand im hintersten Stall und fütterte den Araber aus der Hand.

»Exzellenz ...«

Li Yuan drehte sich um und lächelte, in heiterer Stimmung bei seinen geliebten Pferden. »Ah... Meister Nan. Wie ist es gelaufen? Geht's meinen Mädchen gut?«

Nan Ho zog seinen Mantel um die Schultern, bevor er sich hinauswagte. Dennoch krümmte er sich zusammen und zitterte vor Kälte.

»Es geht ihnen gut, Herr. Ich habe alles wie gewünscht arrangiert.«

Li Yuan musterte ihn und bemerkte sein Zögern. »Gut.« Er blickte das Pferd an und lächelte, hob die Hand, um sein breites, schwarzes Gesicht zu streicheln, und fuhr mit den Fingern durch seine feine, dunkle Mähne. »Es wäre vielleicht das beste, wenn wir diese Sache diskret behandeln, Meister Nan. Ich möchte nicht, daß Lady Fei sich Sorgen macht. Verstehen Sie?«

Er blickte Nan Ho an. »Vielleicht wenn sie ausreiten ist, hm?«

»Natürlich, Herr.«

»Und Nan Ho ...«

»Ja, Herr?«

»Ich weiß, was Sie denken. Sie halten mich in dieser Sache für gefühllos. Unnatürlich, gleichgültig. Aber so ist es nicht. Ich liebe Fei Yen. Verstehen Sie das?« Li Yuan bückte sich und nahm eine weitere Handvoll Gerste aus dem Sack neben sich und bot sie dem Araber an, der zufrieden daran knabberte. »Und wenn das unnatürlich ist, ist jenes auch unnatürlich …«

Er blickte auf seine Hand, in die das Pferd warm und feucht seine Schnauze preßte, dann lachte er. »Wissen Sie, mein Vater war immer der Ansicht, daß gute Reiterei wie gutes Regieren ist. Und gutes Regieren wie eine gute Ehe. Was meinen Sie, Nan Ho?«

Meister Nan lachte. »Was sollte ich davon wissen, Herr? Ich bin nur ein winziges Teil am großen Geschirr des Staates. Allenfalls ein Steigbügel.«

»So viel?« Li Yuan wischte sich die Hand am Hosenbein ab, dann lachte er herzlich. »Nein, ich mache mich nur über sie lustig, Meister Nan. Sie sind ein ganzer Sattel für sich. Und vergessen Sie nicht, daß ich das gesagt habe.« Er wurde ruhiger. »Ich bin nicht undankbar. Glauben Sie das nie, Meister Nan. Der Tag wird kommen …«

Nan Ho verneigte sich tief. »Mein Herr …«

Als er gegangen war, trat Li Yuan in die kühle Abendluft hinaus, blieb dort stehen und starrte in die Dunkelheit über sich hinauf. Der Mond stand tief am Himmel und leuchtete hell und kalt. Ein bleicher Halbmond, wie ein Augenlid auf der Dunkelheit.

Und dann?

Die beiden Worte kamen ihm stark und deutlich in den Sinn, wie zwei flackernde Lichter in der Dunkelheit. Sinnlose Worte. Und doch irgendwie bedeutsam. Aber was bedeuteten sie? Unerklärlicherweise erfüllten ihn plötzlich Zweifel. Er dachte daran, was er Nan Ho über die Reiterei gesagt hatte, und fragte sich, ob es wirklich so war. Konnte man seine Gefühle so beherrschen, wie man ein Pferd beherrschte? War es so einfach? Er liebte Fei Yen – da war er sich ganz sicher –, aber er liebte auch Perlenherz und ihre

Schwester Rosenknospe. Konnte er seine Gefühle für sie wirklich abstellen, als sei nie etwas gewesen?

Und dann?

Er ging zur Brücke und blieb dort stehen, hielt sich am Geländer fest und wurde plötzlich auf absurde Weise von den Worten heimgesucht, die ihm ungewollt in den Sinn gekommen waren: – Und dann? Und dann?

Er zitterte. *Und dann – was?* Er biß die Zähne gegen den Schmerz aufeinander, den er plötzlich empfand. »Nein!« stieß er hervor, und sein Atem bildete eine Wolke. Nein. Er würde nicht nachgeben. Er würde den Schmerz durchstehen, den er empfand, würde diesen Teil von sich leugnen. Für Fei Yen. Weil er sie liebte. Weil…

Der Mond war ein Augenlid auf der Dunkelheit. Und wenn er die Augen schloß, konnte er es sehen, dunkel vor der Helligkeit in seinem Kopf.

Doch der Schmerz blieb. Und dann begriff er es. Er vermißte sie, vermißte sie schrecklich. Er hatte es nie zugegeben, aber jetzt war es ihm klar. Es war, als habe er einen Teil von sich selbst getötet, um Fei Yen zu bekommen.

Er erschauderte, dann stieß er sich vom Geländer ab und war wütend auf sich selbst.

»Du bist ein Prinz. Ein *Prinz!*«

Aber das machte keinen Unterschied. Der Schmerz blieb. Scharf und bitter, wie das Bild das Mondes auf der Innenseite seines Lides, dunkel vor der Helligkeit dort.

* * *

Chen saß über den Bildschirm gebeugt, und sein Puls raste, als er darauf wartete, ob der Zugriffscode etwas zutage fördern würde.

Bis hierher war es einfach gewesen. Er hatte einfach angegeben, daß er gesetzwidrigen Triaden-Verbindungen nachginge. Ein Unteroffizier hatte ihm den Gebrauch des Terminals erklärt und dann unbewacht daran arbeiten lassen. Schließlich war es spät, und kaum jemand nutzte um diese Stunde die Einrichtungen des Personalarchivs. Chen war fast die einzige Gestalt in dem großen Kreis von Tischen, der das Podium in der Mitte umstand.

Der Bildschirm füllte sich. Eberts Gesicht starrte ihn einen Moment lang in Lebensgröße an, dann schrumpfte es auf ein Viertel und rückte in die obere rechte Ecke des Bildschirms. Chen gab einen kleinen erleichterten Seufzer von sich. Es funktionierte!

Die Datei wurde abgerufen: Seite um Seite detaillierter Dienstberichte.

Chen scrollte hindurch und war überrascht festzustellen, welches hohe Ansehen Ebert bei seinen Vorgesetzten genoß. Wußte er, was sie von ihm hielten? Hatte er Zugriff auf diese Datei? Wenn man Ebert kannte, mußte man es für wahrscheinlich halten. Dennoch, hieran war nichts Bedrohliches. Nichts, was ihn mit DeVore in Verbindung brachte. Nein, wenn überhaupt, dann war es exemplarisch. Vielleicht war es deshalb ein bloßer Zufall, daß DeVore mit drei der Toten gedient hatte. Aber Chens Instinkt schloß das aus. Er scrollte ans Ende der Datei, dann tippte er den Zugriffscode auf Eberts Rechnungen ein.

Ein paar Minuten später lehnte er sich zurück und schüttelte den Kopf. Mit einem Seufzer tippte er die Zeichen ein, um sich die letzte Unterdatei anzusehen: Eberts Unkosten. Er blätterte rasch durch, stieß auf nichts Ungewöhnliches und machte eine Pause.

Natürlich! Es war eine *Unkostenrechnung*. Das bedeutete, daß alle Ausgaben darauf unregelmäßig sein mußten. Was hatte also diese monatliche Zahlung darauf zu suchen? Der Betrag schwankte, wurde aber jeden Monat zum selben Datum abgebucht. Am fünfzehnten. Es war kein Dauerauftrag, denn diese gingen von Eberts anderen Konten ab. Und neben jeder Buchung war eine Zahl notiert. Eine Dienstnummer der Sicherheitskräfte, wenn er sich nicht irrte.

Chen scrollte zurück, um zu prüfen, ob er sich nicht geirrt hatte, dann notierte er die Nummer. Ja, hier war sie, die Verbindung. Er schloß die Datei, lehnte sich zurück und sah zum zentralen Tisch hinüber. Es war ruhig da drüben. Gut. Dann würde er diese letzte Nachforschung auch noch anstellen.

Er tippte die Dienstnummer ein, dann den Zugriffscode. Für einen Moment blieb der Bildschirm leer, und Chen fragte sich, ob er dasselbe wie vorher anzeigen würde – INFORMATION VERWEIGERT. EBENE A CODE ERFORDERLICH. Aber dann erschien ein Gesicht.

Chen starrte es stirnrunzelnd an. Aus irgendeinem Grund hatte er erwartet, es zu erkennen, aber es war bloß ein Gesicht wie das Gesicht vieler junger Offiziere; glattrasiert und sehr attraktiv mit seinen fremdartigen *Hung Mao*-Zügen.

Er sah die Datei durch, aber sie enthielt nichts Besonderes. Nur daß Ebert vor einigen Jahren mit dem Mann gearbeitet hatte – in Tolonens Büro, als sie beide Kadetten waren. Warum also die Zahlungen? Auch diesmal übersah er es fast: es dauerte eine Weile, bis er merkte, was ihm auf der allerersten Seite dieser Datei ins Auge sprang. Es war eine Nummer. Der Bezugscode des Offiziers, bei dem der junge Kadett sich gemeldet hatte, als er vor zehn Jahren in Bremen stationiert gewesen war. Chen sog scharf Luft ein.

DeVore!

Er schaltete den Bildschirm ab, stand auf und fühlte sich ein wenig benommen, nun da er die Verbindung aufgedeckt hatte. Jetzt habe ich dich, Hans Ebert, dachte er. Ja, und für deine Beleidigung werde ich dich büßen lassen.

Chen hob seine Papiere auf und steckte sie in die Tasche zurück, dann sah er noch mal zu dem zentralen

Tisch hinüber und erinnerte sich, wie sein Freund Lautner reagiert hatte – die Säuerlichkeit dieses Augenblicks trübte seinen Triumph für einen Moment. Dann schluckte er seine Bitterkeit hinunter und schüttelte den Kopf. So ging es in dieser Welt zu. Es hatte keinen Sinn, etwas anderes zu erwarten.

Er lächelte grimmig, wischte sich unbewußt über die Wange, dann fuhr er herum und machte sich auf den Weg durch das Netz der Durchgänge zum Ausgang.

Ja, dachte er. Jetzt habe ich dich, du Dreckskerl. Für das, was du getan hast, werde ich dir den Schwanz in Scheiben schneiden. Aber erst bist du dran, Axel Haavikko. Erst du.

KAPITEL · 4

Feistes Gesicht, schwarzes Herz

DeVore stand am Berghang. Die leblosen Körper der beiden Bergfüchse baumelten an Lederriemen auf seinem Rücken, ihr Fell blutverschmiert. In der Linken hielt er die Armbrust, mit der er sie getötet, in der Rechten die beiden blutverkrusteten Pfeile, die er ihnen aus dem Fleisch gezogen hatte.

Vor einer Stunde hatte es gedämmert, und die Berge unter ihm verschwammen im Nebel. Sein Standort war hoch gelegen, deutlich oberhalb der Schneegrenze. Unter ihm, zu seiner Linken, war die Bergflanke dicht bewachsen. Hohe Kiefern bestanden den Großteil der unteren Hänge und erstreckten sich bis in den Nebel hinein. Er lachte und genoß die Frische des Morgens, während sein Atem in eisigen Wolken davongeblasen wurde. Gab es auf der Welt überhaupt einen schöneren Anblick als die Alpen im Hochsommer? Er sah in die Runde, dann ließ er die Pfeile in die tiefe Tasche seines Pelzmantels rutschen und machte sich an den Abstieg, in Richtung auf die Schloßruinen.

Er war auf halbem Wege unten, als etwas seine Aufmerksamkeit erweckte und er innehielt. Unten zwischen den Ruinen hatte sich etwas bewegt. Er wich rasch nach rechts aus, griff sich einen der Pfeile, legte ihn ein und spannte den Abzug.

Er kroch hinter einige niedere Felsen und kniete dort, die Armbrust auf die Hänge unten gerichtet. Sein Herz schlug schnell. Um diese Stunde durfte niemand hier draußen sein. Selbst seine eigenen Patrouillen ...

Er spannte sich an. Eine Gestalt war hervorgetreten und stand da unten, mit einer Hand die Augen beschirmend die Bergflanke absuchend. Eine lange, dürre Gestalt, deren gekrümmter Umriß ihm seltsam vertraut war. Schließlich drehte sie sich um, sah den Hang hinauf, und ihr raubtierhafter Blick blieb an den Felsen hängen, hinter denen DeVore kauerte.

Lehmann... DeVore senkte die Waffe und stand auf, ging er den Hang hinunter und blieb zehn, fünfzehn *ch'i* vor dem Albino stehen, die Armbrust locker in der Linken.

»Stefan! Was, in aller Götter Namen, tun Sie hier?«

Lehmann sah einen Moment an ihm vorbei, dann begegnete er seinem Blick. »Unsere Freunde werden unruhig. Sie haben sich gefragt, wo Sie sind.«

DeVore lachte. »Sie sind schon auf, was?« Er trat näher und gab dem Albino die Füchse. »Hier... halten Sie die für mich fest.«

Lehmann nahm sie und würdigte die toten Tiere kaum eines Blickes. »Ich habe mich gefragt, wo Sie morgens immer hingehen. Es ist schön, nicht?«

DeVore drehte sich überrascht um, doch wenn er gehofft hatte, im Gesicht des Albinos einen Ausdruck von Staunen zu entdecken, wurde er enttäuscht. Diese blassen, rosa Augen starrten die Hänge und die fernen Gipfel kalt an, als sei Schönheit nur ein Spiel mit Worten, so bedeutungslos wie alles übrige.

»Ja«, erwiderte er. »Das stimmt. Und vor allem um diese Stunde. Manchmal habe ich dabei das Gefühl, ich sei der letzte Mensch auf der Welt. Der allerletzte. Ein wirklich angenehmes Gefühl. Ein reines, klares Gefühl.«

Lehmann nickte. »Wir gehen besser zurück.«

DeVore lachte kalt. »Sie können ruhig noch etwas warten. Das wird diesem elenden Gesell gut tun.«

Lehmann beobachtete schweigend das langsame, wie schwebende Kreisen eines Adlers hoch über einem der näheren Gipfel. Eine Zeitlang schien er sich in dem Anblick zu verlieren, dann wandte er den Kopf und starrte DeVore an. »Ich dachte, er würde Sie für diese Sache mit Shen Lu Chua umbringen.«

DeVore sah ihn überrascht an. »Meinen Sie?« Er schien darüber nachzudenken, dann schüttelte er den Kopf. »Nein. Gesell ist viel zu vorsichtig. Kennen Sie dieses Han-Sprichwort: *P'eng che luan tsu kuo ch'iao?*«

Lehmann schüttelte den Kopf.

DeVore lachte. »Nun, sagen wir einfach, er ist einer von diesen Männern, die sich die Weichteile festhalten, wenn sie eine Brücke überqueren.«

»Ah ...«

DeVore betrachtete den Albino und fragte sich, was erforderlich sein würde, um dieses kalte Äußere zu durchdringen und ihm ein Lächeln, eine Grimasse des Zorns oder eine Träne abzuzwingen. Er senkte den Blick. Vielleicht gab es nichts. Vielleicht war er wirklich so gefühllos, wie er schien. Aber das konnte nicht sein. Schließlich war er ein Mensch. Es mußte etwas geben, das er sich wünschte. Etwas, das ihn davon abhielt, sich einfach diesen Felshang hinabzustürzen.

Aber was?

DeVore lächelte schwach, riß sich von der Überlegung los und blickte auf, um festzustellen, daß Lehmann ihn noch immer anstarrte. Er ließ sein Lächeln breiter werden, als wollte er mit etwas hinter der – weit hinter der – unbewegten Oberfläche dieses unnatürlich blassen Gesichts eine Verbindung schaffen.

Schließlich schüttelte er den Kopf, drehte sich um und begab sich zu dem Turm und den Tunneln darunter.

* * *

Die *Ping Tiao*-Anführer warteten im Konferenzraum, dessen große Fensterwand eine klare Sicht auf die Hänge erlaubte. Von draußen schien ein klares, harsches Licht, auch wenn eine Nebelwand die oberen Hänge verhüllte. Die Aussicht war dennoch beeindruckend. Man hatte das Gefühl, vor einer gewaltigen Felsmauer zu stehen, die zum Himmel emporragte.

DeVore blieb in der Tür stehen und sah hinein. Sechs von ihnen hatten sich in der gegenüberliegenden linken Ecke des Raums versammelt, wo sie am Ende des großen Tisches saßen, möglichst weit vom Fenster entfernt. Er lächelte, dann drehte er sich um und sah in die andere Richtung. Nur eine Person stand am Fenster. Es war diese Frau – Gesells Geliebte, Emily Ascher.

Er trat ein.

Als sie ihn bemerkten, wollten zwei der Männer aufstehen, aber Gesell streckte zu beiden Seiten die Hände aus und berührte sie an den Armen. Daraufhin lehnten sie sich zurück und sahen argwöhnisch zwischen Gesell und DeVore hin und her.

»Turner...«, begrüßte Gesell ihn grob, und sein ganzes Gehabe war plötzlich wachsam und geschäftig.

»Gesell...« Er nahm es mit der Andeutung eines Nickens zur Kenntnis, dann ging er zum Fenster und starrte hinaus, als bemerke er die Frau neben sich nicht. Schließlich drehte er sich wieder um und lächelte. »Und?«

Während er unterwegs gewesen war, hatte sein Leutnant Wiegand sie in der Basis herumgeführt und ihnen die Maske – die Anlage an der Oberfläche – gezeigt, aber keinen Hinweis gegeben auf das Tunnellabyrinth, das darunter lag.

Gesell warf Mach einen Blick zu, dann sah er wieder in seine Richtung und hatte dabei ein leicht höhnisches Lächeln auf den Lippen. »Soll ich sagen, daß ich beeindruckt bin – geht's Ihnen darum, *Shih* Turner?«

»Habe ich das gesagt?«

Gesell beugte sich vor und verschränkte die Hände. »Nein. Aber Sie sind ein typischer Sprößling Ihrer

Ebene. Und Leuten von Ihrer Ebene gefällt es, alle unter ihnen mit der Großartigkeit Ihrer Werke zu beeindrucken.«

»Das ist ganz richtig. Und sind Sie beeindruckt? Sind meine Werke großartig genug für Sie?«

DeVore redete locker, doch herausfordernd, und ließ sich seine Abneigung gegen den Mann nicht anmerken. Was für ein arroganter kleiner Scheißer. Er glaubte, er wüßte alles. Zugegeben, zur Zeit war er noch nützlich – er hatte einige Schlüssel in der Hand. Doch wenn er erst ein paar Türen aufgeschlossen hatte, würde er überflüssig werden.

Er wartete, daß Gesell etwas erwiderte, doch Mach antwortete an seiner Stelle.

»Es ist ganz nett, *Shih* Turner, aber wofür das alles? Der Feind ist da drin, in der Stadt, nicht hier draußen in der Wildnis. Ich sehe keinen Sinn darin, etwas wie das hier zu bauen.«

DeVore starrte Mach an, dann nickte er. Wie scharfsinnig, dachte er. Wie clever, mit einem einzigen Blick so weit vorzudringen. Aber du hast nicht alles gesehen. Du hast die großen Hangare, die Geschützsilos, die Trainingshallen nicht gesehen. Und deshalb hast du keine Ahnung, wozu dies alles wirklich dient. Für dich sieht dies nur wie ein Schatten Bremens aus – eine große Festung, bei deren Konstruktion nur ein Gedanke eine Rolle spielte: sich selbst gegen Angriffe zu schützen. Aber dies ist etwas anderes. Mein Ziel ist nicht, meine Position hier zu verteidigen, sondern meine Gegner anzugreifen, ihre Linien zu durchbrechen und in ihr Gebiet vorzustoßen.

»Sie halten das alles also für bloße Zeitverschwendung?«

Es entging ihm nicht, wie Mach Gesell ansah, dann leicht den Kopf senkte und Gesell wieder das Ruder überließ. Dieses Zugeständnis war eine weitere Bestätigung für das, was er bereits vermutet hatte. Die

Ideen, schon die Ausdrucksweise der *Ping Tiao* – sie stammten von Mach. Aber es war Gesell, der die Macht in der Hand hatte; Gesell, an den Mach seine Einwände richtete, wenn seinen Worten Taten folgen mußten.

Gesell beugte sich vor. »Verschwendung ja. Aber keine völlige Verschwendung. Sie scheinen hier außer Reichweite der Sieben zu sein, und das ist gut. Und ich habe gesehen, wie Ihre Männer kämpfen. Sie sind gut ausgebildet und sehr diszipliniert. In dieser Hinsicht können wir von Ihnen lernen.«

DeVore ließ sich seine Verblüffung über Gesells Offenheit nicht anmerken. »Aber?«

Gesell lachte und sah in die Runde. »Nun, sehen sie sich in diesem Raum einmal um! Er ist so völlig von dem abgeschnitten, was vor sich geht. So *isoliert*. Ich meine, wie wollen Sie wissen, was los ist – was auf den Ebenen *wirklich* los ist –, wenn Sie so weit von allem weg sind?«

DeVore lächelte. »Das denken Sie also?«

Er schnippte mit den Fingern. Sofort glitt über ihren Köpfen ein Paneel zurück, und eine Monitorwand wurde in den Raum herabgesenkt: Monitore, die Szenen aus einem Dutzend verschiedener Ebenen der Stadt zeigten. Als er sich umdrehte, sah DeVore, wie beeindruckt sie trotz ihrer skeptischen Haltung waren.

»Was wollen Sie sehen?« fragte er. »Würden Sie gern in die Stadt gehen? Meine Kameras sind überall. Meine Augen und Ohren. Sie beobachten, horchen und berichten, spüren dem Puls der Dinge nach.«

Während er redete, änderten sich die Bilder, wechselten von der einen zur anderen Position, bis sie erstarrten, als er ein zweites Mal mit den Fingern schnippte, und alle Monitore dasselbe Bild zeigten.

»Aber das ist doch Yun Ch'os Mann, Shen Lu Chua…«, begann Gesell, als er die Gestalt unter der Kamera erkannte.

»Es ist Ottersleben«, erklärte Mach ruhig. »Ebene Vierunddreißig. Er hat das wohl früher aufgenommen.«

DeVore musterte ihn; sah wie Mach den Blick senkte, als überlegte er, was dies bedeutete, dann blickte er auf und sah ein Dutzend Bilder von sich selbst, als er ein Dutzend *Ping Tiao*-Stoßtruppen bei einem Überfall auf das Apartment ihres Kameraden Yun Ch'o anführte. Neben ihm hatte sich Gesell weit vorgebeugt, fasziniert von der sich entwickelnden Handlung. Er sah den kurzen Kampf; sah Yun Ch'o tödlich verwundet hinstürzen, beobachtete dann, wie die acht Geiseln – die acht Sicherheitsoffiziere, über deren Anwesenheit DeVore sie vorher unterrichtet hatte – in den Korridor hinausgeführt wurden. Als es vorbei war, sah Gesell DeVore wieder an und lächelte gepreßt.

»Ganz schön clever von Ihnen, Turner. Ein netter Trick. Aber eigentlich hat das nicht allzu viel zu sagen, nicht?«

»Wie das Ohr des T'ang, meinen Sie, oder die Karte von Helmstadt?« DeVore lachte, dann rückte er näher. »Sie sind schwer zu überzeugen, *Shih* Gesell. Was muß ich tun, damit Sie zufrieden sind?«

Gesells Züge verhärteten sich. »Zeigen Sie mir weitere Karten. Die Karten von Bremen.«

»Und als Gegenleistung?«

Aber bevor Gesell antworten konnte, unterbrach ihn diese Frau, Ascher.

»Sie sind hier am Verhandeln, aber für mich ist das Ganze immer noch rätselhaft, *Shih* Turner. Wenn Sie so mächtig sind, wenn Sie so viel tun können, wozu brauchen Sie uns dann? Diese Basis hier, die Sie gebaut haben, der Überfall auf Helmstadt, die Ermordung von Wang Hsien – das alles geht weit über das hinaus, wozu wir imstande sind. Was wollen Sie also von uns?«

Gesell warf ihr einen finsteren Blick zu. DeVore betrachtete den *Ping Tiao*-Führer, dann wandte er sich halb um und sah die Frau an.

»Weil meine Möglichkeiten begrenzt sind.«

Sie lachte kühl und blickte ihn an, ohne ihre Abneigung zu verhehlen. »Begrenzt durch was?«

»Durch die Mittel. Durch Mangel an Gelegenheit.«

»Und die haben wir?«

»Nein. Aber Sie haben etwas viel Wertvolleres. Ihre Organisation verfügt über ein Potential. Ein enormes Potential. All dies hier – alles, was ich in den letzten acht Jahren so geduldig aufgebaut habe – ist, wie es *Shih* Mach so treffend beschrieben hat, ziemlich unflexibel. Ihre Organisation ist anders. Sie ist eine Art Organismus, der zu enormem Wachstum imstande ist. Aber um das zu ermöglichen, müssen Sie das beste Klima für ein solches Wachstum gewährleisten. Was wir gestern gemacht haben, war ein Anfang. Es hat Sie öffentlich stärker profiliert und Ihnen zugleich eine beträchtliche Feuerkraft verschafft. Beides hat Sie erheblich gestärkt. Ohne mich hätten Sie allerdings nichts von beidem.«

Gesell unterbrach ihn. »Sie irren sich. Sie brauchen uns.«

DeVore wandte sich ihm zu. »Überhaupt nicht. Ich hätte Helmstadt auf eigene Faust einnehmen können. Sie haben meine Männer gesehen, *Shih* Gesell. Ihnen ist sogar aufgefallen, wie gut sie ausgebildet und wie diszipliniert sie sind. Nun, ich habe dort, woher sie gekommen sind, tausend weitere von der Sorte. Und noch tausend darüber hinaus. Nein, ich habe Sie deshalb gebeten, sich mir gestern anzuschließen, weil eine solche Beziehung, wie wir sie anstreben, auf Gegenseitigkeit beruhen sollte. Beide Seiten sollten geben und nehmen. Ich habe Ihnen Helmstadt gegeben. So wie ich Ihnen, wenn die Zeit reif ist, Bremen geben werde. Aber Sie müssen dafür eine Gegenleistung erbringen. Nichts Großes. Darum würde ich Sie jetzt noch nicht bitten. Aber um eine Kleinigkeit, um unsere Partnerschaft zu bekräftigen. Um einen Gefallen, den ich mir selbst vielleicht nur schwer tun kann.«

»Eine Kleinigkeit?« Gesell beäugte ihn mißtrauisch.

»Ja. Ich möchte, daß Sie jemanden für mich umbringen. Ein Kind.«

»Ein Kind?«

DeVore schnippte mit den Fingern. Auf den Monitoren erschienen neue Bilder, ein Dutzend unterschiedlicher Porträts eines heranwachsenden Mädchens, das sein aschblondes, schulterlanges Haar auf manchen Aufnahmen offen, auf anderen geflochten trug. Ihre schmale, schlanke Gestalt war in einem Dutzend verschiedener Posen aufgenommen worden; auf einigen Bildern war sie lässig wie in häuslicher Umgebung gekleidet, auf anderen elegant in der Top-Mode der Ersten Ebene.

»Aber das ist ja ...«

»Ja«, sagte DeVore und blickte zu den Monitoren auf. »Es ist Jelka Tolonen. Marschall Tolonens Tochter.«

* * *

Jelka hatte gerade ihre Übungen beendet, als ihr Vater die Turnhalle betrat. Siang Che, ihr Lehrer, verbeugte sich, als er ihn sah, dann zog er sich zurück und beschäftigte sich am anderen Ende der Halle.

Sie drehte sich um, als sie die anderen Schritte hörte, dann lachte sie, und ihr junges Gesicht erstrahlte in einem herzlichen Lächeln. »Vati! Du bist ja schon zurück!« Sie lief zu ihm und streckte die Arme aus, um ihn an sich zu drücken. »Was ist los? Ich habe vor dem Wochenende nicht mit dir gerechnet.«

»Nein«, sagte er, lächelte sie an und senkte den Kopf, um sie auf die Stirn zu küssen. »Ich hätte fast vergessen ...«

»Was vergessen?«

Tolonen legte ihr eine Hand auf die Schulter. »Nicht hier. Gehen wir rein. Wenn du dich umgezogen hast, unterhalten wir uns weiter, einverstanden?«

Er stand da und sah sich in ihrem Zimmer um, während sie duschte. Es war kein typisches Jungmädchenzimmer. In keiner Hinsicht. In einer Kiste in einer Ecke lagen Dreschflegel und Schlagstöcke, Übungsschwerter, Chucks und Stangen, während daneben hoch an der Wand ein grellbuntes Gemälde von Mu-lu [10] hing, der legendären Kriegerin, in voller militärischer Montur und mit grimmiger Miene in Verteidigungshaltung. Alte Karten und Pläne bedeckten die Türen der eingebauten Garderoben zur Linken, während die Wand zur Rechten zum Großteil von Jelkas eigenen handgezeichneten Grafiken beansprucht wurde – Maschinen und Waffen, deren finsterer Zweck durch die schwungvolle Eleganz ihres Federstrichs etwas überspielt wurde.

Ein alter Armstuhl verbreitete mit den farbigen Seidenkissen, die auf ihm aufgestapelt lagen, einen Hauch von Luxus, doch Jelkas Bett wirkte spartanisch, war lediglich mit einem einfachen blauen Laken bedeckt. Daneben, unter einem halbhohen Spiegel, stand der Schreibtisch, an dem sie arbeitete, auf seiner rechten Seite ein *Wei chi*-Brett, hinten links einige sorgfältig gestapelte Bücher und Papiere. Er ging hinüber und sah interessiert nach, was sie gerade las.

Ganz vorn auf dem Tisch, mit dem Cover nach unten neben ihrem Komset, lag ein Exemplar von Sun Tzus *Die Kunst des Krieges*, die *Ping Fa*. Er nahm es in die Hand und las die Passage, die sie unterstrichen hatte:

Wenn nicht im Interesse des Staates, handele nicht. Wenn du nicht gewinnen kannst, setze keine Truppen ein. Wenn du nicht in Gefahr bist, kämpfe nicht.

Er lächelte. Seit Sun Tzu vor zweieinhalbtausend Jahren seine Abhandlung geschrieben hatte, waren zehntausend Bücher zu diesem Thema verfaßt worden, und keines war dem Wesen der bewaffneten Auseinandersetzung so nahe gekommen wie die *Ping Fa.* Er legte das Buch wieder hin, dann betrachtete er das *Wei Ch'i*-Brett und bemerkte, wie eine große Phalanx schwarzer Steine zwischen zwei weiße Territorien einbrach und sie trennte. Es lagen noch weitere Bücher auf dem Schreibtisch – darunter die *San Kuo Yan Yi,* die *Geschichte von den drei Reichen,* Tseng Kung-liangs *Wu Ching Tsung Yao,* seine *Sammlung des Wichtigsten aus den militärischen Klassikern,*[11] und die *Meng Ke* –, aber was das Interesse des Marschalls erweckte, war ein kleiner, biegsamer Band mit orangefarbenem Umschlag, der sich hinten auf dem Schreibtisch versteckte.

Es war ein uraltes Exemplar. Der Einband rollte sich an den Rändern ein, das Papier im Innern war völlig vergilbt. Aber das hatte seinen Blick nicht angezogen. Es waren die Worte auf dem Einband. Oder besser: ein bestimmtes Wort. *China.*

Er starrte den Einband eine Zeitlang an und runzelte die Stirn. Er hatte diesen Begriff seit mehr als vierzig Jahren weder gehört, noch gedruckt gesehen. China; der Name, den Chung Kuo, das Reich der Mitte, vor Tsao Chun getragen hatte. Oder zumindest der Name, den es im Westen getragen hatte. Er blätterte das Buch durch, las hier und dort ein paar Zeilen, dann schlug er es zu, und sein Puls raste. Islam und Kommunismus. Amerika und Rußland. Sowjets und Imperialisten. Dies waren ausgestorbene Begriffe. Begriffe eines anderen Zeitalters. Eines vergessenen, verbotenen Zeitalters. Er starrte den Einband an, dann nickte er und wußte, was er zu tun hatte.

Er drehte sich um, hörte sie im Nebenzimmer leise singen, während sie sich anzog, dann zwang er sich zur Ruhe und ließ den Ärger und die Anspannung von sich abfließen. Es war ein Irrtum, ganz gewiß. Dennoch, er würde herausfinden, wer ihr dieses Buch gegeben hatte, und ihn dafür zur Rechenschaft ziehen.

»Nun?« fragte sie, als sie in der Tür stand und ihn anlächelte. »Sag's mir schon. Was ist los?«

Sie bemerkte, wie er das Buch in seinen Händen ansah.

»Gleich. Erst mal eine Frage: wo hast du das her?«

»Das? Es stand bei dir in den Regalen. Warum, durfte ich es mir nicht ausleihen?«

»In meinen Regalen?«

»Ja. Es war in der Kiste mit den Sachen, die dir vor drei Wochen gebracht worden sind. Lu Cao, meine *Amah,* hat sie ausgepackt und alles weggeräumt. Hast du das nicht gemerkt?«

»Das hätte sie nicht tun sollen«, begann er irritiert. »Diese Sachen hat General Nocenzi mir geschickt. Sachen, auf die wir bei den Beschlagnahmungen gestoßen sind. Besondere Dinge ...«

»Tut mir leid, Vater. Ich werd's ihr sagen. Aber das konnte sie ja nicht wissen.«

»Nein ...« Er wurde leiser, dann lachte er, erleichtert darüber, daß es nur das war. »Hast du etwas davon gelesen?«

»Ein bißchen.« Sie lächelte und kehrte für einen Moment den Blick nach innen. »Aber es war komisch. Es gibt vor, ein Tatsachenbericht zu sein, liest sich aber mehr wie eine Erfindung. Die Tatsachen stimmten alle nicht. Fast alle. Und diese Karte am Anfang ...«

»Ja ...« Er wog das Buch in der Hand, dann blickte er wieder zu ihr auf. »Nun, ich schätze, es hat keinem geschadet. Aber hör mir zu. Dies ist ein verbotenes Buch. Wenn jemand herausfinden sollte, daß du auch nur ein paar Sätze davon gelesen hast ...« Er schüttelte den Kopf. »Nun, verstehst du mich?«

Sie senkte den Kopf. »Wie du wünschst, Vater.«

»Gut. Dann diese andere Sache ...« Er zögerte, dann

lachte er kurz auf. »Du weißt ja, wie lang Klaus Ebert und ich Freunde gewesen sind. Wie nahe sich unsere Familien immer gestanden haben.«

Sie lachte. »*Shih* Ebert ist wie ein Onkel für mich gewesen.«

Das Lächeln ihres Vaters wurde für einen Moment breiter. »Ja. Aber ich habe mir schon lange mehr gewünscht. Engere, intimere Bande zwischen unseren Familien.«

»Intimer …« Sie starrte ihn an, ohne zu begreifen.

»Ja«, sagte er und betrachtete sie zärtlich. »Es ist ein alter Traum von mir, daß du eines Tages den Sohn meines alten Freundes heiratest.«

»Hans? Hans Ebert?« erwiderte sie mit zusammengekniffenen Augen.

»Ja.« Er sah weg und lächelte. »Aber es ist mehr als ein Traum. Weißt du, Klaus Ebert und ich haben eine Vereinbarung getroffen.«

Sie spürte, wie ihr kalt wurde. »Eine Vereinbarung?«

»Ja. Klaus war sehr großzügig. Deine Mitgift ist beträchtlich.«

Sie lachte nervös. »Ich verstehe nicht. Mitgift? Welche Mitgift?«

Er lächelte. »Es tut mir leid. Ich hätte schon früher mit dir über alles reden sollen, aber ich hatte keine Zeit. Es gab so viel zu tun, und plötzlich war der Tag für mich gekommen.«

Die Kälte schmolz dahin, als eine Welle von Wut sie überschwemmte. Sie schüttelte trotzig den Kopf. »Aber du kannst doch nicht …«

»Ich kann«, erklärte er. »Es gibt keine Diskussion darüber, Jelka. Es ist alles schon vor zehn Jahren arrangiert worden.«

»Vor zehn Jahren?« Sie schüttelte erstaunt den Kopf. »Aber da war ich vier …«

»Ich weiß. Aber solche Dinge müssen getan werden. Das ist unsere Art. Und sie müssen früh getan werden.

Hans ist schließlich der Erbe eines gewaltigen Finanzimperiums. Es wäre verheerend, es bei solchen Dingen auf Zufälle ankommen zu lassen. Die Märkte ...«

Sie senkte den Blick. Die Worte gingen ungehört über sie hinweg, und ihr Atem stockte. Ihr Vater hatte sie verkauft – an den Sohn seines besten Freundes. Oh, sie hatte schon von dergleichen gehört. Es waren schon einige ihrer Schulfreundinnen auf diese Weise verheiratet worden. Aber hier ging es um sie selbst.

Sie blickte zu ihm auf und suchte in seinen Augen nach einem Anzeichen dafür, daß er begriff, was sie empfand, aber da war nichts; nur seine Entschlossenheit, seinen Traum, die beiden Familien zu verbinden, in die Tat umzusetzen.

Ihre Stimme klang schwach und vorwurfsvoll. »Vati... wie konntest du?«

Er lachte, aber sein Lachen war nun hart, und in seinen folgenden Worten klang eine Spur von Verärgerung mit.

»Wie konnte ich *was?*«

Mich verkaufen, dachte sie, brachte es aber nicht über die Lippen. Sie schluckte und senkte den Kopf. »Du hättest es mir sagen sollen.«

»Ich weiß. Aber ich dachte... nun, ich dachte, du würdest dich freuen. Schließlich ist Hans ein stattlicher junger Mann. Die meisten Mädchen hier oben sind in ihn verliebt. Und du... nun, nur du wirst seine Frau sein. Die Frau eines Generals. Die Frau eines Firmenchefs. Und nicht bloß irgendeiner Firma, sondern von GenSyn.«

Es stimmte schon. Sie hätte sich freuen sollen. Ihre Freundinnen in der Schule würden eifersüchtig auf sie sein. Grün vor Neid. Aber irgendwie verblaßte das im Verhältnis zur Ungeheuerlichkeit dessen, was ihr Vater getan hatte. Er hatte sie nicht gefragt. In dieser Sache, der wichtigsten, die sie je tun würde, hatte er ihre Gefühle nicht in Betracht gezogen. Hätte er es auch getan, wenn ihre Mutter noch am Leben wäre?

Sie zitterte, dann blickte sie wieder zu ihm auf.

»Ich *muß* ihn also heiraten?«

Er nickte knapp, das Gesicht ausdruckslos. »Es ist arrangiert.«

Sie starrte ihn an, überrascht von der Schärfe in seiner Stimme, dann senkte sie den Kopf. »Also gut. Dann werde ich tun, was du sagst.«

»Gut.« Er lächelte gepreßt, dann warf er einen Blick auf das Chronometer an seinem Handgelenk. »Dann rufst du jetzt am besten deine *Amah* und läßt dich von ihr anziehen. Es ist jetzt nach elf, und ich habe gesagt, wir wären sofort da.«

Sie starrte ihn erstaunt an. »Heute nachmittag?«

Er sah sie stirnrunzelnd an, als überraschte ihn ihre Frage. »Natürlich. Jetzt beeil dich, mein Liebling. Schnell, sonst kommen wir zu spät.«

Jelka zögerte und musterte ihn noch einen Moment – bemerkte dabei, wie er das Buch in seiner Hand mit einem Ausdruck ansah, als sei es ein Rätsel, das er lösen mußte –, dann drehte sie sich um und ging ins Nebenzimmer, um nach Lu Cao zu suchen.

* * *

»Also, was ist los?«

Auden nahm Ebert zur Seite, außer Hörweite der beiden Wachen. »Ich glaube, wir sind da möglicherweise auf etwas gestoßen.«

Ebert lächelte. »Welcher Art?«

»Eine Verbindung. Eine mögliche Erklärung für die Geschehnisse der letzten Nacht.«

Eberts Lächeln wurde breiter. »Eine klare Verbindung? Grund genug, um mich bei einer Verabredung mit der Frau des Ministers zu verspäten?«

Auden erwiderte sein Lächeln. »Ich denke schon.«

Sie gingen hinein. Der Gefangene war ein Han. Ein

junger Mann Ende Zwanzig. Er war gut gekleidet und gepflegt, schwitzte aber heftig.

»Wer ist das?« fragte Ebert, als habe der Mann keine andere Daseinsberechtigung und Identität als die, die er oder Auden ihm zusprachen.

»Er ist ein naher Verwandter eines der Ermordeten. Das Opfer war ein Kaufmann, Lu Tung. Dies hier ist sein Vetter dritten Grades, Lu Wang-pei. Es sieht so aus, als sei er von Lu Tungs Geld abhängig gewesen. Um Spielschulden und dergleichen zu bezahlen.«

Lu Wang-pei hatte den Kopf gesenkt, als man seinen Namen erwähnte, aber keiner der Offiziere widmete ihm nur die geringste Aufmerksamkeit. Seine Augen verfolgten sie, als sie in dem Raum umhergingen, doch ansonsten war er völlig ruhig. Es konnte auch nicht anders, denn man hatte ihn eng an den Stuhl gefesselt.

Ebert sah sich in dem spärlich möblierten Zimmer um. »Also, was haben Sie gefunden?«

»Die gerichtliche Untersuchung hat ergeben, daß die Bombe in einem Paket versteckt war – ein Geschenk, das nur wenige Minuten vor der Explosion in Lu Tungs Apartment gebracht worden ist. Es sieht so aus, als habe unser Mann hier das Paket abgeliefert.«

»Ich verstehe. In diesem Fall haben wir also unseren Mörder?«

»Ja und nein. Wang-Pei wußte überhaupt nicht, was er da ablieferte. Das soll nicht heißen, daß er nicht in gewissem Maße mitschuldig war, denn er war einverstanden, es abzuliefern.«

»Für jemand anderen?«

Auden lächelte. »Das ist richtig. Für drei Männer. Geschäftsrivalen von Lu Tung, wie sie behauptet haben. Es sieht so aus, als hätten sie die Spielschulden unseres Freundes aufgekauft und ihm dann angeboten, die Sache zu vergessen, wenn er ihnen einen kleinen Gefallen tun würde.«

»Das Paket.«

»Genau. Sie haben ihm gesagt, sie wollten seinen Onkel erschrecken. Ihn ein bißchen aufrütteln.«

Ebert lachte. »Nun ja ... Das ist ihnen ja auch gelungen.«

»Ja.« Auden sah zu Boden. »Und das wäre alles, wäre da nicht der Umstand, daß Wang-Pei seinen neuen Freunden nicht vertraut hat. Er hatte an seinem Körper eine Kamera versteckt, als er das Paket abholen ging. Hier ...«

Er gab Ebert das flache 3D-Bild und sah zu, wie aus seiner anfänglichen Verwirrung ein Lächeln der Erleuchtung wurde. »DeVore ...«

Auden nickte. »Ja. Aber es waren die beiden vorne, mit denen Wang-Pei alles ausgemacht hat. Nur sie haben geredet.«

»Und wer sind sie?«

»Einer ist ein ehemaliger Mitarbeiter des Sicherheitsdienstes. Max Wiegand. Offenbar ein guter Mann. Er hatte eine exzellente Dienstakte.«

»Und der andere?«

»Wir haben nicht die leiseste Spur von ihm. Aber sehen sie sich seine Hautfarbe an. Er sieht wie ein Albino aus. Falls das zutrifft, trägt er möglicherweise Kontaktlinsen, um die Farbe seiner Augen zu überdecken.«

»Hmmm ...« Ebert gab ihm die Folie zurück. »Und was weiß unser Mann hier?«

»Nicht viel. Ich glaube, er sagt die Wahrheit. Ich habe das mit den Spielschulden überprüft. Ich schätze, es ist genauso passiert, wie er behauptet.«

Ebert nickte, dann drehte er sich um und sah zum erstenmal, seit sie den Raum betreten hatten, den Han direkt an. »In Ordnung. Lassen Sie mich einen Moment mit ihm allein. Ich werde sehen, ob wir noch etwas aus ihm herausbekommen.«

Als Auden gegangen war, baute er sich direkt vor dem Han auf und blickte verächtlich auf ihn hinab.

»Soweit es mich angeht, *Shih* Lu, könnte ich einen Dreck darum geben, wenn ihr Han euch gegenseitig abschlachtet, bis die Korridore rot sind. Wenn das alles wäre, was hier auf dem Spiel steht, würde ich Sie gehenlassen. Aber es ist nicht alles. Sie haben einen Fehler gemacht. Einen glücklichen Fehler für mich. Aber für Sie ...«

Er holte aus und versetzte dem Han einen Hieb auf die Nase. Wang-Peis Kopf fuhr zurück und stöhnte, die Augen vor Entsetzen weit aufgerissen. Blut strömte ihm aus der Nase.

»Sagen Sie mir die Wahrheit. Was verbindet Sie mit diesen Männern? Wann haben Sie angefangen, für sie zu arbeiten?«

Wang-Pei wollte den Kopf schütteln, aber Ebert schlug ihn wieder: ein scharfer Hieb übers Ohr, der ihn aufschreien ließ, das Gesicht schmerzverzerrt.

»Ich habe sie nie vorher gesehen ...«, begann er. »Es ist genauso, wie ich es gesagt habe ...«

Der dritte Schlag warf ihn zurück und ließ ihn nach hinten überkippen. Ebert setzte sofort nach und trat ihm ein paar Mal in den Bauch. Harte, wütende Tritte. Wang-Pei krümmte sich zusammen und keuchte qualvoll.

»Du weißt also nichts, was? Nichts! Du Scheißer! Du elender, dreckiger Chink! Natürlich weißt du nichts!«

Er trat noch mal zu, diesmal zwischen die Beine. Der Han übergab sich röchelnd. Ebert wandte sich angeekelt ab. Natürlich wußte er nichts. So dumm war DeVore nicht. Aber diesmal war ihm ein Ausrutscher passiert. Er hätte sich raushalten, die Drecksarbeit von den beiden Handlagern allein erledigen lassen sollen.

Die Tür neben ihm öffnete sich.

»Sind Sie in Ordnung ...?«

Er sah zu Auden hinüber und lächelte. »Mir geht's gut. Aber der hier ist fertig.«

Auden starrte ihn an, dann nickte er. »Und die Wachen?«

Ebert warf einen Blick auf den Han, und sein Lächeln wurde breiter. »Sie haben nichts gesehen. In Ordnung? Sie kümmern sich um sie, Will. Ich werde Sie belohnen.«

Der Han lag da und rang nach Atem. Seine erschrockenen Augen blickten flehentlich zu ihnen auf.

Auden nickte. »In Ordnung. Aber warum? Schließlich haben wir jetzt die Verbindung.«

»Ja. Und wir werden sie weiterverfolgen, verstanden? Ich will DeVore. Ich will ihn festnageln. Aber ich will, daß ich es bin. *Ich.* – Verstanden? Nicht irgend so ein Scheißkerl.«

Auden senkte mit nachdenklicher Miene den Blick. »Ich verstehe.«

»Gut. Dann lasse ich Sie jetzt allein, um aufzuräumen. Ich habe die Frau des Ministers schon lang genug warten lassen.«

* * *

Chen wartete auf Haavikko, als er aus der Offiziersmesse kam. Er zögerte, um von dem jungen *Hung Mao* nicht gesehen zu werden, obwohl er merkte, daß er betrunken war. Er lächelte bitter. Ja, das stand auch in seiner Akte; neben all seinen Prügeleien, der Hurerei, dem Spielen und den anderen Pflichtverletzungen.

Aber das war nichts im Verhältnis zu seinem Verrat. Chen spürte, wie ihn ein Schauer des Zorns durchfuhr und ließ die Hand auf dem Griff seines Messers ruhen. Nun, er würde ihm ein Geständnis abzwingen, wenn es sein mußte, Stück für Stück. Denn wenn Haavikko hinter dem Gemetzel in Helmstadt steckte …

Er hielt inne und trat zur Seite. Vor ihm war Haavikko stehengeblieben und lehnte sich schwankend an die Wand. Aber als sich ein anderer Offizier näherte, fuhr er herum und gab einen Schwall von Obszönitäten von sich. Der Offizier hob entschuldigend die Hände und trat zurück, dann drehte er sich um, ging weiter und schüttelte den Kopf.

Chen spürte, daß ihm wieder die Galle hochkam. Haavikko war ein einziges Ärgernis. Wenn man daran dachte, was aus ihm hätte werden können... Und seine Möglichkeiten so zu verschenken...

Zwanzig Ebenen tiefer beobachtete er, wie Haavikko sich ungeschickt mit der Kombination seiner Tür abmühte, dann gegen die Wand schlug und drei weitere Versuche unternahm, bevor er sein Auge vor das ausgezackte Kissen hielt. Dann ging Chen schneller und lief die letzten paar *ch'i,* als über der Tür der Schriftzug »Geschlossen« aufleuchtete.

Haavikko schwang herum, die wäßrigen Augen halb geschlossen, das Jackett bereits abgelegt, als Chen in das Zimmer trat.

»Was, zum Teufel...?«

Chen hatte sein Messer gezückt. Ein großes Messer mit einer gefährlich geschwungenen Klinge, die im Licht der Deckenlampe wie ein Rasiermesser blitzte. »Haavikko? Axel Haavikko?«

Er sah das Flackern von Furcht in den Augen des jungen Mannes, als er zurückstolperte und fast gegen das Bett fiel.

»Was... was wollen Sie?« Die Worte klangen undeutlich.

»Ich glaube, Sie wissen...«, sagte Chen und trat näher. Aber plötzlich war Haavikko nicht mehr ängstlich, seine Bewegungen nicht mehr plump und langsam. Chen wurde von seinem Angriff so überrascht, daß er zurückstolperte, und das Messer flog ihm nach einem heftigen Schlag aus der Hand. Aber bevor Haavikko nachsetzen konnte, hatte Chen sich herumgerollt und war wieder auf den Beinen, nahm eine defensive Stellung ein.

Haavikko beobachtete ihn in geduckter Haltung, die Augen weit aufgerissen, und achtete auf jede Bewegung, die Chen machte. Von seiner Trunkenheit war ihm nichts mehr anzumerken. Er schwankte leicht, als sei er im Begriff anzugreifen, aber Chen hatte keinen Zweifel, daß dies nicht in Haavikkos Absicht lag. Er wartete darauf, daß Chen an sein Messer zu kommen versuchte, das unmittelbar hinter ihm bei der Tür lag. Er selbst hätte dasselbe getan. Chen nickte andeutungsweise, zeigte plötzlich Respekt vor den Fähigkeiten dieses Mannes. Niemand, nicht einmal Karr, war je schnell genug gewesen, um ihm sein Messer aus der Hand zu schlagen.

»Also?« fragte Haavikko, diesmal ganz deutlich, jedes Wort so perfekt geformt wie ein Tropfen ätzender Säure. »Was wollen Sie?«

Chen hob herausfordernd das Kinn. »Ich sage Ihnen, was ich will. Ich will Antworten.«

Haavikko lachte bitter. »Antworten? Was soll das heißen?« Aber seine Augen ließen ein leichtes Zögern erkennen, eine Spur von Furcht.

»Ich glaube, Sie wissen mehr, als Sie zugeben. Ich glaube, Sie haben einige Dinge getan, für die Sie sich schämen. Dinge, die nicht einmal in ihrer Akte stehen.«

Chen sah, wie er darauf blaß wurde, wie die Haut um seine Augen sich zusammenzog.

»Wer hat Sie geschickt? War es Liu Chang?«

»Liu Chang? Wer ist das?«

Haavikko schnaufte mißmutig. »Sie wissen verdammt gut, wen ich meine. Liu Chang, den Bordellwirt. Von der Hebrideninsel. Hat er Sie geschickt? Oder war es jemand anders?«

Chen schüttelte den Kopf. »Sie haben mich mißverstanden, Leutnant. Ich bin Soldat, kein Handlanger von Zuhältern. Sie vergessen, wo wir hier sind. Wir sind hier in Bremen. Wie soll ein Handlanger von Zuhältern hierher kommen?«

Haavikko schüttelte den Kopf. »Ich würde ihm alles zutrauen. Er ist verdammt gerissen.«

Wer? fragte er sich, sagte aber: »Ich bin Chen ... Hauptmann Kao Chen.«

Haavikko lachte säuerlich, dann schüttelte er den Kopf. »Seit wann macht man einen Han zum Hauptmann?«

Langsam glitt Chens Hand in seine Jacke.

»Keine Tricks, sonst breche ich Ihnen den Hals.«

Chen begegnete seinem kalten Blick und durchsuchte weiter seine Tasche, um einen Moment später seinen Paß hervorzuziehen. Er warf ihn Haavikko zu, der ihn geschickt auffing, den Blick aber keinen Moment von Chens Gesicht abließ.

»Zurück ... Zwei Schritte.«

Chen trat zurück und sah sich in dem Zimmer um. Es war kahl und schmucklos. Ein Bett, ein Kleiderschrank, ein einziger Stuhl. Das gerahmte Bild eines Mädchens auf dem winzigen Nachttisch. Haavikkos Uniformrock hing locker über der Tür des Kleiderschranks, wo er ihn hingeworfen hatte.

Haavikko sah sich den Paß an und drehte ihn in der Hand, dann warf er ihn Chen zurück, ein neuer Ausdruck – Verwirrung, vielleicht Neugier – in den Augen.

Chen steckte den Paß ein. »Sie sind in Schwierigkeiten, nicht wahr, Haavikko? Ihnen steht das Wasser bis zum Hals.«

»Ich weiß nicht, was Sie meinen.«

»Oh, ich denke schon. Ihre Freunde haben Sie diesmal fallen lassen. Jetzt dürfen Sie den Sündenbock spielen.«

Haavikko lachte höhnisch. »Freunde? Ich habe keine Freunde, Hauptmann Kao. Wenn Sie meine Akte gelesen haben, müßten Sie das über mich wissen.«

»Vielleicht. Aber vielleicht ist das auch nur eine Pose – so wie Sie mir vorhin vorgespielt haben, Sie seien betrunken.«

Haavikko atmete tief und ungleichmäßig. »Ich habe Sie vorhin gesehen, als Sie in die Messe gegangen sind. Als Sie immer noch da waren, als ich rauskam, wußte ich, daß Sie mich verfolgen.«

»Wen haben Sie getroffen?«

»Ich habe niemanden getroffen. Ich bin da reingegangen, um etwas herauszufinden.«

Chen kniff die Augen zusammen. »Sie haben sich also nicht mit Fest getroffen? Ich habe gesehen, daß er vor Ihnen die Messe betreten hat. Sie haben doch früher mit ihm gedient, oder?«

Haavikko schwieg einen Moment lang, dann schüttelte er den Kopf. »Ich habe mich nicht mit Fest getroffen. Aber ja, ich habe mit ihm gedient. Unter General Tolonen.«

»Und außerdem unter Major DeVore.«

»Ich war für einen Monat Fähnrich bei DeVore, ja.«

»Zu dem Zeitpunkt, als das Attentat auf Minister Lwo stattfand.«

»Das ist richtig.«

Chen schüttelte den Kopf. »Und diesen Unsinn soll ich glauben?«

Haavikkos Lippen formten ein spöttisches Lächeln. »Glauben Sie, was Sie wollen, aber ich habe mich nicht mit Fest getroffen. Wenn Sie's genau wissen wollen, bin ich da reingegangen, um mitzuhören, was er gesagt hat.«

»Erpressen Sie ihn?«

Haavikko nahm eine drohende Haltung an. »Für wen arbeiten Sie überhaupt, Hauptmann Kao?«

Chen begegnete seinem herausfordernden Blick, dann sah er sich noch einmal in dem Zimmer um. Etwas hatte an ihm genagt. Etwas, das ihm erst auffiel, als er das Leutnantsabzeichen auf dem Uniformrock sah, der über der Schranktür hing. Natürlich! Haavikko hatte seit acht Jahren denselben Rang inne. Aber warum? Schließlich arbeitete er doch für Ebert ...

Chen sah Haavikko wieder an und schüttelte den Kopf, dann lachte er leise.

Haavikko hatte sich angespannt und mißtrauisch die Augen zusammengekniffen. »Was ist los?«

Aber Chen lachte jetzt ausgelassen, hatte plötzlich eine ganz andere Haltung eingenommen. Er setzte sich aufs Bett und blickte zu Haavikko auf. »Ich habe Sie nur falsch eingeschätzt. Völlig falsch.« Er schüttelte den Kopf. »Ich dachte, Sie arbeiten für Ebert.«

»Ebert! Diesen Mistkerl!« Allmählich dämmerte Haavikko etwas. »Dann ...« Er lachte kurz auf. »Bei allen Göttern! Und ich dachte ...«

Die beiden Männer starrten sich an, ihre Erleichterung – ihr plötzliches Begreifen – von Eberts Schatten verdunkelt.

»Was hat er getan?« fragte Chen und stand auf, das Gesicht ernst, den Blick voller Mitgefühl. »Was hat er Ihnen angetan, Axel Haavikko, daß Sie sich selbst so völlig zerstört haben?«

Haavikko sah zu Boden und zitterte, dann sah er Chen wieder in die Augen. »Es steht also nicht in der Akte?«

Chen schüttelte den Kopf.

»Nein. Das dachte ich mir. Dafür hat er gesorgt.« Er schwieg einen Moment lang und betrachtete Chen mitleidig. »Und Sie, Kao Chen? Was hat er getan, daß Sie ihn so hassen?«

Chen lächelte gezwungen. »Oh, es war eine Kleinigkeit. Eine Frage des Gesichts.« Aber er dachte an seinen Freund Pavel und an seinen Tod beim Angriff auf das Haus des Aufsehers. Auch das hatte ihn gegen Hans Ebert aufgebracht.

»Also ... Was jetzt, Kao Chen? Gehen wir unserer

Wege, oder ist unser Haß auf ihn stark genug, um uns zu einen?«

Chen zögerte, dann lächelte er und nickte. »Versuchen wir's.«

* * *

Die übrigen *Ping Tiao*-Anführer waren direkt zum Kreuzer gegangen, sichtlich ungehalten darüber, sich im Freien aufzuhalten, doch diese Frau, Ascher, hing zurück und blieb am Geländer stehen, um über den offenen Berghang hinauszusehen. DeVore gesellte sich zu ihr und tat eine Zeitlang einfach dasselbe wie sie – genoß die schiere Großartigkeit dieses Anblicks.

»Die Berge. Sie sind so anders ...«

Er wandte den Kopf und sah sie an. Welch feingeschnittene Züge sie hatte; ganz auf das Wesentliche beschränkt. Er lächelte, weil ihm gefiel, was er sah. Sie hatte nichts Plumpes oder Weiches an sich; ihre strenge, wie gemeißelte Schönheit wurde durch den knappen Schnitt ihres feinen, aber schwarzen Haars und die Gepflegtheit ihres kleinen, muskulösen Körpers noch unterstrichen. Welch ein starkes, geschmeidiges Geschöpf sie war, und welch scharfen Verstand sie hatte. Es war eine Schande. Sie verschwendete sich an Gesell.

»In welcher Hinsicht anders?«

Sie starrte weiter geradeaus, als bemerke sie seinen Blick nicht. »Ich weiß nicht. Rauher, nehme ich an. Gröber. Sehr viel mächtiger und wilder, als sie auf den Monitoren aussehen. Sie sind wie lebendige Wesen ...«

»Sie sind real, das ist der Grund.«

»Ja ...« Sie wandte leicht den Kopf, und ihr Atem stieg in die kühle Luft.

Er deutete mit einer Kopfbewegung auf den Kreuzer. »Und Sie ... Sie sind auch anders. Sie sind real. Nicht wie die da. Dies hier zeigt es. Etwas in Ihnen spricht darauf an. In dieser Hinsicht sind Sie wie ich. Es berührt Sie.«

Ihr Blick wurde eine Spur strenger, dann sah sie wieder weg. »Sie irren sich. Wir haben nichts gemeinsam, Turner. Nicht einmal das. Wir sehen es mit anderen Augen. Wir wollen unterschiedliche Dinge. Selbst davon.« Sie zitterte, dann sah sie ihn wieder an. »Sie sind eine andere Art Geschöpf als ich. Sie haben ihnen *gedient*, wissen Sie noch? Das könnte ich nie. So würde ich mich nie bloßstellen, zu welchem Zweck auch immer.«

»Glauben Sie?«

»Ich weiß es.«

Er lächelte. »Wenn Sie meinen. Aber denken Sie daran, wenn Sie von hier fortgehen, Emily Ascher. Ich kenne Sie. Ich kann in Sie hineinsehen wie in einen Eisblock.«

Sie sah ihm einen Moment lang fest in die Augen, stolz und trotzig, dann sah sie wieder auf die Berge hinaus, ein schwaches Lächeln auf den Lippen. »Sie sehen nur Spiegel, ihr eigenes Abbild, wo immer sie hinsehen. Aber so denken Sie nun einmal. Sie können nicht anders. Sie glauben, die Welt sei so beschaffen, wie Sie sie sehen. Aber es gibt eine ganze Dimension, für die Sie blind sind.«

»Liebe, meinen Sie? Menschliches Verständnis? Güte?« Er lachte kurz, dann schüttelte er den Kopf. »All das gibt es nicht. Nicht wirklich. Es sind Illusionen. Masken auf dem Gesicht der Wirklichkeit. Und die Wirklichkeit ist wie diese Gipfel – sie ist schön, aber auch hart, kompromißlos und kalt, wie der luftlose Raum zwischen den Sternen.«

Sie schwieg, als ließe sie sich durch den Kopf gehen, was er gesagt hatte. Dann wandte sie sich ihm wieder zu. »Ich muß jetzt gehen. Aber danke, daß ich das hier sehen durfte.«

DeVore lächelte. »Kommen Sie wieder. Wann immer

Sie wollen. Ich werde Ihnen meinen Kreuzer schikken.«

Sie musterte ihn, dann wandte sie sich ab, einen Anflug von Belustigung im Gesicht. Er sah ihr nach, als sie die Stufen hinaufstieg und hineinging. Etwas später hörte er die großen Triebwerke des Kreuzers anlaufen.

Er drehte sich um und sah zur schneebeladenen Blase der Kuppel. Lehmann stand im Eingang, eine kahlköpfige, hochgewachsene, selbst in ihrem üppigen Pelz hagere Gestalt. DeVore ging zu ihm hinüber, während sich hinter ihm der große Kopter aus dem Hangar erhob und langsam nach Norden wandte.

»Wie sieht's aus?« fragte er.

»Es hat geklappt«, antwortete Lehmann tonlos. »Wir haben die Kombination gefunden.«

Er ließ seine Hand einen Moment lang auf Lehmanns Arm ruhen, drehte sich um und sah dem Kreuzer nach, der langsam ins Blaue aufstieg, dann wandte er sich ihm wieder zu, lächelte und nickte bei sich. »Gut. Dann schauen wir uns mal an, was wir bekommen haben.«

Minuten später stand er vor dem offenen Safe und starrte auf seinen Inhalt, der vor seinen Füßen auf dem Boden ausgebreitet lag. Der Safe war in drei Fächer unterteilt gewesen. Das oberste hatte mehr als zweihundert Überbringercredits enthalten – kleine ›chips‹ aus Eis, die jeweils zwischen fünfzig und zweihunderttausend *Yuan* wert waren. Ein zweites, kleineres Fach in der Mitte hatte verschiedene Schmuckstücke enthalten. In dem letzten – das den Großteil des Safeinhalts ausmachte – war eine kleine Sammlung von Kunstschätzen untergebracht gewesen: Schriftrollen, Siegel und alte Keramik.

DeVore bückte sich und hob eines der Stücke auf, um es zu betrachten. Dann drehte er sich um und gab es Lehmann. Es war eine winzige, hervorragend gearbeitete Figur eines Pferdes. Ein weißes Pferd mit kobaltblauem Sattel und Staatsgeschirr, sowie hellbrauner Mähne und Schwanz.

»Warum dies?« fragte Lehmann.

DeVore nahm das Stück zurück und begutachtete es erneut, dann blickte er zu Lehmann auf. »Für wie alt würden Sie das schätzen?«

Lehmann starrte ihn an. »Ich weiß, *was* es ist. Es stammt aus der T'ang-Dynastie und ist fünfzehnhundert Jahre alt. Aber das habe ich nicht gemeint. Warum hat es in dem Safe gelegen? Was haben sie damit gemacht? Ich dachte, in jenen Tagen hätten nur die Familien solche Dinge besessen.«

DeVore lächelte. »Der Sicherheitsdienst hat mit allem möglichen zu tun. Was oben in Umlauf ist, ist es unten nicht immer. Manche Triaden-Bosse ziehen etwas anderes vor… etwas Handfesteres als Geld, wenn man so will.«

Lehmann schüttelte den Kopf. »Das habe ich auch nicht gemeint. Die Überbringercredits – das waren die Löhne, richtig? Inoffizielle Ausgaben für die acht Garnisonen, die die Wildnis umgeben.«

DeVore lachte auf. »Woher wissen Sie das?«

»Es paßt zusammen. Der Sicherheitsdienst muß alle möglichen Dinge unternehmen, die er vor der Öffentlichkeit lieber verbergen möchte. Solche Dinge sind gerade deshalb so kostspielig, weil sie geheimgehalten werden müssen. Wie sollte man sie besser finanzieren, als Gelder für nicht existierende Waffen zu veranschlagen und diese Gelder dann in Überbringercredits umzusetzen?«

DeVore nickte. Genau so funktionierte es.

»Dasselbe gilt für den Schmuck. Er ist wahrscheinlich bei den Beschlagnahmungen konfisziert worden. Ich könnte mir vorstellen, daß er auf ziemlich hohen Befehl – von Nocenzi zum Beispiel – zur Seite geschafft worden ist, so daß er auf den offiziellen Auflistungen nicht erscheint. Dennoch gibt es ihn, und er läßt sich verkaufen. Auch das könnte einen Großteil geheimer Aktivitäten finanzieren. Aber das Pferd ...«

DeVore lächelte, überrascht vom Scharfsinn des jungen Mannes. Die Überbringercredits und der Schmuck; beides war auf dem Schwarzmarkt allenfalls zwei Milliarden *Yuan* wert. Das reichte aus, um auf dem gegenwärtigen Stand die Dinge für ein Jahr am Laufen zu halten. Langfristig gesehen war es allerdings entsetzlich wenig. Er brauchte vier-, vielleicht fünfmal soviel, nur um das Netzwerk der Festungen zu vervollständigen. In dieser Hinsicht waren das Pferd und die beiden anderen Figuren – der winzige mondgesichtige Buddha und eine weiße Jadeschnitzerei von Kuan Yin – wie Geschenke der Götter. Jedes dieser drei Teile war mindestens soviel wert wie der übrige Inhalt des Safes zusammengenommen.

Aber Lehmann hatte recht. Was machten sie überhaupt hier? Was hatte Li Shai Tung veranlaßt, drei so unschätzbare Kostbarkeiten aufzugeben? Welche Intrigen hatte er vor, die eine so verschwenderische Bezahlung erforderten?

Er sah dem Albino in die Augen und lächelte. »Ich weiß es nicht, Stefan. Noch nicht.«

Er stellte das Pferd hin und hob die zerbrechliche Jadegöttin auf, drehte sie in den Händen. Sie war vollkommen. Der sanfte Schwung ihres Gewandes, der heitere Ausdruck ihres Gesichts, die Zärtlichkeit, mit der sie das Kind an ihre Brust drückte; jedes Detail war ein Meisterstück für sich.

»Was wollen Sie damit machen?«

»Ich werde sie verkaufen. Zumindest zwei davon.«

Ja, dachte er. Der alte Lever wird einen Käufer für mich finden. Jemand, dem es mehr um diese Dinge geht als um den Reichtum, für den sie stehen.

»Und die andere?«

DeVore betrachtete die winzige Göttinnenfigur. »Die

behalte ich. Vorläufig zumindest. Bis ich eine bessere Verwendung für sie finde.«

Er stellte sie wieder neben das Pferd. Beide Figuren waren so realistisch, so perfekt bis in jede Einzelheit, daß es für einen Moment so schien, als sei nur ein Wort erforderlich, um beide zum Leben zu erwecken. Er atmete tief, dann nickte er. Es war kein Zufall, daß er auf diese Dinge gestoßen war; noch war es bloßer Instinkt, der ihn veranlaßt hatte, die Göttin noch zu behalten. Nein, hinter all dem stand eine Kraft, die die Ereignisse formte, wie ein dunkler Wind alles vor sich her blies.

Er blickte zu Lehmann auf und sah, daß er ihn beobachtete.

Und was würden Sie davon halten, mein so furchtbar rationaler Freund? Oder Sie, Emily Ascher, mit Ihrem eindimensionalen Eindruck von mir? Würden Sie glauben, ich sei weich geworden? Würden Sie es für einen Schwachpunkt an mir halten? Wenn, dann wäre es ein Irrtum. Denn das ist meine Stärke: das Gefühl, von der Dunkelheit angetrieben zu werden.

Wenn es in seiner reinsten Form auftrat – in jenen wenigen, seltenen Momenten, wenn der Schleier gehoben wurde und er die Dinge deutlich sah –, spürte er, daß alle menschlichen Regungen von ihm abfielen; daß alle Empfindungen und jedes Selbstgefühl von jener Dunkelheit und dem sanften Druck in seinem Rücken ausgelöscht wurde. In solchen Momenten war er wie ein Stein – ein sauberer weißer Stein –, der aufs Brett gesetzt wurde; ein bloßer Zähler, den ein höheres Wesen als er selbst in einem Spiel einsetzte, dessen Maßstäbe sein winziger menschlicher Verstand kaum begreifen konnte.

Ein Spiel von Dunkelheit und Licht. Von Sonnen und Monden. Von Raum und Zeit schlechthin. Ein so gewaltiges, so kompliziertes Spiel …

Er senkte den Blick, zutiefst bewegt von dem Gedanken, von der kalten, kristallklaren Abstraktion eines so gewaltigen und universellen Spiels.

»Sind Sie in Ordnung?« Lehmanns Stimme fehlte es völlig an Mitgefühl; es war die Stimme einer mechanischen Reaktion.

DeVore lächelte, als er merkte, wie weit seine Gedanken von diesem Zimmer, diesem Ort und Zeitpunkt abgetrieben waren. »Entschuldigen Sie, Stefan. Ich habe nur überlegt ...«

»Ja?«

Er blickte auf. »Ich möchte, daß Sie diese Frau für mich überprüfen. Tragen Sie alle Informationen über sie zusammen, derer Sie habhaft werden können. Stellen Sie fest, ob es stimmt, was man über sie und Gesell sagt.«

»Und?«

Er warf noch einen Blick auf die Jadegöttin. »Sonst nichts. Tun Sie mir nur den Gefallen.«

* * *

Sie verhielt sich ruhig, bis sie wieder in Gesells Apartment waren. Endlich allein mit ihm, fuhr sie wütend herum und ließ all ihre angestaute Frustration auf ihn ab.

»Warum, in Teufels Namen, arbeiten wir mit einem solchen fiesen Mistkerl zusammen?«

Er lachte unbehaglich, überrascht von ihrem Ausbruch. »Es ist ganz sinnvoll«, begann er und versuchte vernünftig zu bleiben, doch sie schnitt ihm wütend das Wort ab.

»*Sinnvoll?* Es ist verrückt, das ist alles! Der sicherste Weg, um uns selbst ins Grab zu bringen! All dieser Quatsch, den er uns erzählt hat über seine Unbeweglichkeit und unser Potential. Was für ein Unsinn! Er *benutzt* uns! Begreifst du das nicht?«

Er starrte sie finster an. »Meinst du, ich wüßte nicht, was er ist? Natürlich versucht er uns zu benutzen, aber davon können wir profitieren. Und was er gesagt hat, ist alles andere als Quatsch. Das ist die Wahrheit, Em. Du hast sein Projekt gesehen. Er braucht uns wirklich.«

Sie schüttelte den Kopf, als sei sie von ihm enttäuscht. »Eine Zeitlang vielleicht. Aber sobald er alles aus uns herausgequetscht hat, was ihm von Nutzen ist, wird er sich unserer entledigen. Er wird uns in einer Hand zerdrücken und wegwerfen. Und was seine ›Schwäche‹ angeht – seine ›Unbeweglichkeit‹ –, so haben wir nur gesehen, was er uns sehen lassen wollte. Ich würde mein Leben darauf wetten, daß es mit dieser Basis mehr auf sich hat, als man nach einer Besichtigung glauben würde. Sehr viel mehr. Die ganze ›Offenheit‹, die er uns vorgespielt hat, war genauso ein Blödsinn. Eine Maske, wie alles andere an diesem fiesen Lackaffen.«

Gesell holte tief Luft. »Da bin ich mir nicht so sicher. Aber selbst wenn es so wäre, könnten wir immer noch von einem Bündnis mit ihm profitieren. Vielleicht noch mehr, weil wir wissen, was er ist. Wir werden auf der Hut sein.«

Sie lachte säuerlich. »Wirklich, du bist naiv, Bent Gesell. Du glaubst allen Ernstes, du könntest den Tiger reiten.«

Er mußte sich zusammenreißen, um nicht in ebenso barschem Ton zu antworten, und schüttelte den Kopf. »Nein, Em. Ich bin ein *Realist*. Realist genug, um zu wissen, daß wir nicht auf dem Weg weitergehen können, den wir die letzten paar Jahre gegangen sind. Und um uns selbst ins Grab zu bringen … nun, dazu gibt es keine geeignetere Methode, als die Gelegenheit auszulassen, mit jemandem wie Turner zusammenzuarbeiten. Nehmen wir zum Beispiel den Überfall auf Helmstadt. Verdammt, Emily, aber er hatte recht!

Wann hätten wir je die Gelegenheit gehabt, einen Ort wie Helmstadt anzugreifen?«

»Wir hätten es getan. Früher oder später.«

Er lachte herablassend. »Früher oder später ...«

»Nein, Bent, du irrst dich. Schlimmer noch, du bist ungeduldig, und deine Ungeduld trübt dein Urteil. Es steht hier mehr auf dem Spiel als die Frage, ob unsere Bewegung wächst oder nicht. Es steht zur Debatte, *welcher Art* unsere Bewegung ist. Du kannst dich belügen, soviel du willst, aber wenn wir mit einem Mann wie Turner zusammenarbeiten, sind wir nicht besser als er. Nicht besser als die Sieben.«

Er schnaufte. »Das ist Blödsinn, und das weißt du auch! Welche Kompromisse haben wir eingehen müssen? Keine! Und das werden wir auch nicht. Du vergißt eines – wenn wir etwas nicht tun wollen, tun wir's einfach nicht.«

»Jelka Tolonen umbringen zum Beispiel?«

Er schüttelte nervös den Kopf. »Dafür gibt's gute Gründe, und das weißt du.«

»*Warum?* Ich dachte, es sei dein Grundsatz, nur Leute anzugreifen, die sich der Korruption oder grober Ungerechtigkeit schuldig gemacht haben?«

»Darum geht's doch. Was ist denn Tolonen sonst als ein Symbol des Systems, gegen das wir kämpfen?«

»Aber seine *Tochter* ...«

Er tat ihren Einwand mit einem Wink ab. »Wir sind im Krieg, Emily. Wir oder sie. Und wenn die Zusammenarbeit mit Turner uns ein wenig stärkt, dann bin ich dafür. Das heißt nicht, daß wir mit allem einverstanden sein müssen, was er verlangt. Bei weitem nicht. Aber solange es unseren Zwecken dient, wem schadet es?«

»Wem es *schadet* ...?«

»Außerdem, wenn du dir darüber so den Kopf zerbrichst, warum hast du die Angelegenheit nicht im Rat vorgebracht, als du die Gelegenheit dazu hattest?

Warum streitest du dich mit mir darüber? Die Entscheidung ist schließlich einstimmig gefallen.«

Sie lachte säuerlich. »*Tatsächlich?* Soweit ich mich erinnere, haben wir nicht einmal darüber abgestimmt. Aber davon abgesehen, konnte ich sehen, was der Rest von euch gedacht hat – selbst Mach. Ich konnte sehen, wie eure Augen bei dem Gedanken geleuchtet haben, Helmstadt anzugreifen. Bei dem Gedanken, all diese Waffen in die Hände zu bekommen.«

»Und jetzt haben wir sie. Spricht das nicht für sich? Und mit dem öffentlichen Aufsehen hat Turner auch recht behalten. Verstärkung wird von jetzt an kein Problem mehr sein. Sie werden in Scharen herbeiströmen.«

Sie schüttelte den Kopf. »Du hörst mir nicht zu. Ich...«

Sie hätte noch mehr gesagt, die Sache weiterverfolgt, doch jemand klopfte aufgeregt an die Tür. Einen Moment später trat Mach ins Zimmer. Er blieb stehen, sah zwischen ihm und ihr hin und her und spürte die Spannung in der Luft zwischen ihnen, dann wandte er sich Gesell zu, die Stimme tief und dringlich.

»Ich muß mit Ihnen reden, Bent. Da tut sich etwas. Etwas Seltsames. Es ist...« Er warf einen Blick auf Emily. »Nun, kommen Sie. Ich zeig's Ihnen.«

Sie sah, wie sie von ihnen ausgeschlossen wurde, und spürte, wie die Wut ihr den Magen zusammenkrampfte. Die *Ping Tiao* galten als eine Bruderschaft – eine *Bruderschaft!* Sie lachte innerlich bei dem Wort – von Gleichgestellten, doch bei all ihrem Gerede über die Gleichberechtigung der Geschlechter schlug doch ihre Herkunft durch, wenn es hart auf hart ging; und sie waren aus einem gottverdammten System hervorgegangen, in dem Männer Göttern gleich und die Frauen nichts waren.

Sie sah ihnen nach, dann wandte sie sich ab, und aus ihrem Ärger wurde Bitterkeit. Vielleicht war es schon zu spät. Vielleicht hatte Turner seine Arbeit schon beendet, soweit es Bent Gesell anging; der Keim seines Gedankens schwamm bereits in Gesells Blutbahn, korrumpierte sein Denken, verschlammte den einst so kraftvollen Strom seines Idealismus, verbreitete die Krankheit durch das Gewebe seines moralischen Seins, verwandelte ihn, bis er schließlich nur noch wenig mehr als ein blasses Abziehbild von Turner sein würde. Sie hoffte nicht. Sie hoffte wider alle Vernunft, daß es sich anders entwickeln mochte, aber tief in ihrem Innersten wußte sie, daß es bereits begonnen hatte. Und nichts – nichts, was sie oder sonst jemand tun könnte – würde es verhindern. Nichts, außer hier und heute nein zu sagen; sich zu weigern, einen weiteren Schritt auf diesem selbstmörderischen Weg zu gehen. Aber selbst dazu war es vielleicht schon zu spät. Der Schaden war bereits eingetreten. Turners Angebot auszuschlagen, würde den Mann nur gegen sie aufbringen.

Sie ging ins Bad und füllte das Becken mit kaltem Wasser. Während sie ihr Gesicht wusch, ließ sie sich die Dinge durch den Kopf gehen und versuchte zu erkennen, wie sie an diesen Punkt gelangt war.

In ihren Augen hatte es mit ihrem Vater angefangen. Mikhail Ascher war ein Vertreter des Systems gewesen: ein untergeordneter Kreditagent, Zweiter Grad, im Finanzministerium des T'ang, dem *Hu Pu*. In den Unteren Ebenen geboren, hatte er hart gearbeitet, die Examen bestanden, und war langsam eine Ebene nach der anderen aufgestiegen, bis er sich mit fünfunddreißig in der Oberen Mitte niedergelassen und sich eine Mittelebenenbraut genommen hatte. Dort war auch Emily geboren worden, in eine Welt der Ordnung und Stabilität. Wann immer sie an ihren Vater dachte, sah sie ihn so vor sich, wie er gewesen war, bevor all dies geschehen war, in ein kobaltblaues Seidengewand gekleidet, das große, rechteckige Büroabzeichen auffällig an der Brust angebracht, das Gesicht glattrasiert, das dunkle Haar nach Art der Han geflochten. Als ein distanzierter, vorsichtiger, konservativer Mann war er ihr wie das Paradigma dessen erschienen, worum es in ihrer Welt ging; ein Archetyp der Ordnung. Als strenger Neukonfuzianer hatte er ihr Werte vermittelt, die für sie auch heute noch verbindlich waren. Werte, die – hätte er es nur gewußt – die Welt, an die er glaubte, lang vor seiner Geburt aufgegeben hatte.

Sie lehnte sich von dem Becken zurück und erinnerte sich. Sie war neun Jahre alt gewesen.

Damals, vor dem Krieg, hatte ein regelmäßiger Handel stattgefunden, und die Zinsraten waren relativ stabil gewesen, aber es hatte immer geringfügige Schwankungen gegeben – Zehntel, selbst Hundertstel eines Prozentpunktes. Es war eine dieser winzigen Schwankungen – eine Schwankung von weniger als 0,05 Prozent –, die ihr Vater angeblich ›übersehen‹ hatte. Es war ihr so unbedeutend vorgekommen, als er versucht hatte, es ihr zu erklären. Erst später, als sie von der enormen Summe, um die es ging, erfahren und sich ausgerechnet hatte, wieviel es das *Hu Pu* gekostet hatte, begriff sie, warum die Sache solches Aufsehen erregen mußte. Der für die Abteilung ihres Vaters zuständige Oberkreditagent hatte es versäumt, die Änderung der Rate weiterzugeben, und, um seine eigene Position zu sichern, mit dem Finger auf ihren Vater gezeigt und eine gefälschte handschriftliche Notiz vorgelegt, die seine Behauptung belegte. Ihr Vater hatte eine Anhörung vor dem Tribunal gefordert, aber der Oberagent – ein Mann, dessen Familie über wichtige Verbindungen verfügte – hatte die Fäden gezogen und die Anhörung war zu seinen Gunsten ausgegangen. Ihr Vater war in einem Schockzustand heimgekehrt. Er war aus dem *Hu Pu* entlassen worden.

Sie konnte sich gut an diesen Tag erinnern; wußte

noch, wie verwirrt ihre Mutter und wie benommen ihr Vater gewesen war. An diesem Tag war für ihn eine ganze Welt zusammengebrochen. Seine Freunde mieden ihn und weigerten sich, seine Anrufe entgegenzunehmen. Ihre Bank strich ihnen den Kredit. Am nächsten Tag wurde wegen ›möglichen Zahlungsverzugs‹ die Miete für ihr Apartment eingefordert. Sie stürzten tief.

Ihr Vater erholte sich nie von dem Schlag. Sechs Monate später war er tot, ein Schatten früherer Tage. Und in der Zwischenzeit waren sie Ebene um Ebene tiefer gesunken. Immer tiefer, in einem scheinbar unaufhaltsamem Sturz, bis sie eines Tages erwachten und sich mit Fremden in einem Apartment auf der Achtundfünfzigsten wiederfanden, wo auf der anderen Seite des dünnen Vorhangs Kopulierende stöhnten und Fleisch auf Fleisch klatschte, ein Kind schrie und der Geruch verkochter Sojapampe vom letzten Abend sie würgen ließ.

Sie können nichts dafür. Ja, aber so hatte sie damals nicht gedacht. Sie konnte sich immer noch an ihre Abneigung gegen ihre neue Umgebung erinnern, an ihre ausgeprägte Abscheu vor den Menschen, unter denen sie nun leben mußte. Wie grobschlächtig sie waren. Wie dreckig in ihren Gewohnheiten.

Nein, sie hatte sich nie wirklich von diesem Sturz erholt. Er hatte sie in jeder Hinsicht geformt. Und selbst als ihre Aversion in Mitleid und ihr Mitleid in eine glühende Empörung umgeschlagen war, spürte sie in ihrer Brust immer noch das dunkle Schandmal dieses Sturzes brennen.

Ihre Mutter war eine vornehme, in vielerlei Hinsicht schwache Frau gewesen, nicht im mindesten an die Hetze der Unteren Ebenen gewöhnt, aber sie hatte ihr Bestes getan und in den Jahren, die folgten, auf jede Weise versucht, den Standard zu halten, den ihr Mann einst gesetzt hatte. Obwohl sie nicht ans Arbeiten gewöhnt war, hatte sie mit lebenslangen Gewohnheiten gebrochen und sich nach Arbeit umgesehen. Schließlich hatte sie etwas gefunden und einen Verkaufsstand in der belebten Hauptstraße betreut, wo sie wohnten. Der Job hatte ihrem sensiblen Wesen einer Mittelebenen-Frau schweren Schaden zugefügt, aber sie war damit fertig geworden.

Emily erschauderte, als sie sich daran erinnerte. *Warum machst du das?* hatte sie ihre Mutter immer gefragt, wenn sie zurückkam, in Tränen aufgelöst und erschöpft von einem Tag Arbeit an dem Stand, und ihre Antwort war immer dieselbe gewesen: *Für dich. Um dich aus dieser Hölle auf Erden herauszubekommen.* Es war ihrer harten Arbeit zu verdanken gewesen, daß Emily auf die Schule gehen konnte; ihre Entschlossenheit angesichts scheinbar überwältigenden Elends war Emilys Chance gewesen. Aber wofür? Um die Ebenen wieder hinaufzusteigen? Um an derselben Charade teilzunehmen, die ihren Vater zerstört hatte? Nein. Diesen Weg wollte sie auf keinen Fall einschlagen. Insgeheim – weil sie wußte, daß sie ihre Mutter sehr verletzen würde, wenn sie es auch nur erwähnte – hatte sie andere Träume gehegt.

Sie hatte sich den *Ping Tiao* vor acht Jahren in ihren frühen Tagen kurz vor dem Krieg angeschlossen. Damals war viel über höchste Ziele und die Reinerhaltung der Vision geredet worden. Aber acht Jahre waren eine lange Zeit, um die Flamme des Idealismus am Brennen zu halten; besonders wenn sie mehr als ihre Fülle von Enttäuschungen zu verkraften hatten. Und die ganze Zeit über war sie Bents Frau gewesen; nur seine, beseelt von seinem Enthusiasmus, seiner Vision, wie alles sein könnte. Aber inzwischen hatten sich die Dinge geändert. Nun konnte man schwer sagen, ob sie noch immer diesen Idealen folgten oder ob sie nicht zu genau dem geworden waren, was sie einst so leidenschaftlich bekämpft hatten.

Sie starrte ihr Spiegelbild an, versuchte wie so oft durch ihre Pupillen in ihr Innerstes einzudringen und sich selbst klar und deutlich zu sehen. Es fiel ihr so schwer. So unendlich schwer. Sie senkte den Blick und schüttelte den Kopf. Es gab keinen Zweifel. Ihr Sturz hatte ihr die Augen für das Böse der Welt geöffnet; einer Welt, in der gute Männer und Frauen dazu verdammt sein konnten, im Dreck der Unteren Ebenen vor sich hin zu vegetieren, während die Korrupten und Skrupellosen hoch über ihnen in unverdientem Luxus schwelgten. Einer Welt, die für anständige Menschen nicht geschaffen war. Nein, sie würde sich nie in einer Welt wohl fühlen, in der solche moralischen Diskrepanzen herrschten.

Sie seufzte, wandte sich von dem Becken ab und trocknete ihr Gesicht und ihre Oberarme ab. Nun, vielleicht hatte Bent recht. Vielleicht stellte sie sich wegen Tolonens Mädchen nur unnötig an. Vielleicht würde es wirklich etwas nutzen, dieses verrottete Gebilde zum Einsturz zu bringen. Und doch fand sie es nicht richtig. Nein, denn schließlich war es auch nicht Jelka Tolonens schuld, daß sie in diese Welt der Hierarchien hineingeboren war. Und solange sie keinen Beweis dafür hatte, daß dieses Mädchen mehr als ein Opfer der Umstände war, würde sie es sich nicht verzeihen können, einen solchen Plan durchzuführen.

Sich selbst nicht, geschweige denn einem Dreckskerl wie Turner.

Abgesehen davon, was waren seine wirklichen Motive? Warum wollte er, daß man die Tochter des Generals umbrachte? Verhielt es sich so, wie er behauptete: um den General zu schwächen und so die Sicherheitskräfte des T'ang zu unterminieren? Oder hatte es persönliche Gründe? Eine Kränkung, die der General ihm einst zugefügt hatte? Oder die Tochter selbst?

Sie erinnerte sich an den Moment, als sie am Berghang neben Turner gestanden hatte. Allein der Gedanke, sie hätten etwas – *irgend etwas* – gemeinsam! Sie lachte und merkte, wie ihr Lachen säuerlich wurde, als sie sich an seine Worte erinnerte.

»Liebe, meinen Sie? Menschliches Verständnis? Güte? … All das gibt es nicht. Nicht wirklich. Es sind Illusionen. Masken auf dem Gesicht der Wirklichkeit. Und die Wirklichkeit ist wie diese Gipfel – sie ist schön, aber auch hart, kompromißlos und kalt, wie der luftlose Raum zwischen den Sternen.«

Nun, vielleicht sah er es so, aber es entsprach nicht der Wahrheit. Sie hatte recht gehabt: ihm fehlte eine Dimension; ihm fehlte im Grunde jede Spur eines wirklichen menschlichen Gefühls. Die Han hatten ein Sprichwort für Menschen, die sich so verhielten: *Hou lian, hei hsin,* »Feistes Gesicht, schwarzes Herz«, und auf keinen traf das so sehr zu wie auf Turner. Nur hatten das feiste Gesicht und das schwarze Herz in diesem Fall eine so extreme Ausprägung erreicht, daß sein Gesicht vor Feistigkeit formlos, sein Herz so schwarz wie die finsterste Nacht war. Sein Nihilismus war vollkommen, ungetrübt von jeglicher Spur Mitleids. Und das war der Grund, weshalb sie nicht mit ihm arbeiten sollten; denn auch wenn sie für eine Weile denselben Weg einschlagen mochten, standen ihre Ziele einander diametral gegenüber.

Früher oder später würden sie gegen diesen Mann kämpfen müssen. Doch nur, wenn er ihnen bis dahin nicht den Willen zum Kampf geraubt hatte.

* * *

Die *Mui tsai* verbeugte sich tief, dann trat sie zwei Schritte zurück und hielt ihm die Tür offen.

»Major Ebert. Bitte kommen Sie rein. Meine Herrin bittet um Entschuldigung. Sie fürchtet, sie wird sich verspäten.«

Das Mädchen hielt den Kopf gesenkt, wie aus Höflichkeit, doch eine leichte Rötung auf ihrem Hals und ihren Wangen verriet, daß es ihr peinlich war, mit dem jungen Major allein zu sein.

»Oh? Ich hoffe, keine schlechten Neuigkeiten.«

»Ich glaube nicht, Exzellenz, aber sie hatte einen dringenden, kurzfristigen Termin. Sie wußte, daß Sie dafür Verständnis haben würden.«

Ebert trat langsam an ihr vorbei und wandte den Kopf, um sie weiter im Auge zu behalten. Ja, sie war ein hübsches junges Ding. Sechzehn, höchstens siebzehn. Er konnte unter der dünnen Seide ihres Kleids die Umrisse ihrer Brüste und ihre vollen Hüften erkennen. Sie war ein Pfirsich. Ein schöner Pfirsisch, reif zum Pflücken.

Er trat näher. »Wie lang wird deine Herrin fort sein?«

Sie wandte ihm das Gesicht zu, sah ihm aber nicht in die Augen. »Sie sagte, es wird nicht lang dauern, Exzellenz. Fünfzehn Minuten vielleicht. Höchstens zwanzig. Ihr Mann ...«

Sie verfiel in Schweigen und blickte überrascht zu ihm auf. Ebert war noch einen Schritt näher gekommen und hatte ihre Hand gefaßt, während seine andere auf ihrer Brust lag.

»Gut«, sagte er und lächelte. »Dann komm. Es ist noch Zeit für andere Dinge, oder?«

Der Kleiderschrank stand im Nachbarzimmer; eine winzige Kammer für sich, mit breiten Schubladen und langen Reihen seidener *Chi Pao,* den bodenlangen, eleganten Gewändern für offizielle Anlässe, die zu beiden Seiten in einem Regenbogen prächtiger Farben aufgereiht hingen. Er hatte es schon bei seinem vorigen Besuch bemerkt, hatte den gepolsterten Boden gesehen und sich gedacht, wie angenehm es wäre ...

Er stieß das Mädchen auf die Kissen, lachte leise und amüsierte sich über die Art, wie sie ihn ansah, eine seltsame Lüsternheit in ihren dunklen Augen.

Er öffnete die Hose und schob ihr Kleid hoch. Sie hatte nichts darunter an. Grinsend drückte er ihre Knie auseinander. Sie wehrte sich nicht.

Hinterher lag sie da, und das leise Zischen ihres Atems war der einzige Laut in der Stille. Der Geruch von Feuchtigkeit und Sperma vermischte sich auf reizvolle Art mit den schwachen Parfüms der Kleider, die ringsum aufgereiht hingen: ein süßer, moschusartiger Duft, der in Verein mit der warmen Gegenwart ihres nackten Körpers neben ihm sein Blut erneut in Wallung brachte.

Sie lachte leise, dann wandte sie ihm den Kopf zu. »Das war nett...«

»Ja...« Er atmete kurz und zitternd aus. Vielleicht würde er ihr anbieten, sie von Chuang Lian abzukaufen...

Er spürte, wie sie steif wurde und sich dann von ihm zurückzog, und öffnete die Augen. Dann hörte er das Geräusch. Es kam aus dem anderen Zimmer. Das Geräusch raschelnder Seide.

»Bei allen Göttern...«, flüsterte das Mädchen ängstlich und suchte nach ihrem Kleid. Aber Ebert lächelte. Hatten sie etwa so lang dafür gebraucht? Oder war die Frau des Ministers früher zurückgekommen als erwartet? Er zog seine Hose hoch, dann rappelte er sich auf und knöpfte seine Kleider zu.

Das Mädchen hatte inzwischen ihr Kleid über den Kopf gezogen und wand sich hinein. Ebert drehte sich zu ihr um und legte einen Finger an die Lippen, dann griff er an ihr vorbei nach seinem Gürtel, stieß sie in den Kleiderschrank zurück und schloß die Tür.

Indem er den letzten Knopf zuknöpfte, den Gürtel in der Hand, ging er in das Nachbarzimmer.

»Lian, mein Liebling...«

Sie fuhr herum und hatte ihn offensichtlich nicht erwartet. Einen Moment lang schien es ihr peinlich zu sein, halbnackt vor ihm zu stehen. Dann ließ sie mit einem Lachen das Kleidungsstück fallen, das sie in der Hand hielt, und streckte mit entblößten Brüsten die Arme aus, um ihn zu begrüßen.

»Schnell«, sagte sie und zog ihn aufs Bett hinunter, während sie an den Knöpfen seiner Hosen herumfummelte. »Bei allen Göttern, was habe ich dich vermißt...« Sie blickte zu ihm auf, eine unnatürliche Aufregung im Blick.

»Langsam ...«, sagte er, stieß sie hinunter und amüsierte sich über ihr seltsam drängendes Gebaren. »Was ist los, mein Liebling? Warum bist du so angespannt?«

Sie zögerte, dann sah sie weg und erschauderte vor Ekel. »Immer wenn...« Sie blickte zu ihm auf und schien nicht zu wissen, was sie sagen sollte, dann senkte sie wieder den Blick und schluchzte, während ihre Hände nach seinen tasteten. »Es war mein Mann. Er bittet mich nicht oft zu sich, aber wenn ...«

Ebert lachte. »Der Alte bumst dich also immer noch?«

Er sah das kurze Flackern von Zorn in ihren Augen. Dann wurde sie weich und lachte. »Er versucht's. Aber es ist so, als versuchte man mit einem Goldfisch zu kopulieren ...«

»Hmmm...« Er dachte an das Mädchen, das noch immer in dem Wäscheschrank kauerte, und spürte, wie ihn ein Anflug von Sehnsucht erfaßte. »Und du wolltest richtig genommen werden...?«

Ihr Blick begegnete seinem und versuchte ihm plötzlich nichts mehr vorzumachen. Aber er sah nur noch, wie faltig sie war, wie *alt*; daß ihre Brüste herabgesackt waren, ihre Haut an Hals und Bauch faltig geworden. Er zitterte, als er an die *Mui tsai* dachte und an ihr straffes, junges Fleisch, dann beugte er sich näher und küßte die Frau auf Wange und Hals, wobei er die Augen schloß und sich vorzustellen versuchte, es sei Bambusflöte, die er küßte. Aber ihr Geruch war ein anderer – alt und verblaßt wie ihr Fleisch; ihr Puder kränklich süß wie der Geruch eines Leichnams.

Er wich zurück und erschauderte, und alles Verlangen war plötzlich in ihm gestorben. Sie war gerade von ihrem Mann gekommen, hatten sich eben erst dem schwächlichen Griff des Alten entwunden und nicht einmal gewaschen. Der Gedanke daran drehte ihm den Magen um. Er sah sie vor sich, wie sie unter ihm lag und wie die verschrumpelten, ausgemergelten Hinterbacken des Alten sich zusammenzogen, als es ihm kam.

Und jetzt sollte er seinen Platz einnehmen? Sollte er der Mann sein, der ihr Gatte offensichtlich nicht mehr sein konnte?

»Was ist los?« fragte sie, die Augen zusammengekniffen, ihr ganzer Körper plötzlich angespannt.

»Ich ...« Er schüttelte den Kopf. »Ich bin müde, das ist alles. Ich ...« Er suchte nach einer Entschuldigung, dann erinnerte er sich an den Han, den er vorhin geschlagen hatte. »Ich bin seit dreißig Stunden im Dienst. Es hatte sich etwas Dringendes ergeben, und ich mußte mich darum kümmern. Eine Anzahl wichtiger Firmenchefs sind umgebracht worden ...«

Sie schluckte und senkte den Blick. »Ich habe davon gehört ...«

Er sah sie an und ekelte sich von einem zum anderen Moment, nicht vor ihr, sondern davor, mit ihr zu tun zu haben. Und als sie die Hand ausstreckte, um ihn zu berühren und festzuhalten, wich er ruckartig vor ihr zurück.

Er sah, wie sie ihre Hand zurückzog, dann das Gesicht in Falten legte und die Nase vorschob. Ihr Unterkiefer sackte herab, dann warf sie den Kopf zurück und starrte ihn finster an, die Augen schwarz vor Zorn. »Was ist los? Nennst du das deine Pflicht erfüllen?« Sie nickte heftig. »Oh, jetzt verstehe ich. Du hast meine *Mui tsai* gevögelt, stimmt's? Du hattest mit ihr deinen Spaß, während ich vor meinem Mann auf den Knien hockte ...«

Er lachte über das Bild, das ihm in den Sinn kam. »Auf den Knien, Madam Chuang?«

In ihren Augen blitzte rasender Zorn auf, dann holte sie aus und versuchte ihm ins Gesicht zu schlagen, aber er bekam ohne Schwierigkeiten ihre Hand zu fassen und warf sie aufs Bett zurück. Oh, er hätte sie jetzt ficken können. Aus reinem Ärger. Um sie zu demütigen. Aber aus Leidenschaft?

»Und wenn schon!« verhöhnte er sie. »Was ist denn, wenn's himmlisch ist, mit deiner *Mui tsai* zu bumsen? Wenn sie zehnmal mehr eine Frau ist als du, häh?«

Sie hatte die Zähne gebleckt. »Du bist ein Lügner. Sie ist noch ein Mädchen ...«

Er lachte über sie. »Du hältst dich wohl für unheimlich scharf, was? Meinst du das? Du glaubst wohl, mir kommt's schon, wenn ich nur daran denke, was du mit mir getrieben hast, häh? Nun, ich sag dir eins, Madam Chuang ... so gut warst du nicht. Ich hatte unter dem Netz viel bessere. Runtergekommene alte Bordellmädchen, die's für einen einzigen *Yuan* machen!« Er sah, daß sie etwas erwidern wollte, und drückte ihr brutal eine Hand auf den Mund. »Nein ... es war bloß der Gedanke, die Frau eines Ministers zu vögeln. In sein Nest zu scheißen. Es hat mich *amüsiert*. Aber jetzt langweilt's mich. Ich hab genug von dir, Alte. Deine dürre, alte Figur langweilt mich.«

Er stand auf und rückte seine Sachen zurecht, zog seinen Gürtel zu und ließ sie dabei die ganze Zeit nicht aus den Augen. Die Geringschätzung brannte in seinen Augen. Er sah jetzt, wie schwach sie war, wie zerbrechlich unter dieser spröden Schale. Sie hielt sich für so hart, so erfahren, doch sie war bloß ein verwöhntes kleines Mädchen, das alt geworden war. Alt und langweilig.

»Ich werde dich unter die Erde bringen ...«, sagte sie

ruhig, preßte die Worte durch die Zähne, daß sie fast wie ein Zischen klangen. »Du kannst jetzt grinsen, aber ich werde dich vernichten, Hans Ebert. Du wirst ein Stück Scheiße sein, wenn ich mit dir fertig bin.«

Er lachte abschätzig. »Und du? Was wirst du sein, Madam Chuang, wenn die Wahrheit rauskommt? Wie willst du in Gesellschaft weiter den Kopf hochhalten, wenn bekannt ist, welche Sehnsüchte du in deinem alten, schrumpeligen Schädel mit dir herumträgst?«

»Du Dreckskerl...« Sie zitterte und zog das Laken über die Brüste hinauf. »Ich krieg dich noch, Ebert. Darauf kannst du dich verlassen.«

Er ging zur Tür, dann drehte er sich um und sah noch einmal zu ihr hinüber, wie sie dort zusammengekauert auf dem Bett lag. »Du willst mich kriegen?« Er sah zu Boden und lachte, dann sah er sie wieder an, und seine Miene war plötzlich hart und kompromißlos. *»Du willst mich kriegen?«* Er schüttelte den Kopf, dann lachte er; ein grausames, abschätziges Lachen. »Geh und lutsch deinem Alten den Schwanz.«

* * *

Zwei Stunden später stand Klaus Ebert, der Chef von GenSyn, auf der Eingangstreppe seines Familiensitzes und streckte seinem alten Freund Tolonen die Hand entgegen. Der Marschall war in den nahezu fünfzig Jahren, die Ebert ihn nun kannte, ein grauhaariger, steifer alter Mann geworden, die Uniform eine zweite Haut, doch Ebert erinnerte sich an einen schlichteren, weniger einschüchternden Zeitgenossen; den lebensfrohen Gefährten seiner Jugendzeit.

Die beiden Männer umarmten sich, und die Wärme ihre Begrüßung ging weit über den förmlichen Anlaß hinaus. Hier ging es um mehr als Politik. Sie grinsten sich an und schlugen sich gegenseitig auf den Rücken.

»Was bin ich froh«, sagte Tolonen, und Tränen traten ihm in die Augen.

»Und ich erst«, erwiderte Ebert, hielt ihn auf Armeslänge und lächelte ihn außer sich vor Freude an. »Dies ist ein denkwürdiger Tag, Knut. Wirklich ein denkwürdiger Tag!«

Jelka stand am Fuß der Treppe, ein großes, gertenschlankes, vierzehn Jahre junges Mädchen mit langem, glattem, aschblondem Haar und schönen blauen Augen. Sie war nicht mehr das Kind, an das sich Ebert so lebhaft erinnerte. Nun trennte sie nicht mehr viel von einer Frau.

Ebert lächelte und nickte. Sie würde seinem Sohn eine perfekte Braut sein.

Sein Sohn Hans stand hinter ihm auf den obersten Stufen, ein hochgeschossener, breitschultriger, doch geschmeidig gebauter junger Mann von achtundzwanzig Jahren. Er galt bei denen, die oben den Geschmack diktierten, als äußerst attraktiv, und als Erbe des mächtigen GenSyn-Imperiums wurde er als die beste Partie unter allen ungebundenen Männer in der Stadt Europa gehandelt.

Hans widmete seiner künftigen Braut kaum einen Blick. Dafür war noch genug Zeit. Er stand locker da, in tadelloser Ausgehuniform, das kurzgeschnittene blonde Haar zu einem modischen doppelten Pferdeschwanz gebunden. Er sah zu, wie die beiden Männer sich umarmten, und war sich der Bedeutung dieser Begegnung und seiner Rolle darin bewußt. Der Marschall war wie ein zweiter Vater für ihn, außerdem sein befehlshabender Offizier.

Es paßte perfekt zusammen. Strategisch und logisch lag es auf der Hand, und als sein Vater es vor zehn Jahren vorgeschlagen hatte, hatte er sofort zugestimmt.

Als er so dastand, stellte er sich vor, welche Macht er eines Tages ausüben würde; nicht bloß als Sohn seines

Vaters, sondern als Befehlshaber der Truppen des T'ang. Er hatte Träume. Träume, die er nicht teilen konnte. Und die fingen hier an.

Er sah seine Zukünftige an – dieses Kind. Sie musterte ihn: betrachtete ihn mit einem kritischen Auge, als versuchte sie ihn einzuschätzen und hakte ihn ab. Er warf ihr einen finsteren Blick zu, dann erinnerte er sich und vergab ihr, formte seinen Mund zu einem Lächeln, als sei ihm das eben noch mißglückt.

Er betrachtete sie von oben bis unten. Sie hatte die unausgebildete Figur eines Mädchens. Ziemlich hübsch, aber keine Frau. Jedenfalls nicht zu vergleichen mit den Frauen, die er kannte.

Er lächelte und sah weg. Dennoch, er würde alles arrangieren, sich ein angenehmes Leben machen. Schließlich war eine Frau kein Gefängnis.

Sie gingen hinein; Jelka senkte den Kopf und wurde rot, als die Verträge überreicht und von allen Parteien unterschrieben wurden.

Er unterzeichnete, dann sah er über den Tisch zu ihr hinüber. In drei Jahren würde er ihr Mann sein. In drei Jahren. Aber wer wußte schon, wie die Dinge in drei Jahren stünden? Und das Mädchen? In drei Jahren wäre sie siebzehn. Er lächelte noch mal, als er sich an die *Mui tsai* erinnerte. Und du, meine Kleine? fragte er sich, als er zur Tochter des Marschalls hinübersah. Wie wirst du in deiner Hochzeitsnacht sein? Gehörst du zu den frigiden, nervösen Typen, oder hast du Feuer in den Lenden? Sein Lächeln wurde breiter, als er bemerkte, wie sie wegsah, und die Farbe an seinem Hals wurde noch dunkler. Nun gut, warten wir's ab. Und selbst wenn du dich als eine Enttäuschung herausstellst, wird es andere geben – viele andere –, um mir die Nächte zu versüßen.

Und in der Zwischenzeit würde er vielleicht die *Mui tsai* kaufen. Schließlich konnte nicht jede Frau so vögeln wie sie. Sie war wirklich begabt. Er drehte sich um, ergriff die Hand, die der General ihm hinhielt, und erwiderte das finstere Lächeln der beiden alten Männer. Ja, er würde die *Mui tsai* kaufen. Und später, wenn sich ihre Laune gebessert hätte, würde er wieder zu Madam Chuang gehen und sich mit ihr bei einem ausgiebigen Fick versöhnen.

* * *

Jelka saß neben ihrem Vater, nippte an ihrer Schale *Ch'a* und spürte die erstickende Überfülle des Raums. Sie sah sich um und empfand ein Unbehagen, das nichts mit ihrer persönlichen Situation zu tun hatte.

Sie erschauderte und senkte den Blick. Die Eberts protzten mit ihrem Reichtum, stellten ihn auf eine Weise zur Schau, die sie ziemlich geschmacklos fand. Reich verzierte Ming-Vasen standen auf widerlichen Sockeln: schwere, grobschlächtige Dinger in grellen Farben. In Nischen und Alkoven des seltsam aufgeteilten Raums hingen große Leinwände in schweren vergoldeten Rahmen, dunkle Bilder, die einen an Blutflecken erinnerten.

Ihr gegenüber starrten die beiden Schwestern Hans' sie mit unverhohlener Feindseligkeit an, die jüngere ungefähr ein Jahr älter als Jelka, die ältere anfang Zwanzig. Sie versuchte die beiden nicht zu beachten, weil sie wußten, daß sie in ihr nur eine Rivalin sahen. Viel beunruhigender war das Geschöpf, das sie bediente: ein ziegenartiges Wesen, das in den Bottichen von GenSyn aufgewachsen war. Sie zitterte, wenn der starre Blick seiner rosa Augen sie traf und es mit einer tiefen, aber tonlosen Stimme fragte, ob sie noch etwas *Ch'a* wünsche. Sie betrachtete seine schmal zu laufende, dreizehige Hand und schüttelte den Kopf, während sie die feine Seide seiner Manschetten und den stilvollen Schnitt seiner Hosen bemerkte.

Sie hatte das merkwürdige Gefühl, in einem Traum

zu sein, in dem sich Unwirkliches auf Unwirkliches stapelte. Doch dies geschah wirklich. Es war die Wirklichkeit der Macht. Sie betrachtete ihren zukünftigen Mann und sah ihn mit einer Klarheit, die sie fast überwältigte. Er war ein großer junger Mann, größer noch als ihr Vater, und sah gut aus. Doch sein angenehmes Äußeres hatte etwas Grausames, etwas Arrogantes, das sie erschaudern ließ. Sie sah seinen Stolz, seine tiefe Überzeugung, wie wichtig er sei; sie sah es daran, wie er den Kopf hielt, sah es an der kalten Teilnahmslosigkeit seines Blicks.

Dennoch ging es ihr noch nicht nahe; berührte oder bewegte sie nicht. Drei Jahre waren eine lange Zeit. Sie konnte sich nicht vorstellen, wie sie sich in drei Jahren fühlen würde. All dies – dieses Ritual der Verträge, der Gelübde und vagen Versprechungen – war eine Kleinigkeit, um ihren Vater zufriedenzustellen.

Sie lächelte, als sie ihren Vater ansah, und spürte, wie stolz er auf sie war. Es freute sie wie stets, und sie streckte die Hand aus und berührte ihn am Arm. Der alte Ebert lächelte darüber, wie ihr auffiel; ein zärtliches, verständnisvolles Lächeln. Eine andere Tracht unterschied ihn vom Rest der Familie. Berta, seine Frau neben ihm, sah weg, von allem um sie her distanziert, ihr Gesicht eine Maske völliger Gleichgültigkeit gegenüber der ganzen Prozedur. Eine große, elegante Frau von kühler, herber Schönheit: der Schönheit eines schneebedeckten Tannenwaldes. Eine vergeistigte, unmenschliche Schönheit.

Mit derselben Klarheit, mit der sie den Sohn betrachtete, sah Jelka auch, wie Berta Ebert ihre Kinder in der Abwesenheit ihres Vaters geformt hatte, daß ihre kalte Egomanie die ihrer Mutter widerspiegelte.

Sie hielt den Arm ihres Vaters, spürte seine Wärme, seine Festigkeit und zog Trost aus dem Kontakt. Er liebte sie. Er würde sicher nicht zulassen, daß ihr jemand Leid zufügte.

Auf dem Weg hierher hatte er mit ihr über die Gründe für diese Heirat gesprochen, über die Notwendigkeit, starke Verbindungen zwischen den Sieben und den mächtigsten der neuen, kommerziellen Familien zu schaffen. Das war der Weg nach vorn, und ihre Vereinigung mit Hans würde den Frieden zementieren, um den sie hart gerungen hatten. GenSyn war den Sieben in dem zurückliegenden Krieg beharrlich treu geblieben, und Li Shai Tung hatte sie für diese Loyalität belohnt. Klaus Ebert hatte ebenso Bergbauverträge auf dem Mars und den Uranus-Monden wie große Anteile an drei kleineren Kommunikationsfirmen übernommen. Ihre Heirat würde aus diesem abstrakten, kommerziellen Vertrag etwas Persönliches machen, eine Sache von Fleisch und Blut.

Das verstand sie. Dennoch schien das alles noch weit weg. Bis dahin würde sie ihre Ausbildung abschließen und ihre Kindheit beenden müssen. Sie betrachtete Hans Ebert leidenschaftslos, als musterte sie einen Fremden.

Als ihre Tasse leer war, drehte sie sich um und wollte den Diener heranwinken. Er kam ohne ein Wort, als habe er ihren Wunsch vorhergesehen, und verbeugte sich vor ihr, als er die Tasse füllte. Doch bevor das Wesen in die Schatten des Raums zurücktrat, blickte es zu ihr auf und sah ihr ein zweites Mal in die Augen, hielt ihren Blick mit seinem dunklen, intimen Wissen über Dinge fest, die ihr fremd waren.

Jelka wandte den Kopf ab, sah an ihrem Vater vorbei in die Augen ihres zukünftigen Mannes. Blaue, nicht rosa Augen. Beunruhigende blaue Augen. Kältere, härtere Augen. Ganz anders als die des Dieners …

Sie erschauderte und senkte den Blick. Und doch dieselben. Irgendwie, auf eigenartige Weise dieselben.

* * *

Wang Sau-leyan hob das Seidentaschentuch vors Gesicht und wischte sich die Augen. Seine fülliger Leib zitterte, während noch immer Lachen über seine Lippen kam. Dann straffte er sich und blickte naserümpfend in die Runde.

Hinter ihm wurde die Gruft wieder versiegelt und die Rosenholzsplitter weggetragen. Diener waren eifrig damit beschäftigt, die Schmutzspur mit Bündeln von Zweigen wegzukehren, während auf der anderen Seite die neukonfuzianischen Beamten in einem kleinen Kreis beieinanderstanden und sich leise unterhielten.

»Das war reichlich, Hung, meinen Sie nicht?« fragte Wang und wandte sich seinem Kanzler zu, indem er die unangenehm berührten Blicke der übrigen T'ang ignorierte. »Ich hatte Visionen, daß mein Bruder aus dem Sarg steigt, um die armen Schweine zu strafen!«

»Mein Herr ...« Hungs Gesicht bot ein Bild der Bestürzung. Er warf Blicke zu den versammelten T'ang, dann senkte er den Kopf. »Es war ein Unglück ...«

»Unglück!« Wang brach erneut in Gelächter aus. »Also, so etwas konnte wirklich nur Ta-hung passieren! Wen außer meinem Bruder würde man schon in sein eigenes Grab werfen!« Bei den letzten Worten stellte er mit einigen Gesten und Bewegungen dar, wie der Sarg in die Gruft glitt.

Es war ein Unfall gewesen. Oben auf der Treppe war einer der Träger gestrauchelt, und der Sarg war aus dem Gleichgewicht geraten, worauf ihn auch die übrigen Träger nicht mehr halten konnten. Das ganze Ding war die Treppe hinuntergepoltert und hatte den Verschiedenen fast hinausgeworfen. Wang Sau-leyan, der in wenigen Schritten Abstand folgte, war im Eingang der Gruft stehengeblieben und hatte sich vor Lachen den Bauch gehalten. Seitdem hatte er nicht mehr aufgehört zu lachen. Während der ganzen Zeremonie hatte er gekichert, ohne auf die erstaunten Blicke der Beamten zu achten.

Jetzt allerdings wechselten die übrigen T'ang bedeutungsvolle Blicke und waren entsetzt über sein Benehmen. Es dauerte nicht lang, bis Wei Feng, der älteste von ihnen, einige Schritte vortrat.

»Was ist los, Wang Sau-leyan? Empfindet Ihr nichts für Euren toten Bruder? Wir haben uns heute versammelt, um ihn zu ehren – um seiner Seele vor ihrer Reise ins Jenseits unseren Respekt zu erweisen. Dieses Lachen ist sehr unpassend. Habt Ihr die Riten vergessen, Wang Sau-leyan? Es ist Eure Pflicht ...«

»Ach, zum Teufel, Wei Feng. Ich kenne meine Pflicht. Aber es war so komisch. Wirklich komisch. Wenn er nicht schon tot gewesen wäre, hätte ihn das endlich umgebracht.« Wang Sau-leyan starrte den anderen T'ang an, dann sah er weg. »Wie auch immer ... Verzeiht mir, Vettern. Es sieht so aus, als sei nur mir die Ironie dieses Augenblicks aufgefallen.«

Wei Feng senkte den Blick, und sein Zorn ging kaum zurück. In all den Jahren hatte er so etwas noch nie erlebt.

»Es gibt Zeiten, da ist Ironie ...«

Wangs angewidertes Schnaufen ließ jeglichen Respekt vermissen. Er ging an Wei Feng vorbei, als sei der gar nicht vorhanden, und wandte sich an die übrigen T'ang.

»Wenn mein Bruder ein Mann gewesen wäre, dem Respekt gebührt, hätte ich ihm Respekt gezollt, aber mein Bruder war ein Narr und ein Schwächling. Lebten meine älteren Brüder noch, wäre er nie T'ang geworden.« Wang sah in die Runde und nickte eifrig. »Ja, und dasselbe gilt für mich, aber versteht mich, Vettern. Ich werde niemandem nach dem Mund reden. Ich sage, was ich fühle. Ich gebe mich nicht als der aus, den Ihr in mir sehen wollt. Also habt Verständnis dafür, wenn ich sage, daß ich meinen Bruder nicht gemocht habe. Ich freue mich nicht darüber, daß er tot ist. Nein, so weit würde ich nicht gehen, denn selbst ein Narr verdient es, zu atmen. Aber ich werde nicht heucheln. Ich werde keine falschen Tränen für ihn vergießen. Die werde ich für Männer aufheben, die sie verdienen. Für Männer, die ich wirklich liebe. Ebenso werde ich meinen Respekt für Männer aufheben, die Respekt verdienen.«

Tsu Ma hatte starr an Wang vorbeigesehen, während er redete. Nun sah er ihn wieder an, das Gesicht ausdruckslos, und tastete Wang Sau-leyan von Kopf bis Fuß mit Blicken ab, als versuche er ihn einzuschätzen.

»Und dennoch war Euer Bruder ein T'ang, Wang Sau-leyan. Verdient ein T'ang etwa keinen Respekt?«

»Hätte der Mann in seine Kleider gepaßt ...«

»Und hat er das nicht?«

Wang Sau-leyan machte eine Pause, weil ihm plötzlich aufging, in welch gefährliche Gewässer er vorgestoßen war. Dann lachte er, entspannte sich und sah Tsu Ma wieder an.

»Mißversteht mich nicht, Tsu Ma. Ich rede nur von meinem Bruder. Ich habe ihn gut gekannt. In der langen Geschichte der Sieben gab es niemanden wie ihn. Er war es nicht wert, das kaiserliche Gelb zu tragen. Schaut in Eure Herzen, jeder einzelne von Euch, und sagt mir, daß ich mich irre. Ganz ehrlich, gab es auch nur einen unter Euch, der sich freute, als Ta-hung nach dem Tode meines Vaters T'ang wurde?«

Er sah in die Runde und sah in jedem Gesicht die widerwillige Bestätigung.

»Also, sollten wir unseren Respekt dann nicht für jene aufheben, die ihn verdienen? Was mich angeht, würde ich mich mit Freuden vor jedem meiner Vettern hier verbeugen. Ihr seid Männer, die ihren Wert bewiesen haben. Ihr seid wirkliche T'ang.«

Er sah, wie sie das beschwichtigte, und lachte innerlich. Sie waren alle so eitel, so stolz auf ihren Titel. Und

Heuchler dazu, denn in Wahrheit scherten sie sich um Ta-hung so wenig wie er selbst. Nein, sie hatten nicht an der Verunglimpfung seines toten Bruders Anstoß genommen, sondern an dem unterschwelligen Spott über den Titel seines Bruders, denn damit verspottete er letztlich auch sie. Was ihn selbst anging …

Er ging zwischen ihren Reihen hindurch, verbeugte sich im Vorbeigehen vor jedem einzelnen, dann führte er sie über den Weg und die breite Marmortreppe in den uralten Palast hinauf.

Was ihn selbst anging, gab er keinen Deut um die Annehmlichkeiten seines Titels. Er hatte genug Männer gekannt, um zu wissen, wie hohl ein bloßer Titel sein konnte. Nein, was er schätzte, war nicht der Titel ›T'ang‹, sondern die Macht, die ihm dieser Titel in die Hände gab; die Möglichkeit, zu sagen und zu tun, was er immer schon hatte sagen und tun wollen. Die Macht, Anstoß zu erregen, wenn es ihm darauf ankam. Ein T'ang zu sein und über diese Möglichkeit nicht zu verfügen, wäre nichts wert – so wenig, als sei er ein Schauspieler in einem langweiligen Stück, der die Worte eines anderen sprach, gefesselt mit den Stricken des Rituals und der Tradition.

Und das wollte er nicht sein.

Während die Diener zwischen den Gästen umhergingen, um Wein und süßsaure Fleischbällchen anzubieten, sah er sich noch mal um, und ein leichtes Lächeln trat auf seine Lippen, als er sich an diesen Moment am Eingang der Gruft erinnerte.

Ja, dachte er, es war dir einfach nicht bestimmt, T'ang zu sein, Ta-hung. Du warst für andere Dinge als die Königswürde geschaffen. Und doch bist du T'ang geworden.

Wang lächelte und nahm einem Diener eine Tasse Wein ab, dann drehte er sich um und sah durchs Fenster auf den ummauerten Garten und die große marmorne Tafel der Gruft in seiner Mitte hinaus.

Es war ein Unglück. Er hatte seinen Bruder nicht verachtet. Geringschätzt vielleicht – und selbst das war ein zu hartes Wort für die milde Irritation, die er empfunden hatte –, aber nicht so gehaßt wie seinen Vater und seine beiden älteren Brüder. Wie auch immer, Ta-hung hatte das Pech gehabt, vor ihm geboren worden zu sein. Als jüngerer Bruder wäre er keine Bedrohung gewesen, aber als T'ang war er hinderlich gewesen – ein Ärgernis, das beseitigt werden mußte.

Er nippte am Wein und wandte den Kopf, um zu seinem Kanzler hinüberzusehen. Hung Mien-lo unterhielt sich gerade mit Tsu Ma, den Kopf respektvoll gesenkt. Er versuchte den Vorfall sicher herunterzuspielen. Wang sah zu Boden und lächelte. An diesem Morgen hatte er gute Arbeit geleistet.

Es stimmte, der Unfall hatte ihn wirklich amüsiert, aber er hatte sofort erfaßt, daß dies ein willkommener Vorwand – das passende Reizmittel – war, um die übrigen T'ang zu ärgern und seine Reaktion dementsprechend übertrieben. Er hatte erlebt, wie sie seine Respektlosigkeit empörte. Und hinterher hatte ihm das die Gelegenheit gegeben, den direkten, ehrlichen Mann zu spielen, vor ihnen auszubreiten, was ihm durch den Kopf ging. Er holte tief Luft, dann schaute er wieder auf und bemerkte, wie sich ihm ständig ihre Blicke zuwandten. Ja, dachte er. Jetzt hassen sie mich, doch auf widerwillige Art bewundern sie mich auch. Sie halten mich für grob, aber ehrlich. Nun, sie sollen sich ruhig in beiden Punkten irren. Sollen sie doch die Oberfläche für den Kern der Dinge halten; das wird es mir in nächster Zeit einfacher machen.

Er drehte sich um und betrachtete erneut die Gruft. Sie waren tot – jeder einzelne von denen, die an jenem Tag in dem Raum gewesen waren, als man ihn ins Exil geschickt hatte. Vater und Mutter, alle Brüder und Onkel. Und er hatte sie umbringen lassen, jeden einzelnen von ihnen.

Und jetzt bin ich T'ang und schlafe im Bett meines Vaters mit seinen Frauen und Mägden.

Er trank sein Glas aus, und ein leichter Schauer des Vergnügens durchfuhr ihn. Ja. Er hatte ihre Mäuler gestopft und ihre Augen geschlossen. Und niemand würde ihm je wieder vorschreiben, was er zu tun und zu lassen hatte.

Niemand.

* * *

Zwei Stunden später saß Wang Sau-leyan im Zimmer seines Vaters in dem großen Stuhl mit der hohen Rückenlehne, die Seite zum Spiegel, den Rücken zur Tür.

Er hörte, wie sich die Tür öffnete und leise Schritte über die Fliesen tappten.

»Bist du das, Honigregen?«

Die Schritte brachen ab, und er stellte sich vor, wie das Mädchen sich tief verbeugte. Ein hübsches junges Ding; vielleicht die hübscheste von allen Mägden seines Vaters.

»Chieh Hsia?«

Er drehte sich halb um, träge von dem Wein, den er getrunken hatte, und streckte die Hand aus. »Hast du die Lavendelschale gebracht?«

Sie zögerte unmerklich. »Ja, *Chieh Hsia*.«

»Gut. Nun, dann komm. Ich will, daß du mich so siehst, wie du meinen Vater immer gesehen hast.«

Wiederum zögerte sie für einen winzigen Augenblick, ehe sie gehorchte. Dann kam sie um den Stuhl, verbeugte sich tief und kniete vor ihm, indem sie die Schale in den langen, schmalen Fingern ihrer Linken balancierte.

Er hatte den Film gesehen, der seinen Vater an seinem letzten Abend zeigte: wie Honigregen sich um ihn gekümmert und den Saft des alten Mannes in die Lavendelschale abgezapft hatte. Nun, jetzt würde sie dasselbe für ihn tun. Aber diesmal würde niemand zusehen. Er hatte die Kameras abgeschaltet. Niemand außer ihm würde erfahren, was er in der Intimität seines Schlafzimmers tat.

Er zog die Robe von seinem Schoß zurück und enthüllte seine Nacktheit. Sein Penis war noch ziemlich schlaff.

»Nun, Mädchen? Worauf wartest du?«

Er ließ den Kopf zurücksinken, schloß die Augen und wartete. Er hörte ein leises Rascheln von Seide, als sie näher trat, dann spürte er, wie ihre Finger über seine Haut strichen. Er zitterte, dann nickte er, als sich sein Penis zwischen ihren Fingern aufrichtete. Wie zart es sich anfühlte – als sei sie selbst aus Seide –, als ihre Finger ihn aufreizend langsam streichelten und ihm der Atem stockte.

Er öffnete die Augen und sah auf sie hinab. Sie hielt den Kopf gesenkt, konzentrierte sich ganz auf das, was sie tat, das dunkle Haar mit einer einzigen Jade-Nadel oben gehalten.

»Hast du so auch meinen Vater berührt?«

Sie blickte auf. »Nein, *Chieh Hsia*. Aber ich dachte…«

Und ihre Finger bearbeiteten ihn weiter, zogen sein ganzes Sein auf diesen einen Brennpunkt der Lust zwischen seinen Beinen zusammen.

»Was gedacht?« fragte er etwas später kaum hörbar.

Sie zögerte, dann blickte sie wieder zu ihm auf, diesmal ganz aufrichtig. »Jeder Mann ist anders, *Chieh Hsia*. So auch ihre Bedürfnisse …«

Er nickte bedächtig. Bei allen Göttern, aber es war herrlich. Er hätte nie gedacht, daß die Hände einer Frau so mächtige Instrumente der Lust sein konnten.

Er sah ihr nochmals in die Augen. »Wenn der T'ang es vorzieht, könnte ich ihn … dort *küssen*.«

Er erschauderte. Das Wort ›küssen‹ versprach unvorstellbare Freuden. Er nickte unmerklich. »Ja. Das würde mir gefallen.«

Er hörte, daß sie die Schale wegstellte, ließ den Kopf zurücksinken, schloß die Augen und spürte, wie sie ihn an die Lippen hob. Wieder zitterte er, vergaß Zeit und Raum über die schiere Lust dessen, was sie tat. Eine Zeitlang schien er sich zu verlieren, wurde ein einziger Strang vollkommener Lust, der in die feuchte Wärme ihres Mundes führte; einer Lust, die immer größer wurde …

Er hörte nicht, daß sich die Tür öffnete. Noch hörte er die zweite Folge von Schritte, die über die Fliesen fast lautlos auf ihn zukamen, doch eine Bewegung des Mädchens vor ihm – ein unmerkliches Zusammenzucken ihrer Linken, die auf seinem Knie lag – ließ ihn plötzlich die Augen öffnen und aufblicken, um in den Spiegel zu sehen.

Weidenblatt stand fast über ihm und hatte das Messer in ihrer Rechten bereits gehoben. Im selben Moment trat er mit dem rechten Bein aus, stieß Honigregen weg und warf sich nach vorne aus dem Stuhl.

Es war keine Sekunde zu früh. Weidenblatts Messer verfehlte seine Schulter um Haaresbreite, schlitzte die Seidenpolsterung des Stuhls auf und spaltete den hölzernen Wulst. Wang fuhr herum und stand ihr gegenüber, doppelt so schwer und ein ganzes *ch'i* größer als sie – dennoch setzte das Mädchen nach, das Gesicht erfüllt von Haß und Abscheu.

Als sie ein zweites Mal das Messer nach ihm stieß, sprang er vor und stieß ihren Arm zur Seite, dann packte er sie brutal am Hals und schmetterte ihren Kopf einmal auf die Armlehne, dann ein zweites Mal. Sie brach zusammen und blieb reglos liegen.

Er stand einen Moment lang da und ließ zischend Atem ab, dann drehte er sich um und trat Honigregen ein zweites Mal, traf sie so heftig in den Bauch, daß sie keuchte und keine Luft mehr bekam. Sein Gesicht war jetzt düster, von Wut entstellt.

»Ihr Schlangen...«, sagte er leise, mit zitternder Stimme. »Ihr dreckigen, kleinen Hexen...«

Er trat noch mal und traf das fallende Mädchen mit voller Wucht seitlich gegen den Kopf, dann wandte er sich um und spuckte auf das andere Mädchen.

»Ihr seid tot. Beide.«

Er sah sich um, bemerkte die zerbrochene Schale und daneben eine einzige weiße Jadenadel, dann bückte er sich und hob das Messer auf. Er richtete sich mit einem leichten Schaudern auf, ging zur Tür, riß sie auf und rief die Wachen.

ZWEITER TEIL
HERBST 2206:

Schalen

中

国

»Zwischen der Retina und den höheren Zentren der Hirnrinde geht die Unschuld des Auges unwiederbringlich verloren – sie erliegt einer ganzen Reihe von verborgenen Überredungskünstlern.«

– ARTHUR KOESTLER: *Der Akt der Schöpfung*

»Was wir im Traume erleben, vorausgesetzt, daß wir es oftmals erleben, gehört zuletzt so gut zum Gesamt-Haushalt unserer Seele wie irgend etwas ›wirklich‹ Erlebtes: wir sind vermöge desselben reicher oder ärmer, …«

– FRIEDRICH NIETZSCHE: *Jenseits von Gut und Böse*[12]

KAPITEL · 5

Die Unschuld des Auges

Ben näherte sich der Hütte über den Weg von der Bucht und mußte dazu den steilen Hang hinaufsteigen. Am unteren Tor drehte er sich um und sah noch einmal über die Bucht hinaus. Die Stelle am fernen Strand, wo vor fünf Jahren das Feuer gewütet hatte, war inzwischen von neuem Gestrüpp überwuchert. Erst auf dem Gipfel des Hügels, wo das alte Haus gestanden hatte, hörte die frische Vegetation auf. Dort war das Land zu einem glasigen Schwarz verschmolzen.

Der große Siebzehnjährige schüttelte den Kopf, dann wandte er sich der Hütte zu. Landscott war ein langer, flacher Schatten vor dem Hügel, die alten Steinmauern frisch getüncht, das Dach mit Stroh gedeckt. Ein Blumengarten zog sich bis zu ihr hinauf, seine Blütenpracht ein leuchtender Farbtupfer neben dem glatten Grün des Rasens. Hinter und neben ihr sprenkelten andere Hütten den Hügel, unbewohnt, doch perfekt instand gehalten. Es waren Schalen. Teile einer großen Illusion. Seine Augen strichen rasch über sie hinweg, waren den Anblick gewöhnt.

Er betrachtete seine linke Hand, die auf dem Torpfosten lag, und spürte ein heftiges Jucken an der Verbindung zwischen dem Handgelenk und der neuen Hand, das nicht verschwinden wollte. Ein Jucken von der Art, das man nicht kratzen konnte, weil es innen, unter der Haut war. Die Narbe schmerzte nicht mehr, und die Hand am Ende seines Arms war keine ungewohnte Last mehr, so wie im ersten Jahr. Dennoch, etwas von dem anfänglichen unangenehmen Gefühl war zurückgeblieben.

Die Narbe war verheilt und hatte etwas zurückgelassen, das wie eine Schweißnaht aussah zwischen seinem Körper und dem, was man hinzugefügt hatte. Die Hand selbst sah recht natürlich aus, doch das war nur eine Illusion. Er hatte gesehen, was sich unter der fasrigen Hautschicht befand. Sie war viel stärker als seine rechte Hand und, auf raffinierte Weise, auch viel besser – sehr viel schneller in ihren Reaktionen. Er drehte sie, bewegte sie wie ein Maschinenteil, das sie eher war als eine Hand, die sie zu sein vorgab, dann lächelte er vor sich hin. Wenn er es wünschte, konnte er sie vergrößern und ihre Kraft erhöhen, sie in jede Art Werkzeug umwandeln, das er brauchte.

Er kletterte weiter und überquerte den sachte ansteigenden Hang des oberen Gartens. Auf halbem Weg über dem Rasen verlangsamte er seine Schritte und blieb schließlich überrascht stehen, als er aus der Hütte Musik hörte. Klaviermusik. Er neigte den Kopf, lauschte und fragte sich, wer das sein mochte. Die Melodielinie klang zunächst stockend, die Akkorde unsicher. Etwas später aber wurden dieselben Akkorde viel sicherer wiederholt, und der ganze zögerliche Eindruck war verschwunden.

Neugierig überquerte er den Rasen und trat ein. Die Musik kam aus dem Wohnzimmer. Er ging zur Tür und sah hinein. Am anderen Ende des Zimmers saß seine Mutter mit dem Rücken zu ihm an einem Klavier, und ihre Hände ruhten leicht auf den Tasten.

»Mutter?« Ben runzelte ungläubig die Stirn. Die Wiederholung der Melodielinie hatte viel klarer geklungen, fast professionell, doch seine Mutter spielte nicht.

Sie drehte sich um und war überrascht, ihn vor sich zu sehen. Ihre Wangen röteten sich. »Ja, ich war das. Komm, ich werd's dir zeigen ...«

Er ging hinüber und setzte sich neben sie auf die lange Klavierbank. »Es ist neu«, sagte er und betrachtete das Klavier. Dann fügte er im Ton einer Feststellung hinzu: »Außerdem spielst du nicht drauf.«

»Nein«, sagte sie, fing aber nichtsdestoweniger an; eine lange einleitende Passage, sehr viel komplizierter als die Phrase, die sie gespielt hatte – ein schnelles, leidenschaftliches Stück, das mit einer Sicherheit und Fingerfertigkeit gespielt wurde, die dem Versuch vorhin gefehlt hatte. Er sah verblüfft und begeistert zu, wie sich ihre Finger über die Tasten bewegten.

»Das ist schön«, sagte er, als sie fertig war. »Von wem ist das?«

»Chopin. Aus den Préludes.« Sie lachte, dann drehte sie sich um und sah ihn an. Ihre Augen strahlten vor Freude.

»Ich verstehe das immer noch nicht. Das war hervorragend.«

»Oh, das würde ich nicht sagen.« Sie lehnte sich zurück und starrte auf die Tastatur. »Ich bin ziemlich aus der Übung. Es ist lange her, seit ich das letzte Mal gespielt habe.«

»Warum hast du früher nie gespielt?«

»Weil es eine Besessenheit war.«

Sie hatte es gesagt, ohne ihn anzusehen, als erklärte das alles. Er betrachtete nochmals ihre Hände, sah die Schatten, die sie auf die Tasten warfen.

»Ich mußte an dich und Meg denken. Beides gleichzeitig konnte ich nicht, verstehst du, spielen und mich um euch kümmern. Und ich wollte euch großziehen. Diese Aufgabe konnte ich keinem anderen anvertrauen.«

»Dafür hast du *das* aufgegeben?«

Nichts hätte ihm unverständlicher sein können. Über eine solche Gabe zu verfügen und sie nicht zu nutzen. Es war einfach unmöglich.

»Oh, es ist oft vorgekommen, daß mir zum Spielen

zumute war. Ich habe mich schmerzhaft danach gesehnt. Es war wie ein Drogenentzug. Wie von einer starken Droge, die süchtig macht. Und indem ich diesen Teil von mir leugnete, fühlte ich mich wirklich weniger menschlich. Aber ich hatte keine andere Wahl. Ich wollte euch eine Mutter sein, nicht einfach jemand, der ab und zu mal kurz auftaucht.«

Er runzelte die Stirn, weil er ihr nicht folgen konnte. Dabei merkte er, wie wenig er über sie wußte. Sie war immer so nah, so vertraut gewesen. Er hatte nie daran gedacht, sie etwas über sie selbst zu fragen; über ihr Leben bis zu dem Zeitpunkt, als sie seinen Vater kennengelernt hatte.

»Meine eigenen Eltern waren nie da, weißt du.« Ihre Hände schlugen einen Dur-Akkord an, dann zwei schnelle Moll-Akkorde. Es klang vertraut, doch wie den Chopin konnte er es nicht identifizieren.

»Ich war entschlossen, euch nicht anzutun, was sie mir angetan haben. Ich weiß noch, wie isoliert ich mich gefühlt habe. Wie ungeliebt.« Sie lächelte, griff nach seiner Rechten – seiner menschlichen Hand – und drückte sie.

»Ich verstehe.«

Der Gedanke schmerzte ihn, daß sie das für ihn und seine Schwester getan hatte. Er hörte dem Stück, das sie gespielt hatte, noch einmal in Gedanken zu, und merkte, wo sie Betonungen setzte, wo sie langsamer wurde. Er konnte die Musik fast fühlen.

»Was ist das für ein Gefühl, wenn man so spielen kann?«

Sie holte tief Atem und sah ihn wie aus weiter Entfernung an, Augen und Mund von einem ganz vagen Lächeln erhellt, dann schüttelte sie den Kopf. »Nein. Ich kann's nicht sagen. Es gibt keine Worte dafür. Erhaben, vielleicht. Verändert. Irgendwie *anders.* Aber wie genau, kann ich nicht sagen.«

Als er in ihr Gesicht sah, empfand Ben zum erstenmal in seinem Leben so etwas wie Neid. Keinen eifersüchtigen, verzehrenden Neid, sondern die heftige Sehnsucht, ihr nachzueifern.

»Aber warum jetzt?«

»Kannst du dir das nicht denken?« Sie lachte und legte seine rechte Hand auf die Tastatur. »Du bist doch sonst so schnell.«

»Du willst es mir beibringen.«

»Euch beiden«, sagte sie, stand auf und trat hinter ihn, so daß sie seine Arme bewegen und seine Hände zurechtrücken konnte. »Meg hat mich darum gebeten. Und sie würde nicht lernen, wenn du es nicht auch kannst.«

Er dachte darüber nach, dann nickte er.

»Was war das für ein Stück, das du gespielt hast, als ich reinkam? Es hat sich angehört, als würdest du es zum erstenmal üben, obwohl du es schon perfekt kennst.«

Sie beugte sich näher, drückte ihre Wärme an seine Schulter, und ihr langes, schwarzes Haar strich über seine Wange. »Es war ursprünglich kein Stück für Klavier, das ist der Grund. Es ist für ein Streichorchester und Holzbläser geschrieben worden. Es stammt von Grieg. Hochzeitstag in Troldhaugen.« Sie legte ihre Hände auf beide Seiten seiner eigenen und wiederholte die Phrase, die er gehört hatte, dann spielte sie eine zweite, ähnliche.

»Das war hübsch«, sagte er. Die schlichte Art gefiel ihm.

»Du bist früh zurückgekommen«, bemerkte sie. »Was ist los? Wolltest du nicht in die Stadt gehen?«

Er drehte sich um und sah ihr in die Augen. »Vater hat angerufen. Der T'ang hat ihn gebeten, noch ein paar Tage zu bleiben.«

In ihrem Gesicht zeigte sich eine kurze Regung der Enttäuschung. Es war drei Monate her, seit sie Hal gesehen hatte.

»Noch ein paar Tage«, sagte sie ruhig. »Nun gut, das wird schnell vorbei sein.« Dann legte sie lächelnd ihre Hand auf seinen Arm. »Vielleicht sollten wir ein Picknick machen. Du, ich und Meg. Wie in alten Zeiten. Was meinst du?«

Ben sah sie wieder an, sah sie in neuem Licht. Die Andeutung eines Lächelns umspielte ihre Lippen und ihre Augen. »Das wäre schön«, sagte er. Aber seine Gedanken gingen schon weiter, spielten mit den Möglichkeiten der Tastatur, trieben die Dinge weiter. »Ja«, fügte er hinzu, stand auf und ging zu ihr. »Wie in alten Zeiten.«

* * *

Am nächsten Morgen hockte Ben in dem schattigen Wohnzimmer im Schneidersitz auf dem Boden und sah aufmerksam auf den Bildschirm, der die Wand gegenüber ausfüllte. Er sah sich einen der Sonderberichte des Sicherheitsdienstes an, die vor einigen Monaten nach dem Attentat auf den T'ang von Afrika für seinen Vater vorbereitet worden waren. Es war ein interessantes Dokument, nicht zuletzt weil es Dinge zeigte, die man für zu kontrovers – und aufrührerisch – hielt, um sie der Öffentlichkeit vorzuführen.

Nach dem Tod von Wang Hsien hatten die Sieben umgehend gehandelt und die wenigen verbliebenen Oppositionellen auf der Ersten Ebene festnehmen lassen – womit sie einer weiteren Ausweitung des Kriegs zwischen den Parteien oben vorbeugten –, doch selbst sie waren über das Ausmaß der Krawalle auf den unteren Ebenen überrascht gewesen. Natürlich hatte es früher schon Krawalle gegeben, doch nie in solchem Ausmaß, nicht mit solch beunruhigenden Konsequenzen. Beamte der Sieben, darunter Deckmagistrate, waren verprügelt, einige erschlagen worden. Sicheitsposten waren zerstört und Sicherheitstruppen gezwungen worden, sich aus Angst um ihr Leben aus einigen Stöcken zurückzuziehen. Nur ganz langsam hatten sich die Dinge beruhigt, die Feuer waren von selbst erloschen, und in einigen Teilen der Stadt – insbesondere in Ostasien und Nordamerika – war binnen weniger Tage der Sicherheitsdienst zurückgekehrt, um die letzte Glut des Widerstands auszutreten. Die Ordnung war wieder hergestellt worden. Doch für wie lang?

Er wußte, es war eine Warnung. Ein Vorzeichen der Dinge, die kommen sollten. Aber würden die Sieben es beachten? Oder würden sie weiterhin die Probleme ignorieren, die den Menschen auf den unteren Ebenen der Stadt zu schaffen machten, und die Unruhe solchen Gruppen wie den *Ping Tiao* anlasten?

Ben rieb sich nachdenklich das Kinn. Für die angesehenen Bürger der Mittleren Ebenen waren die *Ping Tiao* Buhmänner – die Prototypen und Symbolfiguren jener zerstörerischen Kräfte, die der Krieg entfesselt hatte –, und MidText, ihr Medienkanal, spielte skrupellos mit ihren Ängsten. Aber die Wahrheit sah anders aus.

Die Medien hatten zum erstenmal vor achtzehn Monaten über die *Ping Tiao* berichtet, als drei Mitglieder ihrer Gruppe einen Mittelebenen-Administrator entführt und umgebracht hatten. Sie hatten Flugblätter in Umlauf gesetzt, die behaupteten, daß der Administrator ein korrupter und brutaler Mann gewesen sei, der seine Stellung mißbraucht habe und sein Schicksal verdiene. Das entsprach der Wahrheit, aber die Autoritäten hatten sofort dagegengehalten und den toten Beamten als einen angesehenen Familienvater geschildert, der einer Bande von Verrückten zum Opfer gefallen sei; Verrückten, die nur eines wollten – die Stadt einebnen und Chung Kuo selbst zerstören.

Während die Wochen vergingen und die *Ping Tiao* weitere ›Greueltaten‹ begingen, hatten die Medien eine von keinen Skrupeln getrübte Kampagne gegen die Gruppe lanciert und ihren Namen mit jedem Ausbruch von Gewalt oder Unruhe in Verbindung gebracht. Die offiziellen Verlautbarungen entsprachen in gewissem Maße durchaus den Tatsachen, denn die *Ping Tiao* verfolgten ohne Frage eine äußerst rabiate Taktik, die darauf abzielte, mit Anschlägen auf scheinbar willkürlich gewählte Ziele ein Maximum an Erschütterung herbeizuführen. Dennoch wurde das Ausmaß der *Ping Tiao*-Aktivitäten stark übertrieben und der Eindruck erweckt, wenn die *Ping Tiao* nur vernichtet werden könnten, würden alle Probleme, für die sie standen, auf einen Schlag mit verschwinden.

Die Kampagne hatte gewirkt, zumindest in den Mittleren Ebenen. Weiter unten aber, auf den engen und übervölkerten Ebenen über dem Fundament der Stadt, dachte man anders über die *Ping Tiao*. Dort galten sie als Helden, deren Auftreten ein mächtiger und unverfälschter Ausdruck langdauernder Mißstände war. Die Unterstützung für die Terroristen wuchs unaufhörlich. Und sie wäre weiter gewachsen, hätte sich in einem Kinderhort in einer Mittleren Ebene nicht ein tragischer Unfall ereignet.

Zuverlässige Quellen der Oberen Ebenen machten später ganz deutlich, daß die *Ping Tiao* nichts mit dem zu tun hatten, was ›Das Kanton-Lyons-Massaker‹ genannt wurde, aber die Medien hatten eine Zeitlang freie Bahn und attackierten die *Pin Tiao* für eine, wie sie es nannten, ›feige Barbarei und Unmenschlichkeit‹.

Die Wirkung ließ nicht auf sich warten. Die öffentliche Meinung wandte sich über Nacht gegen die Ping Tiao, und eine darauffolgende Operation des Sicherheitsdienstes gegen die Terroristen hatte die Gefangennahme und Hinrichtung von über achthundert Mitgliedern der Partei zur Folge – die meisten von ihnen identifiziert durch ihnen vorher wohlgesonnene Freunde und Nachbarn.

Für die *Ping Tiao* waren diese wenigen Wochen verheerend gewesen. Sie waren in die Bedeutungslosigkeit abgesunken. Doch in den letzten paar Tagen schienen sie das hinter sich gebracht zu haben. Fischembleme – das Symbol der *Ping Tiao* – waren auf allen Ebenen gesichtet worden, auf Mauern gemalt oder mit Blut auf die Gesichter ihrer Opfer geschmiert.

Aber die Autoritäten hatten schwer zurückgeschlagen. MidText zum Beispiel hatte alte Ängste aufgestachelt. Die gegenwärtigen Schwierigkeiten, behaupteten sie, seien hauptsächlich die Folge einer Komplizenschaft zwischen den *Ping Tiao* und einer kleinen Gruppe der Oberen, die ihre Grausamkeiten finanzierte.

Ben hielt die Aufnahme an und dachte an das zurück, was Li Shai Tung an jenem Abend vor fünf Jahren darüber gesagt hatte, wie wichtig es sei, seine Feinde zu kennen. Li Shai Tung hatte sich, als er das sagte, auf demselben Niveau bewegt und die selbstbetrügerischen Halbwahrheiten der MidText-Bilder für bare Münze genommen. Aber diese Männer – Terroristen und Firmenchefs gleichermaßen – waren bloße Zeichen: der Schaum auf der Oberfläche des Brunnens. Und der Brunnen war tief. Sehr viel tiefer, als die Sieben sich vorzustellen wagten.

Er ließ die Aufnahme weiterlaufen. Sofort war wieder das Geplapper zu hören, und der Bildschirm füllte sich mit neuen Bildern von Krawallen und Plünderungen.

Riesige Menschenmassen wälzten sich durch die unteren Ebenen, zerstörten Wachposten und Barrikaden, schlugen Schaufenster ein und trugen weg, was immer sie in die Finger bekamen. Unglückliche Beamte wurden vor laufender Kamera totgeprügelt oder gefesselt und mit brennbaren Chemikalien überschüttet, bevor man sie anzündete. Ben sah, wie die Menge sich um diese Opfer drängte und begeistert aufheulte, wenn ein graubärtiger Magistrat erschlagen wurde. Er bemerkte die häßliche Brutalität in jedem Gesicht und nickte bei sich. Dann erschienen neue Bilder, zeigten eine andere Menschenmenge, diesmal eine etwas geordnetere. Ringsum wurden eilig zusammengebastelte Transparente gehoben und forderten höhere Lebensmittelrationen, eine Wiedereinführung der staatlichen Unterstützung für Arbeitslose und eine Aufhebung jeglicher Reisebeschränkungen. *»Pien hua!«* skandierten sie zu Hunderttausenden. *»Pien hua!«*

Veränderung!

In vielen Gesichtern war eine glühende Empörung abzulesen; in anderen ein heftiges, ungezügeltes Verlangen, das kein Ventil fand. Manche fuchtelten mit langen Messern oder Knüppeln durch die Luft und bleckten die Zähne zu einem wilden, animalischen Grinsen, in ihren Augen ein Glitzern schierer Freude darüber, alle Fesseln abgeworfen zu haben. Viele von ihnen kosteten zum erstenmal eine solche Freiheit, und sie tanzten wie irr im Rhythmus des großen Chors, berauscht von dem Wahnsinn, der ringsum wütete.

»PIEN HUA! PIEN HUA! PIEN HUA! PIEN HUA!«

Ben sah ein Bild nach dem anderen aufblitzen und spürte die ungeheuere Macht, das düstere Potential, das von ihnen ausging. Es war elementar wie eine gewaltige Bewegung in der Erde selbst. Und doch war alles so wenig gezügelt, so richtungslos. Veränderung verlangten sie. Doch Veränderung in welche Richtung?

Niemand wußte das. Niemand schien imstande sich vorzustellen, was Veränderung bringen könnte. Mit der Zeit würde vielleicht jemand eine Antwort auf diese Frage finden – würde die Massen an sich reißen und den dunklen Strom der Unzufriedenheit in feste Bahnen lenken. Aber bis dahin hatten die Sieben recht daran getan, den Sturm wüten, die Fluten ungedämmt ansteigen zu lassen; denn sie wußten, daß das Wasser zurückgehen und der Sturm verebben würden. Ein Versuch, diesen gewaltigen Ausbruch der Gefühle zu beherrschen oder zu unterdrücken, hätte es nur noch schlimmer gemacht.

Ben löschte den Bildschirm und dachte über das nach, was er gesehen hatte. Wang Hsiens Tod mochte der Auslöser gewesen sein, doch die wahren Gründe der Welle der Gewalt lagen viel tiefer, waren letztlich so alt wie die Menschheit selbst. Denn so sah die Menschheit unter der zerbrechlichen Hülse der Zivilisation wirklich aus. Und nicht bloß jene, die er auf dem Bildschirm gesehen hatte, denen der Wahnsinn im Blick stand, sondern alle Menschen. Lange Zeit hatten sie versucht, sich selbst zu täuschen, und vorgeben, sie seien anders – kultivierter und vergeistigter; Göttern ähnlich und nicht den Tieren, die sie tatsächlich waren. Doch jetzt hielt es den Deckel nicht mehr auf dem Kessel, und die Dunkelheit sprudelte an die Oberfläche.

»Ben?«

Er drehte sich um. Meg stand in der Tür und beobachtete ihn. Das Morgenlicht, das hinter ihr hereindrang, hüllte ihr Gesicht und ihre Gestalt in Schatten, und für einen Moment sah sie seiner Mutter so ähnlich, daß er sie verwechselte. Dann erkannte er seinen Irrtum und lachte.

»Was ist los?« fragte sie, die Stimme voll und tief.

»Nichts«, antwortete er. »Ist es fertig?«

Sie nickte, dann trat sie ins Zimmer. »Was hast du dir angesehen?«

»Ich habe mir Vaters Folien angesehen. Über die Krawalle.«

Sie sah an ihm vorbei. »Ich dachte, das interessiert dich nicht.«

Er blickte ihr in die Augen. »Stimmt. Zumindest die Vorfälle selbst nicht. Aber die unterschwellige Bedeutung des Ganzen ... das fasziniert mich. Ihre Gesichter – sie sind wie Fenster in ihre Seelen. All ihre Ängste und Sehnsüchte spiegeln sich darin. Aber es braucht einen Anlaß wie diesen, um sie so weit zu bringen. Etwas Großes und Erschreckendes. Und dann fällt die Maske und das Tier starrt durch ihre Augen.«

Und die *Ping Tiao*, dachte er. Sie interessieren mich auch. Denn sie sind etwas Neues. Etwas, das der Stadt bisher gefehlt hat. Ein Karpfen, der in einem leeren Teich auftaucht.

»Also ... gehen wir raus?«

Sie lächelte. »Gut. Du zuerst.«

Auf dem Rasen neben den Blumenbeeten hatte ihre Mutter auf einem großen rot-weiß karierten Tischtuch ein Picknick vorbereitet. Als Ben ins Freie trat, sah sie zu ihm hinüber und lächelte. Im Sonnenlicht wirkte sie viel jünger, als sie tatsächlich war; eher wie Megs ältere Schwester denn wie ihre Mutter. Er ging zu ihr und setzte sich neben sie, lauschte dem trägen Summen der Bienen, roch die reichen Düfte der Blüten, die den scharfen Salzgeruch von der Bucht überdeckten. Es war ein herrlicher Tag, und das Blau des Himmels wurde nur da und dort von großen, langsam dahintreibenden Kumuluswolken unterbrochen.

Ben betrachtete das Gedeck, das vor ihm ausgebreitet lag. Es sah alles wie neu geschaffen aus. Ein großer Korb voller Äpfel stand mitten in dem Festmahl, und ihr pralles, rundes Grün deutete auf ein saftiges Fruchtfleisch hin. Zur Linken wurde sein Blick vom hellen Gelb der Butter in ihrer runden weißen Porzellanschale angezogen, und daneben vom noch tieferen, fast honigfarbenen Gelb einer großen Ecke Cheddarkäse. Es stand eine große Platte von fingerdick geschnittenem Schinken da, das Fleisch ein weiches Rosa, die Kante schneeweiß, und daneben ein frischgebackener Laib Brot, drei Scheiben davon abgeschnitten und ausgebreitet, so daß die flockige Weiße des Brots zu sehen war. Hellrote Tomaten, von denen Flüssigkeit perlte, teilten sich eine Schale mit dem blasseren Grün eines frischgewaschenen Kopfsalats, während andere, kleinere Schalen kleine Rettiche und Zwiebeln, geschälte Karotten, Weintrauben und Sellerie, Rote Johannisbeeren und Brunnenkresse enthielten.

»Es ist schön«, sagte er und blickte zu seiner Mutter auf.

Erfreut reichte sie ihm einen Teller. Wenig später kam Meg zurück und trug ein Tablett, auf dem drei hohe Gläser und ein Krug frischgemachter, gekühlter Limonade standen. Er lachte.

»Was ist los?« fragte Meg und stellte das Tablett ab.

»Das«, sagte er und deutete auf die Fülle, die vor ihnen ausgebreitet lag.

Megs Lächeln verblaßte langsam. »Was stimmt damit nicht? Gefällt's dir nicht?«

»Nein«, versicherte er leise. »Es ist wundervoll.« Er lächelte, dann beugte er sich vor und stellte sich auf dem Teller eine Portion zusammen.

Meg zögerte, dann goß sie aus dem Krug ein und reichte ihm das kalte, beschlagene Glas. »Hier.«

Er setzte das Tablett ab, nahm das Glas und nippte daran. »Hmmm«, machte er anerkennend, und seine Augen erwiderten ihr Lächeln. »Hervorragend.«

Neben ihm war seine Mutter damit beschäftigt, Meg einen Teller zusammenzustellen. Sie sprach, ohne ihn anzusehen.

»Meg sagt, du hast Nietzsche gelesen.«

Er warf Meg einen Blick zu. Sie sah zu Boden, und ihre Wangen röteten sich leicht.

»Das stimmt.« Er nippte noch mal an seinem Getränk, dann starrte er angestrengt auf die Außenseite des Glases.

Seine Mutter wandte den Kopf und sah ihn an. »Ich dachte mir, daß du Nietzsche gelesen hast.«

»Das habe ich. Als ich acht war.«

»Dann verstehe ich dich nicht. Ich dachte, du hättest gesagt, du könntest nie etwas zweimal lesen.«

Er begegnete ihrem Blick. »Das dachte ich mir auch. Aber ich habe mich wohl geirrt.«

Sie dachte schweigend nach, dann sah sie ihn wieder an. »Dann kannst du doch auch mal etwas vergessen?«

Er schüttelte den Kopf. »Das ist keine Frage des Vergessens. Es ist nur so, daß manche Dinge verschüttet gehen.«

»Verschüttet?«

Er stellte sein Glas hin, weil er merkte, daß er es würde erklären müssen.

»Ich habe es vor einigen Monaten gemerkt, als Vater mir gegenüber etwas von Nietzsche zitierte. Zwei Zeilen aus *Ecce Homo*. Ich hätte mich deutlich erinnern müssen, aber ich konnte es nicht. Oh, es war in gewisser Hinsicht recht deutlich – ich konnte mich ziemlich klar an die Worte erinnern. Ich konnte sie sogar vor mir auf der Seite sehen und mich erinnern, wo ich war, als ich sie gelesen habe. Aber das war es schon, verstehst du? Das meine ich damit, daß Dinge verschüttet gehen. Als Vater diese besondere Erinnerung auslöste, konnte ich sie *im Zusammenhang* wieder aus dem Gedächtnis abrufen, gemeinsam mit all den anderen wahllosen Wahrnehmungen meines achtjährigen Ich.«

Ben streckte die Hand aus, nahm eine Tomate aus der Schale und rieb sie an seinem Ärmel ab, dann blickte er wieder zu seiner Mutter auf, das Gesicht ernst, fast entrückt.

»Weißt du, diese Zeilen von Nietzsche waren mit allen möglichen anderen Dingen verflochten. Mit Fetzen Musik – Mahler und Schönberg und Schostakowitsch –, mit den abstrakten Gemälden von Kandinsky und Klee, der Lyrik von Rilke und Donne und Bashō, und Gott weiß was sonst noch. Tausende miteinander verflochtene Fäden. Zu viele, um sie auf einmal zu erfassen. Aber es war nicht bloß ein Fall von Assoziation von Naheliegendem – ich habe festgestellt, daß meine Lektüre, sogar mein Verständnis Nietzsches, von diesen Dingen gefärbt war. Und selbst wenn ich's versuchte, könnte ich diese Impressionen nicht abschütteln und seine Worte neu begreifen. Ich mußte es physisch trennen.«

»Wie meinst du das?« fragte Beth und beugte sich vor, um eine Traube abzupflücken.

»Das heißt, daß ich mir den Text noch einmal vornehmen, die Worte noch mal von der Seite ablesen mußte. Frei von all diesen alten Assoziationen.«

»Und?« Es war Meg, die diese Frage stellte. Sie beugte sich vor und beobachtete ihn fasziniert.

Er senkte den Blick und biß in die Tomate. »Und es hat funktioniert. Es hat die Worte von ihrem alten Kontext befreit.«

Er stopfte sich den Rest der Tomate in den Mund und verfiel für eine Weile in nachdenkliches Schweigen. Die beiden Frauen beobachteten ihn und gaben ihm Zeit, stellten ihn wie immer in den Mittelpunkt ihrer Aufmerksamkeit. Als er die Tomate aufgegessen hatte, trank er einen großen Schluck von seiner Limonade. Erst dann redete er weiter.

»Es ist so, als bestünde mein Geist aus verschiedenen Schichten. Es ist alles in meinem Kopf – fossiliert, wenn ihr so wollt, und zugänglich, wenn ich es freiklopfen will –, mein Gedächtnis ist zwar perfekt, aber dennoch selektiv.«

Ben lachte und sah seine Schwester wieder an. »Erinnerst du dich an diese Geschichte von Borges, Meg? *Das unerbittliche Gedächtnis,* über den Jungen mit dem perfekten Gedächtnis, der an sein Bett und von der Perfektion – den überwältigenden Details – vergangener Momente gefesselt ist. Nun, so ist es nicht. Ich könnte nie so sein, so amüsant die Idee auch ist. Weißt du, der Geist mißt den einen Dingen viel größere Bedeutung als anderen zu. Und dafür gibt es einen guten Grund. Das Unterbewußtsein nimmt wahr, was die bewußte Intelligenz zu oft übersieht – daß es eine Hierarchie der Erfahrungen gibt. Manche Dinge sind den tiefen Schichten unseres Ich wichtiger als andere. Und der Geist stößt uns immer wieder mit der Nase darauf. Er drängt sie uns auf, könnte man sagen – in Träumen und in ruhigen Momenten, wenn wir am wenigsten mit ihrer Gegenwart rechnen.«

»Warum sollte er das tun?«

Ben zuckte die Achseln. »Ich weiß es nicht genau.« Er nahm einen Apfel aus dem Korb. »Aber vielleicht hat es mit etwas zu tun, das uns auf genetischer Ebene einprogrammiert ist. Ein Code. Ein Schlüssel dafür, warum wir hier sind, wie die Chiffren in Augustus' Tagebuch.«

Als Ben einen großen Biß in den Apfel tat, sah Meg zu ihrer Mutter hinüber und bemerkte, daß sie bei der Erwähnung von Augustus und des Tagebuchs wegsah.

»Aber warum Nietzsche?« fragte Meg. Sie konnte seine Faszination für einen deutschen Philosophen des neunzehnten Jahrhunderts nicht begreifen. Für sie war dieser Mann schlicht ein Extremist, ein Fanatiker. Er verstand nichts von den rein menschlichen Dingen, die eine Gesellschaft zusammenhielten – nichts von Liebe, Sehnsucht oder Opferbereitschaft. Für ihr Empfinden wies sein Denken fatale Mängel auf. Es war das Denken eines Eremiten, eines Misanthropen. Aber der Mensch war eine soziale Spezies; er existierte nicht isoliert von seinen Mitmenschen, noch konnte er es überhaupt länger als eine Lebensspanne. Und jede menschliche Kultur war das Produkt zahlloser Generationen. In Wahrheit hatte sie mit der schwierigen, sperrigen Prosa Nietzsches gerungen und zu begreifen versucht, was Ben in ihm sah, aber es hatte nur ihre Abneigung gegen diesen Mann bestätigt.

Ben kaute auf einem Bissen Apfel, dann lächelte er und schluckte ihn hinunter. »Sein Denken hat eine fast halluzinatorischen Klarheit an sich, die mir gefällt.

Und außerdem eine gewisse Furchtlosigkeit. Er scheut sich nicht, Anstoß zu erregen. Er hat vor nichts soviel Respekt, daß er es sich nicht näher ansehen und analysieren würde, und das ist selten in unserer Kultur. Sehr selten.«

»So?« warf Meg ein und bemerkte, wie ihre Mutter Ben ansah, eine wilde Neugier im Blick.

Er betrachtete den Apfel, dann zuckte er die Achseln und biß noch mal hinein.

Beth brach ihr langes Schweigen. »Arbeitest du an etwas Neuem?«

Ben sah weg. Dann stimmte es also. Er hatte mit etwas Neuem angefangen. Ja, das hätte sie wissen müssen. Er verhielt sich immer so, wenn er etwas Neues anfing – leidenschaftlich, heimlichtuerisch, sehr launisch.

Die beiden Frauen saßen da und sahen zu, wie er den Apfel bis zum Kerngehäuse aufaß.

Er wischte sich die Finger am Rand des Tischtuchs ab, dann blickte er auf und sah Meg in die Augen. »Ich dachte gerade, wir könnten später zur Bucht runtergehen und Muscheln suchen.«

Sie wandte sich ab, um sich die Überraschung nicht ansehen zu lassen. Es war schon eine Weile her, seit sie zuletzt unten an der Bucht gewesen waren, warum also hatte er es ausgerechnet jetzt vorgeschlagen? Vielleicht wollte er nur ihrer Vorliebe für Muscheln nachgeben, aber das glaubte sie nicht. Bei Ben steckte immer mehr dahinter. Es würde ihr Freude bereiten, und Ben würde daraus eine Art Spiel machen, doch er würde für das Spiel einen Grund haben. Er hatte immer einen Grund.

Ben lachte und streckte die Hand aus, um einen der kleinen Rettiche aus der Schale zu nehmen. »Und morgen zeige ich euch dann, was ich vorhabe.«

* * *

Warfleet Cove war eine kleine Bucht nah der Mündung des Flusses. Von der alten Stadt war sie über eine Straße zu erreichen, die in einem Wirrwarr von Felsen abrupt endete, wo der Schatten der Mauer eine scharfe, aber ausgezackte Linie über die Felsen und den Hügel dahinter warf. Zur Linken fiel das Land zum Fluß hin ab und erstrahlte in hellem Sonnenlicht. Durch das dichte Gestrüpp – Brombeer- und Himbeersträucher, Wildblumen und hohe Gräser – wand sich ein Pfad, der am Ausläufer der Bucht wieder zum Vorschein kam.

Ben trat auf die abgeflachte Felszunge hinaus und löste den Riemen seiner Schultertasche. Unter ihm fiel das Land zu beiden Seiten steil ab und bildete in der Bucht eine schartige Spitze. Eine flache Lage Kies grenzte an die sandige Bucht. Zur Zeit herrschte Ebbe; das Sonnenlicht wurde von einer Anzahl kleinerer Pfützen im Fels widergespiegelt. An beiden Enden der Bucht stapelten sich Felsen und verschmälerten die Durchfahrt. Es war ein urwüchsiger, primitiver Ort, und man konnte sich leicht vorstellen, wie die winzige Flotte von Heinrich II. von Plantagenet hier im Jahre 1147 vor Anker gegangen war und darauf gewartet hatte, nach Jerusalem weiterzusegeln und die Ungläubigen im zweiten Kreuzzug zu bekämpfen. Weiter um die Landspitze stand das Schloß, erbaut von Heinrich Tudor, Heinrich III., dessen Sohn mit dem Papsttum gebrochen hatte. Ben holte tief Luft und lächelte. Dies war ein historischer Ort. Von hier aus waren im Jahr 1620 die Pilgerväter zum amerikanischen Neuland aufgebrochen, und im Juni 1944 war ein Teil der großen Invasionsflotte von hier ausgelaufen – fünfhundert Schiffe, deren Ziel die Normandie war, um Europa von Hitler und den Nazis zu befreien.

Alles vorüber, dachte er bitter und wandte sich seiner Schwester zu. Diese ganze große Vergangenheit war vorüber und vergessen – begraben unter dem Eis der Han-Stadt.

»Komm«, sagte er. »Es ist Ebbe. Wir gehen zu den Felsen an der Nordspitze. Da müßten wir etwas finden.«

Meg nickte und folgte ihm, nahm seine Hand, wo der Weg am steilsten war, und ließ sich von ihm hinunterhelfen.

Am anderen Ende des Kiesgeländes hielten sie inne, zogen ihre Schuhe aus und stellten sie auf die Steine. Auf halbem Weg über den Sand blieb Ben stehen und drehte sich um, deutete nach unten und zurück und zog eine Linie. »Schau mal!«

Sie sah hin. Die Sonne hatte den Sand gewärmt, aber dort, wo sie entlanggegangen waren, hatten ihre Füße feuchte Abdrücke hinterlassen, dunkle Flecken auf dem weißen, dichten Sand. Sie verblaßten, als sie hinsahen, die entferntesten zuerst, die nächsten zuletzt.

»Wie die Geschichte«, sagte er und wandte sich von ihr ab, um zum Rand des Wassers weiterzugehen.

Oder die Erinnerung, dachte Meg und sah auf ihre Füße. Sie machte einen Schritt, dann hielt sie inne und sah zu, wie die scharfe Klarheit des Abdrucks langsam verschwamm, wie ein Bild, das über eine große Entfernung gesendet wurde, zuerst an den Rändern, dann – in einem plötzlichen Schub – von der Mitte aus, wo er in zwei kleine, getrennte Kreise zerfiel, bevor er verschwand. Es war so, als sei der ganze Abdruck in die Tiefen des Sandes versunken und nunmehr im Felsen selbst gespeichert.

»Hier!« rief Ben triumphierend. Sie lief zu der Stelle, wo er am Rande des Wasser kauerte, und bückte sich neben ihn.

Die Muschel war zu zwei Dritteln im Sand begraben. Dennoch waren ihre Form und ihre Farbe deutlich zu erkennen. Es war eine rosaschlundige Stachelschnecke. Meg klatschte erfreut in die Hände und sah ihren Bruder an.

»Paß auf, wenn du sie ausgräbst, Ben. Du darfst die Stacheln nicht beschädigen.«

Das wußte er natürlich, aber er sagte nichts, nickte bloß, zog seine Tasche nach vorn und öffnete die Klappe.

Sie sah zu, wie er rings um die Muschel den Sand wegscharrte, dann die kleine Kelle hinlegte und sich daran machte, den feuchten, dichtgepackten Sand mit den Fingern wegzukratzen. Als er die Muschel freigelegt hatte, hob er sie mit spitzen Fingern hoch und brachte sie zu einem der Teiche, um sie zu säubern.

Meg wartete. Als er zurückkam, kniete er sich vor ihr hin und öffnete die Finger ihrer Rechten, um ihr die blasse, weißrosa Muschel in die Hand zu legen. Gesäubert sah sie noch schöner aus. Ein perfektes Exemplar, geschwungen und elegant wie ein seltsamer fossiler Fisch.

»Der Igel des Meeres«, erklärte er und starrte die Muschel an. »Wie viele Punkte kannst du zählen?«

Es war ein altes Spiel. Sie hob die Muschel, starrte ihre Spitze – die ›Nase‹ – an und zählte die winzigen Knoten, die jedes neue Stadium auf der Wachstumsspirale markierten.

»Sechzehn«, sagte sie und gab ihm die Muschel zurück.

Er betrachtete sie. »Eher vierunddreißig«, sagte er und blickte zu ihr auf. Er berührte vorsichtig die Spitze der Muschel. »In diesen ersten fünf Millimetern sind mindestens achtzehn.«

»Aber die zählen nicht«, protestierte sie. »Die sind zu klein!«

»Klein vielleicht, aber zählen tun sie trotzdem. Jeder markiert ein Wachstumsstadium der Molluske, vom winzigen Anfang an. Wenn du sie röntgenst, siehst du es. Dieselbe Form wird ständig wiederholt, jedes Mal etwas größer, jeder Abschnitt hinter dem Schalentier versiegelt – zu klein geworden, wenn du so willst. Selbst nach dem Tod des Tiers wächst sie noch. Damit hört sie nie auf. Die Spirale ist unvollständig.«

»Das ist bei Spiralen immer so.«

Er lachte und gab ihr die Muschel zurück. »Ja. Ich nehme an, sie ist von Natur aus unvollständig. Es sei denn, sie tritt doppelt auf.«

Meg starrte ihn an. »Ben? Was machst du eigentlich hier?«

Seine dunkelgrünen Augen blinzelten schelmisch. »Muscheln sammeln. Das ist alles.«

Er stand auf, ging an ihr vorbei und suchte den Strand nach weiteren Exemplaren ab. Meg drehte sich um und beobachtete ihn aufmerksam, weil sie wußte, daß das Ganze viel komplizierter war, als er vorgab. Schließlich richtete sie sich auf und schloß sich ihm an.

Zwei Stunden später machten sie eine Pause. Die Sonne war über sie hinweggewandert, und das andere Ende der Bucht lag nun im Schatten. Vor einer Stunde war die Flut eingebrochen, und das Meer hatte bereits den Sand zwischen den Felsen an der Mündung der Bucht überschwemmt. Ben hatte in seiner Tasche Sandwiches mitgebracht, und die teilten sie sich jetzt, während sie auf den flachen Felsen lagen und die Sonne des späten Nachmittags genossen, die Muscheln neben ihnen auf einem Tuch ausgebreitet.

Auf dem hellgrünen Tuch lagen mehr als ein Dutzend verschiedener Exemplare – Fledermausflügel und Turitella, Orchideenspinne und Flamingozunge, Goldrandhelm und Streifenmütze, Pelikanfuß, Perlenmutter, Schlangenkopfkaurie und verschiedene andere – alle glänzten frischgewaschen in der Sonne. Ein breites Spektrum von Formen, Größen und Farben, und keine von ihnen in den kalten grauen Gewässern der englischen Südküste heimisch.

Aber davon wußte Meg nichts.

Es hatte angefangen, als Meg vier war. An der Wand des Flurs hatte ein gläserner Ausstellungkasten gehangen, und als Hal Shepherd bemerkte, welches Vergnügen die Formen und Farben der Muscheln Meg bereiteten, hatte er in der Stadt weitere Exemplare gekauft und in die Domäne mitgebracht. Bei Ebbe hatte er sie an der Bucht verstreut und Meg am nächsten Tag mitgenommen, damit sie sie ›finden‹ konnte. Ben, der zu dieser Zeit sieben gewesen war, hatte es sofort durchschaut, die Täuschung aber deshalb nicht aufgedeckt, weil er Meg ihre offenkundige Freude an dem Spiel nicht verderben wollte. Und als sein Vater vorgeschlagen hatte, im Dienste dieser Illusion das Buch seines Urgroßvaters über Schalen neu zu schreiben, hatte er die Gelegenheit beim Schopfe gefaßt. Jener Band stand jetzt als eine clevere, subtile Parodie des Originals an seiner Stelle auf dem Regal. Die Muscheln, die jetzt auf dem Tuch lagen, hatte er erst vor zwei Tagen ausgestreut.

Hoch über ihnen stießen Seemöwen müde Schreie aus. Er blickte auf und beschirmte die Augen, dann sah er Meg wieder an. Ihre Augen waren geschlossen, ihr Körper wie der einer jungen Löwin auf dem Felsen ausgestreckt. Ihr Gesicht und ihre Glieder waren dunkel getönt, fast braun gegen das klare Weiß ihrer Hose und ihrer Weste. Ihr dunkles Haar lag in dicken langen Locken auf dem sonnengebleichten Fels. Sein Blick wurde aber immer wieder von ihren vollen Brüsten angezogen, die sich unter dem Stoff wölbten, von der vielversprechenden Kurve ihrer Beine, Hüfte und Lende, der perfekten Rundheit ihrer Schultern, der seidigen Glätte ihres Halses, der seltsamen Nacktheit ihrer Zehen. Er zitterte und sah weg, verwirrt von der Richtung, die seine Gedanken plötzlich einschlugen.

Wie vertraut sie ihm war, und trotzdem auf einmal so fremd.

»Woran denkst du?« fragte sie leise, fast schläfrig.

Der Wind strich mild und warm über seine Wange und seinen Arm, dann verebbte er. Ben lauschte dem gedämpften Rauschen der Wellen, die sich auf der anderen Seite des großen Felswalls brachen.

Meg richtete sich auf einen Ellbogen auf und sah zu ihm herüber. »Was ist?« fragte sie lächelnd. »Hat dir eine Katze die Zunge abgebissen?«

Er erwiderte ihr Lächeln. »Du hast vergessen, daß es keine Katzen gibt.«

Sie schüttelte den Kopf. »Das stimmt nicht. Papa hat versprochen, mir diesmal eine mitzubringen.«

»Aha«, nickte er, sagte aber nicht, was er dachte. Noch ein Spiel, das die Illusion vertiefte. Wenn ihr Vater eine Katze mitbrachte, konnte auch sie nur eine Kopie sein – höchstwahrscheinlich von GenSyn –, denn die Han hatten schon vor langer Zeit alle echten Katzen getötet.[13]

»Wie wirst du sie nennen?«

Sie sah ihm neckisch in die Augen. »Zarathustra, denke ich.«

Er schluckte ihren Köder nicht. Zarathustra war Nietzsches Dichter-Philosoph; der verletzend bittere Einzelgänger, der von seinem Exil auf dem Berg herabgestiegen war, um der Welt zu verkünden, das Gott tot sei.

»Ein guter Name. Besonders für eine Katze. Es heißt, sie seien äußerst selbständig.«

Sie starrte ihn erwartungsvoll an. Als er es bemerkte, lachte er. »Du mußt noch warten, Meg. Morgen, das verspreche ich dir. Dann weihe ich dich in alles ein.«

Selbst der Schmollmund, den sie zog – und der so typisch für das Mädchen war, das er sein ganzes Leben gekannt hatte –, wirkte heute irgendwie anders, verwandelt und seltsam, überraschend erotisch.

»Muschelschalen …«, sagte er und versuchte seine

Gedanken von ihr loszureißen. »Ist dir je aufgefallen, wie sehr sie dem Gedächtnis ähneln?«

»Noch nie«, sagte sie, lachte und machte ihn für einen Moment glauben, sie habe seinem Gesicht etwas angesehen.

Er sah ihr herausfordernd in die Augen. »Nein. Denk darüber nach, Meg. Schließen die meisten Menschen nicht auch ihre Vergangenheit Phase um Phase hinter sich ab, genauso wie eine Molluske aus ihrer Schale herauswächst und die alten Kammern hinter sich versiegelt?«

Sie lächelte ihn an, dann legte sie sich wieder hin und schloß die Augen. »Du nicht. Das hast du selbst gesagt. Es ist alles noch da und zugänglich. Man muß nur den Fels wegkratzen und hat es wohlerhalten wieder vor sich.«

»Ja, aber dennoch ist es so ähnlich. Dieses Gefühl, daß die Dinge eingeschlossen sind, wovon ich geredet habe. Siehst du, Teile meiner Vergangenheit sind wirklich in Kammern eingeschlossen. Ich kann mich erinnern, was sie enthalten, aber ich kann auf keine Weise mehr in sie zurückkehren. Ich weiß nicht, was für ein Gefühl das ist, der zu sein, der ich damals war.«

Sie schlug träge ein Auge auf. »Und willst du das wissen?«

Er starrte sie streng an. »Ja. Mehr als alles andere. Ich will einen Eindruck bekommen, was für ein Gefühl das war. Um es irgendwie zu retten.«

»Hmmm...« Ihr Auge war wieder geschlossen.

»Darum geht's, verstehst du? Ich will in die Schale kriechen. Um zu spüren, wie es war, dort zu sein, bevor mir alles verschlossen wurde. Verstehst du das?«

»Hört sich an wie reine Nostalgie.«

Er lachte, doch sein Lachen klang ein wenig zu scharf. »Vielleicht... aber das glaube ich nicht.«

Sie schien jetzt völlig entspannt. Ihre Brüste hoben

und senkten sich langsam. Er betrachtete sie eine Weile, erneut verwirrt von der Stärke seiner Gefühle. Dann legte er sich hin, folgte ihrem Beispiel und döste in der warmen Sonne.

Als er wach wurde, hatte sich die Sonne weiter den Himmel hinunterbewegt. Der Schatten der Mauer hatte sich bis zum Fuß der Felsen unter ihnen ausgestreckt, und die Flut hatte die winzige Bucht fast ausgefüllt und sie abgeschnitten. Sie würden zurückwaten müssen. Das schwere Donnern einer Welle gegen die Felsen hinter ihm ließ ihn ruckartig herumfahren. Als er sich umdrehte, hörte er in der Nähe den heiseren Schreie einer Möwe und erschrak. Dann bemerkte er es. Meg war fort.

Er rappelte sich besorgt auf. »Meg! Wo bist du?«

Sie antwortete sofort. Sie stand offenbar hinter dem großen Felsenwirrwarr und wetteiferte mit dem Krachen einer weiteren Welle. »Hier bin ich!«

Er kletterte die Felsen hoch, bis er sich auf ihrem Scheitelpunkt befand. Meg stand unter ihm zu seiner Linken, kauerte auf einem Felsen nur etwa einen halben Meter über dem Wasser und hatte sich vorgebeugt, um irgend etwas zu tun.

»Meg! Komm da weg! Das ist gefährlich!«

Er machte sich an den Abstieg. Als er das tat, drehte sie sich um und richtete sich auf. »Schon gut. Ich wollte nur ...«

Er sah, wie ihr Fuß auf dem nassen Fels wegrutschte, wie sie die Arme ausstreckte, um das Gleichgewicht zu halten, und wieder sicher zu stehen kam. Und dann schlug die Welle ein.

Sie war viel größer als die Wellen, die ihr vorausgegangen waren, und brach sich viel höher an den Felsen, schäumte und kochte, und versprühte Gischt wie Glas, das unter einem mächtigen Hammer splitterte. Sie traf den großen, wie einen Zahn geformten Felsen zu seiner Rechten zuerst, dann toste sie die Reihe entlang und hämmerte mit Fäusten aus weißem Wasser gegen die Felsen.

Im einen Moment war Meg noch da, im nächsten verschwunden. Ben sah, wie sie von der gewaltigen Welle gegen die Felsen geschleudert wurde und dann unter der Wasseroberfläche verschwand. Als das Wasser zurückwich, war nichts mehr von ihr zu sehen.

»Meg!!«

Ben drückte den Notknopf an seinem Hals, dann kletterte er die Felsen hinunter und stand am Rande des Wassers, ignorierte die kleineren Wellen, die sich um seine Füße brachen und spähte ins Wasser, sein Gesicht eine Maske der Qual, als er nach einer Spur von ihr Ausschau hielt.

Zuerst nichts. Überhaupt nichts. Dann ... *dort!* Er warf sich ins Wasser und kämpfte sich durch das klamme Dunkel auf sie zu.
Dann stieß er sich mit den Beinen zur Oberfläche ab, indem er Meg mit einem Arm fest umschlungen hielt.

Keuchend tauchte Ben gut sechs Meter vor den Felsen an die Oberfläche und drehte sich auf den Rücken, Meg mit dem Gesicht nach oben an sich gedrückt, ihr Kopf an seinem Hals.

Anfangs halfen ihm die Wellen, indem sie ihn auf die Felsen zutrugen, doch dann erkannte er, in welcher Gefahr er schwebte. Er wandte den Kopf und sah hin. Als die Welle zurückflutete, enthüllte sie eine scharfe, unebene Felszunge. Wenn er zuließ, daß die Wellen sie mit sich trugen, würden sie dort möglicherweise zerschmettert werden. Doch welche Wahl hatte er? Wenn er um die Felsen in die Bucht zu schwimmen versuchte, würde er gegen die Strömung schwimmen müssen, und das würde zu lang dauern. Und er hatte wenig Zeit, wenn er Meg retten wollte. Er mußte es riskieren.

Er bremste im Wasser, versuchte die Auf- und Abbewegung der Wellen abzuschätzen, dann trat er aus.

Mit der ersten Welle legte er die halbe Strecke zu den Felsen zurück. Die zweite hob sie gewaltsam hoch und trug sie fast dorthin.

Fast. Die Welle zog sich bereits zurück, als er seine linke Hand ausstreckte und die Felskante packte. Als das Wasser zurückströmte, fuhr ein gewaltiger, stechender Schmerz durch seinen Arm, daß er aufschrie. Dann stürzte er, wurde herumgewirbelt und schlug mit der Seite schmerzhaft gegen den Felsen.

Für einen Moment hatte er das Gefühl, als werde seine Hand abgetrennt, aber er hielt sich krampfhaft fest und wartete auf die nächste Welle. Seine künstlichen Finger krallten sich in den Fels, und mit dem anderen Arm preßte er Meg fest an sich. Und als die Welle kam, stieß er sich mit beiden Beinen ab und beförderte sich so aufs Land, kroch rückwärts und stieß verzweifelt mit den Füßen gegen den Fels, um vom Wasser wegzukommen. Meg hing wie eine tote Last an ihm.

Indem er den Schmerz in seiner Hand ignorierte, trug er Meg zu einer Felszunge über dem Wasser hinauf und legte sie hin, vor Angst ganz hektisch. Ihre Lippen und Ohrläppchen hatten sich bläulich verfärbt.

Er schob ihren Kopf zurück, drückte ihr Kinn herunter und schloß ihre Nase mit Finger und Daumen seiner Linken. Dann beugte er sich über sie, legte seine Lippen auf ihren offenen Mund und stieß ihr viermal schnell hintereinander Atem in den Mund.

Ben hob den Kopf und fühlte den Puls an ihrem Hals. Ihr Herz schlug noch. Er wartete, bis ihre Brust sich senkte, dann beugte er sich vor und blies ihr noch einmal Luft in die Lungen.

Meg fuhr zusammen und fing an zu würgen. Rasch drehte er ihren Kopf auf die Seite, und sie erbrach Meerwasser und das halbverdaute Sandwich. Nachdem er ihren Mund mit den Fingern gesäubert hatte, schob er nochmals ihren Kopf zurück und blies ihr ein weiteres Mal Luft ein. Als sie erneut würgte, drehte er ihren Kopf wieder zur Seite. Aber jetzt atmete sie. Ihre Brust hob, senkte und hob sich wieder. Ihre Augenlider flatterten.

Vorsichtig drehte er sie um, beugte ihren Arm und ihr Bein, um den Unterleib zu unterstützen, dann schob er ihr Kinn zurück, um die Luftwege offen zu halten. Ihr Atem normalisierte sich allmählich, und ihre Lippen nahmen wieder Farbe an.

Ben setzte sich auf die Fersen und atmete tief durch. Um ein Haar wäre sie gestorben. Seine liebe Meg wäre fast gestorben. Er erschauderte, dann spürte er, daß ihn wie eine Nachwirkung des Schocks ein leichtes Beben durchfuhr. Bei allen Göttern! Für einen Moment schloß er die Augen und spürte ein leichtes Schwindelgefühl, dann öffnete er sie wieder und senkte seine Hände, um sich zu beruhigen.

Unter ihm brach sich eine weitere Welle donnernd an den Felsen und versprühte Gischt. Die Flut stieg weiter an. Schon bald würden sie völlig abgeschnitten sein. Ben sah sich um und merkte an der Länge der Schatten, wie spät es schon war. Sie hatten zu lang geschlafen. Er würde sie hinübertragen müssen, und er mußte es jetzt tun.

Er holte tief Luft und machte sich bereit, dann schob er seine Arme unter sie und hob sie auf, drehte sie um und drückte sie an sich, barg ihren Kopf in seinem Arm. Dann machte er sich an den Aufstieg und bahnte sich vorsichtig einen Weg über den Felswall und wieder hinunter in den Schatten.

Das Wasser war fast hüfthoch, und die ersten Meter hob er Meg über die Oberfläche, aus Angst, sie könnte erneut Wasser schlucken. Dann trug er sie durch allenfalls knietiefe Schaumwellen und auf die Kiesfläche hinauf.

Nicht weit von der Stelle, wo sie ihre Sandalen zurückgelassen hatten, legte er sie auf den Kies. Sie war noch immer nicht bei Bewußtsein, aber ihre Wangen hatten jetzt wieder Farbe, und die Regelmäßigkeit ihres Atems stimmte ihn zuversichtlich. Er sah sich um, aber es war nichts in der Nähe, womit er sie bedecken konnte, nichts um ihrem Körper zu helfen, den Schock zu bewältigen, den er davongetragen haben mußte.

Er zögerte, dann legte er sich neben sie auf den Kies, weil er wußte, daß er nichts weiter tun konnte, bevor Hilfe kam, und drückte sie an sich, um ihr durch die Wärme seines Körpers Trost zu spenden.

* * *

Meg erwachte vor der Dämmerung. Ihr ganzer Körper war angespannt, und sie zitterte, als sie sich erinnerte, was geschehen war. Sie lag da und atmete tief, um sich zu beruhigen, starrte durch die Dunkelheit an die Wand gegenüber, wo ihre Muschelsammlung in der Glasvitrine lag. Sie konnte nichts sehen, aber sie wußte, daß sie da waren, Muscheln und Porzellanschnecken, Stachelschnecken und Auger, Kammernautilus und gepunktete Babylon, rote Mitre und Riesenchiragra – jede wie ein Schatz gehütet und so vertraut, und doch anders jetzt; nicht mehr so wichtig für sie. Sie erinnerte sich, was Ben über Schalen und das Gedächtnis gesagt hatte, über Wachstum und versiegelte Kammern, und wußte, daß ihr etwas entgangen war. Er hatte versucht, ihr etwas zu sagen; ihr eine Idee in den Kopf zu pflanzen. Aber welche?

Sie tastete nach oben, berührte sacht die Beule an der Seite ihres Kopfes und untersuchte sie mit den Fingern. Sie war immer noch empfindlich, schmerzte aber nicht mehr. Es war kein tiefer Schnitt gewesen, und die Wunde war bereits verschorft. Sie hatte Glück gehabt. Sehr viel Glück.

Sie setzte sich auf und gähnte, dann erstarrte sie. Ein

leises Rascheln war zu hören, dann das Geräusch eines Fensters, das in Bens Zimmer geöffnet wurde. Sie saß da und lauschte. Dann stand sie auf, zog ihren Morgenmantel an und schritt leise durch den Gang in sein Zimmer. Ben stand nackt am Fenster, beugte sich über die Fensterbank und starrte in die Dunkelheit hinaus.

Meg trat an seine Seite, legte ihm eine Hand aufs Kreuz und sah mit ihm hinaus, versuchte zu sehen, was er sah. Aber für sie gab es dort draußen nur Dunkelheit. Ihr Blick war ungelenkt, unwissend.

Sie spürte, daß er zitterte, und wandte den Kopf, um ihm ins Gesicht zu sehen. Er lächelte, die Augen erhellt von einem Wissen, daß er ihr versagt hatte.

»Es hat etwas damit zu tun«, sagte er und erwiderte ihren Blick. »Mit der Dunkelheit und dem Licht und ihrer einfachen Wechselwirkung. Mit dem Sonnenlicht und seinem Fehlen. Es ist so einfach, daß wir es fast immer übersehen haben. Es ist natürlich im Tao enthalten, aber es ist mehr als eine Philosophie – mehr als nur eine Art, die Dinge zu betrachten – es ist die Textur der Wirklichkeit.«

Er zitterte, dann lächelte er sie an. »Wie auch immer… Wie geht's dir?«

»Gut«, flüsterte sie.

Sie war sich seiner plötzlich ganz bewußt. Nicht seiner Worte, der allzu schlichten Dinge, die er da sagte, sondern seiner Gegenwart an ihrer Seite. Ihre Hand lag noch immer auf dem festen, warmen Fleisch seines Rückens, drückte sanft, fast unbemerkt auf seine Haut. Sie spürte das Leben in ihm pulsieren.

Er sah sie an, und sein Blick verriet, daß ihn etwas in ihrem Gesicht verwirrte. Sie blickte auf die Stelle, wo ihre Hand auf seinem Rücken lag, spürte ein seltsames Fließen, das zwischen ihnen überging, stärker als eine bloße Berührung, spürte ohne hinzusehen, daß er neben ihr stand und sie ansah; spürte seine gestraffte, magere Muskulatur.

Sie hatte so etwas noch nie empfunden, war sich noch nie auf so seltsame Weise ihres eigenen körperlichen Seins bewußt gewesen, hier direkt neben ihm. Seine Nacktheit verwirrte und faszinierte sie. Sie holte tief und langsam Luft, als fiele ihr das Atmen plötzlich schwer.

Als er sich ihr zuwandte, rutschte ihre Hand seinen Rücken hinunter und blieb auf seiner Hüfte liegen. Sie zitterte, betrachtete sein Gesicht und seine Augen und war erstaunt über das Verlangen, das sie in ihnen entdeckte.

Sie schloß die Augen, spürte seine Finger an ihrem Hals, spürte, wie sie sich langsam hinunter bewegten, um ihre Schultern zu streicheln. Für einen Moment schien ihr Bewußtsein zu schwinden, dann faßte sie sich und straffte sich gegen ihn. Ihre Finger ruhten auf dem glatten Bogen seiner Leiste, und sein gekräuseltes Schamhaar kitzelte sie an ihren Knöcheln.

Sie sah hinunter und bemerkte, wie straff und stolz er für sie stand. Ohne nachzudenken ließ sie ihre rechte Hand hinuntergleiten und über sein Geschlecht streicheln.

»Meg ...« Es war ein tiefer, sehnsüchtiger Laut. Seine Hände bewegten sich ihren Körper hinunter, hoben an der Taille ihr Nachthemd, bis seine Hände auf ihren nackten Hüften lagen und seine Finger die weiche Glätte ihrer Haut streichelten. Sie schloß wieder die Augen und wünschte sich, daß er weiterginge, die Hand hinunterschob und Meg dort berührte, wo sie nach ihm verlangte.

»Meg ...?«

Sie öffnete die Augen und bemerkte die seltsame Mischung von Furcht und Schmerz, Verwirrung und Sehnsucht in seinen Augen.

»Schon gut ...«, flüsterte sie, zog ihn an sich und beruhigte ihn. Sie führte ihn zum Bett, ließ sich von ihm ihr Nachthemd ausziehen und legte sich hin.

Es tat weh. Trotz seiner Sanftheit, seiner Behutsamkeit tat es weh, ihn in sich aufzunehmen. Und dann ging der Schmerz zurück, und sie merkte, daß sie weinte und immer wieder atemlos seinen Namen flüsterte, während er sich in ihr bewegte. Sie reagierte leidenschaftlich, drückte sich immer wieder gegen ihn, bis sie seinen Bewegungen anmerkte, daß es ihm kam. Zitternd schlang sie die Arme noch fester um ihn, zog ihn in sich, grub die Finger in seine Hinterbacken und wünschte sich, daß er seinen Samen in ihr vergoß. Dann, als sein ganzer Körper zusammenzuckte, keuchte sie, und eine Welle reiner, fast schmerzhafter Lust überspülte sie. Eine Zeitlang verlor sie das Bewußtsein, dann schlug sie mit einem leichten Schaudern wieder die Augen auf.

Dann lagen sie da, Bruder und Schwester, nebeneinander auf dem blutbefleckten Bett, die Arme umeinander geschlungen. Ben schlief. Seine Brust hob und senkte sich langsam, während Meg ihre Bewegungen aufmerksam beobachtete. Sie sah in sein Gesicht, auf seine langen, dunklen Wimpern, seine schöne, gerade Nase und seine festen vollen Lippen. Ein Gesicht, das ein Spiegelbild ihres eigenen war. Mit narzißtischem Vergnügen zog sie die Linien seiner Lippen mit den Fingern nach, dann ließ sie ihre Hand auf seinem Hals liegen und spürte seinen Puls.

Sein Blick erinnerte sie an eine Stelle bei Nietzsche, an den Abschnitt im *Zarathustra* mit dem Titel ›Das Tanzlied‹. Sie sprach die Worte leise, zärtlich aus, ihre Stimme fast ein Flüstern.

»Wohl bin ich ein Wald und eine Nacht dunkler Bäume: doch wer sich vor meinem Dunkel nicht scheut, der findet auch Rosenhänge unter meinen Cypressen.

Und auch den kleinen Gott findet er wohl, der den Mädchen der liebste ist: neben dem Brunnen liegt er, still, mit geschlossenen Augen.«[14]

Sie zitterte, sah seinen Körper hinunter und betrachtete, was die Unterschiede zwischen den Geschlechtern ausmachte. Die Fülle ihre Brüste und Hüften, die Schlankheit seiner. Die Seltsamkeit seines Glieds, das im Ruhezustand so anders aussah, so süß und harmlos jetzt; seine ganze Brutalität und Liebeskraft war verschwunden.

Sie spürte ein warmes Gefühl, eine schmerzhaft süße Zärtlichkeit in sich aufsteigen, als sie sah, wie verwundbar er im Schlaf war. Unbewacht und offen. Ein anderes Geschöpf als sein waches Ich. Sie wollte ihn dort küssen und die kleine Knospe aufwecken, damit sie noch einmal prachtvoll erblühte.

Meg schloß die Augen und zitterte. Sie wußte, was sie getan hatten. Aber sie verspürte keine Scham, keine Reue.

Sie liebte ihn. So einfach war das. Schwestern konnten ihre Brüder lieben. Aber ihre Liebe für ihn war etwas anderes. Sie liebte ihn mit mehr als einer einfachen, geschwisterlichen Zuneigung. Seit einiger Zeit liebte sie ihn schon so; ganz und gar, schrankenlos.

Und jetzt wußte er es.

Sie stand vorsichtig auf, um ihn nicht zu stören, und zog ihr Nachthemd an. Einen Moment lang stand sie noch da und sah auf seine schlafende, vollkommene Gestalt hinab, dann verließ sie ihn und ging in ihr Zimmer zurück.

Und während sie mit geschlossenen Augen dalag und allmählich schläfrig wurde, drückte sich ihre linke Hand sanft gegen ihr Geschlecht, als sei es seins.

* * *

»Wie geht's meiner Kranken?«

Beth Shepherd stellte das Tablett auf den Boden, dann ging sie ans Fenster und zog die Vorhänge zurück, um die Sommersonne ins Zimmer zu lassen.

Meg schlug die Augen auf und lächelte. »Mir geht's gut. Wirklich.«

Beth setzte sich neben ihre Tochter aufs Bett und strich ihr Haar auseinander, um die Wunde zu begutachten. »Hmmm. Sieht gut aus. Jedenfalls ein sauberer kleiner Schnitt.« Sie legte Meg die Hand auf die Stirn, und als sie zu ihrer Zufriedenheit festgestellt hatte, daß sie nicht unter Fieber litt, lächelte sie und begann das Haar ihrer Tochter zu streicheln.

»Es tut mir leid …«, begann Meg, aber ihre Mutter schüttelte den Kopf.

»Ben hat mir gesagt, was passiert ist. Es war ein Unfall, das ist alles. Für die Zukunft bist du gewarnt, ja?«

Meg nickte. »Wenn Ben nicht gewesen wäre …«

Beths Finger zögerten, dann fuhr sie fort, Megs kräftiges dunkles Haar zu kämmen. »Ich würde sagen, damit seid ihr quitt, nicht? Ein Leben für ein Leben.«

Meg blickte zu ihr auf und dann beiseite. »Nein. Es war anders. Ganz anders. Er hat sein eigenes Leben riskiert. Er hätte sterben können.«

»Vielleicht. Aber hättest du das an seiner Stelle nicht auch getan?«

Meg zögerte, dann antwortete sie rasch. »Ich glaube schon.« Sie zitterte und warf einen Blick auf die Vitrine, die ihre Muschelsammlung enthielt. »Weißt du, ich kann mir gar nicht vorstellen, wie es hier wäre ohne Ben.«

Beth lächelte. »Ich auch nicht. Aber wie auch immer, iß erst mal dein Frühstück. Das heißt, falls du Appetit hast.«

Meg lachte. »Ich habe einen Bärenhunger, und es riecht köstlich.«

Beth half Meg aufzusitzen, bauschte die Kissen hinter ihr, dann hob sie das Tablett vom Boden auf und stellte es Meg auf den Schoß. Das Frühstück bestand aus einer Grapefruit und Pfannkuchen, frischgepreßtem Orangensaft und Kaffee, zwei dicke Scheiben mit

Butter bestrichenem Toast und einem kleinen Topf Honig.

Meg langte von Herzen zu, und ihre Mutter beobachtete sie dabei. Als sie fertig war, klatschte Beth in die Hände und lachte. »Lieber Himmel, Meg! Du solltest öfter ins Wasser fallen, wenn du danach einen solchen Appetit hast!«

Meg seufzte, sank in die Kissen zurück und ließ ihre Mutter das Tablett wegstellen.

Beth wandte sich ihr wieder zu und lächelte. »Nun? Bleibst du im Bett oder möchtest du aufstehen?«

Meg senkte peinlich berührt den Blick. »Ich möchte reden.«

»Gut. Und worüber?«

»Über dich und Vater. Wie ihr euch kennengelernt und ineinander verliebt habt.«

Beth lachte überrascht. »Lieber Himmel! Wie kommst du denn jetzt darauf?«

Meg errötete leicht. »Nur so. Mir ist nur aufgefallen, daß ich es nicht weiß.«

»Nun … also gut. Ich werd's dir erzählen.« Sie holte tief Luft, dann fing sie an zu erzählen. »Es war so. Mit achtzehn war ich Pianistin. Ich habe in allen großen Konzertsälen der Welt vor der High Society der Ersten Ebene gespielt – vor den *Himmlischen,* wie sie sich selbst nennen. Und dann, eines Tages, bin ich einladen worden, vor dem T'ang und seinem Hof zu spielen.«

»Das muß aufregend gewesen sein.«

»Sehr.« Sie nahm die Hand ihrer Tochter und drückte sie leicht. »Nach der Vorstellung an diesem Abend jedenfalls sagten mir alle, wie gut ich gespielt habe, aber ich war wütend auf mich. Ich hatte schlecht gespielt. Nicht wie eine Anfängerin, aber ich war hinter meinen Maßstäben zurückgeblieben. Und das vor unser aller T'ang. Offensichtlich hatte nur dein Vater gemerkt, daß etwas nicht stimmte. Wie ich später herausfand, war er es, der die ganze Sache arrangiert hatte. Er hatte mich schon einmal spielen sehen und wußte, was ich konnte.

Nun. Nach dem Empfang nahm er mich beiseite und fragte mich, ob ich nervös gewesen sei. Das stimmte natürlich. Es kommt nicht jeden Tag vor, daß eine Achtzehnjährige dazu eingeladen wird, vor einem der Sieben aufzutreten. Aber das war keine Entschuldigung. Ich sagte ihm, wie sehr ich mich schämte, den T'ang enttäuscht zu haben, und – zu meiner Überraschung und zu meinem Ärger – stimmte er mir zu. Daraufhin führte er mich ohne Umschweife in die Privaträume des T'ang, und nachdem er Li Shai Tung für die Störung um Verzeihung gebeten hatte, setzte er mich ans Klavier und forderte mich auf, noch einmal zu spielen. ›Und diesmal geben Sie Ihr Bestes, Elizabeth‹, sagte er. ›Zeigen Sie dem T'ang, warum ich Sie so gerühmt habe.‹ Und ich habe gehorcht, und diesmal, in Gegenwart deines Vaters und des T'ang, so gut gespielt wie nie zuvor in meinem Leben.«

»Was hast du gespielt? Kannst du dich erinnern?«

Ihre Mutter lächelte und blickte in die Ferne. »Ja. Es war Beethovens Sonate in f-Moll, die *Appassionata*. Erst als ich fertig war, wurde mir klar, daß ich mich eines schweren Vergehens schuldig gemacht hatte.«

Megs Kinnlade sank herab. »Bei allen Göttern! Natürlich! Es ist ein verbotenes Stück, nicht? Wie das ganze Werk Beethovens! Aber was hat der T'ang getan?«

Beth sah auf ihre Tochter hinunter und zauste ihr das Haar. »Er hat geklatscht. Er ist aufgestanden und hat mir applaudiert. Dann wandte er sich deinem Vater zu und sagte: ›Ich weiß nicht, was das war, Hal, und ich will's auch nicht wissen, aber Sie hatten recht, das Mädchen mitzubringen. Sie ist eine Klasse für sich.‹«

»Und?«

»Für ein Jahr nichts. Ich nahm an, dein Vater habe

mich vergessen, obwohl ich oft an ihn dachte und an das, was er an diesem Abend für mich getan hatte. Aber dann erhielt ich aus heiterem Himmel eine Einladung von ihm, in der er mich bat, die Domäne zu besuchen.«

Meg setzte sich neugierig auf. »Und dabei ist es passiert?«

Beth schüttelte den Kopf. »Nein. Überhaupt nicht. Ich fühlte mich natürlich geschmeichelt, aber einer solchen Einladung konnte ich unmöglich nachkommen. Ich war erst neunzehn. Es waren noch sechs Jahre dahin, bis ich alt genug wäre, und meine Eltern hätten mir die Verabredung verboten, selbst wenn ich sie darum gebeten hätte.«

»Und was hast du gemacht?«

Beth lachte. »Ich habe das einzige getan, was ich konnte. Ich habe ihm eine Einladung für mein nächstes Konzert geschickt.«

»Und ist er gekommen?«

»Nein. Als nächstes geschah etwas Seltsames. Mein Vater rief mich an. Ich hatte ihn seit über sechs Monaten nicht mehr gesehen, und dann, an dem Tag, nachdem ich Hal die Notiz geschickt hatte, war mein Vater da, in Überlebensgröße, und erklärte mir, er habe einen Ehemann für mich.«

Meg sackte ein zweites Mal das Kinn hinab. »Einen Ehemann?«

»Ja. Der Sohn einer seiner alten Freunde. Ein reicher junger Schnösel ohne Talent und mit ebensowenig Verstand.«

Meg umklammerte fest die Hand ihrer Mutter. »Und du hast nein gesagt. Du hast deinem Vater gesagt, du hättest dich in Hal Shepherd verliebt und wolltest ihn heiraten. Stimmt's?«

Beth lachte. »Aber nein. *Ich* hatte überhaupt nichts zu sagen. Außerdem war ich damals noch nicht in deinen Vater verliebt. Ich mochte ihn ganz gern. Er sah gut aus und war intelligent, und ich habe eine Art … Zuneigung für ihn empfunden. Darüber hinaus war nichts. Damals jedenfalls noch nicht. Allerdings war mir nicht aufgefallen, daß dein Vater sich in mich verliebt hatte. Er scheint das ganze Jahr versucht zu haben, mich zu vergessen, aber dann, als er von meiner Verbindung erfuhr, drehte er durch und forderte meinen Zukünftigen zu einem Duell heraus.«

Meg blinzelte. *»Was?«*

»Ja.« Beth lachte herzlich. »Ein altmodisches Duell mit Schwertern.«

»Und?« Megs Augen wurden groß und rund.

»Nun … Mein Vater war natürlich entsetzt. Mein Verlobter wollte kämpfen, aber Hal hatte einen guten Ruf als Schwertkämpfer, und mein Vater war sicher, daß er meinen zukünftigen Ehemann umbringen würde. Er hat Hal zu sich gebeten, um die Dinge zu klären.«

»Und haben sie sich geeinigt?«

Beth beugte sich vor. »Nicht gleich. Obwohl das nicht die Geschichte ist, die mein Vater mir erzählt hat. Weißt du, als sie sich trafen, habe ich im Nachbarzimmer heimlich gelauscht. Mein Vater war zuerst wütend. ›Sie können sie nicht haben‹, sagte er. ›Wenn Sie diesen Mann umbringen, werde ich mit einem anderen eine Heirat arrangieren.‹ ›Dann bringe ich ihn auch um!‹ sagte Hal. Mein Vater war verblüfft. ›Und ich werd einen anderen Freier finden. Sie können Sie nicht alle umbringen.‹ Aber Hal war entschlossen. Er sprach in einem trotzigen Ton. ›Wenn's sein muß, werde ich den letzten Mann in Chung Kuo umbringen! Verstehn Sie mich nicht? Ich will Ihre Tochter um jeden Preis.‹«

Beth lachte, dann lehnte sie sich zurück, ihr Gesicht plötzlich nachdenklicher, ihr Blick in die Vergangenheit gerichtet. Dann fügte sie leiser hinzu: »Bei allen Göttern, Meg. Du ahnst gar nicht, wie aufregend es ist, wenn man so begehrt wird.«

Meg betrachtete ihre Mutter, dann senkte sie den Blick und erschauderte leicht. »Ja… Und dein Vater hat Hal nachgegeben?«

»Bei allen Göttern, nein. Er war ein störrischer Mann. Und ein käuflicher. Weißt du, er hat herausgefunden, wieviel Hal damals wert war. Das Ganze war eine Art Schauspielerei, um den Preis hochzutreiben.«

Meg runzelte die Stirn, ohne zu begreifen.

»Er wollte eine Morgengabe, Geld für mich.«

Meg gab einen leisen, erstaunten Laut von sich.

»Ja. Und er hat sie auch bekommen. Er hat gedroht, Hal daran zu hindern, mich vor meinem fünfundzwanzigsten Geburtstag zu heiraten, sollte er nicht zahlen, was er verlangt.«

»Und das hat er?«

»Ja. Sogar das Doppelte von dem, was mein Vater verlangt hat.«

»Weshalb?«

Beths Lächeln wurde breiter. »Weil, wie Hal sagte, mein Vater nicht die Hälfte von dem wußte, was er zustande gebracht hat.«

Meg schwieg eine Weile und überlegte. Dann blickte sie wieder zu ihrer Mutter auf. »Hast du deinen Vater gehaßt?«

Beth zögerte, eine gewisse Traurigkeit im Blick. »Ich habe ihn nicht gut genug gekannt, um ihn zu hassen, Meg. Aber was ich von ihm wußte, hat mir nicht gefallen. Trotz all seiner Fähigkeiten war er ein kleiner Mann. Nicht so wie Hal.« Sie schüttelte sanft den Kopf, und die Spur eines Lächelns trat in ihre Mundwinkel. »Nein, ganz anders als dein Vater.«

»Wo ist Ben?« fragte Meg und unterbrach ihre Träumerei.

»Unten. Er ist schon seit Stunden auf und arbeitet. Er hat eine Menge Geräte aus dem Kellergeschoß geholt und im Wohnzimmer aufgebaut.«

Meg runzelte die Stirn. »Was hat er vor?«

Beth hob die Schultern. »Ich weiß es nicht. Er hat ein Versprechen zu erfüllen, sagt er. Du wüßtest schon Bescheid.«

»Ah…« *Schalen,* dachte sie. *Es hat mit Schalen zu tun.* Und mit dem Gedächtnis.

* * *

Ben saß in einem Geschirr am Klavier, der Dummy-Käfig hinter ihm, dessen Morph seine Haltung nachahmte. Ein einziges dünnes Kabel verband ihn mit dem Morph. Am anderen Ende des Zimmers kauerte eine 3D-VID-Spinne, deren Programme nach Abweichungen zwischen den Bewegungen von Ben und dem Morph suchten. Meg setzte sich schweigend neben die Spinne und sah zu.

Eine durchsichtige Hülle, die an den schmalen, hufeisenförmigen Kragen um seinen Hals angeschlossen war, umschloß Bens Hinterkopf. Ein Netz feiner Wimpern darin erweckte den Eindruck, Bens blondes Haar sei mit Silberfäden durchwoben. Dies waren direkte Implantate, insgesamt mehr als sechzig, die seine Gehirnaktivität überwachten.

Zwei weitere Kabel, dünner als der Anschluß, führten von den Enden des Kragens zu Bens Händen, im Abstand von jeweils ein paar Zentimetern mit Klebeband an seinen Armen befestigt. Weitere haarfeine Drähte bedeckten Bens halbnackten Körper, doch alle Blicke wurden von seinen Händen angezogen.

Dünne, biegsame Glieder aus Eis formten kristallartige Handschuhe, die wie eine zweite Haut auf seinen Fingern saßen. Sensoren auf der Innenseite registrierten Muskelbewegungen und Temperaturänderungen.

Überall an Bens Körper waren winzige Plättchen befestigt, die seine Reaktionen maßen und die Informationen in den Kragen speisten.

Als er sich Meg zuwandte, drehte sich auch der

Morph um, gesichtslos zwar, doch vertraut in seinen Bewegungen, seine linke Hand, wie die von Ben, auf seinem Oberschenkel, die Finger leicht gespreizt.

Meg fand die Verdopplung erschreckend – zutiefst erschreckend –, sagte aber nichts. Die Klaviatur, bemerkte sie, war normal, außer in einer Beziehung. Alle Tasten waren schwarz.

»Ruf Mutter rein, Meg. Sie würde das sicher gern hören.«

Der Morph war stumm und gesichtslos, doch in einer transparenten Kiste zu seinen Füßen befand sich eine separate Gesichtseinheit – nicht mehr als die fleischlose Andeutung eines Gesichts, bei der feine Drähte die Muskulatur ersetzten.
Als Ben sprach, machte das halb ausgestaltete Gesicht seine eigenen geisterhaften Sprachbewegungen, seine Lippen und Augen eine perfekte Kopie von Bens eigenen.

Meg gehorchte und brachte ihre Mutter vom Sonnenlicht in der Küche ins schattige Wohnzimmer. Beth Shepherd setzte sich neben ihre Tochter, wischte sich die Hände an ihrer Schürze ab und lauschte ihrem Sohn.

Dann fing er an.

Seine Hände blitzen über die Tasten, als seien seine Finger lebende Juwelen, die dem uralten Instrument eine seltsame, wehmütige, komplizierte Musik entlockten. Ein neuer Klang aus den alten Tönen.

Als er fertig war, herrschte für einen Moment gespannte Stille, dann stand seine Mutter auf und ging zu ihm. »Was war das, Ben? Ich habe so etwas noch nie gehört. Es war ...« Sie lachte ungläubig und herzlich. »Und ich habe mir eingebildet, ich könnte *dir* etwas beibringen!«

»Ich hab's geschrieben«, sagte er schlicht. »Heute Nacht, als ihr alle geschlafen habt.«

Ben schloß die Augen und ließ die Dissonanzen

noch einmal in seinem Gedächtnis Gestalt annehmen. Lange Akkordstrukturen komplexer Dissonanzen, die sich überlappten, wiederholten und einander umwanden wie die verschlungenen Fäden des Lebens, die langen Ketten der Desoxyribonukleinsäure. So sah er es. Nicht a- und c- und g-Moll, sondern Adenin und Cytosin und Guanin. Eine komplexe, lebendige Struktur.

Eine perfekte Mimikry des Lebens.

Der Morph lehnte sich zurück und entspannte sich nach seiner Anstrengung. Seine Brust hob und senkte sich, und seine Hände ruhten auf den Knien. In dem Kasten vor seinen Füßen hatten sich die Augen des künstlichen Gesichts geschlossen, die Lippen waren leicht geöffnet, und ein leichtes Flattern seiner Nasenflügel waren das einzige Lebenszeichen.

Meg erschauderte. Sie hatte noch nie etwas so Schönes gehört, noch etwas so Schreckliches gesehen. Es war, als sei Ben ein Instrument, das gespielt werde. Der Morph an seiner Dummy-Klaviatur schien alles andere als ein passiver Empfänger von Anweisungen zu sein. Eine seltsame Macht strömte von dem leblosen Ding aus und ließ Bens Kontrolle über das Geschehen plötzlich illusorisch aussehen: wie das Spiel eines größeren, mächtigeren Wesens, das unbemerkt hinter den bemalten Kulissen stand.

Daran hatte Ben also gearbeitet. Ein unangenehmer Schauer durchfuhr sie. Und doch war es schön gewesen – so seltsam, überwältigend schön. Sie schüttelte den Kopf, weil sie nicht begriff, was vor sich ging, dann stand sie auf und ging in die Küche, aus Angst vor ihm.

* * *

Ben fand sie im Rosengarten, wo sie mit dem Rücken zu ihm stand und über die Bucht hinausstarrte. Er ging hinüber, blieb wenige Schritte neben ihr stehen und war sich so stark wie nie zuvor ihrer nackten Gestalt unter dem dünnen, schleierartigen Kleid bewußt, das sie trug. Ihre Beine waren nackt und ihr Haar ungeflochten. Eine Andeutung von Lavendelduft umgab sie.

»Was ist los?« fragte er vorsichtig. »Hat's dir nicht gefallen?«

Sie wandte den Kopf und lächelte gezwungen, dann sah sie wieder weg. Das erübrigte eine Antwort. Es hatte sie irgendwie verärgert.

Er ging langsam an ihr vorbei, dann blieb er mit dem Rücken zu ihr stehen, seine Linke an der Hüfte, sein Kopf leicht nach links geneigt, die Rechte an seinem Hals, seine ganze Positur eine Nachahmung ihrer Haltung. »Was hat dir daran nicht gefallen?«

Normalerweise hätte sie gelacht, wenn er sie so offensichtlich auf den Arm nahm, doch diesmal war es anders. Er hörte, wie sie seufzte und sich abwandte, und fragte sich, ob es mit dem zu tun hatte, was diese Nacht geschehen war.

Sie nahm einen Schritt Abstand, dann drehte sie sich wieder um. Er hatte sich umgewandt, um ihr zu folgen. Jetzt standen sie sich von Angesicht zu Angesicht gegenüber, nur von einer Armeslänge getrennt.

»Es war ...« Sie senkte den Blick, als sei es ihr peinlich.

Er hielt den Atem an, so sehr berührte ihn ihr Anblick. Sie hätte sterben können. Und dann hätte er es nie erfahren. Er sprach leise und einschmeichelnd; so wie sie es oft tat, wenn sie ihm etwas entlocken wollte. »Es war was?«

Sie begegnete seinem Blick. »Es war erschreckend.« Er sah sie zittern. »Ich hatte das Gefühl ...« Sie zögerte, als bewegte sie sich an der Grenze dessen, was sie ihm offen sagen konnte. Diese Zurückhaltung war ein unerwartet neuer Zug an ihr, eine Folge dessen, was sich in ihrer Beziehung verändert hatte. Etwas, das geradezu greifbar zwischen ihnen in der Luft schwebte.

»Sollen wir etwas spazieren gehen? Am Strand entlang?«

Sie zögerte, dann lächelte sie fast unmerklich. »Gut.«

Er blickte auf. Der Himmel bedeckte sich mit Wolken. »Komm, wir holen unsere Stiefel und Mäntel. Es sieht so aus, als finge es gleich an zu regnen.«

Eine Stunde später befanden sie sich unten am Strand. Ihre schweren Stiefel versanken im Schlick, und der Himmel über ihnen war bewölkt. Der kleine Wasserlauf und die fernen Feuchtwiesen lagen zu ihrer Linken. Es herrschte Ebbe, und der Schlick erstreckte sich bis zu einem zentralen Kanal, der sich wie eine offene, in eine dunkle Wange geschnittene Ader dahinwand und wie Öl glänzte, wann immer die Sonne durch die Wolkendecke brach.

Eine Zeitlang gingen sie Hand in Hand spazieren und sprachen kein Wort, im Bewußtsein ihrer neuen Beziehung. Es war ein seltsames Gefühl, so als seien sie eben erst zum Selbstbewußtsein erwacht. Bisher hatte zwischen ihnen eine besondere Intimität, fast eine Einheit geherrscht – eine nahtlose Kontinuität gemeinsamer Erfahrungen. Sie waren eine einzige, ungeteilte Zelle gewesen. Aber jetzt? Jetzt war es anders. Es war, als habe diese neue, rein physische Intimität diese Zelle gespalten und damit einen unerbittlichen Prozeß der Teilung eingeleitet.

Vielleicht war es unausweichlich. Vielleicht waren sie als die, die sie waren, dazu verurteilt gewesen, daß dies mit ihnen geschah. Und doch …

Es blieb unausgesprochen, doch beide empfanden ein schmerzhaftes Gefühl des Verlustes. Es war da, färbte ihr Schweigen und jeden Seufzer, den sie von sich gaben, während sie den Strand entlanggingen.

Wo der Strand schmaler wurde, blieben sie stehen und setzten sich, mit dem Gesicht zur Hütte, Seite an

Seite auf einen sacht abfallenden grauen Felshang. Die flache Ausdehnung des Schlicks lag jetzt zu ihrer Rechten, während zu ihrer Linken, nicht mehr als zehn Schritte entfernt, der steile, überwucherte Erdwall fast das Doppelte ihrer Größe aufragte und die dicht verflochtenen Zweige der überhängenden Bäume einen tiefen Schatten auf den Fuß des Walls warfen. Von der Stelle, wo sie saßen, konnte man es nicht sehen, doch dieser Ausläufer des Walls war zum Teil gemauert. An manchen Stellen brachen die verrotteten Holzträger eines alten Bauwerks durch die verwitterte Oberfläche. Hier hatten vor vier Jahrhunderten französische Gefangene aus den Napoleonischen Kriegen ihr Ende gefunden, einige in vertäuten Wracks, andere in den behelfsmäßigen Gefängnissen, die diese Seite der kleinen Bucht gesäumt hatten.

Ben dachte an diese Männer, versuchte sich ihr Leiden vorzustellen, das Heimweh, das sie empfunden haben mußten, verloren in einem fremden Land. Aber etwas fehlte ihm – ein gewisses Maß eigener Erfahrungen –, was es ihm schwer machte, sich in sie hineinzuversetzen. Er wußte nicht, was für ein Gefühl das war, von Zuhause fort zu sein. Sein Zuhause war hier, und er war immer hier gewesen. Und darin, in seinem Mangel an Wissen, lag die Schwäche seiner Kunst begründet.

Es hatte schon lange vor der letzten Nacht begonnen, lang bevor Meg zu ihm gekommen war. Und doch war die letzte Nacht ein Auslöser gewesen – eine Klärung all seiner Gefühle.

Er dachte an die Worte, die sein Vater ihm gegenüber zitiert hatte, und wußte, daß sie zutrafen.

Zuletzt kann Niemand aus den Dingen, die Bücher eingerechnet, mehr heraushören, als er bereits weiß. Wofür man vom Erlebnisse her keinen Zugang hat, dafür hat man kein offenes Ohr.[15]

So verhielt es sich wirklich. Für ihn zumindest stimmte, was Nietzsche gesagt hatte. Und er hatte keinen Zugang. Nicht zu dem hier.

Er war ruhelos. Er war die letzten zwölf Monate ruhelos gewesen. Das wurde ihm jetzt klar. Es war ein Ereignis wie dieses nötig gewesen, um es ihm klar vor Augen zu führen. Aber jetzt wußte er es. Er mußte raus.

Nicht erst in der vergangenen Nacht hatte er überlegt, in der Stadt aufs College zu gehen. Nach Oxford vielleicht, oder an die Technische Hochschule im Kanton Straßburg. Aber er hatte daran nur als einen natürlichen Weg für jemanden wie ihn gedacht; als eine bloße Förderung seiner Ausbildung. Jetzt aber wußte er, daß mehr dahinter steckte. Er mußte das Leben sehen, das Leben voll, in allen Erscheinungsformen erfahren. Hier war er sehr weit gekommen, aber das Tal war zu klein, zu begrenzt für ihn geworden. Er brauchte mehr – und *anderes* – als in der Domäne zu finden war.

»Wenn ich…«, begann er und drehte sich zu Meg um, verfiel aber gleich wieder in Schweigen, denn sie hatte im selben Moment den Kopf gewandt, um ihm etwas zu sagen.

Sie lachten verlegen. So etwas war noch nie vorgekommen. Sie hatten immer instinktiv gewußt, wann der andere etwas sagen wollte. Aber dies… als wären sie Fremde.

Meg zitterte, dann beugte sie leicht den Kopf und gab ihm damit zu verstehen, er könne reden, denn sie wollte eine Wiederholung dieses unangenehmen Augenblicks vermeiden.

Ben betrachtete sie. Abrupt stand er auf und ging drei Schritte auf Abstand, dann drehte er sich um und sah sie wieder an. Sie blickte unter den dunklen Wellen ihres Haars zu ihm auf.

»Ich muß fort von hier, Meg.«

Er sah, wie überrascht sie war; wieviel das für sie

bedeutete. Für einen Moment weiteten sich ihre Augen, öffnete sie leicht die Lippen, dann senkte sie den Kopf. »So ...«

Er schwieg und beobachtete sie. Aber als er wieder etwas sagen wollte, blickte sie plötzlich auf und hatte unerwarteten Schmerz und Zorn in den Augen.

»Warum? Ist es wegen gestern abend?«

Er seufzte und schüttelte den Kopf. »Es hat nichts mit uns zu tun, Meg. Es liegt an mir. Ich fühle mich hier eingeschränkt, eingeschlossen. Es ist so, als sei ich über diesen Ort hinausgewachsen, als hätte ich ihn aufgebraucht.«

Während er redete, starrte er an ihr vorbei auf die Bucht hinaus, auf die umgebenden Hügel, die kleinen, weißgestrichenen, verstreut unter den Bäumen stehenden Hütten. Der Himmel über ihnen war ein aschgrauer Deckel.

»Und ich *muß* wachsen. So bin ich einfach.« Er sah sie streng und herausfordernd an. »Ich werde sterben, wenn ich noch lang hierbleibe, Meg. Kannst du das nicht verstehen?«

Sie schüttelte den Kopf, und ihre Stimme widersprach ihm leidenschaftlich. »Das stimmt einfach nicht, Ben. Das hast du selbst gesagt. Die Welt da drin ist kleiner. Du redest davon, daß du dich hier in der Domäne eingeschlossen fühlst. Aber damit liegst du falsch. *Da drin* ist man wirklich eingeschlossen. Nicht hier. Wir stecken da nicht drin. Wir sind frei.«

Er lachte seltsam, dann wandte er sich zur Seite. »Vielleicht. Aber das muß ich selbst herausfinden. Ganz allein.« Er sah sie wieder an. »Es ist wie die Sache mit dem Gedächtnis. Ich dachte, ich wüßte alles darüber, aber das stimmte nicht. Ich habe mich geirrt, Meg. Ich habe zuviel angenommen. Also muß ich mir Klarheit verschaffen. Jetzt. Solang ich noch kann.«

Ihre Augen hatten jede Regung in seinem Gesicht registriert und seine tiefe Ruhelosigkeit bemerkt. Jetzt sah sie zu Boden und wich seinem Blick aus. »Dann verstehe ich dich nicht, Ben. Es hat doch keine Eile. Oder etwa doch?«

»Doch, sicher.«

Sie blickte noch rechtzeitig auf, um zu sehen, wie er die Achseln zuckte, sich abwandte und über den Schlick zur Stadt hinsah.

Die Stadt. Sie war eine Konstante in ihrem Leben. Wo immer sie hinsahen, wenn nicht gerade aufs Meer, beschrieb dieses glatte, unstrukturierte Weiß die Grenzen ihrer Welt, wie der Rahmen eines Bildes, oder der Rand eines gewaltigen, sich heranwälzenden Gletschers. Sie hatten sich angewöhnt, sie nicht zu sehen. Aber heute, da der Himmel wie eine konturlose Masse auf ihnen lastete, war es schwierig, sie nicht so zu sehen wie Ben – als die Wände einer Kiste, in der sie steckten.

»Vielleicht…«, sagte sie im Flüsterton. Aber der bloße Gedanke, ihn zu verlieren, erschütterte sie bis ins Mark.

Er drehte sich um und sah sie wieder an. »Was hast du gesucht?«

Sie runzelte die Stirn. »Ich weiß nicht, was du meinst.«

»Bevor die Welle sich gebrochen hat. Du wolltest mir etwas sagen. Hast du etwas gesehen?«

Sie spürte plötzlich etwas Kaltes auf ihrem Handrücken und sah hin. Es war ein Regentropfen. Sie wischte ihn weg, dann sah sie ihren Bruder wieder an.

»Es war eine Muschel. So eine habe ich noch nie gesehen. Sie haftete am Felsen, aber ich konnte sie nicht mit den Fingern lösen. Sie hing da wie angeklebt. Eine seltsame, unschöne Schale, hart und kantig, geformt wie ein Nomadenzelt.«

Weitere Regentropfen fielen, schwer und einzeln spürbar. Ben blickte zum Himmel auf. »Wir gehen besser zurück. Es wird gleich in Strömen gießen.«

Sie trat auf ihn zu und nahm seine Hand.

»Dann geh«, sagte sie. »Aber jetzt noch nicht. Nicht gleich.«

Er beugte sich vor, küßte sie auf die Stirn, dann trat er zurück und betrachtete sie. Für diesen kurzen Moment sahen seine dunkelgrünen Augen nur noch sie. »Ich liebe dich, Meg. Glaub mir. Aber ich bin nun einmal so, wie ich bin. Ich muß gehen. Wenn ich's nicht tue ...«

Sie nickte andeutungsweise. »Ich weiß. Wirklich, ich verstehe dich.«

»Gut.« Diesmal berührte sein Mund sanft ihre Lippen, dann zog er sich zurück.

Sie zitterte und beugte sich vor, um ihn noch einmal zu küssen, doch in diesem Moment rissen über ihnen die Wolken auf, und schwer fiel der Regen herab, sprenkelte rings um ihre Füße den Matsch und näßte binnen Sekunden ihre Haare und Gesichter.

»Himmel!« rief er und erhob seine Stimme gegen den harten, trommelnden Klang des Regens. Für einen Moment bewegten sie sich beide nicht, dann fuhr Meg herum, deutete auf den Erdwall und rief ihm etwas zu.

»Da! Unter den Bäumen!«

Ben schüttelte den Kopf. »Nein. Komm! Das wird noch einen halben Tag regnen. Gehen wir zurück!« Er nahm ihre Hände und zog sie mit sich, dann drehte er sich um, ließ ihre Hände los und lief am Strand entlang zur Hütte zurück. Sie holte ihn ein und lief neben ihm, lachte und teilte seine Freude an dem Regenguß, weil sie wußte – plötzlich mit Sicherheit wußte –, daß er zwar gehen, aber auch zurückkehren mußte. Früher oder später. Wenn er gefunden hatte, was er suchte.

Plötzlich blieb er stehen, lachte und warf die Arme zum Himmel. »Es ist schön!« rief er. »Es ist so verdammt schön!«

»Ich weiß!« antwortete sie und sah an ihm vorbei

auf die Bucht, auf die vom Regen genäßten, baumbestandenen Hänge der Hügel, die karg wirkenden Hütten auf den Hängen.

Ja, dachte sie. *Das wirst du in der Stadt vermissen. Dort regnet es nie. In zehntausend Jahren nicht.*

KAPITEL · 6

Zwänge

In dieser Nacht träumte er.

Er schwebte hoch über einer Wüste, deren pechschwarzer Sand sich in alle Richtungen bis zum Horizont erstreckte. Hohe Staubspiralen bewegten sich langsam über die gewaltige Ebene, wie geriffelte Säulen, die Himmel und Erde verbanden. Ein kalter Wind blies. Über allem hing eine schwarze Sonne wie ein tiefsitzendes Auge an einem blutroten Himmel.

Er war aus toten, verwüsteten Ländern hergekommen, wo Tempel vergessener Götter in Ruinen lagen, nur noch verfallene Mauern; war über gewaltige Bergzüge mit schwarzen Gipfeln hinweggetrieben, dem tiefsten Schwarz, das er je gesehen hatte, unberührt von Schnee oder Eis; war über Ebenen aus dunklem, verschmolzenem Glas geglitten, wo das Bild seines kleinen, komprimierten Ich wie ein Doppelgänger unter ihm dahinflog, in die Höhe stieg, wenn er sank, und abfiel, wenn er aufstieg. Und nun war er hier in diesem öden Land, wo es keine Farbe mehr gab und die Stille wie eine Mauer in seinem Schädel war.

Die Zeit verging. Dann teilte sich, mit einer gewaltigen, geradezu animalischen Erschütterung, die die Luft um ihn erbeben ließ, unter ihm der Sand, rollten die großen Dünen zurück und enthüllten die perfekt glatte Oberfläche eines Sees, dessen rotstichiges Wasser wie ein Spiegel glitzerte.

Er stürzte. Indem er in der Luft rotierte, machte er einen Pfeil aus sich und durchstieß sauber die dunkle, ölige Oberfläche. Immer tiefer glitt er, und die dunkle, flüssige Glätte umströmte seinen Körper wie ein kaltes Feuer, ohne Widerstand zu bieten.

Er glitt so tief, daß seine Trommelfelle platzten und bluteten. Seine Lungen erblühten im weißen Käfig seiner Brust wie eine Blume, zerbarsten und erfüllten sein Inneres mit einer feurigen Hitze. Für einen Moment war die Dunkelheit in ihm, drang durch jede Pore herein; eine Barriere, die er durchdringen mußte. Dann hatte er es geschafft, sich von seinem normalen menschlichen Ich befreit. Und noch immer sank er wie ein eiserner Speer durch die Dunkelheit, bis zehn oder fünfzehn Kilometer unter der Oberfläche plötzlich ein helles Licht erstrahlte.

Der Grund des Sees war knochenweiß; sauber, poliert und glatt wie etwas von Menschen Geschaffenes. Er glühte sanft aus dem Innern, als läge ein anderes Land – geheimnisvoll und üppig und so hell, wie dieses dunkel war – auf der anderen Seite dieser harten, unnachgiebigen Schwelle.

Er wandte den Blick, als etwas zu seiner Linken seine Aufmerksamkeit erregte. Er schwamm darauf zu.

Es war ein Stein. Ein dunkler, makelloser Steinkreis, größer als seine Handfläche. Er hatte eine weiche, fast staubige Oberfläche. Als er ihn berührte, stellte er fest, daß er kühl und hart war. Dann, während er ihn betrachtete, schien er zu schmelzen und dahinzutreiben. Die Oberseite dellte sich ein, der dünne Rand kräuselte sich. Nun war es eine Muschelschale, eine Auster, deren Rand von einer dünnen, gezackten schwarzen Linie gespalten wurde.

Seine Hand griff an seine Hüfte und zog das Skalpell aus der winzigen Scheide, dann führte er die Klinge zwischen die beiden Schalenhälften. Langsam und widerwillig gingen sie auseinander wie die Flügel einer Motte, die sich der Sonne öffneten.

In ihrem Innern fand er eine Perle aus Dunkelheit –

ein winziges Ei von so dunklem, tiefem Schwarz, daß sie alles Licht aufzusaugen schien. Er wollte sie in die Hand nehmen, doch in dem Moment, als er sie in seine Linke schloß, spürte er, daß sich ihre Kälte in sein Fleisch brannte, und ließ sie wie ein Tropfen Himmelsfeuer auf das Bett darunter fallen.

Erstaunt hob er die Hand vors Gesicht und sah das akkurate Loch, das die Perle hinterlassen hatte. Er drehte die Hand. Ganz durch. Die Perle war einfach hindurchgegangen.

Er zitterte. Und dann kehrte der Schmerz zurück, so heftig wie nichts, was er je empfunden hatte.

Ben erwachte und setzte sich in Schweiß gebadet auf, seine linke Hand fest in seiner Rechten, deren Schmerz sich echt anfühlte. Er starrte sie an und erwartete ein winziges Loch zu sehen, das von vorn bis hinten durchgebrannt war, aber es gab kein äußeres Zeichen dafür, daß etwas nicht stimmte. Sie krampfte sich noch einmal zusammen, und er schrie wieder auf vor Schmerzen. Es war schlimmer als der schlimmste Krampf, den er je gehabt hatte.

»Verdammt!« preßte er hervor und ärgerte sich über seine Schwäche. Beherrsche den Schmerz, dachte er. Lerne daraus. Er biß die Zähne aufeinander und warf einen Blick auf den Chronometer an der Wand neben seinem Bett. Es war kurz nach fünf.

Er mußte sich die Hand verletzt haben, als er Meg aus dem Wasser holte.

Als der Schmerz zurückging, stand er auf, drückte die Hand an seine Brust und begann sich anzuziehen. Es war schwieriger, als er sich vorgestellt hatte, denn die kleinste ruckartige Bewegung der Hand löste einen weiteren Krampf aus, der ihm den Atem verschlug. Aber schließlich hatte er es geschafft und ging leise hinaus und durch den Gang.

Die Tür zu Megs Zimmer stand offen. Ganz vorsichtig, um sie nicht zu wecken, sah er hinein. Ihr Bett stand an der linken Seite der gegenüberliegenden Wand. Das Fenster befand sich direkt über ihrem Kopf. Sie lag auf dem Bauch, das Gesicht mit Haar bedeckt, die Schultern nackt im Schatten, den rechten Arm über die Decke gebeugt. Die Vorhänge waren vorgezogen, und das Zimmer lag zum Teil im Dunkeln, doch durch einen schmalen Spalt hoch oben fiel ein dünner Keil goldenes Sonnenlicht, ein Splitter der frühen Morgensonne. Er zog einen schattigen Streifen über die Decke und die Wand und enthüllte einen Teil von Megs Oberarm. Ben starrte ihn an und vergaß den dumpfen Schmerz in seiner Hand, als er sah, wie ihre weiche Haut in diesem Licht wirkte.

Er zögerte und fragte sich, ob er sie aufwecken sollte.

Und wenn er es tat?

Er zitterte, als er sich erinnerte, wie sie in jener Nacht zu ihm gekommen war, und empfand dieselbe heftige Sehnsucht. So sehr es ihn verwirrte, er konnte sich nicht selbst belügen. Er wollte sie. Mehr denn je. Wollte ihren weichen Hals küssen und sehen, wie sie sich umdrehte, warm und lächelnd, und ihn in den Arm nahm.

Der Schauer, der ihm den Rücken hinaufkroch, war derselbe, als wenn er ein gutes Stück Musik hörte oder sich zum erstenmal ein perfektes Kunstwerk ansah. Aber wie das? fragte er sich. Oder basierte alle Kunst auf Sehnsucht?

Die Finger seiner verletzten Hand krampften sich erneut zusammen. Er sog scharf Luft ein, um den Schmerz zu unterdrücken, und lehnte sich mit der Schulter an den Türrahmen. Es war der schlimmste bisher, und er fühlte sich danach kalt und schwach, die Stirn mit Schweiß benetzt. Er würde sie heute untersuchen lassen müssen. Möglichst heute morgen noch. Aber vorher gab es etwas zu erledigen.

Er ging nach unten und öffnete die Tür, die in den

Garten führte. Die Luft draußen war scharf und frisch, der Himmel klar nach dem Regen. Lange Schatten lagen auf dem glitzernden, taubenäßten Gras, betonten jeden Buckel und jede Vertiefung, wodurch der Boden zerfurcht und uneben erschien. Die Rosen waren taubeschlagen, der Zeichentisch dunkel und feucht.

Er lauschte den Schreien der Vögel in den Dachrinnen und in den Bäumen unten am Wasser. Es war seltsam, daß die Laute die Stille stets zu betonen und nicht zu stören schienen.

Der Schmerz kehrte zurück, diesmal erträglicher. Ben wappnete sich dagegen, und als er zurückging, hob er die verletzte Hand vors Gesicht. Sie roch ein wenig verbrannt, ein süßer, sehr unangenehmer Geruch. Er preßte die Hand an seine Brust. Sie war warm, unnatürlich warm.

Die Hand an der Brust, starrte er über den Rasen auf die schattige Bucht. Zur Zeit war Flut. Das Sonnenlicht erhellte bereits die Bäume am anderen Ufer und kroch langsam aufs Wasser zu.

Er lächelte. Dies zumindest änderte sich nie: jeder Tag erschuf die Welt neu; von allen Dingen ging Licht aus, dreihundert Meter in einer Millionstel Sekunde auf seiner Reise in die Unendlichkeit.

Er ging hinunter, über den Rasen und auf den schmalen Kiesweg, der durch ein altes, klappriges Tor auf die Wiesen führte. Das Gras stand hier kniehoch. Seit drei Monaten, als sein Vater gegangen war, hatte es niemand mehr geschnitten. Die hohen Halme bildeten üppige grüne Büschel. Er watete in diesen See aus Gras, ignorierte den Weg, der sich zu dem gewundenen Wasserlauf hinabschlängelte, und ging auf die Mauer zu.

Dort, am Fuß der Mauer, hielt er inne und balancierte auf dem Ende eines langen Felsgrates, der aus dem umgebenden Marschland hervorragte. Die Mauer war hier von übermächtiger Präsenz. Ihre weiße, völlig glatte, zwei *li* hohe Fassade bildete einen geometrisch perfekten Bogen in Richtung Südosten. Es war, als stünde er in der Ecke einer gewaltigen Spielzeugschachtel. Die Mauer warf einen so düsteren Schatten, das es dort fast Nacht zu sein schien. Dennoch konnte er den großen Kreis des Siegels deutlich ausmachen, dort unmittelbar über dem Boden, nicht mehr als dreißig Schritte entfernt.

Ben hockte sich hin und sah in die Runde. Hier fand das Gedächtnis reichlich Anregungen. Bilder umschwärmten ihn wie ruhelose Geister. Er brauchte nur die Augen zu schließen, um sie zurückzuholen. Dort zu seiner Linken sah er das tote Kaninchen im Gras versteckt liegen. Und dort, unmittelbar dahinter, hatte vor weniger als einem Jahr sein Vater gestanden und zu ihm zurückgeblickt, indem er auf das Siegel deutete und erklärte, die neue Politik der Sieben sei geeignet, gegen Eindringlinge aus dem Lehm vorzugehen. Er wandte den Kopf. Zu seiner Rechten sah er Meg, hundert, nein, tausend Mal, lächelnd oder nachdenklich, stehend oder sitzend, das Gesicht ihm zu- oder abgewandt. Mal lief sie durch das Gras, dann wieder stand sie am Wasserlauf und blickte auf die fernen Hügel hinaus. Meg als Kind, als Mädchen und als Frau, unzählige Bilder von ihr, alle gespeichert, gehortet in seinem Kopf. Und wofür? Warum diese endlose Vervielfachung der Ereignisse?

Er erschauderte, dann drehte er sich um, sah zur Hütte zurück und dachte, wie zeitlos sie in diesem frühen Morgenlicht wirkte. Er senkte den Blick, dann massierte er den Handrücken seiner linken Hand mit der rechten. Sie fühlte sich jetzt besser an, entspannter, was ihn zu dem Schluß veranlaßte, es sei eine Art Krampf gewesen. Aber bekamen Maschinen Krämpfe?

Er atmete tief, dann lachte er. Und was ist, wenn wir alle Maschinen sind? Was ist, wenn wir nur darauf programmiert sind, etwas anderes zu glauben?

Dann würden die Antwort ja lauten, auch Maschinen bekommen Krämpfe.

Es war seltsam, dieses zwanghafte Gefühl, herkommen zu müssen. Überwältigend wie seine Sehnsucht nach Meg. Es erschreckte ihn. Und selbst wenn er ihm nachgegeben hatte, es hinterließ in ihm den Eindruck, sich schlechter unter Kontrolle zu haben denn je. Zum Teil waren dafür natürlich die Drogen verantwortlich – oder ihr Fehlen. Es war jetzt über eine Woche her, seit er sie zuletzt genommen hatte. Aber es war mehr als das. Er veränderte sich. Er spürte es in sich. Aber in was? Und zu welchem Zweck?

Er starrte das Siegel an, dann sah er verwirrt weg. Es war wie in seinem Traum. Der Grund des Sees: das war die Mauer gewesen. Er war durch die Dunkelheit gesunken, um vor der Mauer zu stehen.

Und?

Er zitterte. Nein, er verstand es noch nicht. Als der, der er war – ein Schizophrener –, *konnte* er es vielleicht nicht verstehen. Zumindest nicht dort, wo er jetzt war. Aus sich heraus nicht. Aber wenn er sie durchbrach?

Er starrte die Mauer fest an, dann senkte er den Blick. Und wenn sein Vater nein sagte? Wenn sein Vater sagte, er dürfe nicht studieren?

Ben stand auf und kehrte der Mauer den Rücken zu. Wenn Hal nein sagte, würde er sich ihm widersetzen. Er würde es trotzdem tun.

* * *

»Noch mal, Meg. Und versuch dich diesmal etwas zu entspannen. Deine Finger sind zu verkrampft. Streck sie leicht aus. Sie sollen die Noten *fühlen*. In diesem Stadium ist Genauigkeit weniger wichtig als Gefühl. Die Genauigkeit kommt noch, aber das Gefühl muß von Anfang an das sein.«

Meg saß neben ihrer Mutter am Klavier. Es war kurz

nach neun, und sie übten schon seit mehr als einer Stunde, aber sie war entschlossen, die Passage noch heute zu lernen – damit sie Ben etwas vorspielen konnte, wenn er zurückkam.

Sie versuchte es noch mal. Diesmal klang es flüssiger. Sie hatte zwei Noten ausgelassen und einen der Akkorde schlecht angeschlagen, doch trotz aller Fehler kam es der Passage, die ihre Mutter ihr vorgespielt hatte, sehr viel näher. Sie wandte den Kopf und sah, daß Beth lächelte.

»Gut, Meg. Schon besser. Versuch's noch mal. Diesmal etwas langsamer.«

Sie gehorchte und beugte sich über die Tasten. Diesmal traf sie alle Tasten richtig, lehnte sich dann zurück, stolz auf sich, und hatte das befriedigende Gefühl, etwas geschafft zu haben. Es war natürlich nur eine Kleinigkeit – nicht zu vergleichen mit dem, was Ben geschafft hatte –, doch es war ein Anfang; der erste Versuch, mit ihm Schritt zu halten.

Sie sah sich noch mal um. Ihre Mutter betrachtete sie seltsam.

»Was ist?«

Beth nahm ihre Hand. »Du bist ein gutes Kind, Meg. Weißt du das? Dir fliegt nichts zu. Nicht so wie Ben. Aber du arbeitest daran. Du arbeitest hart. Und du läßt dich nie entmutigen. Ich habe dich wochenlang an etwas arbeiten sehen, dann kam Ben und schaffte es in ein paar Augenblicken. Und jedesmal – ohne Ausnahme – hast du dich für ihn gefreut. Du warst nie eifersüchtig, wie es andere an deiner Stelle gewesen wären. Nicht einmal verbittert. Und das ist…« Sie lachte. »Nun, das ist erstaunlich. Und dafür liebe ich dich.«

Meg senkte den Blick. »Er braucht jemanden.«

»Ja. Das stimmt.«

»Ich meine…« Meg legte ihre freie Hand sanft auf die Tasten, ohne einen Ton zu erzeugen. »Es muß schwer sein, in seiner Haut zu stecken. So einsam zu sein.«

»Einsam? Ich weiß nicht, was du meinst, Meg.«

»Wie Zarathustra in seiner Höhle am Berghang. Wo die Luft dünn ist und es wenig Herausforderungen gibt. Nur sind bei Ben der Berg und die Höhle in seinem Kopf.«

Beth nickte nachdenklich. »Stimmt schon, er ist anders.«

»Das habe ich gemeint. Er ist einsam, weil er anders ist. Selbst wenn sich hier in der Domäne hunderttausend Menschen aufhielten, wäre er von allen getrennt, abgeschnitten durch das, was er ist. Deshalb muß ich diese Anstrengungen auf mich nehmen. Um ihn dort zu erreichen, wo er ist. Um zu verstehen, was er ist und was er braucht.«

Beth sah ihre Tochter überrascht an. »Warum?«

»Weil er Ben ist. Und weil ich ihn liebe.«

Beth streckte die Hand aus und streichelte ihr mit den Knöcheln zärtlich über die Wange. »Das ist nett. Aber mach dir keine Sorgen. Gib ihm Zeit. Er wird schon jemanden finden.«

Meg sah weg. Ihre Mutter verstand sie nicht. Es gab einfach niemanden sonst für Ben. Niemand würde ihn je so gut verstehen. Niemand in ganz Chung Kuo.

»Möchtest du noch etwas spielen?«

Meg schüttelte den Kopf. »Jetzt nicht. Wie wär's mit heute nachmittag?«

»Gut. Möchtest du denn etwas frühstücken?«

Meg lächelte. »Ja. Warum nicht?«

* * *

Sie saßen in der Küche an dem großen abgewischten Kieferntisch und waren gerade mit dem Essen fertig, als sie draußen auf dem Pflaster Schritte hörten. Die Klinke quietschte, dann wurde die Tür aufgezogen.

Ben stand im Rahmen, sah herein und hielt seinen linken Arm seltsam an seiner Seite, gepreßt.

»Das riecht gut.«

Seine Mutter stand auf. »Setz dich. Ich koch dir etwas.«

»Danke. Aber nicht jetzt.« Er sah Meg an. »Hast du Zeit, Meg? Ich brauche jemanden zum Reden.«

Meg warf ihrer Mutter einen Blick zu. Sie war im Begriff gewesen, ihr beim Abwasch zu helfen. »Kann ich?«

Beth lächelte und nickte. »Geht ruhig. Ich komm schon zurecht.«

Meg stand auf und trug ihren Teller zur Spüle, ehe sie sich Ben zuwandte. »Wo bist du gewesen ...?« Sie verstummte, als sie bemerkte, wie er seinen linken Arm hielt. »Ben? Was hast du gemacht?«

Er starrte sie an, dann sah er zu seiner Mutter. »Ich habe die Hand beschädigt. Das muß auf den Felsen passiert sein.« Er hielt sie ihr hin. »Ich kann sie kaum benutzen. Wenn ich's versuche, verkrampft sie sich.«

Beth wischte sich die Hände ab und ging zu ihm. Sie nahm vorsichtig seine Hand und betrachtete sie. Meg trat mit besorgtem Gesicht neben sie.

»Nun, äußerlich ist keine Beschädigung zu erkennen. Und gestern hat sie noch perfekt funktioniert?«

Ben nickte. »Ja. Aber diese Sitzung am Klavier hat's sicher auch nicht besser gemacht.«

»Tut's weh?« fragte Meg.

»Es tat weh. Als ich aufgewacht bin. Aber ich habe gelernt, die Schmerzen zu vermeiden. Ich tue so, als läge das Problem weiter oben.« Er tippte sich mit der rechten Hand auf die linke Schulter. »Ich tu so, als sei der ganze Arm tot. Auf die Art komme ich nicht in die Versuchung, die Hand zu benutzen.«

Beth ließ seinen Arm wieder sinken, dann wandte sie sich ab und suchte nach etwas in den Schränken. »Hast du jemanden verständigt?«

Er nickte. »Vor zwei Stunden. Als ich wieder oben war. Sie schicken heute nachmittag einen Mann.«

Sie hielt ein Dreieck aus weißem Stoff in den Händen. »Gut. Nun, bis dahin mache ich dir eine Schlinge. Das macht's dir leichter, sie mit dir herumzutragen.«

Er setzte sich und ließ sich von seiner Mutter die Schlinge umlegen. Meg stand währenddessen neben ihm, und ihre Hand lag sanft auf seiner Schulter.

»Warum war die Tastatur schwarz? Ich meine, völlig schwarz?«

Er drehte sich um und blickte zu ihr auf. »Warum?«

Meg zuckte die Achseln. »Es ging mir nur die ganze Zeit durch den Kopf, das ist alles. Es ... es sah nur so seltsam aus. Unnötig.«

Beth, die vor ihm kniete und die Schlinge um seine Schulter befestigte, blickte auf, interessiert daran, was er sagen würde.

Er sah weg. »Es ist nur so, daß mich die altmodische Klaviatur ablenkt. Sie setzt dem Denken gewisse Grenzen, stellt den Geist auf alte Muster ein. Aber diese ganz schwarze Klaviatur ist nur ein Übergangsstadium. Eine Möglichkeit, alte Assoziationen abzuschütteln. Am Ende möchte ich eine völlig neue Tastatur entwickeln – eine, die besser für das geeignet ist, was ich mache.«

»Das wär's!« Beth zog den Knoten zu und stand auf. »Und *was* machst du?«

Ben sah ihr freimütig in die Augen. »Das weiß ich noch nicht. Jedenfalls noch nicht richtig.« Er erhob sich und bewegte leicht die Schulter. »Danke. Das ist viel leichter.« Dann sah er zu Meg hinüber. »Bist du fertig?«

Sie zögerte und fragte sich, ob sie ihn überreden könne, sich die Passage anzuhören, die sie am Morgen gelernt hatte, dann lächelte sie und antwortete leise. »Gut. Gehen wir.«

* * *

Es war später Vormittag, die Sonne stand hoch am Himmel, und die Luft war klar und frisch. Sie saßen unter den Bäumen auf dem Hang, der die Bucht überragte. Das Sonnenlicht, das durch die Zweige drang, sprenkelte das Gras und ließ das Wasser glitzern. Über ihnen, fast auf dem Gipfel des Hügels, verdeckt von einem kleinen Wäldchen, stand die verfallene Scheune, bewahrt seit den Tagen, als ihr Ururgroßvater Amos ein Junge gewesen war.

Seit zwei Stunden erwogen sie die Argumente, die dafür sprachen, ob Ben gehen oder bleiben sollte. Bisher war es eine einigermaßen ruhige Diskussion gewesen, die die Luft klärte, aber die Dinge hatten sich geändert. Jetzt saß Meg da, den Kopf von ihrem Bruder abgewandt, und war wütend auf ihn.

»Du bist furchtbar stur! Weißt du das, Ben? Unglaublich stur. Das ist der falsche Zeitpunkt. Nicht jetzt.«

Er antwortete ruhig, weil er wußte, daß er sie verletzt hatte. »Wann ist der richtige Zeitpunkt? Ich muß es tun. Ich *spüre* es einfach. Und all das andere … da versuche ich nur, vernünftige Gründe für dieses Gefühl zu finden. Es ist dieses Gefühl – der Instinkt –, dem ich vertraue.«

Sie wandte sich ihm zu, und ihre Augen funkelten. »Instinkt! Hast du nicht selbst gesagt, Instinkt sei nur eine Zwangsjacke – der Große Schöpfer zeige uns damit, wer wirklich die Finger an den Kontrollknöpfen hat.«

Er lachte, aber sie wandte sich von ihm ab. Dieses eine Mal ging es um etwas anderes als das, was er wollte. Hier ging es um Meg; um *ihre* Bedürfnisse.

»Mach's mir nicht so schwer, Meg. Bitte.«

Sie zitterte und starrte übers Wasser hinaus. Ihre Augen glühten, und sie hatte das Kinn trotzig vorgeschoben. »Warum fragst du mich dann überhaupt? Du tust doch sowieso, was du willst. Warum quälst du mich so, wenn du dich längst entschieden hast, was du tun wirst?«

Er betrachtete sie, bewunderte sie und wollte sich vorbeugen, um ihren Hals und ihre Schultern zu küssen. Sie trug ein langes, nußbraunes Baumwollkleid, das unter den Brüsten geschnürt und darüber geknöpft war. Sein Saum war bis zu ihren Knien hochgerafft und enthüllte die getönte Haut ihrer nackten Waden. Er sah nach unten und betrachtete ihre Füße, die zarten Zehen, die sanft gerundeten Nägel. Sie war schön. Sogar ihre Füße waren schön. Doch sie konnte ihn nicht hier halten. Nichts konnte ihn halten. Er mußte sich selbst finden. Vielleicht konnte er dann zurückkommen. Aber zuerst ...

»Fessel mich nicht, Meg. Hilf mir, ich selbst zu werden. Das ist alles, worum ich bitte.«

Sie fuhr herum, als wollte sie etwas sagen, dann sah sie ruckartig zu Boden, und die schmerzhafte Verwirrung war ihr deutlich ins Gesicht geschrieben.

»Ich will dir doch helfen, Ben. Wirklich. Es ist nur ...«

Er versuchte, ihre Gefühle von sich abprallen zu lassen, das Mitleid zu unterdrücken, das er instinktiv empfand. Sie war seine Schwester. Seine Geliebte. Es gab niemanden auf der Welt, der ihm näher stand, und es schmerzte ihn, ihr so weh zu tun, doch er mußte sie verletzten, sonst würde er aus den Augen verlieren, was er werden mußte. Früher oder später würde sie das verstehen, aber im Moment machten die Bande der Liebe sie blind für das, was für ihn am besten war. Und nicht bloß für ihn, sondern für sie beide.

»Halt mich hier fest, Meg, und ich werde innerlich sterben. Es wird sich nach innen wenden und an mir nagen. Das weißt du. Und ich würde es dir vorwerfen. Tief im Innern würde ich dich irgendwann dafür hassen, daß du mich hier gehalten hast. Und ich möchte dich nie hassen. Niemals.«

Sie sah ihm in die Augen, ihre eigenen feucht vor unvergossenen Tränen. Dann drehte sie sich um und ging zu ihm, nahm ihn in den Arm und drückte ihn vorsichtig an sich, um seinem beschädigten Arm nicht weh zu tun, den Kopf warm und sanft an seiner Schulter.

»Nun?« fragte er nach einer Weile. »Wirst du mir gegen Vater zur Seite stehen?«

Er bemerkte die leichte Veränderung ihres Atmens. Dann trat sie zurück und betrachtete ihn aufmerksam, als habe sie etwas in seinem Gesicht entdeckt.

»Du meinst, er wird versuchen, dich aufzuhalten?«

Ben nickte. »Er wird Vorwände finden. Die unsicheren Zeiten. Mein Alter.«

»Aber was ist, wenn er recht hat, Ben? Was ist, wenn es zu gefährlich ist? Was ist, wenn du wirklich zu jung bist?«

»Zu jung? Ich bin siebzehn, Meg. Siebzehn! Und abgesehen von diesem einen Besuch in Tongjiang, habe ich nie etwas anderes als dies hier gesehen; bin nie irgendwo anders als hier gewesen.«

»Und ist das so schlimm?«

»Ja. Denn es gibt mehr im Leben als das hier. Viel mehr. Da drin ist eine ganz andere Welt. Eine, von der ich eigentlich nichts weiß. Und ich muß in ihr meine Erfahrungen machen. Nicht aus zweiter Hand, nicht über einen Bildschirm, sondern vor Ort.«

Sie senkte den Blick. »Was du über mich gesagt hast, Ben, daß ich dir Fesseln anlege. Das würde ich nie tun. Das weißt du. Und *ich* kann dich wirklich frei machen. Aber nicht da drin. Nicht in der Stadt.« Sie hob den Blick. »Du gehörst hierher. Genau hier, in die Domäne. Dafür sind wir geschaffen. Wie die fehlenden Teile eines Puzzlespiels.« Sie machte eine Pause, dann fuhr sie noch eindringlicher fort. »Wir sind nicht wie sie, Ben. Wir sind anders. *Von anderer Art*. Wie Aliens. Das wirst du noch feststellen.«

»Alle Teile von Amos' großem Experiment, wie?«

»Vielleicht...« Aber das hatte sie damit nicht gemeint. Sie dachte weniger an Genkarten als an etwas, das tief in ihrer Natur verankert war – ein Gefühl der Verbundenheit mit der Erde, das sie hatten und das anderen – abgeschnitten durch die Mauern und Ebenen der Stadt – fehlte. Es war, als seien sie als menschliche Wesen gleichzeitig weiter und geringer fortgeschritten: primitiver und in geistiger Hinsicht doch erhabener. Sie waren die Brücke zwischen Himmel und Erde – das Bindeglied zwischen der fernen Vergangenheit und der fernen Zukunft. Für sie war die Stadt deshalb irrelevant – eine falsche Richtung, die die Menschheit eingeschlagen hatte –, und für Ben schlicht eine Idiotie, sich von ihr angezogen zu fühlen; eine Verschwendung seiner kostbaren Zeit und seiner Talente.

Abgesehen davon brauchte sie ihn, brauchte ihn so sehr, wie er sie brauchte – auch wenn er das noch nicht einsehen wollte. Es würde ihr das Herz brechen, ihn gehen zu lassen.

»Ist das alles?« fragte er, weil er spürte, daß sie noch etwas zu sagen hatte.

Sie antwortete ruhig und sah an ihm vorbei, während sie redete. »Nein. Es ist mehr als das. Ich mache mir Sorgen um dich. All diese Dinge um Morphs und Mimikry. Ich habe Angst davor, wohin dich das führt.«

»Aha...« Er lächelte und sah zu Boden, pflückte einen langen Grashalm und steckte ihn sich in den Mund. »Weißt du, Meg, es gab früher einmal eine Denktradition, die den Künstler mit dem Satan assoziierte. Sie argumentierte, daß jegliche Kunst eine Blasphemie sei – eine Aufhebung der Rolle des Schöpfers. Sie behauptete, daß alle Künstler sich an die Stelle Gottes setzen und ihre kleinen satanischen Paläste bauen – ihre Pandämonien – als Mimikry von Gottes ewiger Stadt. Natürlich irrten sie sich, aber in gewisser Hinsicht ist es wahr. Jegliche Kunst ist eine Art Mimikry; ein Versuch, der Bedeutung der Dinge näher zu kommen.

Manche sogenannte Künstler sind weniger daran interessiert, zu begreifen, warum die Dinge so sind, wie sie sind, als daran, sich einen Schaukasten für ihren Egoismus zu schaffen, aber im allgemeinen verdankt sich wirkliche Kunst – Kunst von der Art, die einen *zeichnet* – der Sehnsucht, zu verstehen, nicht zu ersetzen. Mimikry ist auf dieser Ebene eine Art von Verehrung.«

Sie lachte leise. »Ich dachte, du glaubst nicht an Gott.«

»Tu ich auch nicht. Aber ich glaube an die Wirklichkeit all dessen, was uns umgibt. Ich glaube an natürliche Vorgänge. An den Tod von Sternen und den Zyklus der Jahreszeiten. An das Feuern der Synapsen und den unvermeidlichen Zerfall des Fleisches. An die Dunkelheit und das Licht.«

»Und an die Stadt auch?«

Er lächelte. »Auch sie ist ein Prozeß, ein Teil des natürlichen Flusses der Dinge, wie unnatürlich sie auch erscheinen mag. Die Stadt ist ein Ausdruck der menschlichen Intelligenz, die schließlich auch etwas Natürliches ist. Es ist zu einfach, ihre Künstlichkeit als Antithese zur Natur abzutun, wenn sie tatsächlich ein Versuch ist, zu vereinfachen und so damit zu beginnen, die Komplexität der natürlichen Prozesse zu begreifen.«

»Und diese Prozesse zu beherrschen.«

»Ja, aber es gibt unterschiedliche Ebenen der Beherrschung. Was beherrscht zum Beispiel *uns*, wenn wir uns wünschen, andere Dinge zu beherrschen? Sind das alles nur unsere Gene? Und selbst wenn, welchen vernünftigen Grund gibt es dafür? Wir haben uns diese Frage gestellt, seit die DNS erstmalig isoliert wurde, und sind der Antwort seitdem keinen Schritt näher.«

Sie sah weg, als sei sie des Gesprächs plötzlich müde. »Ich weiß nicht, Ben. Es scheint plötzlich alles so rauh. So dunkel.«

Wieder mißdeutete er ihren Kommentar; hielt seinen oberflächlichen Inhalt für seine tiefere Bedeutung. »Ja«, sagte er und starrte übers Wasser hinweg. »Aber was ist Dunkelheit? Ist sie nur ein Raum, der darauf wartet, ausgefüllt zu werden? Oder hat sie einen Zweck? Einen anderen als den simplen Kontrast?«

»Ben ...«

Er drehte sich zu ihr um, verblüfft von dem scharfen Ton, den sie angeschlagen hatte. Sie sah ihn seltsam an. »Ja?«

»Was ist mit uns? Wie passen wir in all diese Vorgänge?«

»Wir sind ein Brennpunkt, ein Filter ...«

Aber sie schüttelte den Kopf. »Nein. Das habe ich nicht gemeint. Ich meinte *uns*. Dich und mich. Ist das nur ein Prozeß? Nur eine Funktion des Universums? Sind meine Gefühle für dich nur ein weiteres Faktum, das in das große Bild eingepaßt werden muß? Oder ist mehr daran als das? Gibt es Teile davon, die einfach nicht passen?«

Erneut überraschte ihn die Bitterkeit in ihrer Stimme. Er hatte es für geklärt zwischen ihnen gehalten, doch jetzt begriff er: es würde nie endgültig geklärt sein, bevor er sie nicht verlassen hatte.

»Drei Jahre«, erklärte er. »Mehr brauche ich nicht. Du wirst ... äh ... siebzehn sein – so alt wie ich jetzt –, wenn ich zurückkomme. Das ist nicht so lang, Meg. Wirklich nicht.«

Sie erhob sich und ging weg, dann stand sie, den Rücken zu ihm, am Rande des Gehölzes über ihm.

»Du redest davon, zu sterben, wenn du bleibst. Aber ich werde sterben, wenn du gehst. Verstehst du das nicht, Ben? Ohne dich hier werde ich wie tot sein.« Sie wandte sich ihm zu, die Augen vor Schmerz und Wut geweitet. »Du bist meine Augen, meine Ohren, die bewegende Kraft hinter jedem Moment meines Tages. Ohne dich existiere ich nicht!«

Er lachte kurz auf, überrascht von ihrem Ausbruch. »Aber das ist doch Unsinn, Meg. Natürlich existierst du. Abgesehen davon ist da noch Mutter ...«

»Bei allen Göttern! Du verstehst offenbar wirklich nicht, was?«

Ihr Gesicht zeigte noch einmal diese seltsame, undeutbare Regung, dann fuhr sie abrupt herum und machte sich an den Aufstieg.

Ben stand hastig auf und wollte sie einholen, bahnte sich vorsichtig seinen Weg zwischen den Bäumen, um nicht mit seinem nutzlosen Arm anzustoßen, aber sie rannte inzwischen, kämpfte sich mit vollem Körpereinsatz den Hang hinauf, um von ihm fortzukommen.

Am Rande des Gehölzes hielt er inne, zuckte unter dem plötzlichen Schmerz in seiner Hand zusammen und rief seiner Schwester hinterher. »Meg! Bleib stehen! Bitte bleib stehen!«

Sie wurde langsamer, dann blieb sie knapp unterhalb der Scheune stehen, den Rücken ihm zugewandt, den Kopf gesenkt, und wartete.

Als er sie eingeholt hatte, trat er vor sie hin und hob ihr Gesicht mit seiner unversehrten Hand. Meg weinte.

»Meg ...«, flüsterte er, innerlich zerrissen von dem, was er sah. »Bitte weine nicht. Es gibt keinen Grund zu weinen. Wirklich nicht.«

Sie schluckte, dann sah sie zur Seite, ähnelte für einen Moment einem verletzten vierjährigen Kind. Dann sah sie ihm noch trotziger in die Augen und hob eine Hand, um sich die Tränen wegzuwischen.

»Ich liebe dich«, sagte er sanft. »Das weißt du doch.«

»Dann schlaf noch mal mit mir.«

Er lachte, doch sein Blick war ernst. »Was, hier?«

Sie starrte ihn herausfordernd an. »Warum nicht?«

Er drehte sie leicht. Von dort, wo sie standen, konnten sie deutlich unten die Hütte sehen.

Sie drehte sich wieder um, und ihre Augen musterten aufmerksam sein Gesicht. »Also gut. Dann da oben. In der Scheune.«

Er drehte sich um und warf einen Blick hinauf, dann nickte er, und ein Schauer lief ihm den Rücken hinunter.

Sie griff nach unten, nahm seine unverletzte Hand und führte ihn den Hang hinauf. An der Scheunentür drehte sie sich um, zog ihn an sich und schlang die Arme um seinen Hals. Es war ein langer, leidenschaftlicher Kuß, und als sie sich von Ben losriß, hatte sie andere Augen. Älter, als er sie in Erinnerung hatte, wissender. Die Augen einer Fremden.

Sie drehte sich um und führte ihn hinein. Im Innern war die Scheune voller Schatten. Durch Spalten zwischen den Brettern, die die Wände der Scheune bildeten, fielen teils breite, teils schmale Streifen von Sonnenlicht und schufen von rechts nach links zerrissene Lichtschleier.

»Schnell«, sagte sie und führte ihn weiter hinein. »Bevor Mutter uns zum Essen ruft.«

Er lächelte und ließ sich führen, erregt schon vom Druck ihrer Hand auf seiner.

»Hier«, sagte sie, indem sie sich umsah. In der gegenüberliegenden Ecke bildeten hölzerne Leisten einen Verschlag von der Größe einer Rumpelkammer, hüfthoch gefüllt mit altem Heu. Der warme, muffige Geruch des Heus war stark, aber angenehm. Licht, das durch zwei höher gelegene Astlöcher drang, durchzog die Schatten mit dünnen, goldenen Fäden. Meg drehte sich um und lächelte ihn an. »Leg dich ihn. Ich leg mich auf dich.«

Er setzte sich, ließ sich aufs Heu nieder und spürte,

wie es unter ihm nachgab, dann ließ er den Kopf zurücksinken und achtete darauf, nicht mit seiner Hand anzustoßen. Als er dortlag und zu ihr aufblickte, den linken Arm noch immer in der Schlinge, war ihm zum Lachen zumute.

»Hältst du das für eine besonders gute Idee?«

Er lächelte seltsam, rätselhaft zuerst, und lächelte breiter, als sie langsam die Knöpfe an der Vorderseite ihres Kleides aufknöpfte und es sich über den Kopf zog. Unter dem Kleid war sie nackt.

Ben spürte, wie ihm der Atem stockte. »Meg ...«

Sie beugte sich über ihn und löste die Schlinge von seinem Arm, dann setzte sie sich mit gespreizten Beinen auf ihn, und ihre warme, weiche Last drückte ihn hinunter, als sie sein Hemd aufzuknöpfen begann.

Megs Gesicht schwebte nur eine Handbreit über seinem. Ihre Lippen waren leicht geöffnet, die Zungenspitze ragte heraus, ihre Augen konzentrierten sich auf ihre fleißigen Finger. Aber Bens Blick wurde von ihren Brüsten angezogen, von den harten, herausragenden Konturen ihrer Brustwarzen.

Er griff nach oben und umschloß ihre linke Brust mit seiner Hand, spürte ihre glatte Wärme, dann beugte er sich vor, bis eine Lippen über die knospenartige Warze strichen.

Meg erschauderte, und ihre Finger verhielten einen Moment. Ben ließ sich leicht zurücksinken und blickte noch mal in ihr Gesicht auf. Sie hatte die Augen geschlossen, die Lippen noch weiter geöffnet und erinnerte ihn flüchtig an eins jener uralten Gemälde religiöser Ekstase. Er zitterte, dann beugte er sich nochmals vor und hob die Brust wieder an seinen Mund, zog mit der Zunge feucht die steife braune Beere der Warze nach, reizte sie mit Zähnen, Lippen und Zunge und spürte dabei, wie Meg sich mit jeder kleinen Bewegung fester an ihn drückte.

Er lehnte sich wieder zurück, ignorierte den dumpfen Schmerz des wiedererwachten Pulses in seiner Hand, und sah, wie Meg langsam die Augen öffnete und sein Lächeln erwiderte.

Eine Zeitlang lag er so da und ließ sich von ihr ausziehen. Dann, als sie seine Kleider weggelegt hatte, wieder auf ihn stieg und ihre warme, glatte Haut über seine strich, erschauderte er vor Erwartung.

»Schließ die Augen ...«

Er lag da und ließ sich von ihr lieben, zuerst langsam, dann, als der uralte Rhythmus sie erfaßte, ritt sie wilder und drängender, krallte sie die Hände in seine Schultern, ihr Gesicht verändert, nicht wiederzuerkennen, die Zähne fest aufeinandergebissen, schaute wild auf ihn herab. In ihren Augen sah er ein Spiegelbild der Schmerzen, die ihm seine beschädigte Hand zufügte. Diese lag neben ihm und zitterte, die Finger krampfhaft zur Faust geballt, ein nicht enden wollender Krampf, der so schmerzhaft wie ihr Liebesakt lustvoll war. Meg bewegte sich immer schneller und heftiger, bis sie mit einem Schaudern, der ihn selbst zum Höhepunkt brachte, den Rücken krümmte und aufschrie, sich gegen ihn preßte, als wollte sie ihn einreißen: als wollte sie die Haut durchdringen, die sie trennte, und mit ihm *eins* werden.

Hinterher lag er ruhig da, und der Schmerz in seiner Hand verebbte. Meg lag über ihm und döste, ihr dunkles Haar über seine Brust ausgebreitet. Zwei schmale Lichtstreifen hoben Teile ihres Körpers aus dem Schatten, wie goldene Bänder, die mit ihrer Haut verschmolzen und über ihre Brust und Hüften ein Streifenmuster zeichneten, das die Konturen ihrer verebbten Lust nachzog.

Ben sah ihre ausgestreckten Körper hinunter, beobachtete das Spiel der verschachtelten Schatten und betrachtete die Stellen, wo Haut mit Haut zu verschmelzen schien. Der Geruch ihres Liebesakts füllte die kleine Kammer und vermischte sich mit dem Geruch des alten Heus. Er schien Teil der Schatten, der staubbefleckten Lichtbänder zu sein.

Er schloß die Augen und dachte nach. Was hatte sie damit beabsichtigt? Ihm ihre Liebe zu beweisen? Ihr Verlangen zu zeigen? Vielleicht. Aber es gab unterschiedliche Arten von Verlangen. Sie hatte sich vorhin geirrt. Obwohl sie das jetzt glaubte, würde sie nicht sterben, wenn er nicht mehr für sie da war. Sie würde warten, wie sie immer gewartet hatte, weil sie wußte, daß er zurückkommen würde. Aber er – er *mußte* einfach gehen. Er würde verrückt werden, wenn er nicht von hier fortginge. Mit jedem Tag wurde es schlimmer. Mit jedem Tag wurde dieses Gefühl in ihm stärker, nährte seine Unruhe, schürte das Feuer der Unzufriedenheit, das in seinem Bauch tobte.

Raus. Er mußte raus hier. Oder ›rein‹, wie sie es lieber nannte. Wie auch immer, er mußte weg. Weit weg von hier. Selbst von denen, die er liebte.

»Ben ...! Meg ...!«

Die Rufe klangen gedämpft und wie aus weiter Ferne, vom Hang unterhalb der Scheune. Meg rührte sich, hob langsam den Kopf und wandte ihm das Gesicht zu.

»Was war das?«

Er lächelte, beugte sich vor und küßte sie auf die Nase. »Nichts Besonderes. Es ist nur Mutter, die uns ruft. Es ist wohl Zeit zum Essen.«

»Ach so ...« Sie wollte sich entspannen, dann drückte sie sich ruckartig hoch und war plötzlich ganz wach. »Nur Mutter!«

»Vorsicht ...«, stöhnte er und zuckte unter dem Schmerz zusammen, der seinen Arm durchfuhr, als sie gegen seine Hand stieß.

Ihr Gesicht zeigte ihre Besorgnis. »Oh, Ben, es tut mir leid ...«

Dann lachten sie und umarmten sich fest. Ben drehte die Hand nach außen, als er Meg in die Arme schloß. Und von draußen waren noch einige Male die Rufe zu hören, aus immer größerer Entfernung.

»Ben ...! Meg ...!«

* * *

Beth stand entspannt im Tor am Fuß des unteren Gartens, die Schürze locker über ihr Kleid gebunden, und wartete auf sie. Sie trug ihr Haar offen und lächelte.

»Wo wart ihr?« fragte sie, als sie bei ihr waren. »Ich habe euch überall gesucht. Habt ihr mich nicht rufen gehört?«

Meg sah weg, aber Ben ging direkt zu seiner Mutter. »Wir waren in der Scheune«, sagte er beiläufig. »Es war sehr warm und muffig da drin. Wir haben uns unterhalten, dann sind wir eingeschlafen. Wir haben dich wohl überhört.«

»Ich verstehe«, sagte sie, lächelte und zerwühlte ihm das Haar.

»Tut mir leid«, sagte er und blieb an ihrer Seite, während Meg voranging. »Ich hoffe, das Essen ist nicht verdorben.«

Beth lächelte und schüttelte den Kopf. »Ich habe euch nicht zum Essen gerufen. Es geht um euren Vater. Er ist wieder zu Hause.«

Meg drehte sich um. »Vater ...« Dann lief sie ohne ein weiteres Wort den Hang hinauf und verschwand im Haus.

Ben ging neben seiner Mutter und nahm ihren Arm. »Ist er in Ordnung?«

»Wie meinst du das?«

Ben blieb stehen und sah sie an. Ihre Stimme hatte so seltsam geklungen, ihre Antwort war zu abwehrend gewesen. Er hatte aus Höflichkeit gefragt, aber sie hatte mehr darin zu hören geglaubt.

»Stimmt was nicht mit ihm?« fragte er.

Beth sah weg. »Ich weiß nicht. Er wirkt irgendwie viel älter. Müde.« Sie zuckte die Achseln.

»Vielleicht ist er überarbeitet. Drinnen sind die Dinge schlecht gelaufen.«

»Ja…« Sie lächelte wehmütig. »Vielleicht liegt's daran.«

Sie gingen weiter. Von oben aus der Hütte konnten sie Megs schrille Freudenschreie hören. Dann trat sie ins Freie und hielt etwas wie ein kleines, lebendes Fellbündel im Arm. Sie drückte es Ben in die Hand.

»Ist sie nicht süß?«

Ben hob das Kätzchen hoch und sah in seine seltsamen, fremdartigen Augen. »Na du, Mog. Ich bin Ben.«

Meg nahm das Kätzchen sofort zurück. »Tu ihm nicht weh. Außerdem ist es nicht Mog. Es ist Zarathustra.«

»Natürlich.« Ben streckte die Hand aus und streichelte das Kätzchen zwischen den Ohren, dann schob er sich an Meg vorbei durch die Tür.

Sein Vater saß nicht weit von der Tür im tiefen Schatten des Flurs. Als er Ben sah, verzog er das Gesicht zu einem faltigen Lächeln.

»Ben! Wie geht's dir, Junge?«

»Gut«, sagte er, trat ein und spürte die Hand seiner Mutter auf der Schulter. »Und dir, Vater?«

»Ich habe viel zu tun gehabt. Ich bin völlig kaputt, wie du sagen würdest. Ich habe das Gefühl, als hätte ich in den letzten Tagen die ganze Welt zurechtgerückt.«

Hal Shepherd lehnte sich in den hohen, armlosen Stuhl zurück, die Arme in einer überschwenglichen Geste weit ausgebreitet. In seinen Augen brannte noch immer das alte Feuer, aber Ben sah sofort, daß er krank war. Er sah die Falten der Erschöpfung und der Strapazen, die Röte in den Winkeln seiner Augen, die Art, wie an seinem Hals die Muskeln hervortraten, wenn er redete, und wußte, daß es mehr als schlichte Müdigkeit war.

»Ein schönes Kätzchen. Woher ist es? Von GenSyn?«

Hal schüttelte den Kopf. »Nein, Ben. Es ist ein echtes Kätzchen. Wir haben seine Eltern an dem Tag von Madam Moore beschlagnahmt, als die Vollmacht für die Inhaftierung ihres Ehemanns unterzeichnet wurde. Es scheint, als ob es in der Wildnis noch ein paar Katzen gäbe. Moore muß sie für seine Frau durch die Quarantäne geschmuggelt haben.«

»Oder er hat unterwegs alle bestochen.«

»Das ist noch wahrscheinlicher ...« Hal holte tief Luft – mühsam, dachte Ben –, dann lächelte er wieder. »Ich habe dir auch etwas mitgebracht, Ben.«

»Einen Hund?«

Hal lachte, für einen Moment wieder ganz der Alte, ein vitaler Mensch. »Das wäre was, hm? Aber nein, ich fürchte nicht. Obwohl ich so das Gefühl habe, daß zumindest du es sehr viel interessanter findest als einen Hund.«

»Was ist es?«

Hals Lächeln blieb, während er seinen Sohn betrachtete; als sei dies ein Anblick, den er nicht mehr zu genießen erwartet hatte. Dann sagte er, mit einem kurzen Seitenblick auf Beth: »Es ist unten. In den Arbeitsräumen im Keller. Ich habe einen von ihnen vorbereitet, damit du ihn gleich ausprobieren kannst.«

Ben runzelte die Stirn und versuchte darauf zu kommen, was sein Vater meinte, dann begriff er. »Es ist ein *Pai pi!* Du hast mir einen *Pai pi* mitgebracht!«

»Nicht einen, Ben. Acht.«

»Acht!« Ben lachte verblüfft. »Himmel! Wo hast du die her? Ich dachte, sie sind schon alle vor Jahren vernichtet worden. Sie waren mehr als sechzig Jahre verboten, nicht?«

»Das stimmt. Aber es hat unter den Oberen Sammler gegeben. Männer, die im Geheimen an der verbotenen Technik festgehalten haben. Diese hier sind in der Sammlung eines Erstebenenexekutiven gefunden worden.«

Ben begriff sofort. »Die Beschlagnahmungen…«

»Genau. Der Mann war ein Dispersionist. Wir wollten sie vernichten, aber als ich Li Shai Tung von deinem Interesse erzählte, hat er einen Sonderbefehl unterzeichnet, der mir erlaubt, mit ihnen die Stadt zu verlassen. Weißt du, hier in der Domäne hat das Edikt keine Wirkung. Wir Shepherds können tun, was uns gefällt.«

»Darf ich jetzt einen ausprobieren?«

Beth, deren Hand noch immer auf Bens Schulter lag, antwortete für ihren Mann. »Natürlich. Meg und ich holen das Essen, während du unten bist.«

Meg, die gerade hereinkam, protestierte. »Das ist unfair! Warum kann ich nicht mit ihnen gehen?«

Hal lachte. »Nun… Vielleicht ist es Ben ein bißchen peinlich.«

»Wie meinst du das?« fragte Meg und drückte das sich sträubende Kätzchen unter ihr Kinn.

»Es ist einfach eine Sache für den ganzen Körper. Ben muß in dem Harnisch nackt sein.«

Meg lachte. »Ist das alles?« Sie wandte sich etwas ab, die Wangen leicht gerötet. »Er war praktisch nackt, als er mit dem Morph gearbeitet hat.«

Hal sah seinen Sohn an und kniff die Augen zusammen. »Du hast den Morph benutzt, Ben? Wofür?«

»Ich werd's dir erklären«, sagte Ben und sah Meg an, überrascht von ihrer plötzlichen Aufsässigkeit. »Aber später erst. Wenn ich den *Pai pi* ausprobiert habe.«

* * *

Die Keller unter der Hütte waren in den Zeiten seines Urgroßvaters hinzugefügt worden, aber erst im letzten Jahrzehnt hatte sein Vater in einem der großen Räume mit den niedrigen Decken ein Studio eingerichtet. Unter einer kahlen künstlichen Beleuchtung beanspruchten elektronische Geräte zwei Drittel der Bodenfläche. Zwischen den freistehenden Regalen führte ein schmaler Durchgang zu einem vollgepackten Schreibtisch an der gegenüberliegenden Wand. Links von dem Schreibtisch war ein Vorhang vorgezogen worden und verhüllte den freien Raum dahinter.

Ben ging durch. Die acht *Pei pi* lagen auf dem Schreibtisch, jedes der kleinen, dunklen, rechteckigen Kästchen klein genug, um in eine Handfläche zu passen. Er nahm eins nach dem anderen in die Hand und war überrascht von ihrem Gewicht. Sie waren rhombenförmig und ähnelten den ›Stempeln‹, mit denen Beamte offizielle Dokumente versiegelten, in jedes das Logo des Herstellers eingeprägt. *Pai pi* – der Name bedeutete wörtlich ›hundert Stifte‹ – ermöglichten Ganzkörpererlebnisse, ein Medium, das in den frühen Tagen der Stadt eine Blütezeit erlebt hatte, als Unterhaltung für die ganz Reichen. Die ›Kassetten‹ selbst waren lediglich die Software, die Arbeitsanweisungen; die Hardware stand an der Seite.

Hal zog einen Vorhang zurück. »Da! Was denkst du?«

Die Couch war ein Kunstwerk für sich. Ihre geschwungenen, bootartigen Seitenteile waren mit Perlen und Elfenbein besetzt, und die dunkle, durchsichtige Haube war wie ein antiker Sarkophagdeckel geformt. Zur Zeit war die Haube wie der Flügel eines riesigen Insekts zurückgezogen und enthüllte das gepolsterte Innere. Dunkelblaue Seide – von demselben Dunkelblau, das der Himmel vor der Dämmerung annimmt – verhüllte den inneren Mechanismus der Maschine, während eine Vertiefung in der gepolsterten Seide einen ungefähren menschlichen Umriß bildete. Wie die Instrumente einer raffinierten Foltermaschine ragten feine Fäden aus allen Teilen der Vertiefung. Die zwirnartigen Drähte häuften sich besonders um den Kopf. Diese – die ›hundert Fäden‹, denen diese Kunstform ihren Namen verdankte, obwohl es sich tatsächlich nur um einundachtzig handelte – waren die Input-Stellen, über die die Maschine im Betriebszustand Informationen in die wichtigsten Nervenknoten des Empfängerkörpers einspeiste.

»Sie ist schön«, sagte Ben, trat näher und untersuchte die Couch mit den Fingern. Er bückte sich und schnüffelte an dem leicht muffigen Inneren. »Ich frage mich, ob er sie oft benutzt hat.«

Es war ein trügerisch einfaches Gerät; ein winziger Ein-Mann-Traumpalast. Man legte sich hin und wurde angeschlossen; und wenn sich die Haube gesenkt hatte, fing man an zu träumen; Träume, so wurde behauptet, die so real wie die Wirklichkeit seien.

Er wandte sich wieder seinem Vater zu. »Hast du sie ausprobiert?«

»Einer der Techniker hat's ausprobiert. Mit meiner Erlaubnis selbstverständlich.«

»Und?«

Hal lächelte. »Warum steigst du nicht ein? Versuch's selbst.«

Er zögerte, dann zog er sich aus, achtete kaum darauf, daß sein Vater ihm zusah – die Faszination der Maschine hatte ihn in seinen Bann gezogen. Nackt drehte er sich um und sah seinen Vater an. »Was jetzt?«

Hal trat an seine Seite, die Bewegungen langsamer, schwerfälliger, als Ben sie in Erinnerung hatte, dann ging er neben der Maschine in die Knie und klappte eine Trittstufe herunter.

»Steig ein, Ben. Ich werde dich anschließen.«

Fünfzehn Minuten später war er fertig, die Fäden angeschlossen, die Haube gesenkt. Mit unerwarteter Abruptheit fing es an.

Er spazierte durch einen Park, auf allen Seiten von greifbar realen Bäumen und Gebäuden umgeben. Der Himmel über ihm machte einen seltsamen Eindruck. Dann begriff er – er befand sich in der Stadt, und der

Himmel war eine Decke, fünfzig *ch'i* über ihm. Er war sich des geisterhaften Gefühls der Bewegung in seinen Armen und Beinen bewußt, der nebulösen Gegenwart der anderen Menschen ringsum, aber nichts Klarem. Alles wirkte schematisch, ungenau. Dennoch war der Gesamteindruck, durch einen Park zu spazieren, äußerst lebhaft.

Eine Gestalt näherte sich ihm, war mit jedem Schritt deutlicher zu erkennen, als käme sie geisterhaft aus dem Nichts hervor; ein mürrisch wirkender junger Mann, der ein Messer hielt.

Der Mund des Jungen bewegte sich. Worte drangen Ben ans Ohr, hallten durch den leeren Raum zwischen ihnen.

»Gib mir dein Geld, sonst kriegst du das da zwischen die Rippen.«

Er spürte, wie sein Körper sich anspannte, sein Mund sich bewegte und Worte formte. Sie entwichen ihm ohne Verbindung zu seinen Gedanken.

»Versuch's doch!«

Die Zeit schien sich zu verlangsamen. Er spürte, wie er zurückwich, als der Junge mit dem Messer zustieß. Er fuhr herum, faßte den Jungen am Arm und verdrehte ihn derart, daß ihm das Messer aus der Hand fiel. Er spürte, wie ihn ein Schauer der Erregung durchfuhr. Die Bewegung war so wirklich erschienen, der Arm so fest und gegenwärtig. Dann fiel der Junge von ihm weg, stolperte zu Boden, und er setzte nach und trat dem Jungen immer wieder mit Wucht in die Seite.

Er spürte, wie Rippen unter seinen Tritten brachen, und das Geräusch – aus Effektgründen verstärkt – schien den ganzen Park auszufüllen. Er trat zurück – zurück in die normale Zeit jetzt – und hörte den Jungen stöhnen, dann keuchend Blut spucken – ein heftiger, grellroter Schwall.

Er verspürte den Drang, noch mal zuzutreten, aber

sein Körper bewegte sich zurück, wandte sich ab, und eine Woge künstlicher Zufriedenheit durchfuhr ihn.

Dann hörte es so abrupt auf, wie es angefangen hatte.

Durch das getönte Glas der Haube sah er den dunklen Umriß seines Vaters, der sich herüberbeugte und die Kassette aus dem Schlitz nahm. Einen Moment später sprangen mit einem Zischen entweichender Luft die Verschlüsse auf, und das Verdeck begann sich zu heben.

»Nun? Was meinst du?«

»Ich weiß nicht«, antwortete Ben nachdenklich. »In mancherlei Hinsicht ist es sehr leistungsfähig. Für kurze Zeit hat mich die Illusion wirklich überwältigt. Aber nur für einen Moment.«

»Was stimmte denn nicht damit?«

Ben versuchte sich aufzusetzen, traf aber auf Widerstand.

»Warte, laß mich das machen.«

Er ließ sich zurücksinken und entspannte sich, während sein Vater die winzigen Saugplättchen von seinem Hinterkopf und Hals entfernte.

»Nun ...«, begann Ben, dann lachte er. »Zunächst einmal ist es viel zu grob.«

Hal lachte mit ihm. »Was hast du erwartet, Ben? Perfektion? Es war ein komplexes Medium. Denk an die Disziplinen, die daran beteiligt waren.«

»Das habe ich. Und genau das meinte ich. Ihm fehlt alle Subtilität. Und was dazu kommt, es hört auf der Haut auf.«

»Wie meinst du das?«

»Hier ...« Er zog eines der kleinen Plättchen von seinem Arm. »Sie vermitteln nur eine vage Ahnung von Bewegung. Nur einen Schatten der Wirklichkeit. Wenn sie irgendwie direkt mit den Nerven und Muskeln verbunden wären, würde die Illusion besser sein. Dasselbe gilt für die Verbindungen am Kopf. Warum keinen direkten Input ins Gehirn?«

»Es ist versucht worden, Ben. Dabei wurde festgestellt, daß es alle möglichen Probleme aufwirft.«

»Welche Probleme?«

»Muskelschwund. Anfälle. Starrkrampf.«

Ben runzelte die Stirn. »Ich verstehe nicht, warum. Man ist kaum länger als drei Minuten da drin.«

»In diesem Fall ja. Aber es gab längere Bänder. Manche liefen eine halbe Stunde. Ihr ständiger Gebrauch führte zu den genannten Symptomen.«

»Ich verstehe immer noch nicht, warum. Es ist schließlich nur das Gefühl von Bewegung.«

»Einer der Gründe, warum sie verboten wurden, bestand darin, daß sie süchtig machten. Besonders die grelleren Produktionen – Sex- und Gewaltstimulantien zum Beispiel. Verstehst du, nach einer Weile fängt der Körper an, auf die Illusion zu reagieren: die Lippen formen die Worte, die Muskeln führen die Bewegungen aus. Es ist diese unbewußte Mimikry, die den Schaden anrichtet. Sie führte bei vielen zu einem Verlust der Kontrolle über die motorischen Aktivitäten, und in einigen Fällen sogar zum Tod.«

Ben löste die restlichen Fäden von seinem Körper und stieg aus.

»Warum war auf den Bändern so wenig?«

»Das liegt auch wieder an der Komplexität des Mediums. Denk drüber nach, Ben. Es geht nicht bloß darum, den visuellen Hintergrund – die äußere Umgebung – zu schaffen, sondern auch die muskulären Bewegungen zu synchronisieren, um in diesen Hintergrund zu passen.«

»Könnte das ein guter Computer nicht schaffen?«

»Vielleicht. Aber nur, wenn es überhaupt jemandem gelingt, das entsprechende Programm zu schreiben.«

Ben zog sein Hemd an, dann hielt er inne und schüttelte den Kopf. »Es stimmten auch andere Dinge nicht. Die Haube zum Beispiel. Ich konnte die ganze Zeit die Welt außerhalb der Maschine spüren. Nicht nur das, außerdem war alles von einem leisen Summen – einer Vibration – unterlegt. Beides hat zwischen mir und der Illusion eine Distanz geschaffen. Es erinnerte mich ständig daran, daß ich mich im Innern einer Maschine befand, daß mir nur etwas vorgegaukelt wurde.«

Hal ging zum Schreibtisch und setzte sich. Die Anstrengung des langen Stehens stand ihm deutlich ins Gesicht geschrieben. »Ist das so schlimm, Ben? Erlebt man das nicht bei jeder Kunstform? Du weißt, daß das Buch in deinen Händen nur aus Papier und Druckerschwärze besteht, daß der Film, den du dir ansiehst, eine Wirkung von Licht auf eine Folie ist, ein Gemälde das Ergebnis der Verteilung von Öl auf einer zweidimensionalen Leinwand. Das Medium ist immer dazwischen, oder?«

»Ja. Aber das muß nicht sein. Nicht in diesem Fall. Das ist ja das Aufregende daran. Zum erstenmal überhaupt läßt sich der Einfluß des ›Mediums‹ überwinden und die unmittelbare, ungetrübte Erfahrung genießen.«

»Ich kann dir nicht folgen, Ben. Wird man denn nicht immer merken, daß man in einer Maschine liegt, wie perfekt die Illusion auch ist?«

»Warum?« Ben knöpfte sein Hemd zu, zog Unter- und Überhosen an und trat vor seinen Vater und blickte ihn mit glühenden Augen an. »Was wäre, wenn man *alle* Ablenkungen ausschalten könnte? Würde das die Natur der Illusion, die man geschaffen hat, nicht von Grund auf ändern? Stell dir das mal vor! Es würde so real wie das hier wirken – so wie ich, der hier steht und redet, wie du, der hier sitzt, wie der warme Geruch des Öls und der Geräte, die uns umgeben, genau wie das Licht, die Temperatur. Alles genau so. Wirklich. So wirklich wie die Wirklichkeit zumindest.«

»Unmöglich«, sagte Hal leise und sah weg. »So gut könnte man das nie machen.«

»Warum nicht?« Ben wandte sich ab, sein ganzer

Körper von einem plötzlichen Enthusiasmus aufgeheizt. »Was hält mich davon ab, es zu tun? Nichts. Nichts als mein eigener Wille.«

Hal zuckte die Achseln, dann sah er seinen Sohn wieder an, und für einen Moment erhellte ein schwaches Lächeln der Bewunderung seine müden Züge. »Vielleicht. Aber so einfach ist das nicht, Ben. Dieser kleine Clip, den du erlebt hast. Was meinst du, wie lang er war?«

Ben überlegte. »Zwei Minuten. Vielleicht etwas länger.«

Hal lachte, dann wurde er ernster. »Er hat zwei Minuten vierzehn Sekunden gedauert, und doch brauchte ein Team von acht Männern mehr als drei Wochen, um ihn anzufertigen. Es ist eine komplexe Form, Ben. Das muß ich immer wieder betonen. Um das zu schaffen, was du dir vorstellst, würde ein großes Team Jahre brauchen.«

Ben drehte sich um und sah seinen Vater an, das Gesicht plötzlich ganz ruhig. »Oder einen einzigen Mann ein ganzes Leben?«

Hal kniff die Augen zusammen. »Was meinst du damit?«

»Ich meine mich selbst. Meine Berufung. Ich habe jetzt seit Monaten mit dem Morph experimentiert. Ich versuchte bestimmte Dinge zu erfassen, um sie nachzuahmen und dann auf Folie zu reproduzieren. Aber das hier ... diese *Pai pi* ... sie sind dasselbe. Aufgespeicherte Erfahrung. Schalen, gefüllt mit der Essenz des Seins. Oder zumindest könnten sie das sein.«

»Schalen ... Das gefällt mir. Das ist ein guter Name für sie.«

Ben lächelte seltsam. »Ja. Nicht wahr? Schalen.«

Hal musterte seinen Sohn, dann senkte er den Blick. »Ich hatte noch einen anderen Grund, sie dir zu zeigen. Einen egoistischeren.«

»Egoistisch?«

»Ja. Etwas, bei dem du mir helfen sollst.«

»Aha ...«

Die Zögerlichkeit in Bens Gesicht Überraschte ihn.

»Ich muß dich erst etwas fragen«, sagte Ben rasch. »Ich brauche etwas von dir.«

Hal lehnte sich ein Stück zurück. Beth hatte also recht. Ben war tatsächlich nicht zufrieden hier. Ja, das sah er jetzt. »Du willst weg von hier. Geht es darum?«

Ben nickte.

»Das kannst du auch. Aber nicht jetzt. Nicht gerade jetzt.«

»Wann sonst?«

Die Härte in Bens Stimme kam unerwartet. Er hatte sich in den letzten Monaten sehr verändert, war gewachsen, ein selbständiger Mensch geworden.

»Drei Monate. Ist das zu lang?«

Ben schwieg und überlegte, dann schüttelte er den Kopf. »Nein. Ich glaub nicht. Wirst du mich nach Oxford schicken?«

»Wohin du willst. Ich habe schon mit dem T'ang gesprochen.«

Ben riß vor Überraschung die Augen auf.

Hal beugte sich vor, überspielte seine Belustigung, und sah seinem Sohn herausfordernd in die Augen. »Meinst du, ich weiß nicht, was das für ein Gefühl ist?« Er lachte. »Du vergißt, daß ich auch hier geboren bin. Und ich war auch einmal siebzehn, ob du's glaubst oder nicht. Ich weiß, was das für ein Gefühl ist, das Leben zu versäumen. Ich weiß das nur zu gut. Aber ich erwarte dafür etwas von dir. Ich möchte, daß du mir hilfst.«

Ben holte Luft, dann nickte er. »In Ordnung. Aber wie?«

Hal zögerte, dann sah er weg. »Ich will einen *Pai pi* anfertigen ... eine Schale. Für deine Mutter. Etwas, das sie aufheben kann.«

Ben runzelte die Stirn. »Ich verstehe nicht. Warum? Und was für eine Art Schale?«

Hal blickte auf. Er wirkte plötzlich verlegen, unangenehm berührt. »Von mir selbst. Aber es soll eine Überraschung sein. Ein Geschenk. Für ihren Geburtstag.«

Ben musterte seinen Vater, dann drehte er sich um und betrachtete noch einmal die verzierte Hülle der Maschine. »Dann sollten wir ein paar Veränderungen daran anbringen, meinst du nicht? Sie sieht aus wie ein Sarg.«

Hal erschauderte. »Ich weiß ...«

»Wir sollten Arbeiter ...«, begann Ben, drehte sich um und verstummte, als er sah, wie sein Vater auf seine Hände starrte. Hände, die zitterten wie die Hände eines sehr alten Mannes.

Bens Stimme verebbte fast zu einem Flüstern. »Ist etwas nicht in Ordnung?«

Er sah, wie sein Vater die Hände faltete, dann aufblickte und ein gezwungenes Lächeln für einen Moment die Furcht überspielte, die seine Züge erfaßt hatte.

»Es ist nichts. Ich ...«

Er brach ab und drehte sich um. Meg stand unmittelbar hinter ihm. Sie war leise eingetreten.

»Der Mann ist gekommen«, sagte sie zögernd.

»Der Mann?«

Meg sah von einem zum anderen, verwirrt von der seltsamen Spannung im Raum; sie spürte, daß sie bei irgend etwas gestört hatte. »Der Mann von ProsTek. Er ist gekommen, um sich Bens Hand anzusehen.«

»Bens Hand?« Hal drehte sich um und warf Ben einen Blick zu, dann lachte er. Ein kurzes, farbloses Lachen. »Natürlich. Deine Mutter hat's gesagt.«

Bens Blick blieb an seinem Vater hängen. »Danke. Sag Mutter, ich komme gleich rauf.«

Sie zögerte und hätte ihn gern gefragt, ob etwas nicht stimmte, aber sie sah an seinem Blick, daß sie von dem, was vor sich ging, ausgeschlossen war.

»Ben?«

Er sah sie immer noch nicht an. »Nun geh schon. Ich hab doch gesagt, daß ich gleich komme.«

Sie stand überrascht da, verletzt von der plötzlichen Barschheit seiner Stimme. Dann warf sie sich verärgert herum und lief durch den Korridor zwischen den Regalen zurück und die Treppe hinauf.

Oben blieb sie stehen und beruhigte sich. Hal hatte nein gesagt. Daran lag es! Und jetzt war Ben wütend auf sie, weil sie ihn auch nicht gehen lassen wollte. Meg zitterte, und ihre Wut verrauchte vom einen zum anderen Moment; dann stieß sie mit einem leisen Lachen der Erleichterung die Tür auf und ging hinein.

* * *

Die Hand lag auf dem Tisch, und aus dem sauber durchtrennten Handgelenk ragten Drähte wie Strähnen feinen Haars. Sie war nicht wie die andere Hand. Diese hier glänzte wie Silber, ihre Oberfläche wirkte weich und flüssig wie Quecksilber. Doch ihre Form deutete Schwere und Kraft an. Meg, die sie von der anderen Seite des Zimmers anstarrte, konnte sich das Wesen vorstellen, dem sie abgeschnitten worden war: ein großes, gesichtsloses Geschöpf mit Gliedern, auf denen das Sonnenlicht wie flüssiges Feuer tanzte. Sie konnte es durchs Gras unterhalb der Hütte stapfen sehen, sah das Holz der Tür unter seiner Faust wie Streichhölzer splittern.

Sie erschauderte, drehte sich um und sah wieder den Mann an, der an Bens Seite kniete. Als sie hinsah, blickte er auf und lächelte, ein freundliches, angenehmes Lächeln. Es war ein Han. Lin Hou Ying lautete sein Name; ein winziger, zierlicher Mann über sechzig mit so kleinen Händen, daß sie wie die eines Kindes wirkten, so puppenartigen und zerbrechlichen Händen, daß sie ihn sogar einmal gefragt hatte, ob sie echt seien.

»Die hier?« Er hielt sie vor ihr hoch, als wollte er sie von ihr begutachten lassen. Dann hatten sie gelacht. »Das sind meine Hände. Ich wurde mit ihnen geboren. Aber wenn man sich fragt, was echt ist ...«

Er war inzwischen fast damit fertig, die beschädigte Hand zu entfernen. Als sie hinsah, beugte er sich näher heran, verringerte den Druck auf den Schraubstock, der die Hand hielt, dann bückte er sich und wählte eines der winzigen Instrumente aus dem Kasten, der neben seinem Knie auf dem Boden stand. Er beugte sich über die Hand und machte die letzten Änderungen, um sie abzuklemmen.

»Da«, sagte er schließlich, beugte sich zurück und sah in Bens Gesicht auf. »Wie fühlt sich das an?«

Ben hob den linken Arm vors Gesicht, dann drehte er ihn und betrachtete den sauberen Rand des Stumpfs. »Es ist seltsam«, sagte er. »Der Schmerz ist weg. Und doch fühlt es sich so an, als sei die Hand immer noch da. Ich kann jetzt meine Finger beugen und sie tun nicht weh.«

Lin Hou Ying lächelte. »Gut. Das ist ein sicheres Zeichen dafür, daß nur die Einheit beschädigt gewesen ist. Wenn Sie sie stark verdreht oder die Nervenverbindungen beschädigt hätten, wäre es möglicherweise viel schwieriger geworden. So wie es jetzt aussieht, kann ich Sie mit einer vorübergehenden Einheit ausstatten, bis die alte repariert ist.«

»Dieses Ding da?«

Lin warf einen Blick hinüber. »Ja. Tut mir leid, daß sie so häßlich ist.«

»Nein. Überhaupt nicht. Ich finde sie schön.«

Meg lachte unbehaglich. »Nein. *Shih* Lin hat recht. Sie ist häßlich. Brutal.«

»Es ist eine Maschine«, antwortete ihr Ben, überrascht von der Vehemenz, der Bitterkeit in ihrer Stimme. »Sie hat kein andres Leben als das, das wir ihr geben.«

»Sie ist schrecklich«, beharrte sie. »Wie der Morph. Wie all diese Dinge.«

Ben zuckte die Achseln. »Funktioniert sie wie die andere?« fragte er Lin Hou Ying.

Der kleine Mann hatte die Hand in dem Schraubstock untersucht und sondierte sie mit einem der winzigen Skalpelle. Er blickte auf und lächelte.

»In gewisser Hinsicht ja, aber in anderer ist sie eine enorme Verbesserung dieses Modells hier. In den letzten fünf Jahren haben sich die Dinge stark verändert. Das gilt auch für Prothesen. Die Reaktionsgeschwindigkeit ist gesteigert worden. Außerdem ist sie stärker. Und zu diesem besonderen Modell« – er deutete auf die Hand auf dem Tisch – »gibt es ein physiologische Fernsteuerung.«

Ben starrte sie an. »Warum das?«

Lin stand auf und ging zu dem Tragekoffer, dem er die Hand entnommen hatte. »Schauen Sie«, sagte er und nahm etwas heraus. »Hier ist der Rest der Einheit.«

Es war ein Arm. Ein silberner Arm. Ben lachte. »Was haben Sie denn sonst noch von ihm?«

Lin lachte und trug den Arm zum Tisch. In der anderen Hand hielt er eine Steuerbox. »Einige von unseren Kunden haben weit mehr als Sie verloren, *Shih* Shepherd. Der Arm ist ein einfacher Mechanismus. Es ist einfach, einen zu konstruieren. Aber eine Hand ... Nun, eine Hand ist etwas sehr Kompliziertes. Denken Sie an die vielen unterschiedlichen Bewegungen, die man mit einer Hand ausführen kann. Statt unsere Anstrengungen darauf zu verschwenden, Hand und Arm zusammenhängend anzufertigen, haben wir vor langem entschieden, uns zu spezialisieren – auf die

Hände zu konzentrieren. Und das hier« – er gab Ben die Steuerbox – »steuert die Hand.«

»Darf ich?«

Lin senkte den Kopf. »Wie Sie wünschen, *Shih* Shepherd.«

Ben experimentierte eine Zeitlang, ließ die Finger beugen und strecken, die Hand krümmen und zur Faust ballen. Dann drehte er sie und ließ sie langsam und ruckartig wie ein verletzte Krabbe über die Tischplatte kriechen.

Ben legte die Box hin. »Kann ich das behalten?«

Lin senkte den Kopf. »Natürlich. Und den Arm?«

Ben lachte, dann warf er Meg einen Blick zu und sah, daß sie ihn beobachtete. Er senkte den Blick. »Nein. Nehmen Sie den Arm.«

In diesem Moment öffnete sich die Tür am anderen Ende des Zimmers, und seine Mutter trat ein, ein kleines Tablett in den Händen. Zarathustra, das Kätzchen, folgte ihr.

»Eine Erfrischung, *Shih* Lin?«

Der kleine Mann verbeugte sich tief. »Sie ehren mich, *Nu shi*.«

Beth wollte das Tablett neben der silbernen Hand auf den Tisch absetzen, aber als sie das tat, sprang das Kätzchen neben sie auf den Stuhl und kletterte auf den Tisch.

»He ...«

Meg wollte einen Satz vorwärts machen, aber Ben streckte den Arm aus und hielt sie mit der rechten Hand am Arm. »Nein. Laß sie. Sie spielt nur.«

Seine Mutter drehte sich um und sah ihn an.

»Da«, sagte er und deutete auf einen kleinen Tisch auf einer Seite des Zimmers.

Er sah zu, wie sie hinüberging und das Tablett abstellte, dann beobachtete er das Kätzchen wieder. Es schnüffelte an den Fingern der Hand, dann hob es neugierig den Kopf.

»Nicht…«, sagte Meg ruhig.

Er drehte sich halb um und sah sie an. »Ich tu ihm nicht weh.«

»Nein«, sagte sie, schob seine Hand zur Seite und trat vor, um das Kätzchen hochzuheben und zu wiegen. »Es ist echt. Verstehst du? Behandle es nicht wie ein Spielzeug.«

Er musterte sie, dann blickte er auf die Steuerbox in seinem Schoß. *Echt,* dachte er. *Aber wie echt ist echt? Denn wenn ich nur eine Maschine aus Blut und Knochen, aus Nerven und Fleisch bin, zu welchem Zweck existiere ich dann? Wie echt bin ich?*

Maschinen aus Fleisch. Dieser Begriff hallte in seinem Kopf wider. Und dann lachte er. Ein kaltes, fernes Lachen.

»Was ist los, Ben?«

Er blickte auf und seiner Mutter in die Augen. »Nichts.«

Dann drehte er sich um und warf dem Han einen Blick zu. »Entspannen Sie sich eine Weile, *Shih* Lin. Ich muß meinen Vater finden. Ich muß ihn etwas fragen.«

* * *

Er fand Hal im Eßzimmer. Die Vorhänge waren zugezogen, die Tür zur Küche geschlossen. In der linken Ecke des Zimmers stand ein niederer Tisch, auf dem die Miniaturapfelbäume standen, die der T'ang den Shepherds vor fünf Jahren geschenkt hatte. Die verbundenen Bäume waren ein Symbol für eheliches Glück, der Apfel ein Omen für Frieden, aber auch für Krankheit.

Sein Vater kniete dort in dem verdunkelten Raum, Ben den Rücken zugewandt, die Unterarme über die Platte des Tischchens zu beiden Seiten des Baums ausgestreckt, den Kopf vorgebeugt. Er war sehr ruhig, als schliefe oder meditierte er, aber Ben, der leise eingetreten war, merkte sofort, daß sein Vater geweint hatte.

»Was ist los?« fragte er leise.

Hal spannte die Schultern an und hob den Kopf. Er stand auf, wandte sich seinem Sohn zu und wischte sich brüsk die Tränen weg; sein Blick war grimmig und stolz.

»Mach die Tür zu. Ich will nicht, daß deine Mutter es hört. Und Meg auch nicht.«

Ben schloß die Tür hinter sich, dann drehte er sich wieder um und bemerkte, wie aufmerksam sein Vater ihn beobachtete, als versuchte er alles zu bewahren. Er lächelte unmerklich. Ja, dachte er, in mir steckt viel mehr von dir, als mir je klar geworden ist. Wir sind Brüder. Das weiß ich jetzt ganz sicher.

»Nun?« fragte er wieder, seine Stimme seltsam sanft. Er hatte seine eigene Liebesfähigkeit oft angezweifelt, doch jetzt, da er seinen Vater neben dem winzigen Baum sah, den Kopf gesenkt, niedergeschlagen, wußte er gegen alle Zweifel, daß er ihn liebte.

Hals Brust hob und senkte sich in schweren, zittrigen Bewegungen. »Ich sterbe, Ben. Ich habe Krebs.«

»Krebs?« Ben lachte ungläubig. »Aber das ist unmöglich. Man kann Krebs doch heilen, oder?«

Hal lächelte düster. »Normalerweise ja. Aber das ist eine neue Form, ein künstliches Karzinom, wie maßgeschneidert für mich, scheint es. Geeignet, mein Immunsystem Stück für Stück auseinanderzunehmen. Es war *Shih* Berdichows Abschiedsgeschenk.«

Ben schluckte. Er würde sterben. Nein. Das war unmöglich. Er schüttelte entschieden den Kopf.

»Es tut mir leid, Ben, aber es ist wahr. Ich weiß es seit einigen Monaten. Man kann die Folgen hinausschieben, aber nicht für lang. Die Ärzte des T'ang geben mir zwei Jahre. Vielleicht weniger. Wie du siehst, habe ich nicht viel Zeit, alles in Ordnung zu bringen. Um all die Dinge zu tun, die ich schon längst hätte tun sollen.«

»Was für Dinge?«

»Dinge wie die Schale.«

Für einen Moment gerieten Bens Gedanken außer Tritt. Schalen ... Er dachte an Meg und den Strand und sah die riesigen Wellen, die sich an den zahnartigen Felsen brachen, bis sie sie erfaßten und mit sich zerrten, unter der schäumenden Oberfläche begruben, dann hörte er sich selbst schreien – *Meg!!!* –, während er auf den höheren Felsen stand und nicht imstande war, ihr zu helfen.

Er zitterte und sah weg, fühlte sich für einen Moment völlig fehl am Platz. Schalen ... Wie der Stein in dem Traum – die dunkle Perle, die wie ein winziger brennender Stern aus Nichts seine Handfläche durchdrang. Er starrte ungläubig die Stelle an, wo seine Hand hätte sein sollen, dann begriff er.

»Was ist los, Ben?«

Er blickte auf. »Ich weiß nicht. Ich habe nie ...«

Er brach ab. Es war wie eine Welle absoluter Dunkelheit, die ihn traf, eine tiefschwarze Mauer des Nichts, die alle Gedanken, alles Sein in ihm auslöschte. Er stolperte und stürzte fast, dann war er wieder bei sich. Die Hände seines Vaters hatten fest seine Oberarme gepackt, sein narbenzerfuchtes Gesicht schwebte nah vor seinem, und die dunkelgrünen Augen waren voller Besorgnis und Furcht.

»Ben? Ben? Was ist los?«

»Dunkelheit«, flüsterte er. »Es war wie ...«

Wie was? Er erschauderte heftig. Und dann kam ihm der frühere Gedanke wieder in den Sinn. Schalen ... *Pai pi.* Das hatte sein Vater gemeint. Und das war der Grund, warum sie eine anfertigen mußten. Denn er würde bald sterben. Ja. Jetzt paßte alles zusammen.

»Wie was?« fragte sein Vater und erfüllte den Gedanken mit Leben.

»Nichts«, antwortete er, inzwischen etwas ruhiger. »Die Schale. Jetzt begreife ich's.«

»Gut. Hilfst du mir dann, die Sache für das Team zu skizzieren?«

Ben runzelte die Stirn. »Team? Welches Team?«

Der Druck von Hals Händen auf Bens Armen hatte sich verringert, aber er machte keine Anstalten, sie wegzunehmen. »Ich habe ein Team von Technikern zusammengestellt, das herkommen wird, um mit uns an der Schale zu arbeiten. Ich habe mir gedacht, wir könnten für sie Material erarbeiten.«

Ben sah zu Boden. Eine Zeitlang schwieg er nachdenklich. Dann blickte er auf. »Aber warum? Warum können wir nicht alles allein machen?«

Hal lachte. »Rede keinen Unsinn, Ben.«

»Nein. Ich mein's ernst. *Warum* können wir nicht alles allein machen?«

»Hast du mir vorhin nicht zugehört? Es würde Jahrhunderte dauern. Und solange habe ich nicht Zeit. Ich dachte, du willst weg von hier. Nach Oxford.«

»Das will ich auch. Aber das ...« Er atmete tief, dann lächelte er und streichelte seinem Vater mit seiner unversehrten Hand übers Gesicht. »Ich liebe dich. Also vertraue mir. Drei Monate. Das reicht, das verspreche ich dir.«

Er sah die Regungen im Gesicht seines Vaters; die Regungen der Beherrschung; des Stolzes, der Liebe und einer wilden Wut darüber, daß etwas Derartiges nötig war, damit sie so offen miteinander reden konnten. Dann nickte er, mit Tränen in den Augen. »Du bist verrückt, Ben. Aber gut. Warum nicht? Der T'ang kann mich entbehren.«

»Verrückt ...« Ben schwieg einen Moment lang, dann lachte er und drückte seinen Vater fest an sich. »Ja. Aber wo wäre ich ohne meine Verrücktheit?«

* * *

Ben wandte sich vom offenen Küchenfenster ab. Hinter ihm schien der Mond von einem mattschwarzen, mit Sternen gesprenkelten Himmel herab. Seine Augen waren dunkel und weit geöffnet, wie Teiche, die die Unermeßlichkeit dessen reflektierten, wovon er sich abgewandt hatte.

»Was macht es alles wirklich?«

Seine Mutter verharrte und hielt den Schöpflöffel über der Kasserolle. Der Geruch des dampfenden Kanincheneintopfs erfüllte die Küche. Sie warf ihrem Sohn einen Blick zu, dann hob sie die Kelle über den Teller und servierte ihren Inhalt neben die Kartoffeln und die grünen Bohnen. Sie lachte und reichte ihm den Teller. »Hier.«

Sie war eine kluge Frau. Klug genug, um zu erkennen, daß sie etwas ganz anderes als erwartet zur Welt gebracht hatte. Ein seltsames, fast fremdes Geschöpf. Sie betrachtete ihren Sohn, als er den Teller entgegennahm, und sah, wie seine Augen alles in sich aufnahmen, als wollte er jede Einzelheit speichern. Seine Augen verschlangen die Welt. Sie lächelte und senkte den Blick. Er hatte eine wirklich intensive Ausstrahlung – einen intellektuellen Hunger, der ausgereicht hätte, ein Dutzend andere anzutreiben.

Ben stellte seinen Teller hin, dann setzte er sich und rückte seinen Stuhl näher an den Tisch. »Das war nicht rhetorisch gemeint. Es ist eine Frage. Eine ernst gemeinte Frage.«

Sie lachte. »Ich weiß nicht. Die Frage kommt mir fast unverschämt vor.«

»Weshalb?«

Sie zuckte die Achseln. Es war kaum eine passende Frage, um sie am Eßtisch zu erörtern. *Wer hat das Universum erschaffen?* hätte er genausogut fragen können. Oder *Warum gibt es Leben?* Wer kannte schon die Antwort darauf?

Kanincheneintopf vielleicht. Sie lachte.

Ben war sehr ruhig, sehr aufmerksam geworden. Ein lebendes Mikroskop, das vor Erwartung zitterte.

»Zwei Dinge kommen mir in den Sinn«, sagte sie und ließ den Schöpflöffel im Topf liegen. »Und sie scheinen einander zuwiderzulaufen. Zuerst das Gefühl, daß sich alles genau so ergeben wird, wie wir es erwarten. Wie würdest du es nennen? Ein Gefühl von Kontinuität vielleicht. Aber nicht bloß das. Da ist außerdem das Gefühl, daß auch in Zukunft alles weitergehen wird, so wie seit jeher, und nicht einfach irgendwann aufhört.«

»Und zweitens?« fragte Meg. Sie stand in der Tür und beobachtete sie.

Beth lächelte und schöpfte für sie Eintopf auf einen Teller.

»Das zweite ist das direkte Gegenteil des ersten. Es ist unsere Fähigkeit, von Dingen schockiert, überrascht oder erschrocken zu sein, die wir hätten kommen sehen müssen. Wie den Tod ...« Ihre Stimme wurde immer leiser und verstummte.

»Ein Paradoxon«, sagte Ben und senkte den Blick. Er nahm einen Löffel zur Hand und fing an, den Brei aus seinem Teller zu löffeln, als sei es Suppe. Dann machte er eine Pause und nickte. »Ja. Aber wie kann ich dieses Wissen verwenden?«

Da hatte er sie. Dem war sie in ihrem ganzen Leben noch nicht auf den Grund gegangen.

Sie drehte sich zu Meg um und hielt ihr den Teller hin. »Wo ist Vater?«

»Er ist wohl unten. Er sagte, er habe etwas zu tun.«

Sie sah zu, wie Meg sich an ihren Platz setzte, dann schöpfte sie Eintopf in einen weiteren Teller. Es sah Hal gar nicht ähnlich, daß er zu spät bei Tisch erschien. Aber Hal hatte sich verändert. Etwas war geschehen. Etwas, das er sich noch nicht traute, ihr zu sagen.

»Tut mir leid, daß ich dich habe warten lassen, Beth.« Hal stand in der Tür und versteckte etwas Kleines hinter seinem Rücken. Dann lächelte er, trat vor und hielt ihr etwas hin.

»Was ist das?« Sie wischte sich die Hände an ihrer Schürze ab und nahm das winzige Geschenk entgegen.

Er nahm Platz, dann lehnte er sich zurück und streckte die Arme in einer ausladenden Geste von sich. In seinen Augen brannte noch immer das alte Feuer, doch sie sah, daß er sich nicht wohl fühlte.

Sie ergriff das winzige Paket, warf Hal ein kurzes Lächeln zu und machte sich daran, es auszupacken.

Es war ein Kästchen. Ein kleines Schmuckkästchen. Sie öffnete es, dann blickte sie erstaunt auf.

»Hal ... Es ist wunderschön.«

Sie hielt es hoch. Es war ein silberner Ring. Und eingelassen in den Ring war eine winzige tropfenförmige Perle. Eine Perle von der Farbe der Nacht.

Meg beugte sich aufgeregt vor. »Sie ist wirklich schön! Aber ich dachte, alle Perlen seien weiß ...«

»Die meisten. Normalerweise werden sie aufgrund der Reinheit ihrer Farbe und ihres Glanzes ausgesucht – alle verfärbten Perlen werden ausgesondert. Aber in diesem Fall ist die Perle derart verfärbt, daß sie eine andere Art Reinheit angenommen hat.«

Beth betrachtete die Perle erfreut, dann blickte sie wieder auf. Erst da bemerkte sie, wie Ben dasaß, den Löffel abgesetzt, mit geweiteten Augen, den Mund verblüfft geöffnet.

»Ben?«

Sie sah ihn zittern, dann streckte sie die Hand aus, um die kalte, silberne Form seiner linken Hand mit der lebendigen Wärme seiner Rechten zu bedeckten. Es war eine seltsam verwirrende Geste.

»Ich hatte einen Traum«, sagte er und ließ den Blick nicht von dem Ring ab. »Darin kam diese Perle vor.«

Meg lachte. »Hört nicht auf ihn. Er flunkert nur.«

»Nein.« Er hatte die silberne Hand gedreht und rieb

ihre Handfläche, als störte ihn dort etwas. »Sie ist in dem Traum vorgekommen. Eine Perle so schwarz wie das Nichts selbst.[16] Ich habe sie aufgehoben, und sie hat sich durch meine Handfläche gebrannt. In dem Moment bin ich aufgewacht. Da wußte ich, daß die Hand beschädigt war.«

Hal sah seinen Sohn beunruhigt an. »Wie seltsam. Ich meine, es war erst an diesem Morgen, kurz bevor ich gehen wollte, als Tolonen sie mir brachte. Er wußte, daß ich etwas Besonderes suchte. Etwas Ungewöhnliches. Dein Traum hat sie also vorweggenommen.« Er lachte seltsam bedrückt. »Vielleicht hast du sie dir hergewünscht.«

Ben zögerte, dann schüttelte er den Kopf. »Nein. Es war nur eine zufällige Eingebung, mehr nicht. Zufall. Die Wahrscheinlichkeit ist gering, aber …«

»Aber vorhanden«, sagte Meg. »Zufall. So funktionieren die Dinge, nicht? Er ist Teil der Wirklichkeit.«

Beth sah, wie Bens Augen sich dabei erhellten. Er hatte versucht, das Erlebnis einzuordnen. Aber jetzt hatte Meg es für ihn eingeordnet, hatte es *zugelassen.* Aber es war seltsam. Sehr seltsam. Ein Hinweis darauf, daß es in ihrem Leben mehr gab, als sie durch ihre Sinne aufnahmen. Eine andere, ihnen verborgene Ebene, die sich nur in Träumen offenbarte.

Sie schob den Ring über den Finger, dann ging sie zu Hal und kniete neben ihm, um ihn zu küssen. »Danke, mein Liebling. Er ist wunderschön.«

»Wie du«, sagte er, und sein Blick erhellte sich für einen Moment.

Sie lachte und erhob sich. »Gut. Essen wir etwas zu Abend, ja? Bevor alles kalt wird.«

Hal nickte und zog seinen Stuhl an den Tisch. »Schön. Oh, nebenbei bemerkt, Ben, ich habe Neuigkeiten für dich.«

Ben sah zu ihm hinüber und nahm seinen Löffel wieder zur Hand. »Über das Team?«

»Nein. Über das andere. Ich hab's arrangiert.«

»Ah…« Ben warf Meg einen Blick zu, dann senkte er leicht den Kopf und löffelte sich Eintopf in den Mund.

»Was für eine andere Sache?« fragte Meg und sah Ben an, eine plötzliche Härte in den Zügen.

Ben starrte auf seinen Teller. »Du weißt schon. Oxford. Vater hat gesagt, ich kann gehen.«

Für einen Moment herrschte Stille, dann schob Meg unvermittelt ihren Teller weg und stand auf. »Dann gehst du also wirklich?«

Er drehte sich um und sah sie an, eine seltsame Trotzigkeit in den Augen. »Ja.«

Sie verharrte einen Moment lang, dann fuhr sie herum und stürmte die Treppe hinunter nach draußen. Sie klapperte die Stufen hinunter. Einen Moment später wurde eine Tür zugeworfen. Dann herrschte Stille.

Ben sah seiner Mutter in die Augen. »Sie wird's nur schwer verkraften.«

Beth sah ihren Sohn an, dann blickte sie zum offenen Fenster. »Nun…« Sie seufzte. »Ich schätze, man kann nicht für immer hierbleiben.« Sie senkte den Blick und schöpfte sich selbst einen Teller voll. »Wann willst du gehen?«

»In drei Monaten«, antwortete Hal an seiner Stelle. »Ben wird bis dahin mit mir an etwas arbeiten. An etwas Neuem.«

Sie drehte sich um und sah Hal überrascht an. »Bis dahin bleibst du also noch hier?«

Aber ehe er antworten konnte, schob Ben seinen Stuhl zurück und stand auf. »Ich sehe mal besser nach, ob's ihr gut geht.«

»Das ist nicht nötig…«, begann Beth. Aber Ben eilte schon die Treppe hinunter und hatte sie mit Hal allein gelassen.

»Du bist krank«, sagte sie, und zeigte ihm damit endlich, wie sehr sie sich um ihn sorgte.

»Ja«, erwiderte er. »Ich bin krank.«

* * *

Die Tür stand einen Spaltbreit offen, das Zimmer dahinter lag im Schatten. Durch das Fenster am anderen Ende schien der Mond, fern und kalt und weiß. Meg saß auf ihrem Bett, Kopf und Schulter von ihm abgewandt, und das Mondlicht glänzte auf ihrem langen, dunklen Haar.

Er zitterte, berauscht von ihrer Schönheit, dann trat er ein.

»Meg ...«, flüsterte er. »Meg, ich muß mit dir reden.«

Sie rührte sich nicht, antwortete ihm nicht. Er ging an ihr vorbei, sah über die Bucht hinaus und erahnte die Wiesen, das Wasser, die Bäume am anderen Ufer – alles war von einem klaren, unnatürlichen Licht wie mit einem silbernen Schleier überzogen; einem sterilen, reflektierten Licht, ohne Kraft und ohne Leben. Nichts wuchs in diesem Licht. Nichts als die Dunkelheit.

Er senkte den Blick. Dort auf dem Nachttisch, neben dem matten Silber seiner Hand lag ein Buch. Er nahm es in die Hand und sah es an. Es war Nietzsches *Zarathustra* mit der Hans-Old-Radierung auf dem Deckel. Von dem uralten Pappeinband starrte Nietzsche unter buschigen Brauen finster in die Welt, unbeugsam in der Wildheit seines Blicks. So würde auch Ben einmal sein. So würde er in die Welt hinausstarren, mit einer ehrlichen Besorgnis über die Falschheit ihrer Werte. Er schlug das Buch an der Stelle auf, wo das lederne Lesezeichen zwischen den Seiten steckte, und las die Worte, die sie unterstrichen hatte: *Wohl bin ich ein Wald und eine Nacht dunkler Bäume ...* Daneben hatte sie als Anmerkung Bens Namen geschrieben. Er spürte, wie ihm ein leichter Schauer den Rücken hinunterlief, dann legte er das Buch hin und wandte sich wieder seiner Schwester zu.

»Bist du wütend auf mich?«

Sie gab einen leisen, angewiderten Laut von sich. Er zögerte, dann streckte er seine unversehrte Hand aus und hob leicht ihr Kinn, um ihr Gesicht ins Licht zu drehen. Ihre Wangen waren feucht, ihre Augen voller Tränen, ihr Blick aber wütend.

»Du willst alles, stimmt's?«

»Warum nicht? Wenn man's haben kann?«

»Und dir ist egal, wem du weh tust?«

»Man kann keine frische Luft atmen, ohne jemanden zu verletzen. Menschen fesseln einander mit Verpflichtungen, halten sich gegenseitig nieder, lassen einander in alter, verbrauchter Luft ersticken. Ich dachte, du verstehst das, Meg. Ich dachte, wir seien uns einig gewesen.«

»O ja«, sagte sie bitter. »Natürlich waren wir uns einig. Du hat mir gesagt, wie es sein würde, und welche Wahl ich habe. Entweder, oder. Ich hatte nichts zu sagen.«

»Und du wolltest etwas zu sagen haben?«

Sie zögerte, dann wandte sie ihr Gesicht ab und sah zu Boden. »Ich weiß nicht ... Ich fühle mich nur ... *verletzt* von all dem. Es ist ein Gefühl, als ob du mich ablehntest, mich wegstießest.«

Er wollte sie erneut berühren, diesmal ohne nachzudenken mit der anderen Hand. Sie stieß sie weg und erschauderte. Und als sie aufblickte, sah er die Abneigung in ihren Augen.

»Ein Teil von dir ist so wie diese Hand, Ben. Kalt. Brutal. Mechanisch. Nicht alles an dir ist so. Noch nicht. Aber was du da machst – was du planst ... Ich hab's schon mal gesagt, aber es stimmt. Ich habe Angst um dich. Angst, daß das da«, – sie deutete auf die Hand – »dich übernehmen wird, Zelle für Zelle, wie eine schreckliche innere Krankheit, die dich zu etwas von seiner Art verändert. Es wird sich an der Oberfläche natürlich nicht zeigen, aber ich werde es merken. Ich werde es in deinen Augen sehen und an der Kälte deiner Berührung merken. Davor habe ich Angst. Das tut mir so weh. Nicht daß du gehst, sondern die Gründe, warum du gehst.«

Er stand eine Zeitlang schweigend vor ihr, dann setzte er sich neben sie. »Ich verstehe.«

Sie sah ihn von der Seite an, und die Bitterkeit war jetzt aus ihrem Blick gewichen. Endlich hatte sie es ausgesprochen, hatte an die Oberfläche dringen lassen, was an ihr nagte. Sie streckte die Hand aus, um seine – die menschliche Hand – locker zu halten.

»Was willst du, Ben? Was wünschst du dir mehr als alles andere?«

Er antwortete ohne Zögern, fast ohne nachzudenken, schien es.

»Perfektion. Eine reine und perfekte Form.«

Sie zitterte und sah weg. Perfektion. Wie die Hand. Oder wie das Mondlicht. Etwas Totes.

»Liebst du mich?«

Sie hörte ihn seufzen, spürte die Ungeduld in ihm. »Das weißt du doch.«

Sie wandte sich ihm halb zu und sah ihn an, mit einem nun traurigen und resignierten Lächeln auf den Lippen. Schließlich ließ sie seine Hand los, stand auf und zog sich das Kleid über den Kopf, dann legte sie sich nackt neben ihn aufs Bett und zog ihn zu sich herunter.

»Dann schlaf mit mir.«

Als er sich von seinen Kleidern befreite, sah sie ihm zu und wußte, daß trotz allem, was er sagte, dies zumindest echt war – sein Verlangen nach ihr.

Du hast gefragt, was wirklich ist, dachte sie. *Das hier … nur das ist wirklich. Dies hier zwischen uns. Diese wortlose Dunkelheit, in der wir uns begegnen und verschmelzen. Dies und nur dies. Bis wir sterben.*

»Ich liebe dich«, sagte er leise und blickte auf sie hinab. »Das weißt du doch.«

»Ja«, sagte sie, schloß die Augen und erschauderte, als er sich an sie schmiegte. »Ich weiß…«

Und doch reichte es nicht. Für ihn würde es nie genug sein.

ANHANG

中
國

NACHBEMERKUNG DES VERFASSERS

Die Transkription des Standard-Mandarin in eine europäische alphabetische Form wurde erstmals im Siebzehnten Jahrhundert von dem Italiener Matteo Ricci vorgenommen, der 1583 die erste Jesuiten-Mission in China gründete und bis zu seinem Tod im Jahre 1610 leitete. Seitdem sind Dutzende Versuche unternommen worden, die Lautstruktur des Chinesischen, die von mehreren zehntausend unterschiedlichen Piktogrammen repräsentiert wird, auf eine leicht verständliche Phonetik für den westlichen Gebrauch zu reduzieren. Für eine geraume Zeit dominierten jedoch drei Systeme – jene, die von den drei bedeutendsten westlichen Mächten benutzt wurden, die im korrupten und zerfallenden Chinesischen Kaiserreich des neunzehnten Jahrhunderts um Einfluß wetteiferten: Großbritannien, Frankreich und Deutschland. Bei diesen Systemen handelte es sich um das Wades-Giles (Großbritannien und Amerika – manchmal bekannt als das Wade-System), das École Française de l'Extrême Orient (Frankreich) und das Lessingsche (Deutschland).

Seit 1958 haben sich aber auch die Chinesen selbst um eine einheitliche phonetische Form bemüht, die auf dem deutschen System beruht und als *Hanyu pinyin fang'an* (Schema für ein chinesisches phonetisches Alphabet) bezeichnet wird, allgemein als *Pinyin* bekannt, und in allen fremdsprachigen Büchern, die seit dem 1. Januar 1979 in China veröffentlicht wurden, ist *Pinyin* gebraucht worden. Außerdem wurde es neben den chinesischen Standard-Buchstaben in Schulen gelehrt. Für dieses Werk habe ich allerdings auf das ältere und, meiner Ansicht nach, elegantere Transkriptions-System zurückgegriffen, das Wade-Giles (in modifizierter Form). Für jene Leser, die an die härteren *Pinyin*-Laute gewöhnt sind, mag Folgendes als eine einfache Orientierung für die Umwandlung dienen, zuerst das Wade-Giles, danach das *Pinyin*.

p für b	ch' für q
ts' für c	j für r
ch' für ch	t' für t

t für d	hs für x
k für g	ts für z
ch für j	ch für zh

Auf diese Weise hoffe ich der weicheren, poetischeren Seite des originalen Mandarin gerecht geworden zu sein, der mit dem modernen *Pinyin* meinem Empfinden nach schlecht gedient ist.

Das Spiel *Wei Chi*, das in diesem Band immer wieder erwähnt wird, ist übrigens besser unter seinem japanischen Namen *Go* bekannt und nicht bloß das älteste, sondern auch das eleganteste Spiel der Welt. Soweit dem Verfasser bekannt ist, besteht kein Zusammenhang mit dem gleichnamigen Trigram des *I Ching* – dem vierundsechzigsten, »Vor der Vollendung«, aber eine spielerische Ähnlichkeit, wie sie die Han mögen, könnte möglich sein.

THE GAME OF WEI CHI von D. Pecorini und T. Shu (mit einem Vorwort von Professor H. A. Giles) schließlich ist ein tatsächlich vorhandenes Buch und erschien 1929 bei Longmans, Green – Co. Es ist leider längst nicht mehr im Handel, und ich muß Brian Aldiss für sein wohlgehütetes Exemplar danken, das er mir für die Vorbereitung des CHUNG KUO leihweise zur Verfügung stellte. Ich habe die kühne Hoffnung, daß sein Gebrauch an dieser Stelle eines Tages zu einer Wiederveröffentlichung dieses schmalen Klassikers führen könnte.

David Wingrove, Dezember 1988

GLOSSAR
DER MANDARIN-BEGRIFFE

Die meisten im Text verwendeten Mandarin-Begriffe erklären sich aus dem Zusammenhang. Da einige allerdings als selbstverständlich vorausgesetzt werden, halte ich es für nützlich, hier eine kurze Erläuterung anzufügen.

Ai ya! – gebräuchlicher Ausdruck der Überraschung oder des Entsetzens.

Amah – eine häusliche Dienstmagd.

Ch'a – Tee.

Chieh hsia – bedeutet ›Eure Majestät‹ und leitet sich von dem Ausdruck ›Unter den Stufen‹ ab. Es war die förmliche Anrede der Minister, die ›unter den Stufen‹ standen, gegenüber dem Kaiser.

Chi pao – eine einteilige, gewöhnlich ärmellose Robe, die von Frauen getragen wird.

Chou – ›Staat‹; hier der Name eines Kartenspiels, das auf der Politik des Staates Chung Kuo beruht.

Ch'u – der Westen.

Chung – eine Porzellanschale für *Ch'a,* gewöhnlich mit einem Deckel.

Ch'un tzu – ein alter chinesischer Begriff aus der Zeit der Streitenden Reiche, der eine bestimmte Klasse von Edelmännern bezeichnet, die von einem Codex der Moral und Ritterlichkeit – bekannt als die *Li* oder Riten – bestimmt wurde. Hier wird dieser Begriff grob, und manchmal ironisch, als ›Gentlemen‹ übersetzt. *Ch'un tzu* ist ebenso ein idealer Verhaltenszustand – wie er von Konfuzius in den *Analekten* beschrieben wurde –, als auch eine tatsächliche Klasse in Chung Kuo, obwohl ein gewisses Maß an finanzieller Unabhängigkeit und ein hoher Ausbildungsstandard als Voraussetzung betrachtet werden.

Fu jen – ›gnädige Frau‹, hier gebraucht im Gegensatz zu *T'ai t'ai* – ›Frau‹.

Hei – wörtlich ›schwarz‹ – das chinesische Piktogramm für diesen Begriff stellt einen Mann mit Kriegsbemalung und Tätowierungen dar. Hier bezieht er sich auf die von Gen-

Syn gentechnisch produzierten Halbmenschen, die als Polizeikräfte eingesetzt werden, um Aufstände auf den unteren Ebenen niederzuschlagen.

Ho yeh – *Nelumbo Nucifera* oder Lotos, dessen Samen in der chinesischen Kräutermedizin als Mittel gegen Schlaflosigkeit verwendet werden.

Hsiao chieh – ›Fräulein‹ oder ›unverheiratete Frau‹; eine Alternative für *Nu shi*.

Hsiao jen – ›kleiner Mann/kleine Männer‹. In den *Lun Yü*, Buch XIV, schreibt Konfuzius: ›Der Gentleman erreicht das, was oben ist; der kleine Mann erreicht das, was unten ist.‹ Diese Unterscheidung zwischen ›Gentlemen‹ (*Ch'un tzu*) und ›kleinen Männern‹ (*Hsiao jen*), die schon in Konfuzius' Zeit nicht stimmte, ist dennoch eine Frage der sozialen Perspektive in Chung Kuo.

Hsien – historisch ein Verwaltungsbezirk von variabler Größe. Hier bezeichnet der Begriff ein besonderes administratives Gebiet: eines aus zehn Stockwerken, von denen jedes aus dreißig Decks besteht. Jedes Deck ist ein sechseckiger Wohnbereich aus zehn Ebenen, zwei *li* oder annähernd ein Kilometer im Durchmesser. Einen Stock kann man sich als eine Honigwabe im gewaltigen Bienenkorb der Stadt vorstellen.

Hun – die ›höhere Seele‹ oder spirituelle Seele, die, wie die Chinesen glauben, nach dem Tod zum Himmel aufsteigt und sich mit Shang Ti, dem Höchsten Ahnen, vereinigt und von da an für immer an seinem Hof lebt. Von der *Hun* wird angenommen, daß sie im Moment der Zeugung ins Dasein tritt (siehe auch *P'o*).

Hung Mao – wörtlich die ›Rotköpfe‹, die Bezeichnung, die die Chinesen den holländischen (und später den englischen) Seefahrern gegeben haben, die im siebzehnten Jahrhundert mit China Handelsbeziehungen zu knüpfen versuchten. Weil ihre Aktivitäten (darunter die Plünderung chinesischer Schiffe und Häfen) einen seeräuberischen Charakter hatten, hat der Name die Nebenbedeutung der Piraterie.

Kang – der chinesische Herd, der auch als Ofen dient und in kalten Wintern auch als Schlafstelle.

Kan pei! – ›auf eure Gesundheit‹ oder ›Prost‹ – ein Trinkspruch.

K'ang hsi – ein Ch'ing- (oder Mandschu-)Kaiser, dessen lange

Regentschaft (1662–1722) als goldenes Zeitalter für die Kunst der Porzellanmanufaktur gilt. Die lavendelfarben glasierte Schale in ›Der Klang von Jade‹ ist allerdings keine *K'ang hsi*- sondern eine *Chun-chou*-Keramik aus der Sung-Periode (960-1127) und gilt als eines der schönsten (und seltensten) Stücke in der chinesischen Keramik.

Kao liang – ein starker chinesischer Likör.

Ko ming – ›Revolutionär‹. Das ›T'ien Ming‹ ist das Mandat des Himmels und wird angeblich von Shang Ti, dem Höchsten Ahnen, an sein irdisches Gegenstück, den Kaiser (*Huang Ti*) weitergereicht. Dieses Mandat konnte nur solange ausgeübt werden, wie der Kaiser seiner wert war, und die Rebellion gegen einen Tyrannen – der durch seinen Mangel an Gerechtigkeit, Wohltätigkeit und Aufrichtigkeit gegen das Mandat verstieß – wurde nicht als kriminell, sondern als rechtmäßiger Ausdruck des Himmlischen Zorns betrachtet. In diesem Sinne bedeutet *Ko Ming* ein Bruch des Mandats.

Kuan Yin – die Göttin der Gnade. Ursprünglich der männliche Bodhisattva Avalokitsevera (von den Han übersetzt als ›der den Klängen der Welt lauscht‹ oder *Kuan Yin*). Die Han hielten die wohlentwickelten Brüste des Heiligen für die einer Frau und verehrten Kuan Yin seit dem neunten Jahrhundert als eine solche. Bildnisse von Kuan Yin zeigen sie gewöhnlich als die Madonna des Ostens, die ein Kind in ihren Armen wiegt. Sie wird außerdem gelegentlich als die Frau von Kuan Kung betrachtet, dem chinesischen Gott des Krieges.

Kuo-yun – Mandarin, die im chinesischen Hauptgebiet gesprochene Sprache.

Kwai – eine Abkürzung für *Kwai tao,* ein ›scharfes Messer‹ oder eine ›schnelle Klinge‹. Es kann auch bedeuten, scharf oder schnell zu sein (wie ein Messer). Eine Nebenbedeutung ist ein ›Klumpen‹ oder ein ›Krümel Erde‹. Hier bezeichnet der Begriff eine Klasse von Kämpfern unter dem Netz, deren Fähigkeiten und Selbstbeherrschung sie von den üblichen angeheuerten Killern unterscheidet.

Lao jen – ›Alter‹ (auch *Weng*); gewöhnlich ein Ausdruck des Respekts.

li – eine chinesische ›Meile‹, ungefähr ein halber Kilometer oder eine Drittel Meile. Bis 1949, als in China metrische

Maße eingeführt wurden, konnte das *li* von Ort zu Ort variieren.

Mui tsai – im Kantonesischen ›mooi-jai‹. Die gebräuchliche Bedeutung ist ›kleine Schwester‹ oder ›Sklavenmädchen‹, hier gewöhnlich das letztere. Andere Mandarin-Begriffe für den selben Status sind *Pei-nu* oder *Yatou*. Die Vormundschaft über das betreffende Mädchen kann durch eine Vertragsunterzeichnung und Zahlung einer vereinbarten Summe an einen anderen übergeben werden.

Nu shi – eine unverheiratete Frau; gleichbedeutend mit ›Fräulein‹.

Pai pi – ›hundert Stifte‹; Bezeichnung für die Experimente in künstlicher Realität, die von Ben Shepherd mit dem neuen Begriff ›Schalen‹ versehen wurden.

Pau – ein schlichtes langes Gewand, das von Männern getragen wird.

P'ing – der Osten.

ping tiao – ›einebnen‹; niederreißen oder planieren.

P'i p'a – eine viersaitige Laute, die in der traditionellen chinesischen Musik verwendet wird.

P'o – die ›animalische Seele‹, die nach dem Tod mit dem Leichnam in der Gruft verbleibt und sich von den Grabbeigaben ernährt. Die *P'o* zerfällt mit dem Leichnam, versinkt in die Unterwelt (unter die Gelben Quellen), wo sie – als ein Schatten – eine Art Existenz beibehält. Von der *P'o* wird angenommen, daß sie im Moment der Geburt ins Dasein tritt (siehe auch *Hun*).

Shang – der Süden.

Shih – ›Meister‹. Hier verwendet als Ausdruck des Respekts, der ungefähr unserer Anrede ›Herr‹ entspricht. Der Begriff wurde ursprünglich für die untersten Ränge der Staatsbeamten verwendet, um sie von den gewöhnlichen ›Herren‹ (*Hsieng sheng*) unter und den ›Gentlemen‹ (*Ch'un tzu*) über ihnen zu unterscheiden.

Tian-fang – wörtlich ›den Platz der toten Frau einnehmen‹; bezeichnet den Aufstieg einer Konkubine in den respektierteren Rang einer Ehefrau.

Tou chi – *Glycine Max* oder die Schwarze Sojabohne, die in der chinesischen Kräutermedizin als Mittel gegen Schlaflosigkeit verwendet wird.

Tsu – der Norden.

Wei Chi – das ›Umgebungsspiel‹, im Westen besser unter seinem japanischen Namen ›Go‹ bekannt. Angeblich wurde das Spiel im Jahre 2350 v. Chr. von dem legendären chinesischen Kaiser Yao erfunden, um den Verstand seines Sohnes Tan Chu zu schulen und ihm beizubringen, wie ein Kaiser denkt.

Yang – das ›männliche Prinzip‹ in der chinesichen Kosmologie, das mit seinem Gegenstück, dem weiblichen *Yin*, das *T'ai chi* bildet, abgeleitet von dem Ursprünglichen.

Yuan – die Grundwährung von Chung Kuo (und des heutigen China). Umgangssprachlich (wenn auch nicht hier) auch als *Kwai* – ›Stück‹ oder ›Klumpen‹ – bezeichnet. Zehn *Mao* (oder förmlich *Jiao*) ergeben ein *Yuan*, während ein *Yuan* aus 100 *Fen* (oder ›Cents‹) besteht.

Ywe lung – wörtlich der ›Monddrache‹, das Rad der Sieben Drachen, das in CHUNG KUO die herrschenden Sieben symbolisiert: ›In der Mitte trafen sich die Schnauzen der fürstlichen Bestien und bildeten einen Zirkel wie die Blütenblätter einer Rose, und in jedem Auge glühte ehrfurchtsgebietend ein riesiger Rubin. Ihre geschmeidigen, kräftigen Körper waren wie die Speichen eines mächtigen Rades nach außen gebogen, während am Rande ihre miteinander verschlungenen Schwänze den Radkranz bildeten.‹ (aus *Der Monddrache*, Kapitel 4 von DAS REICH DER MITTE).

DANKSAGUNG

Dank gebührt wieder allen, die während seiner langen Entstehungszeit Teile von Die Kunst des Krieges gelesen und kritisiert haben. Meinen Lektoren – Nick Sayers, Brian DeFiore, John Pearce und Alyssa Diamond – für ihre Geduld wie für ihren Enthusiasmus; meinen *Writers-Bloc*-Gefährten Chris Evans, David Garnett, Rob Holdstock, Garry Kilworth, Bobbie Lamming und Lisa Tuttle; Andy Sawyer für die Sicht eines Außenstehenden, als sie dringend gebraucht wurde, und – wie immer – meinem beherzten Helfer und ersten Kritiker Brian Griffin, der dafür sorgte, daß ich auf dem richtigen Weg blieb.

Zu danken habe ich außerdem Rob Carter, Ritchie Smith, Paul Bougie, Mike Cobley, Linda Shaughnessy, Susan und den Mädchen (Jessica, Amy und der kleinen Georgia) und Is und den Lunatics (in Canterbury), die mich während der langen, einsamen Arbeit an diesem Buch bei Laune hielten. Und ›Nan and Grandad‹ Daisy und Percy Oudot, die mir halfen, als es eng wurde ... und Tee kochten!

Schließlich danke ich Magma, IQ und den Cardiacs, die den Soundtrack für dieses Projekt geschaffen haben.

ÜBER DEN VERFASSER

David Wingrove wurde 1954 in Battersea im Süden Londons geboren und besuchte die Battersea Grammar School. Er verließ die Schule 1972 für eine Karriere im Bankgewerbe und wurde eines der jüngsten Mitglieder im Institute of Bankers überhaupt. Erfolgreich, aber zutiefst enttäuscht verließ er die Bank 1979 am Tag vor seinem fünfundzwanzigsten Geburtstag und setzte seine Ausbildung fort, die er 1982 mit einem Abschluß in englischer und amerikanischer Literatur an der University of Kent in Canterbury beendete. Vom Erfolg berauscht, bewarb er sich um und erhielt eines von nur zehn Forschungsstipendien, die in diesem Jahr vom Ministerium für Bildung und Wissenschaft Großbritanniens vergeben wurden, und arbeitete die nächsten drei Jahre an seiner Doktorarbeit, eine Untersuchung der Werke von Thomas Hardy, D. H. Lawrence und William Golding. Nach dem Erwerb des Magister-Titels verfranzte er sich in verschiedenen Projekten – der Renovierung eines alten viktorianischen Hauses, diversen Bänden SF-Kritik, einer Teilzeittätigkeit als Herausgeber, der Erziehung seiner drei kleinen Töchter Jessica, Amy und Georgia und einem Roman mit dem Titel A SPRING DAY AT THE EDGE OF THE WORLD (später in CHUNG KUO umbenannt) – was dazu führte, daß er 1986 seine Doktorarbeit abbrach. In diesem Jahr erschien auch der umfangreiche und gewichtige Band DER MILLIARDEN-JAHRE-TRAUM: DIE GESCHICHTE DER SCIENCE FICTION, den er zusammen mit Brian Aldiss verfaßte – ein Buch, das im selben Jahr, neben anderen Auszeichnungen, den begehrten Hugo Award für das beste Sachbuch im Science Fiction-Bereich erhielt. Er lebt heute in Stoke Newington im Norden Londons.

KOMMENTAR DES ÜBERSETZERS

Folgender Kommentar soll dem Verständnis des Lesers nicht vorgreifen, sondern lediglich Hilfestellungen zum Verständnis der historischen und kulturellen Bezüge leisten, die David Wingrove in seinem Roman reichlich verwendet. Er umfaßt sowohl Erläuterungen zu den symbolischen Bedeutungen, die bestimmte Gegenstände, Tiere, Farben etc. im chinesischen Kulturkreis haben, als auch biographische Anmerkungen zu historischen Personen, geographische Angaben, Nebenbedeutungen verwendeter Mandarin-Begriffe, sowie diverse Zitatnachweise. Namen und Begriffe, die mir einer Kommentierung wert erschienen, werden in der Regel bei ihrem ersten Auftreten erläutert, an späteren Stellen und in späteren Bänden nur dann, wenn sie mit einer anderen Bedeutung auftreten. Die Quellen und Übersetzungen, auf die ich zurückgegriffen habe, werden an den entsprechenden Stellen genannt oder sind im Literaturverzeichnis des Nachworts von Band 1 aufgeführt (DAS REICH DER MITTE, HSF & F 0605251). Teils entlegene Zitate aus Quellen, für die keine deutschen Übersetzungen aufzufinden waren, das gilt insbesondere für Auszüge aus der klassischen chinesischen Dichtung, wurden nach der englischen Vorlage übersetzt und werden hier nicht eigens nachgewiesen. Um mich dabei nicht zu weit vom chinesischen Original zu entfernen, habe ich mich einerseits um eine wortgetreue Übersetzung bemüht, andererseits auf mir vorliegende Gedichtübersetzungen als Muster für die Eindeutschung chinesischer Lyrik zurückgegriffen.

Meine Erläuterungen können keinen Anspruch auf Vollständigkeit und, da sie von keinem Fachwissenschaftler stammen, wissenschaftliche Exaktheit erheben, streben beides auch nicht an, sondern hoffen lediglich, dem interessierten Leser anhand ausgewählter Sachhintergründe Anregungen für die eingehendere Beschäftigung mit diesem Romanwerk zu geben. Themen wie etwa die vielfältigen Motive der chinesischen Zahlenmystik oder das taoistische Weltbild konnten hier allenfalls angedeutet werden. David Wingrove war mir in langen Gesprächen für ein besseres Verständnis der Zusammenhänge sehr hilfreich. Ihm schulde ich an dieser Stelle besonderen Dank.

ANMERKUNGEN

1 Po Chü-I (722–846 n. Chr.), ein insbesondere beim einfachen Volk beliebter Dichter, gehört zu den herausragenden literarischen Persönlichkeiten der T'ang-Zeit, die einen später nur selten erreichten Boom der literarischen Produktion erlebte. Im Gegensatz zu Dichtern wie T'ao Ch'ien (365–427 n. Chr.), die die Zurückgezogenheit in der Natur suchten, lebte Po Chü-I im Spannungsfeld zwischen öffentlichen Ämtern und dem Dichterleben. Als Politiker brachte er es bis zum Gouverneur von Hang-chou und Präsident des Kriegsministeriums. Anderseits verbrachte er immer wieder Ruhezeiten in der Natur. Zu seinen Themen gehören die Leiden des gemeinen Volkes, und der Überlieferung nach soll er bestrebt gewesen sein, sich allgemeinverständlich in einfachen Worten auszudrücken.

2 Da *yin* für das weibliche und *yang* für das männliche Prinzip steht, haben beide Begriffe in Redewendungen auch sexuelle Bedeutungen. *Yang-t'o* ist eine Erektion, *yang-wei* eine Erektionsschwäche. ›Yangterrasse‹ (*yang-t'ai*) ist eine Umschreibung für den inneren Teil der weiblichen Scheide.

3 Die Chinesen sprechen allgemein von Rindern und machen keinen Unterschied zwischen Rind, Kuh, Stier und Ochse. Das Rind ist das zweite Tier des chinesischen Tierkreises – über den zwölfteiligen Tierkreis und die Symbolik der Zahl Zwölf erklärt sich auch, warum es eine Stunde des Ochsen (oder des Rindes) gibt – und ist als Zugtier des Pfluges Symbol des Frühlings, da die Landarbeit im Frühling früher mit einer offiziellen Pflugzeremonie begonnen wurde.

4 Wie in einigen anderen Kulturen ist die Schildkröte auch in China ein Symboltier, das kosmologische Bedeutungen trägt. Ihr Panzer wurde mit der Himmelskuppel und ihre Bauchseite mit der als flach aufgefaßten Erde verglichen. Aufgrund ihrer Langlebigkeit ist sie auch ein Symbol der Beständigkeit und Unwandelbarkeit und des langen Lebens. In vielen chinesischen Mythen und Fabeln ist sie eine Hauptfigur.

5 ›Wolken und Regen‹ (*Yün yü*) ist eine häufig gebrauchte Redewendung für den Geschlechtsverkehr, die eine Vereinigung des Männlichen mit dem Weiblichen impliziert. Sowohl Regen (*yü*) als auch Wolken (*yün*) entstehen nach chinesischer Vorstellung aus einer Vereinigung der Prinzipien *yin* und *yang*.

6 Nach dem kurzen Interregnum der Kaiserin Wu, einer der in der chinesischen Geschichte gelegentlich vorgekommenen Versuche einer Kaiserin-Witwe, in einer traditionell patriarchalischen Gesellschaft die Macht an sich zu reißen, gelang es Kaiser Ming Huang (›der glanzvolle Kaiser‹, 713–756 n. Chr., auch: Li Lung-chi, posthum: Hsüan-tsung), die T'ang-Dynastie auf ihren kulturellen Höhepunkt zu führen. Er versammelte Dichter und Gelehrte an seinem Hof und richtete mit dem ›Birnblütengarten‹ eine Musikschule ein. Da er die Macht des gebildeten Beamtentums beschnitt, ist er bei den chinesischen Historikern wenig angesehen, und die Erschütterungen, die das T'ang-Reich am Ende seiner vierzigjährigen Regierungszeit durch den Aufstand des An Lu-shan durchmachte, werden seiner Beziehung mit der über dreißig Jahre jüngeren kaiserlichen Konkubine Yang Kuei Fei zugeschrieben, die ihn angeblich von seinen Herrscherpflichten ablenkte.

7 Astrachan, 60 km vom Kaspischen Meer auf einigen Inseln am Hauptstrom des Wolgadeltas erbaut, war zu den Zeiten der Sowjetunion Regierungszentrum der Provinz Astrachan.

8 Der *Chin P'ing Mei*, der – 1610 erstmals erschienen – dem Staatsmann und Schriftsteller Wang Shih-chen (1526–1590) zugeschrieben wird, aber wahrscheinlicher von einem anonym gebliebenen Verfasser stammt, ist das berühmteste Beispiel einer Welle historischer Romane in der Ming-Zeit, unterscheidet sich von anderen Erzeugnissen dieser Modeerscheinung aber dadurch, daß in ihm die Schilderung des 12. und 13. Jahrhunderts zum nur schwach verschleierten Sittenporträt der späten Ming-Dynastie wird. Der in gehobener Umgangssprache der Provinz Shan-tung verfaßte, einhundert Kapitel umfassende Roman schildert die Karriere und die Liebschaften des reichen Lebemannes Hsi-men Ch'ing. Ursprünglich in Manuskriptform verbreitet, wurde das Buch erstmals 1687 von Kaiser K'ang-hsi und später immer wieder aufgrund seiner detailfreudigen erotischen Szenen als Pornographie auf den Index gesetzt, was auch mit seinen Übersetzungen in Fremdsprachen geschah. Auf viele chinesische Schriftsteller bis in die Gegenwart übte der Roman jedoch großen Einfluß aus, und einige weniger begabte Autoren versuchten sich an Fortsetzungen, von denen die *Ko-lien hua-ying* (›Blumenschatten auf dem Wandschirm‹) des Ting Yao-k'ang (1607–1678) die bekannteste ist.

9 Li Po (auch: Li T'ai-po, 701–762 n. Chr.) war einer der bedeutendsten chinesischen Dichter der T'ang-Epoche. Als Persönlichkeit war er durch sein exzentrisches und respektloses Auftreten immer umstritten, sein dichterisches Genie wird jedoch von allen Kennern in höchsten Tönen gelobt. Er hinterließ ein Gedichtwerk von dreißig Bänden, dessen Neigung zum Abseitigen und Bizar-

ren ihn in Europa zu Zeiten des Expressionismus sehr beliebt machte. Zwar wurde er von Kaiser Ming-huang (siehe Anmerkung 6) an den Hof geholt – er schrieb auch schwärmerische Oden an die kaiserliche Konkubine Yang Kuei Fei –, er disqualifizierte sich aber selbst für jedes öffentliche Amt und trat erst an seinem Lebensabend während der Wirren der späten T'ang-Zeit wieder in den Dienst eines Fürsten. Einer Hinrichtung wegen Landesverrats entging er nur knapp durch eine Intervention des Generals Tsi-i, der den Aufstand des An Lu-shan niedergeschlagen hatte.

10 Mu-lu (oder Mu-lan) ist eine Art chinesische Jeanne d'Arc. Der Legende nach trat sie für ihren Vater, der keinen Sohn hatte, in Männerkleidung in die Armee ein und stieg in zwölf Jahren Kriegsdienst bis in hohe Ränge auf, ohne je als Frau entlarvt zu werden. Als Symbolgestalt verkörpert Mu-lan die Tugend *hsiao,* die kindliche Ergebenheit eines Menschen seinen Eltern gegenüber, die neben der Loyalität zum Kaiser für die Chinesen als höchster moralischer Wert gilt.

11 Der Lo Kuan-chung (14. Jahrhundert) zugeschriebene Roman *San Kuo Yan Yi,* ein weiteres Beispiel aus der Welle historischer Romane in der Ming-Zeit, spielt in der Epoche der Drei Königreiche im dritten Jahrhundert und hat den General Ts'ao, der mitschuldig war am Untergang des Han-Reiches, als machtgierigen und skrupellosen Usurpator im chinesischen Volkstum zur sprichwörtlichen Gestalt gemacht. Das *Wu Ching Tsung Yao* ist eine strategisch-technische Militärenzyklopädie aus der Sung-Zeit.

12 zitiert nach: *Nietzsches Werke,* Kritische Gesamtausgabe, hrsg. von Giorgio Colli und Mazzino Montinari, Sechste Abteilung, Zweiter Band, Walter de Gruyter & Co., Berlin 1968, S. 116.

13 In bildlichen Darstellungen kann eine Katze (*mao*) in Verbindung mit Schmetterlingen, Pflaume oder Bambus zwar auch den Wunsch nach einem langen Leben ausdrücken, im allgemeinen gilt die Katze im chinesischen Volksglauben jedoch als dämonisches Wesen, das befähigt ist, einer Familie Unglück zu bringen und die Toten wiederzuerwecken.

14 aus: *Also sprach Zarathustra.* Zitiert nach: *Nietzsches Werke,* Kritische Gesamtausgabe, hrsg. von Giorgio Colli und Mazzino Montinari, Sechste Abteilung, Erster Band, Walter de Gruyter & Co., Berlin 1968, S. 135.

15 aus: *Ecce homo. Wie man wird, was man ist.* Zitiert nach: *Nietzsches Werke,* Kritische Gesamtausgabe, hrsg. von Giorgio Colli und Mazzino Montinari, Sechste Abteilung, Dritter Band, Walter de Gruyter & Co., Berlin 1969, S. 297 f.

16 Die Perle (*chu*) gehört zu den acht Kostbarkeiten (siehe Anmerkung 12, Band 2) und steht für Reinheit und Kostbarkeit. Die Farbe Schwarz, die in der Lehre von den fünf Elementen oder Wandelzuständen das Wasser vertritt, symbolisiert das Dunkle, den Tod und die Ehre.

DANKSAGUNG DES ÜBERSETZERS

Ohne die Unterstützung verschiedener Freunde und Kollegen hätte diese Übersetzung in Ihrer vorliegenden Form nicht zustande kommen können. David und Susan Wingrove danke ich für ihre Gastfreundschaft bei diversen Besuchen in London, ihm für seine zahllosen Hinweise und Anregungen, besonders aber für seine geduldige Hilfe bei der Kompilierung des Kommentars. Dem Lektor Wolfgang Jeschke und seinen Mitarbeiterinnen Frau Friedel Wahren und Frau Gisela Frerichs danke ich für Ihre große Geduld bei diversen Anlaufschwierigkeiten zu diesem umfangreichen Projekt. Thorsten Lauf, der mich demnächst vielleicht mit Vorort-Berichten aus China versorgen kann, hat meine Aufmerksamkeit auf praktische Aspekte der von der europäischen so unterschiedlichen Denkweise der Chinesen gelenkt. Die Anregungen durch meinen Kollegen Horst Pukallus waren mir stets eine Stütze bei schwierigen Phasen dieser Arbeit. Ihnen allen hoffe ich irgendwann auf ähnliche Weise behilflich sein zu können.

Michael Iwoleit, Frühling 1994

